FOLIO POLICIER

Robert Littell

Ombres rouges

Traduit de l'américain
par Natalie Zimmermann

Denoël

Robert Littell est né en 1935, à Brooklyn, d'un père juif issu de l'immigration russe. Camarade de classe de Woody Allen, militaire dans la marine en charge d'un service de décodage durant la guerre du Vietnam, il devient à son retour grand reporter pour *Newsweek* et s'affirme comme un fin spécialiste des pays de l'Est et du Moyen-Orient. Débarqué à Paris avec femme et enfants (dont Jonathan, futur prix Goncourt 2006 avec *Les Bienveillantes)* en 1970 pour y écrire un roman, il y publie *La boucle* qui sera traduit par Mélissa et Jean-Patrick Manchette. Romancier reconnu comme l'un des meilleurs écrivains contemporains de romans d'espionnage avec John Le Carré, il s'est toujours distingué par une approche subtile des vérités internationales. On lui doit notamment *La compagnie* et *Les enfants d'Abraham*. Ses livres sont traduits dans le monde entier.

Pour Eglé, ma belle
belle-sœur

Si le passé et l'avenir existent
réellement, où sont-ils ?

SAINT AUGUSTIN

... Le passé pourrit dans l'avenir...
Un carnaval grotesque de feuilles mortes.

ANNA AKHMATOVA,
Poème sans héros

Les premiers éléments de complot dont j'ai pu retrouver la trace remontent à l'été 1986. Selon un registre de la sécurité que je n'étais pas censé consulter, quatre personnes dont le nom ne dirait rien au grand public se sont rassemblées autour d'une table dans une salle en sous-sol du Pentagone. La table était métallique, recouverte de feutre vert élimé, et la pièce aveugle, mal aérée et particulièrement isolée. Il s'agissait de la première réunion d'une vague organisation du Pentagone enregistrée sous le titre anodin d'Unité d'assistance au renseignement. La cellule avait été créée sous la présidence Carter pour régler la crise iranienne des otages. Une fois la crise terminée, l'Unité d'assistance avait été dissoute — mais elle était restée sur les registres. Elle avait été ressuscitée plusieurs mois avant cette première réunion par quelques gradés du Pentagone intrigués de constater que ce groupe, qui n'était lié ni à la Central Intelligence Agency ni à la Defence Intelligence Agency du Pentagone, échappait à la tutelle du Congrès. Curieusement, il échappait aussi à la tutelle de la Maison-Blanche dans la mesure où il n'avait pas besoin d'un « verdict » présidentiel pour lancer la machine. Ils étaient très peu, même à Washington, à connaître ne fût-ce que l'existence de l'Unité d'assistance ; parmi ceux qui étaient au courant, seuls quelques-uns se doutaient de comment elle avait été créée et de qui en avait la responsabilité.

En rassemblant les pièces du puzzle, j'ai appris que le budget de l'Unité d'assistance au renseignement se dissimulait dans la caisse du Comité des chefs d'état-major sous la mention «Transport, frais divers». Le responsable en était un colonel des marines rattaché à l'équipe de planification à long terme du Comité des chefs.

Pour autant que je puisse le savoir, il y eut d'autres réunions, d'ordre préliminaire, au cours de la fin de l'année 86, pendant tout 1987 et jusqu'en hiver 88. Les discussions portaient sur une série de questions écrites extrêmement précises définies par l'éminence grise du groupe, ancien collaborateur à la voix douce et au visage impassible du conseiller du Président pour la Sécurité nationale, concernant l'orientation que prenaient les institutions militaires américaines. Tout le monde s'accordait à dire qu'elles se dirigeaient vers un désastre. «Il n'y a rien de plus pathétique», est censé avoir fait remarquer le colonel des marines (dans un commentaire qui résumait le sentiment général du groupe), «qu'un guerrier sans adversaire.» Durant l'hiver 1988-89, tout le monde tomba d'accord, il fallait faire quelque chose. Mais la question était: quoi? Lorsque les cerisiers furent en fleur sur les rives du Potomac, le groupe lançait des scénarios, explorait des possibilités, vérifiait et revérifiait toutes les données en se torturant sur les impondérables. Je tiens d'une autorité incontestable que ce qui a été élégamment surnommé la session «t'accouches ou tu te tires» s'est tenu en juin 1989.

À un moment ou à un autre, il m'est arrivé de travailler avec deux des quatre hommes présents dans la pièce, de jouer au poker avec le troisième et de boire plus que de raison avec le quatrième. Je vois assez nettement comment ils fonctionnent. Je crois connaître leurs faiblesses et leurs points forts ; je crois connaître leurs visages lorsqu'ils hésitent et lorsqu'ils foncent. C'est pourquoi il ne m'a pas été très difficile de reconstituer cette réunion cruciale, de deviner qui a dit quoi. C'est sans doute l'instructeur de l'Unité d'assistance, gros homme d'une cinquantaine d'années qui se faisait appeler Marlowe, qui a donné le coup d'envoi. « En admettant qu'on passe de nouveau tout en revue », a-t-il dû suggérer. Connaissant Marlowe, il a sans doute desserré une cravate très voyante et ouvert le bouton de col d'une chemise toute froissée. « Qu'est-ce qui pourrait arriver de mieux ?

— Le mieux qui puisse se passer, aurait patiemment expliqué l'ancien directeur adjoint de la C.I.A. qui apportait à l'Unité d'assistance son expérience en matière d'intervention, c'est que l'opération Herbe de Fer réussisse. C'est de la chirurgie drastique, je vous l'accorde, mais la situation est désespérée. »

Le colonel des marines, qui réussissait à avoir l'air militaire même quand il apparaissait en civil pour son poker du mercredi soir, avait pu préciser : « D'une certaine façon, cette opération correspond à ce que nos amis allemands appelleraient une Endlösung *— une solution finale. »*

J'imagine Marlowe, son regard glacé posé sur l'éminence grise du groupe, faire observer : « Henry ne nous a pas encore fait profiter de ses réflexions. »

L'éminence grise aurait suçoté pensivement le bout de sa pipe éteinte. Soixante-dix ans largement passés, des cheveux blancs rendus soyeux par l'âge, il avait commencé une carrière que ses collègues qualifiaient invariablement de longue et distinguée comme jeune agent de terrain des services stratégiques, armé d'une capsule de poison et de carnets de clés-blocs enduits de permanganate de potassium pour qu'ils puissent brûler rapidement s'il avait eu à les détruire de toute urgence. C'était, comme il se plaisait à le dire, l'époque où les Américains avaient encore des scrupules à lire le courrier d'autrui — scrupules, cela allait de soi, qu'il n'avait jamais partagés. Ancien chef de la division Renseignement du Pentagone, on le savait prudent à l'excès. Sans son assentiment, il n'y avait aucune chance pour que l'Unité d'assistance au renseignement lance ce qu'on en était venu à connaître comme l'opération Herbe de Fer.

« Dans la vie, j'ai une obsession, aurait rappelé à tous l'homme aux cheveux blancs, c'est le contrôle de la situation. Nous nous proposons de jouer avec le feu. Je veux être absolument sûr qu'il n'y a aucun risque de se brûler.

— Ce qui nous amène à la deuxième question logique, aurait annoncé Marlowe, ancien chef d'antenne à Prague pour le compte de la C.I.A. Quel est le pire qui puisse arriver ? »

Je vois l'ancien directeur adjoint de la C.I.A. retirer ses lunettes à double foyer pour se frotter les paupières du pouce et de l'index. « J'ai participé à un paquet de projets en mon temps, mais celui-ci est de loin le plus imaginatif et le plus compartimenté que j'aie jamais vu. C'est un modèle de perfection de quelque point qu'on se place. En supposant que nous lui donnions le feu vert, l'agent chargé de suivre nos instructions n'aura pas la moindre idée de ceux pour qui il travaille ni de ce que recouvre Herbe de Fer, et sera donc incapable de nous compromettre ou de compromettre l'opération. En fait, les seuls qui puissent rassembler toutes les pièces du puzzle se trouvent entre ces quatre murs. On peut difficilement mieux contrôler une opération. » Il regarda directement l'homme aux cheveux blancs et soyeux que tous considéraient comme le parrain du complot. « Pour mettre les points sur les i et les barres aux t : le pire qui puisse arriver, c'est que les Russes ne réagissent pas comme nous l'avons prévu et que le complot échoue. Mais, même dans ce cas, personne ne saura qu'il y a eu complot. »

Les autres personnes présentes auraient échangé des regards : il n'y avait en fait plus rien à ajouter. Ils avaient abordé la question sous tous les angles possibles, avaient anticipé tous les pièges imaginables, soupesé et resoupesé tous les risques. Un agent avait été sélectionné à grand-peine, discrètement instruit par Marlowe (qui s'était fait passer pour un conseiller en matière de sécurité du Département d'État), et envoyé à Prague pour y attendre le signal codé lui commandant de lancer Herbe de Fer. S'ils devaient prendre le taureau par les cornes, il convenait de toute évidence de le faire maintenant.

À ce moment-là, l'homme aux cheveux blancs et soyeux aurait peut-être haussé les épaules. Je le vois plisser les yeux comme il le fait toujours avant de se lancer. Puis je l'entends dire : « Nom de Dieu ! Nous n'avons qu'à tenter le coup. »

1

« Bienvenue dans la mère Russie. »

Il y avait des traces de cynisme là où ce genre d'attitude se décelait le plus souvent — au coin des yeux, dans le ton de la voix, dans la position des lèvres. Comme s'il savait quelque chose que les autres ne savaient pas ; comme s'ils risquaient de ne pas trouver ça drôle quand ils découvriraient.

« Bienvenue au poste des épreuves psychologiques qu'on appelle l'ambassade américaine. »

Il étudia les trois personnes qui se serraient dans le placard qui lui servait de bureau. « Mon nom », reprit-il en frottant le bout d'un pouce démesuré contre la narine d'un nez démesuré, « est Immanuel Custer. Mes rares amis m'appellent Manny. Vous pouvez m'appeler M. Custer. J'ai l'honneur douteux d'être chargé de la sécurité à l'ambassade. Le motif de notre réunion d'aujourd'hui est... la vaccination...

— Contre ? » demanda Mlle Harkenrider avec anxiété. On l'avait mutée à Moscou pour enseigner la grammaire aux enfants des diplomates qui suivaient les cours du collège de l'ambassade. Et s'il y avait une chose à laquelle elle ne s'attendait pas, c'était d'être convoquée à une réunion d'information sur la sécurité. Quelle histoire cela ferait quand elle écrirait chez elle.

Savourant cet instant — il s'agissait pour Manny d'un véritable divertissement que d'alarmer les titulaires d'un passeport diplomatique — il annonça tranquillement : « Contre les Russes qui essayeront sûrement de vous amener à trahir votre pays. »

Les trois personnes présentes, un homme et deux femmes tout juste arrivés en Union soviétique, résistèrent à l'envie d'éclater de rire. Qu'est-ce que c'était que ce Néandertal politique qui gardait la chasteté de l'enclave américaine dans Moscou ? N'avait-il pas entendu parler du prestidigitateur que les Russes appelaient le Grand Proviseur et que les ressortissants américains s'étaient mis à surnommer le Grand Houdini [1] ? N'avait-il entendu parler ni de *glasnost* ni de *perestroïka ?* Ne savait-il pas que la guerre froide n'était plus qu'un vieil os blanchi au soleil que les historiens rongeaient de temps en temps pour faire leurs dents académiques ?

Manny lut l'expression d'incrédulité qui se peignait sur leur visage. Il observait ce genre d'expression chaque fois qu'il devait instruire de nouveaux arrivants. Ils retenaient deux ou trois slogans soviétiques et, en ce qui les concernait, la guerre froide était terminée. La paix pour notre époque. Il ne manquait plus que le parapluie de Chamberlain. L'officier de sécurité de l'ambassade émit un rire sec et guttural provenant du tréfonds de son estomac prédisposé aux ulcères. Le son était porteur d'une irrévérence sourde, écran de protection favori de Manny Custer. La plupart du temps, son irrévérence amusait plus qu'elle ne blessait. Mais il y avait des moments où il perdait le contrôle, où son humeur franchissait la limite de la pure insolence. Ce qui valait à ses états de service tout un tas de rapports

1. Harry Houdini (1874-1926) était un magicien et contorsionniste américain de génie *(N.d.T.)*.

équivoques quant à ses compétences et expliquait pourquoi il s'était vu refuser des promotions méritées si l'on s'en était tenu à ses seuls actes. Ce qui expliquait aussi pourquoi ce poste était pour lui le dernier avant sa mise à la retraite.

Moscou, proclamaient joyeusement les méchantes langues de l'ambassade, serait la dernière grande bataille de Custer[1].

« Vous pensez probablement, disait Manny, que je fais passer des possibilités pour des probabilités à seule fin de capter votre attention. » Ses sourcils broussailleux s'arrondirent tels deux chats indolents tandis qu'un autre rire moqueur surgissait des profondeurs. « Réfléchissez à cela : chacun des mots qui sont prononcés ici est transmis par des micros cachés aux antennes qui se trouvent sur le toit d'en face » — il désigna d'un mouvement de tête la fenêtre, la ville, l'ennemi — « et de là tombe dans les oreilles d'un camarade bilingue de la *techint* dans un bureau surchauffé du Komitet Gossoudarstvennoï Bezopasnosti, mieux connu sous ses initiales, K.G.B. »

L'homme, assis sur une chaise pliante entre les deux femmes, diplomate d'une trentaine d'années aux cheveux noirs ébouriffés et au regard vif et attentif de quelqu'un de trop rationnel pour se montrer jamais passionné, se racla la gorge. « Autrement dit », déclara-t-il en affichant une telle naïveté que Manny comprit qu'il se moquait de lui, « Big Brother nous observe. »

Un léger sourire parvint à se frayer un chemin sur les lèvres récalcitrantes de l'officier de sécurité. Il laissa son regard errer sur le bureau encombré d'états de service, de télex et de notes griffonnées à

1. Référence à son homonyme, le général Custer, et à la bataille de Little Bighorn (25-26 juin 1876) durant laquelle Custer et ses 260 hommes furent écrasés par les Sioux *(N.d.T.)*.

son seul usage, sur la peinture qui pelait comme une peau brûlée par le soleil sur le mur de la pièce, sur le coffre-fort gris acier avec sa collection de romans policiers de poche empilée dessus, sur sa bibliothèque bourrée de manuels touchant aux problèmes de sécurité et de biographies reliées des dirigeants soviétiques éditées par le Département d'État, puis sur le visage des trois nouveaux qui s'étaient présentés à la réunion d'information obligatoire du service de sécurité. Manny avait le chic pour dévisager les gens comme s'ils n'avaient pas de secret pour lui, ce qui poussait ceux qui ne le connaissaient pas bien à le croire indifférent au monde qui l'entourait. La vérité était moins complexe que cela. Il était loin d'être indifférent ; il détestait ce monde profondément. « Orwell s'est complètement gouré, assurait Manny pour le moment. Il n'a absolument rien compris à la nature du régime totalitaire. Cela n'a jamais été Big Brother, le grand frère, qui surveillait tout le monde. C'est une espèce de figure paternelle psychotique qu'on a appelée tantôt tsar, tantôt secrétaire général du Parti communiste. Enfin, bref. »

Manny jeta un coup d'œil sur les états de service posés sur son bureau et remarqua le nom du jeune diplomate : il s'agissait de Benedict Bassett. Nouveau venu dans le corps diplomatique, divorcé, père d'un garçon de six ans, Bassett avait de lointaines racines russes et parlait le russe couramment. Il avait été en poste à Prague pendant quatre mois avant d'être muté à Moscou. Ces quatre mois parurent curieux à Manny. La plupart des missions diplomatiques duraient deux ans, souvent trois. Manny, qui collectionnait les détails comme d'autres collectionnaient la poussière dans les revers de leurs pantalons quand les pantalons avaient encore des revers, prit mentalement note de chercher ce qu'avait bien pu fabriquer Bassett durant son séjour à Prague. Et pourquoi ce séjour n'avait duré que quatre mois.

L'autre femme, Esther Easley, sténodactylo qui remplaçait une secrétaire partie en congé de maternité, demanda : « Qui est cet Orwell ? Et qu'est-ce qu'il a à voir avec l'ambassade américaine de Moscou ?

— M. Custer veut simplement nous avertir que les murs ont des oreilles », expliqua Ben Bassett comme s'il fallait traduire en anglais les remarques de Manny. Basset pencha ensuite la tête pour examiner l'officier de sécurité. « Cela se résume bien à cela, n'est-ce pas, monsieur Custer ?

— Mon petit doigt me dit que vous et moi, nous ne parlons pas la même langue », commenta Manny. Il haussa une épaule massive pour bien montrer que ce n'était pas leur difficulté à communiquer qui allait lui couper l'appétit ou lui faire mal au ventre. Il prit dans un tiroir de son bureau des photocopies des points de sécurité qu'il tenait à souligner et en tendit un exemplaire à chacun. « Lisez cela quand vous aurez un moment. Ce sont les règles élémentaires de ce qu'il faut et ne faut pas faire. Vous serez gentils de signer sur les pointillés pour me montrer que vous avez bien tout enregistré et de les glisser dans ma boîte aux lettres, en bas. »

Le professeur de grammaire examina le feuillet. « Est-ce que nous devons apprendre ces règles par cœur ?

— La sécurité n'est pas tant une question de règles que de bon sens, répondit Manny. Variez vos emplois du temps. Ne parlez pas boulot à l'extérieur. » Il regarda Bassett d'un air sarcastique. « Contrairement à ce que peuvent penser certains de nos collègues, les murs ont vraiment des oreilles. Le K.G.B. emploie encore environ deux millions de personnes et il faut bien qu'il leur trouve de l'occupation. N'acceptez ni lettres ni paquets de Russes que vous ne connaissez pas. Ce genre de choses arrive tout le temps. Pas plus tard qu'hier, une Russe a alpagué un de nos attachés politiques dans un magasin et a essayé de le convaincre d'accepter une enveloppe cachetée. Il a très justement refusé. Ne faites pas de marché noir. Ne commandez pas de magnétoscope en Finlande pour le compte d'un ami russe, même si vous le lui faites payer intégralement ; personne ne croira que vous ne l'avez pas échangé contre une icône. En tout cas, pas moi. Quoi que vous fassiez, ne tombez pas amoureux d'un ou d'une Russe. On sait que le K.G.B. lâche ce qu'ils appellent des « hirondelles » et que nous appelons des « leurres » sur le chemin de diplomates innocents que l'on peut ensuite faire chanter. Faites-moi un rapport écrit de tout ce qui pourrait ressembler à une situation compromettante. Si vous avez le moindre doute, parlez-m'en et laissez-moi en décider. Si vous avez besoin de quelque chose de la part des Russes — femme de ménage, professeur de russe, réservations d'hôtel pour un parent qui vient vous voir, n'importe quoi — passez par le bureau général de l'ambassade qui se trouve en bas. Si vous voulez des places au Bolchoï, allez voir au service d'information du personnel. Vous deux », Manny désigna les deux femmes, « vous avez des insignes blancs, ce qui signifie que vous n'avez pas accès à ce qui dépasse le sixième étage de l'ambassade. Votre insigne vert, monsieur Bassett, vous autorise à aller n'importe où dans l'ambassade, jusque dans la bulle des communications, mais vous avez intérêt à avoir une bonne raison pour vous trouver là-bas. Aussi, contrairement aux dames, qui sont logées dans le nouveau complexe administratif juste au coin de la rue, vous habiterez un immeuble qui se trouve en face de l'hôtel *Ukraine*, sur la Koutouzovski Prospekt, ce qui signifie que vous serez plus exposé. Vos voisins seront principalement des diplomates africains, mais il y a aussi quelques Russes et tout le monde sait qu'ils sont là pour rapporter ce que vous faites et avec qui. »

Bassett, qui avait parcouru la feuille de l'officier de sécurité pendant que celui-ci parlait, tira un luxueux stylo à plume de la poche de poitrine de son veston, le décapuchonna et, posant la feuille sur le bureau de Manny, griffonna son nom en bas de page. « Ça vous va si je vous la laisse maintenant ? » demanda-t-il.

Un sourire amusé fit remonter le coin des yeux de Manny lorsqu'il accepta le document. La vérité était qu'il trouvait l'irrévérence de Bassett rafraîchissante. Selon son expérience, la plupart des jeunes diplomates haletaient comme des chiens de salon au pied de leurs maîtres ; il suffisait de lancer une balle pour qu'ils lui courent après et la rapportent. Bassett ne se présentait pas comme un arriviste ; il semblait indifférent aux exigences de la hiérarchie et du protocole de l'ambassade. Cela plaisait bien à Custer. « Vous aurez aussi un autre voisin dans l'immeuble de la Koutouzovski qui vous intéressera peut-être, dit-il au nouveau venu à l'ambassade avec un sourire enjoué.

— Qui ?

— Moi. »

2

L'air glacé piquait les joues de Viktor Prossenko tandis qu'il attendait sa voiture devant l'immeuble. Il frappa des pieds, releva autour de son cou le col en mouton retourné de son pardessus râpé, abaissa les rabats de sa toque d'astrakan sur ses oreilles, battit des bras le long de ses flancs et traita son chauffeur d'imbécile et de vaurien, se jurant, non pour la première fois, de le renvoyer quelles que soient ses excuses. Dieu seul savait pourquoi il supportait encore Zenkevitch, qui écrasait le levier à chaque fois qu'il passait les vitesses et siphonnait régulièrement l'essence du réservoir pour la revendre au marché noir. Dieu seul savait pourquoi il persistait à habiter le quartier de l'aéroport alors qu'il lui aurait suffi de demander pour obtenir un quatre-vingt-quinze mètres carrés dans un vieil immeuble de la place Dzerjinski, à trois minutes à pied du centre.

Viktor vida l'air de ses poumons et regarda la buée flotter devant son visage. Il supportait Zenkevitch parce que Zenkevitch avait été un jour touché par une balle meurtrière qui lui était destinée et qu'il se sentait coupable. Il continuait de vivre dans le quartier de l'aéroport parce que Ekaterina ne lui laissait pas d'autre choix ; parce qu'elle préférait un appartement rue de l'Armée-Rouge, entre le stade

Dynamo et la station de métro Aéroport, avec pour voisinage des centaines d'écrivains, comédiens, critiques et metteurs en scène (tous, comme par hasard, amants potentiels) au « désert morne d'une cité militaire » (selon l'expression d'Ekaterina, si souvent répétée qu'elle était restée fixée dans sa mémoire) habitée par les fonctionnaires du Komitet Gossoudarstvennoï Bezopasnosti tout près du cœur de la ville.

Il n'y avait toujours aucun signe de sa limousine. Zenkevitch exagérait, cette fois-ci. Victor considéra l'idée de battre en retraite dans le hall de l'immeuble, mais il y renonça. La *babouchka* qui assurait la permanence à la table de l'entrée prendrait cela comme un signe de faiblesse ; elle s'amuserait de la fragilité d'un homme dans la force de l'âge qui ne pouvait supporter une petite dose d'hiver russe.

Les pensées de Viktor dérivèrent vers l'hiver 1945. Il avait seize ans à l'époque mais avait menti sur son âge pour s'engager dans l'armée avant la fin de la guerre. L'hiver 1945 avait été beaucoup plus froid que celui-ci, ses bottes étaient alors moins épaisses, il n'avait eu qu'une casquette de l'armée en tissu sur le crâne, une écharpe de laine grossière sur les oreilles et des moufles de tireur bordées de fourrure volées sur un cadavre pris dans les glaces d'une rivière allemande qu'ils avaient traversée. (Il lui arrivait encore de porter les moufles de tireur souvent raccommodées, signe, sans doute, d'une nostalgie des jours plus simples où il pouvait combattre ses ennemis.) En y repensant, Viktor se souvint que sa salive gelait avant même de toucher le sol en cet hiver 1945, mais il ne se rappelait pas avoir jamais souffert du froid. Ses camarades et lui avaient alors d'autres sujets de préoccupation — il y avait le Reichstag à prendre à Berlin et les âpres combats à main nue, de maison à maison, pour arriver là-bas.

Comme les temps avaient changé ! Il s'inquiétait maintenant parce que sa femme, qui avait vingt-deux ans de moins que lui, flirtait ouvertement avec son amant juif pendant un dîner à l'Union des comédiens ou parce qu'elle semblait avoir plus de répétitions que de coutume et que celles-ci duraient plus longtemps que de coutume. Une nuit, après avoir englouti une demi-bouteille de vodka parfumée à l'aneth et à l'ail, Viktor avait trouvé l'audace de lui demander ce que son amant avait que lui n'avait pas, mais elle s'était contentée d'éclater de ce rire qui la faisait toujours paraître au bord de l'hystérie. « Il sait me faire oublier, Viktor, lui avait dit Ekaterina. Toi, tu me fais me souvenir. » La voix passant à l'octave qu'elle réservait habituellement au théâtre, elle avait arrondi ses sourcils soigneusement épilés et ajouté : « J'espère que tu ne remets pas notre *arrangement* en question. »

Que pouvait-il faire ? Aller voir son beau-père qui était aussi son mentor sans parler d'être son supérieur hiérarchique pour lui raconter... lui raconter quoi ? Les infidélités de sa femme ? Ses trahisons ? Le vieux général agiterait ses mains déformées en direction du Kremlin. (Il souffrait de ce qu'on appelle la maladie de Dupuytren, qui consiste en une rétraction graduelle des doigts ; la première fois qu'ils voyaient le général, ceux qui arrivaient à son service croyaient invariablement qu'il les convoquait.) « Les transgressions de ma fille ne sont pas grand-chose comparées aux infidélités, aux trahisons qui ont lieu là-bas », marmonnerait-il de sa voix rendue rocailleuse par l'âge. Puis il sortirait une bouteille de bourbon d'importation et changerait de sujet si abruptement que les épaules de Viktor se voûteraient sous le poids des non-dits.

Un coup de klaxon retentit au coin de la rue. Zenkevitch, enfin ! Viktor le vit ouvrir en grand la portière de la Zil noire et lui adresser des signes frénétiques par-dessus le toit de la voiture. Imaginez un chauffeur en train de faire de grands signes à un lieutenant-colonel du Komitet Gossoudarstvennoï Bezopasnosti comme s'il avait oublié son linge sur la banquette arrière ! Viktor secoua la tête avec exaspération tout en traversant précautionneusement le trottoir gelé en direction de la limousine.

Zenkevitch, tête nue, ses cheveux emmêlés partant dans tous les sens et les énormes lobes de ses oreilles virant au rouge betterave, lui tenait ouverte la portière avant lorsqu'il atteignit la voiture. (Viktor avait commencé sa carrière militaire comme chauffeur auprès d'un général qui s'asseyait toujours à côté du conducteur par souci égalitaire ; il faisait de même.) « Le camarade colonel ne croira jamais ce qui m'est arrivé ce matin », bredouilla Zenkevitch en se glissant derrière le volant. Il emballa le moteur, fit grincer les vitesses, doubla un trolleybus jaune et orange et fonça entre deux énormes remblais de neige sale le long de Leningrad Prospekt en direction du centre de Moscou. Il jeta un regard furtif vers les joues figées de Viktor. Criant afin d'être entendu par-dessus le ronflement du chauffage qui était poussé à fond, Zenkevitch se lança dans le récit des tribulations de la belle-sœur de sa femme qui avait été saisie de maux de ventre absolument épouvantables ; l'ambulance qui devait l'emmener à la clinique était rentrée dans une bouche d'incendie ; complètement paniqué, le frère de sa femme avait téléphoné d'une cabine pour qu'on envoie une deuxième ambulance qui n'était jamais arrivée ; alors Zenkevitch, sachant que le camarade colonel comprendrait qu'il s'agissait d'une question de vie ou de mort, avait conduit sa belle-sœur à la clinique dans la limousine du camarade colonel et elle devait être en ce moment même en train de se faire opérer d'une péritonite.

« À ma place... » Là, Zenkevitch émit un petit grognement pour indiquer qu'il avait des remords de conscience d'avoir fait attendre le colonel par une température de – 25. « ... le camarade colonel n'aurait-il pas fait de même ? » Ce disant, il extirpa de la poche renflée de son pardessus une flasque gainée de cuir qu'il tendit à son chef, son modèle et, surtout, son ticket de repas.

Viktor, qui était convaincu que l'*Homo sapiens* fonctionnait bien plus efficacement avec un taux raisonnable mais constant d'alcool dans le sang, dévissa le bouchon et rejeta la tête en arrière pour prendre un long trait du breuvage. « Cognac, indiqua Zenkevitch en remarquant que la couleur revenait aux joues du colonel. Importé de Paris, France. Trois étoiles. J'ai encore la bouteille dans le coffre de la voiture — le camarade colonel peut compter les étoiles lui-même s'il ne me croit pas.

— J'accepte tes excuses, murmura Viktor en s'essuyant les lèvres au dos d'un de ses gants d'artilleur.

— Et c'est de tout cœur que je vous les présente », répliqua promptement Zenkevitch. Il n'avait pas espéré se tirer d'affaire à aussi bon compte.

Viktor s'offrit une nouvelle lampée du cognac de marché noir de Zenkevitch, fabriqué sans nul doute dans l'alambic d'une cave quelconque et versé dans des bouteilles de récupération sorties de poubelles d'hôtels réservés aux touristes étrangers. Il sentit une chaleur agréable se répandre dans son estomac. « Sais-tu, Zenkevitch, que s'il n'y avait pas eu l'alcool, la Russie serait à l'heure qu'il est un pays musulman ? demanda Viktor à son chauffeur.

— Comment ça, camarade colonel ? » demanda Zenkevitch. Il mit en marche les essuie-glaces pour écarter un peu de neige fondue.

« On ne t'a donc rien appris à l'école ? C'est le tsar Vladimir qui a repoussé l'islam et s'est converti au christianisme parce que l'alcool est interdit aux musulmans, et qui pourrait survivre aux hivers russes sans alcool ?

— Qui ? répéta Zenkevitch avec enthousiasme.

— Aujourd'hui, poursuivit Viktor d'un air maussade, nous avons besoin d'alcool pour survivre aussi bien aux étés qu'aux hivers, mais, grâce à nos bureaucrates », et grâce au Grand Proviseur, songea-t-il, mais ce n'était pas le genre de réflexion qu'on partageait avec un chauffeur, « il n'y en a pas assez de disponible. On peut donc affirmer qu'en Russie chacun boit moins qu'il n'en a besoin, chacun est, comme qui dirait, à la diète. »

Zenkevitch fut impressionné par la logique du colonel. « Je n'avais jamais considéré les choses comme ça », reconnut-il.

Dans la rue, un agent de circulation qui portait plusieurs épaisseurs de vêtements et bougeait avec la raideur d'une poupée de chiffon, agita un bâton blanc pour arrêter les automobiles. Une foule de travailleurs jaillissant des gares de chemin de fer, le visage assombri par les cols élimés et les écharpes tricotées à la main, traversa précipitamment le carrefour juste devant la Zil. Au bout d'un moment, le feu repassa au vert. Le policier agita son bâton et cria aux travailleurs de cesser de traverser mais ils continuèrent de passer pareils à un troupeau de taureaux indifférents, tête baissée contre le froid, contre l'autorité de l'agent aussi, poursuivant lugubrement leur chemin comme s'ils marchaient au fond d'un océan avec des souliers lestés de plomb et sans le moindre désir, c'est du moins ce qu'il sembla à Viktor, d'arriver là où ils allaient.

Il apparut à Viktor, pendant qu'il observait la scène qui se déroulait devant son pare-brise telle une pièce allégorique, que le Grand Proviseur et les jeunes gens brillants qui l'entouraient ne se rendaient pas compte du chaos tapi tout au fond du cœur de la Mère Russie. La perestroïka, ou restructuration, était bien la dernière chose dont le pays avait besoin. Que le Grand Proviseur restructure les loyers, qui n'avaient pas augmenté depuis 1928, ou le prix du pain, immuable depuis 1954, et il se retrouverait avec une guerre civile sanglante sur les bras. Les troubles d'Azerbaïdjan, d'Ukraine, des républiques Baltes, d'Arménie, d'Ouzbékistan ou du bassin du Donets ne seraient rien à côté. L'insurrection qui avait mis fin au règne du dernier tsar de Russie et qui avait fini par conduire à la révolution bolchevique avait commencé par des émeutes pour le pain. Le Grand Proviseur ne voyait-il donc pas qu'il jouait avec la catastrophe lorsqu'il parlait de glasnost ou de transparence ? Il y avait des choses qu'il valait mieux ne pas divulguer aux masses. Personne n'osait le reconnaître ouvertement, mais la nécessité absolue de tenir le peuple sous un contrôle étroit était quelque chose que Staline, malgré tous ses excès, avait compris instinctivement. C'était aujourd'hui un point de vue dépassé, voire dangereux, mais de plus en plus de gens commençaient à s'y rallier. Viktor se rappela le vieux général qui avait un jour allumé la radio de son bureau et attiré son beau-fils vers la fenêtre pour lui désigner d'un doigt déformé le mot *Perestroïka* qui s'étalait sur une gigantesque bannière drapant la façade du magasin de jouets, un peu plus loin du Centre, sur le trottoir d'en face. «Tocqueville, le Français, avait une théorie sur la Révolution française, avait marmonné le vieil homme. Il a remarqué que les masses opprimées ne se sont révoltées que quand l'oppression s'est un peu allégée et qu'elles ont commencé à espérer quelque chose. Qu'en penses-tu, Viktor ? Notre *narod*, notre peuple obscur, va-t-il saisir la balle du Grand Proviseur au bond et descendre dans la rue réclamer à manger ? Le peuple va-t-il manger sur notre dos, Viktor ? » Puis, à la stupéfaction de Viktor, le vieux général avait soufflé un mot qui, eût-il été surpris par d'autres oreilles, aurait pu les envoyer tous deux dans quelque baraque en bois glacée aux confins de la Sibérie. « *Pamiat*, avait-il murmuré. *Pamiat* est notre flamme. Nous devons ranimer ses cendres pour le salut de notre Mère Patrie. Et quand elle brûlera avec assez de force, nous nous en servirons pour incinérer tous ces juifs d'intellectuels qui nous mènent à notre perte. »

À force d'emballer le moteur et de klaxonner pour intimider les travailleurs qui traversaient au feu vert, Zenkevitch parvint à fendre la foule. Quelques minutes plus tard, il se garait dans une rue étroite derrière le Detski Mir, magasin de jouets situé en face de l'imposant centre du K.G.B. de l'autre côté de la place Dzerjinski. « Le camarade colonel aura-t-il encore besoin de moi aujourd'hui ?

— Le camarade colonel n'aura plus besoin de toi, mais cela ne veut pas dire que tu peux utiliser la voiture pour faire illégalement le taxi. »

Zenkevitch, qui était déjà le chauffeur de Viktor à Kaboul, au début des années 80, jusqu'au moment où la balle de l'assassin visant le colonel lui avait perforé un poumon, parvint à prendre une mine blessée. « J'avais l'intention de faire faire un graissage à la voiture du camarade colonel dans un nouveau garage privé, tout près de l'Exposition des réalisations économiques, protesta-t-il. J'ai entendu dire qu'il y avait là-bas des Kazakhs qui utilisent de l'huile de moteur allemande », ajouta-t-il, comme s'il s'agissait d'un détail crucial.

Viktor savait par expérience que son chauffeur était tout à fait imperméable aux sarcasmes, mais il marmonna tout de même qu'il apprécierait que Zenkevitch soit là à six heures, si l'état de santé de sa belle-sœur le permettait, avant de se diriger vers l'entrée de service du magasin de jouets. Il descendit une volée de marches, poussa une double porte battante où figurait la mention « Entrée rigoureusement interdite » et parcourut un étroit couloir soigneusement éclairé. Assis à une table tout au bout du couloir, un milicien en uniforme bondit sur ses pieds et adressa un prompt salut à Viktor qui présenta son livret d'identification rouge et se pencha pour signer le registre. Le milicien inséra le registre dans une fente afin qu'une caméra puisse lire la signature. Il y eut un moment de silence puis un coup de sonnette retentit et la porte située près de la table s'ouvrit avec un déclic. Viktor poursuivit son chemin le long d'un tunnel carrelé de blanc brillamment éclairé, il subit un nouveau contrôle de signature et de livret d'identification à l'entrée souterraine du Centre puis remonta le hall de marbre vers l'ascenseur et son bureau, au cinquième étage.

Sa secrétaire, femme d'une quarantaine d'années aux cheveux prématurément gris qui se trouvait elle aussi avec lui à Kaboul, était en train de poser des dossiers sur son bureau lorsqu'il entra. « Bon sang, qu'il fait chaud, ici », remarqua Viktor en jetant son pardessus sur le dossier d'une chaise. « Je suppose que les thermostats des radiateurs n'ont toujours pas été réglés ». Il contempla la pile de dossiers d'un œil méfiant. « Quels événements susceptibles d'ébranler le monde nous guettent aujourd'hui ? » voulut-il savoir.

Sa secrétaire, qui s'appelait Evguenia Leonovna, tendit à Viktor une chemise remplie des câbles de la nuit tandis qu'il s'asseyait lourdement sur une chaise pivotante capitonnée. « Il fut un temps où vous passiez pour l'optimiste de la maison, colonel Prossenko », fit-elle remarquer.

Viktor ôta ses lunettes et entreprit d'en nettoyer

les verres avec l'extrémité de sa cravate. « Il y a un dicton paysan qui dit qu'un optimiste est quelqu'un qui n'en sait pas assez », répliqua-t-il. Il replaça soigneusement les branches de ses lunettes sur ses oreilles et entreprit de lire le premier câble. Il contenait la dernière rumeur rapportée par un *stoukatch* du K.G.B., un indic, au secrétariat du Politburo ; d'après le stoukatch, le Grand Proviseur avait été surpris en train de dire à une délégation régionale du Parti communiste en visite qu'il allait instituer un système de rapports annuels des compétences pour tous ceux qui occupaient des postes importants au gouvernement. La promotion se fonderait alors sur des résultats et non plus sur les appuis dont vous disposiez ou le nombre d'années que vous aviez passées au Parti. Le Grand Proviseur était censé avoir assuré que ceux qui ne se révéleraient pas à la hauteur seraient mis à la retraite pour laisser la place à des gens plus jeunes et plus dynamiques.

Evguenia Leonovna, qui se voyait secrètement comme la tendre fille adoptive du colonel, posa un verre de thé fort sur le bureau de Viktor et y incorpora une pleine cuillerée de confiture qu'elle confectionnait elle-même. Viktor fit tourner sa chaise vers une fenêtre et l'entendit grincer sous son poids ; il se demanda pourquoi quelque chose d'aussi simple que de faire venir un factotum du Centre pour graisser une chaise qui grinçait ou baisser la puissance d'un radiateur afin que son bureau ne ressemble pas à un sauna semblait au-delà du domaine du possible. Il regarda par la fenêtre d'un air morose puis se concentra sur la fenêtre elle-même quand il remarqua que les cristaux de neige formaient comme de la dentelle gravée sur l'extérieur des vitres. Cela lui rappela les rideaux brodés blancs qui avaient orné sa chambre lorsqu'il était enfant. Il reconstitua mentalement la pièce, remettant sans effort chaque objet à sa place. Il se plaisait à reconstruire le passé; il aimait que tout soit à sa place.

L'ordre était loin de régner dans le Kremlin du Grand Proviseur. Des rapports de compétences aujourd'hui, Dieu seul savait quelle autre innovation capitaliste réservait le lendemain. En fait, le Grand Proviseur démantelait lentement le Parti, seul rempart qui protégeait la Russie de ses pires instincts. Et il démantelait lentement le K.G.B. aussi; il avait déjà dissous la Cinquième Direction générale du Centre, responsable de l'exhumation de la subversion idéologique — comme s'il n'y avait plus d'idéologie et plus de subversion. Quiconque se mettait en travers du chemin du Grand Proviseur, quiconque présentait le mérite de laisser les choses en l'état, se retrouvait bien vite muté dans quelque désert sibérien. Le vieux général lui-même, beau-père de Viktor, se sentait impuissant à stopper la vague de réformes. «J'attends ma retraite avec impatience», avait-il un jour confié à sa fille en présence de Viktor, «mais, au train où ça va, je doute fort que le rouble vaille encore grand-chose quand je toucherai ma pension, et même qu'il y aura encore quoi que ce soit à acheter dans les rayons.»

Lorsqu'elle eut bien remué la confiture dans le thé, Evguenia Leonovna poussa la soucoupe vers Viktor. Il pencha la tête pour humer l'arôme puis leva le verre et se mit à boire le thé sucré à petites gorgées tout en parcourant les câbles. Chacun provoquait chez lui un reniflement de mépris et un mouvement de tête irrité. Une bagarre de rue avait eu lieu en banlieue la nuit précédente; des jeunes du quartier de Lefortovo avaient attaqué à coups de chaînes et de barres de fer des réfugiés arméniens qui logeaient dans un dortoir situé derrière une usine de textile. La faction soi-disant progressiste du Parlement en avait appelé à la démission du Grand

Proviseur sous prétexte que son programme de réformes n'était pas assez ambitieux. Il y avait, dans les régions baltes, de tumultueuses réunions séparatistes qui proclamaient que le pacte secret de 1940 entre Hitler et Staline qui cédait ces États à la Russie soviétique était nul et non avenu. Il y avait eu des arrêts de travail en Ukraine, des rumeurs de grève générale au Kazakhstan, des escarmouches entre des bandes de maraudeurs arméniens et azerbaïdjanais à Bakou, des émeutes en Lituanie et en Estonie, l'attaque à coups de pierres d'un poste de police par des mineurs dans le bassin du Donets. On avait arrêté des chiites azerbaïdjanais qui construisaient des ponts sur l'Araxe afin de créer des liens avec leurs « frères » d'Iran. Sans parler de ce qui se passait en Pologne, en Hongrie, en Allemagne de l'Est, en Tchécoslovaquie et en Bulgarie. La lecture des câbles de la veille, matin après matin, avait poussé Viktor à tirer une funeste conclusion : l'Union des républiques socialistes soviétiques, créée avec le sang et la sueur des révolutionnaires bolcheviques visionnaires de 1917 — le père et la mère de Viktor avaient été au premier rang — et défendue avec le sang et la sueur des générations ultérieures de bolcheviques — Viktor s'était lui-même trouvé au premier rang —, cédait à toutes les coutures. Et Viktor n'y pouvait absolument rien.

La sonnerie du téléphone retentit sur son bureau. Fixant d'un air menaçant la photographie de sa femme dans son cadre d'argent — elle avait été prise lors de leur lune de miel sur la mer Noire, onze ans plus tôt —, Viktor décrocha le combiné. Le secrétaire chargé de ses rendez-vous était au bout de la ligne et informa le colonel que les chefs des services du Département I étaient arrivés pour leur réunion du mercredi. Viktor, qui dirigeait la Deuxième Direction générale — organisation de contre-espionnage intérieur du K.G.B. responsable du renseignement concernant tous les étrangers en territoire soviétique —, avait été surpris, lorsqu'il était rentré de Kaboul vers 1985 pour prendre ses nouvelles fonctions, de découvrir que les directeurs des divers services du Département I, spécialisé dans la surveillance des diplomates américains, se parlaient à peine. Son premier acte officiel avait été de les remplacer par des gens nouveaux et d'organiser une réunion hebdomadaire qui permette de coordonner les activités des services du Département I. En l'espace d'une année, et principalement grâce à cette coordination, Viktor avait orchestré la première infiltration réussie de l'ambassade américaine à Moscou depuis des décennies. Cela s'était passé ainsi : le Service Trois, qui surveillait systématiquement les Russes entretenant des relations avec des diplomates américains, avait souligné que plusieurs membres du contingent des marines de l'ambassade sortaient avec des Russes. Le Service Un avait aussitôt placé un appât devant l'un des marines, et celui-ci avait mordu à l'hameçon. Il avait ensuite été un jeu d'enfant, pour les officiers traitants du premier service, spécialisé dans le recrutement et la manipulation des Américains, de faire chanter le marine pour qu'il leur donne accès à certaines zones interdites de l'ambassade pendant les heures creuses. L'infiltration aurait sans doute rapporté plus de secrets encore s'il n'y avait eu l'officier de sécurité de l'ambassade, un vieux pro nommé Custer. Il avait remarqué une maille filée, avait tiré dessus et détricoté tout le pull-over. L'appât avait été identifié, le marine expédié devant une cour martiale, et la fuite avait été colmatée.

Les chefs de service, installés autour de la table basse de Viktor, bavardaient pendant qu'Evguenia Leonovna distribuait des verres de thé (elle ne sortit pas sa confiture, préférant la garder pour Viktor). Lorsqu'elle se fut discrètement retirée, Viktor fit un signe de tête à un jeune officier qui dirigeait le troisième service du Département I, capitaine aux dents noircies par le tabac et dont le visage en poire exprimait une innocence infinie. Il avait perdu sa mère la semaine précédente et était vêtu entièrement de noir, avec un brassard noir sur la manche de son veston noir. Il gardait les lèvres serrées en une expression de douleur appropriée. Le capitaine, qui s'appelait Boris Frolov, sortit une feuille de papier portant la mention « Ultra secret — strictement réservé à la Deuxième Direction générale » et commença à énoncer d'une voix monotone la liste des contacts avérés entre Russes et diplomates américains durant la semaine précédente. Les artistes, éditeurs, metteurs en scène et écrivains habituels avaient pris leurs déjeuners, dîners et verres habituels avec les attachés culturels habituels ; il y avait eu bien trop de rencontres pour que les agents du troisième service, travaillant sous de rigoureuses restrictions budgétaires, puissent les surveiller toutes. Étant donné ses maigres ressources, Frolov avait concentré ses agents sur les rencontres les plus curieuses.

Une femme avait accosté l'un des attachés aux affaires politiques de l'ambassade pendant qu'il faisait des courses à la *beriozka* diplomatique, et avait essayé de lui faire accepter une enveloppe fermée. Il avait poliment, mais fermement, refusé. Interrogée par la suite, la femme avait assuré qu'elle voulait envoyer la description de la mort de son père à un frère qui avait émigré en Amérique ; la lettre en question était effectivement adressée à son frère et décrivait en détail le cancer qui avait tué leur père. La femme ne travaillait pas dans un secteur sensible et n'était pas considérée comme détenant des informations secrètes.

Des prostituées qui travaillaient dans les souterrains conduisant à la place Rouge (et qui signalaient régulièrement au troisième service toute relation avec des étrangers) avaient levé deux Américains qu'elles avaient pris pour des attachés militaires. Mais lorsqu'on avait montré aux dames des photographies des 128 attachés mâles auprès de l'ambassade américaine, elles n'avaient pas réussi à identifier leurs clients.

Une femme qui parlait russe avec ce qui semblait un accent américain avait mis le grappin sur un journaliste soviétique lors d'un dîner et proposé de lui échanger un walkman Sony contre une icône. L'histoire avait éveillé quelque intérêt quand le journaliste ajouta qu'il pensait avoir vu cette femme lors d'une réception récente à l'ambassade américaine. Un rendez-vous avait été organisé et la femme avait été photographiée pendant la transaction. Sa photo avait été transmise à l'équipe d'identification du Service Un qui la reconnut comme étant une jeune fille au pair australienne travaillant pour un diplomate canadien. L'icône avait été récupérée, la jeune fille reconduite à la frontière et expulsée.

« Maigre butin », commenta Viktor sans enthousiasme. Il avait espéré davantage — l'ouverture d'une partie d'espionnage particulièrement compliquée, peut-être — ne fût-ce que pour penser à autre chose qu'à l'exploration sans fin de l'infidélité à laquelle s'adonnait Ekaterina ; ne fût-ce que pour le détourner du furoncle purulent qui empoisonnait le corps politique soviétique et sapait le moral de ses défenseurs.

Frolov haussa les épaules comme pour s'excuser malgré lui. Ce n'était pas de sa faute si le climat politique donnait aux Russes, qui se pressaient d'ordinaire pour faire état du moindre contact avec des Américains, l'illusion que la guerre froide était terminée. Il fallait en outre composer avec l'élément saisonnier; en plein hiver, les rencontres avaient tendance à se passer à l'intérieur, hors de la vue de ceux qui pourraient encore être tentés de venir en parler au K.G.B.

« Encore une raison d'attendre la fin de l'hiver avec impatience », commenta sèchement Viktor. Les chefs de service acquiescèrent de tout cœur. Viktor se tourna alors vers Andreï Krostine, capitaine douloureusement maigre qui commandait le Service Un. Krostine, qui portait un gros pull-over tricoté main sous son veston afin de rendre sa maigreur moins spectaculaire, s'exprima, comme toujours, sans notes. Caressant d'un air absent sa barbe blonde soigneusement taillée, il avait commencé par une description détaillée des activités de Charles Inkermann, chef d'antenne de la C.I.A. à l'ambassade américaine : où il était allé, qui il avait vu, ce qu'il avait dit à sa femme dans l'intimité de leur chambre. À un moment, pendant la semaine, Krostine avait cru qu'il était tombé sur quelque chose d'important quand il avait surpris des conversations téléphoniques entre Inkermann et deux Russes d'une cabine téléphonique; on avait remonté les appels jusqu'à deux membres du Comité central remarqués pour leurs tendances réformistes. Les deux hommes avaient alors été « interviewés » (dans l'atmosphère politique actuelle, le Centre n'« interrogeait » plus) et ils avaient tous les deux juré qu'ils croyaient traiter avec un attaché culturel qui cherchait à obtenir un rendez-vous pour un envoyé spécial du *New York Times*.

Krostine termina sa présentation avec une brève description des divers Américains qui étaient entrés à l'ambassade pendant la semaine; il y avait eu plusieurs membres du Congrès et leur équipe en voyage d'affaires, un comptable du service budgétaire du Congrès chargé sans doute de vérifier les livres de l'ambassade, une délégation d'officiers d'ordonnance du Pentagone venus rencontrer leurs homologues soviétiques, une poignée de journalistes en visite, une petite armée de touristes tout émoustillés d'avoir pu échanger des blue-jeans contre du caviar bélouga. Oh, il y avait encore autre chose. Trois personnes, un homme et deux femmes, avaient pris leurs fonctions à l'ambassade depuis la dernière réunion hebdomadaire de Viktor. La première femme s'appelait Esther Easley, quarante-huit ans, et se trouvait là en remplacement temporaire d'une sténodactylo rentrée prendre ses congés de maternité aux États-Unis. Easley était mariée et son époux, professeur, était attendu à Moscou pour la fin du mois. L'homme s'appelait Benedict Bassett. Il était seul, divorcé, trente-trois ans, et devait servir d'intendant à l'équipe d'inspection du Contrôle des armements de l'ambassade. Bassett était arrivé directement de Prague où il venait d'effectuer une mission de quatre mois à l'ambassade américaine. Il avait été surveillé par les amis tchèques du Centre pendant qu'il était à Prague. On avait mis un appât en travers de son chemin, mais il n'en était rien sorti et Bassett, solitaire qui ne se faisait pas facilement des amis, avait été qualifié de candidat peu propice au chantage. La troisième nouvelle venue était Sabine Harkenrider, vingt-huit ans, célibataire, nommée à Moscou pour enseigner la grammaire aux petits Américains qui fréquentaient l'école de l'ambassade. Des trois nouveaux arrivants, c'était sans doute la plus prometteuse pour Krostine et ses acolytes du Service Un. Elle n'était pas très jolie et vivait seule... l'archétype même de quelqu'un susceptible de se laisser séduire par un agent du K.G.B. Comme elle vivait et travaillait à l'intérieur des locaux de l'ambassade, la difficulté serait de parvenir jusqu'à elle. Il faudrait attendre qu'elle sorte, on espérait avant le printemps, pour aller à l'opéra ou au ballet ou pour participer à l'une des excursions à skis de fond organisées par l'ambassade. Krostine se proposait de l'examiner alors de plus près.

« À propos de ce Bassett, dit pensivement Viktor. Quatre mois passés à Prague, ça me paraît curieusement court pour une affectation diplomatique.

— Ça m'a frappé aussi, lui accorda Krostine. À titre de précaution, j'ai chargé nos hommes à Prague d'essayer de découvrir ce qu'il faisait là-bas et, surtout, pourquoi il a été muté au bout de quatre mois seulement.

— Bien. C'est tout ? demanda Viktor.

— J'ai encore autre chose qui pourrait vous intéresser », répondit Krostine. Il chercha dans son porte-documents en cuir la transcription de la réunion d'information que Custer avait tenue à l'intention des trois nouveaux venus. « Voici ce qu'il leur a dit. » Krostine lut alors tout ce que ses appareils d'écoute avaient enregistré. « "Réfléchissez à ceci : chacun des mots qui sont prononcés ici sont retransmis par des micros cachés aux antennes qui se trouvent sur le toit d'en face et de là tombent dans les oreilles d'un camarade bilingue de la *techint* dans un bureau surchauffé du Komitet Gossoudarstvennoï Bezopasnosti, mieux connu sous ses initiales, K.G.B." »

Krostine leva la tête avec, dans l'œil, une lueur proche de la malice. « D'après vous, comment peut-il savoir que votre bureau est surchauffé ? » demanda-t-il à Viktor.

Frolov répliqua avec un ricanement : « Il est peut-être en train de nous écouter l'écouter. »

Pour la première fois de la journée, Viktor parvint à sourire. Il n'avait jamais rencontré Custer en face, mais il avait lu des dizaines de transcriptions de ses conversations — tellement qu'il pensait pouvoir détecter l'insolence dans le ton de Custer lorsqu'il harcelait l'ambassadeur, tracassait les nouveaux arrivants avec ses histoires de vaccination ou se disputait avec Inkermann, chef d'antenne de la C.I.A. qui, par un curieux hasard, avait été le supérieur de Custer avant que celui-ci ne soit viré de la C.I.A. La vérité était que Viktor nourrissait malgré lui un profond respect pour Custer — il aimait ses coups de gueule, son professionnalisme imperturbable, le je-m'en-foutisme avec lequel il traitait aussi bien ses supérieurs que ses inférieurs dans la hiérarchie. « Custer ne nous écoute pas l'écouter, assura Viktor à ses chefs de service. Il nous *imagine* en train de l'écouter. Il est le dernier survivant d'une race d'hommes qui se représentent ce que vont faire ceux d'en face en décidant de ce qu'il ferait s'il était à leur place. »

Viktor tourna la tête pour regarder une fois encore les cristaux de neige incrustés comme de la dentelle sur l'extérieur des vitres. Ce ne fut pas cette fois-ci une vision de son enfance qui s'imposa à son esprit mais l'image d'un corps pris dans la glace d'une rivière allemande, en 1945. Le cadavre était celui d'un soldat de la Wehrmacht, le visage mal rasé, le ventre transpercé par une baïonnette — celle de Viktor. Quelque chose avait coulé dans les veines de Viktor le jour où il avait tué cet Allemand, quelque chose qu'il avait par la suite appris à identifier comme de l'adrénaline. C'est à ce moment-là qu'il avait pris goût à l'élimination de ses ennemis et y avait trouvé une euphorie qu'il recherchait encore. À présent, dans la tranquillité surchauffée de son bureau, l'écho de sa voix lui revint par-dessus son épaule. « Custer en est à sa dernière bataille. Il pense qu'un homme a besoin d'un ennemi pour affirmer sa virilité ; pour donner à tout rapport un caractère d'urgence qui n'apparaît que lorsque l'on affronte la possibilité que ce pourrait être le dernier. Il a compris qu'il ne resterait bientôt plus le moindre ennemi, et que la guerre froide était terminée. »

Tandis qu'il décrivait Custer, Viktor s'aperçut qu'il se décrivait lui-même.

3

La présidente la désigna comme étant la dernière dissidente ; la dernière personne en Union des républiques socialistes soviétiques à tenir des propos tellement éloignés du large courant établi que les institutions mâles, rongées jusqu'au cœur par le puritanisme, se refusaient à laisser publier ce qu'elle écrivait. Son thème, autour duquel elle tissait des poèmes arachnéens, était les femmes : leur terreur de la violence masculine, leur courage incroyable à l'affronter. Ses poèmes exploraient audacieusement le no man's land de la sensualité féminine ; exploraient le désir des femmes d'être physiques avec les hommes vers qui elles se sentaient intellectuellement attirées, et d'être affectives avec les hommes vers qui elles étaient physiquement attirées. La présidente, femme vigoureuse portant pince-nez, se pencha plus près de son micro. « C'est un bonheur pour moi, murmura-t-elle d'une voix rendue rauque par l'émotion, d'accueillir dans l'auditorium de la Maison des architectes la femme que beaucoup d'entre nous considèrent comme l'héritière spirituelle de notre poète bien-aimée Anna Akhmatova. Je vous prie de saluer Zinaïda Ivanovna Zavaskaïa. »

Les quelque deux cents femmes qui s'entassaient sur les sièges à rabat métalliques de l'auditorium grisâtre et les quatre-vingts autres qui s'alignaient le long des murs applaudirent avec enthousiasme. La présidente fit un signe vers les coulisses pour que l'artiste fasse son entrée.

Aïda jaillit de derrière le rideau et jeta un coup d'œil furtif vers le public, comme si elle se méfiait de toute la cérémonie. Elle faisait partie de ces rares individus qui ne tirent aucun plaisir de l'agitation qu'ils suscitent lorsqu'ils pénètrent dans une pièce, mais qui n'y peuvent rien. Une quarantaine d'années, bien proportionnée, dotée d'une ossature solide, elle avait les hanches plantureuses, les épaules larges et un nez cassé, mal planté, animé de taches de rousseur. Sa bouche était généreuse, ses lèvres charnues, ses cils démesurés et ses cheveux ramassés en une tresse d'un blond sale qui lui tombait jusqu'au milieu du dos. D'immenses yeux mélancoliques étaient ce qu'elle avait de plus remarquable ; Aïda avait coutume de regarder les gens avec une telle intensité qu'elle semblait les graver dans sa mémoire. La première fois qu'Akhmatova, déjà très âgée, avait plongé son regard de poète dans les yeux gris d'Aïda, elle avait décrété qu'ils charriaient une innocence animale, qu'elle définissait allégrement comme une innocence capable de tuer, mais jamais par plaisir. Quant à la tenue d'Aïda, c'était le désordre le plus complet ; il semblait y avoir une émeute de couleurs, de matières et de formes qui la tiraillait dans tous les sens. (Ce n'était pas qu'elle s'en moquait ; elle s'en souciait en fait, mais pas assez pour gaspiller du temps, de l'argent et de l'énergie à tenter de donner une image cohérente d'elle-même.) Un tambourin 1930 orné d'une énorme plume blanche était enfoncé sur sa tête solide. Elle avait jeté sur ses épaules une étole de renard râpée terminée par une tête de renard réduite avec des yeux en billes de verre. L'étole surmontait une veste de satin piqué qui recouvrait à son tour un sweat-shirt d'un violet passé portant, brodée en caractères cyrilliques, l'inscription « C'est dans les rapports hommes-femmes qu'il faut une reconstruction » en travers de la poitrine. À l'un de ses longs doigts puissants, elle portait une bague qu'Akhmatova lui avait donnée quelques jours seulement avant sa mort parce que, lui avait dit le poète, Aïda « comprenait mieux le vent que le discours humain ». La monture d'argent usée enchâssait une agate triangulaire, pierre qui, selon Akhmatova, était censée chasser la peur. (Aïda chérissait la bague, mais ne croyait pas aux miracles ; elle vivait encore dans la terreur de perdre sa poésie.)

Maintenant, l'ourlet usé de son épaisse jupe noire souvent raccommodée lui battant les chevilles à hauteur de ses bottines bordées de fourrure, Aïda traversa la scène pour venir serrer la main de celle qui venait de la présenter. Puis elle se tourna vers le public, chaussa des lunettes parfaitement rondes cerclées d'acier, posa quelques feuilles de papier sur le lutrin et les examina jusqu'à ce que les applaudissements se taisent. Elle regarda brièvement la montre minuscule qu'elle portait au poignet. De fabrication polonaise, elle avait été conçue pour que la grande et la petite aiguille tournent à rebours du sens normal. « Si le temps s'écoulait à l'envers », lui avait dit en plaisantant son ami polonais lorsqu'il lui avait donné la montre, « tu pourrais le remonter pour refaire l'avenir. Tu pourrais arranger les choses de sorte que les choses n'aient plus besoin d'être arrangées. » Aïda sourit en repensant à ce trait d'esprit, enregistra mentalement l'heure qu'il était et leva brusquement les yeux vers son public.

« Ma lecture durera une heure, ni plus ni moins, annonça-t-elle. Je dis cela pour que ceux d'entre vous qui ne sont pas habitués aux récitals poétiques ne craignent pas de me voir déborder l'heure de votre casse-croûte. » Un rire amusé parcourut la foule. « Si je vous ennuie, si vous avez des courses à faire, ou si vous préférez un bon sandwich à une lecture de poésie, n'hésitez pas à partir. Je ne me sentirai nullement offensée. J'ai le cuir épais. Pour être poète en Union soviétique, ou pour avoir été poète dans la Russie tsariste d'ailleurs, un épiderme à toute épreuve est à peine moins essentiel qu'un don inné de l'image. Mais c'est une autre histoire. Ou peut-être pas ? Quoi qu'il en soit, je vais essayer de vous donner la genèse de chaque poème avant de vous le lire... autrement dit, je vais essayer de vous le situer dans le temps. Et je dirai chaque poème deux fois dans l'espoir que j'aie davantage à dire que ce qu'on peut saisir à la première écoute. »

Avec un demi-sourire étudié, Aïda leva la main pour jouer avec une minuscule boucle d'oreille en nacre. « Voilà : immergeons-nous ensemble dans la poésie. Vers la fin des années 70, sans tenir compte du fait que j'étais enceinte, les chefs m'ont fait enfermer à l'institut Serbski pour les fous criminels. Il n'y eut ni procès ni sentence, simplement la décision administrative que notre Mère Russie se porterait bien mieux avec un poète de moins en circulation. Ils ne m'ont gardée dans leurs murs que relativement peu de temps — deux mois, six jours et neuf heures et demie — mais cela m'a paru une éternité. Lorsque j'ai refusé de coopérer, on m'a administré de force des injections de soufre, ce qui a fait grimper la température de mon corps de cinq degrés. Tout ce qu'il vous reste à faire en de telles circonstances, c'est de vous tordre inlassablement sur votre lit en quête d'une position qui ne fasse pas trop souffrir. Je ne me rappelle pas en avoir trouvé une seule. Quand vous arrivez dans ce prétendu institut, on vous invite à remplir un questionnaire. C'est ce questionnaire qui m'a inspiré le poème que je vais vous dire. Ces questions constituaient une violation humiliante de l'intimité, un peu comme de subir un examen gynécologique pratiqué par un vétérinaire ivre. Je me plais à penser que mes interlocuteurs n'étaient pas préparés aux réponses que je leur ai données. Bon : voici le poème. Je l'ai intitulé *Q et R.* »

Puis, parcourant à travers ses lunettes de grand-mère un morceau de papier dont elle n'avait pas réellement besoin, Aïda se mit à déclamer d'une voix fragile et haut perchée.

Quand avez-vous perdu votre virginité ?

Avec un homme ou avec une femme ?

Résiste à la tentation de répondre à une question par une question. Pouvez-vous décrire votre arrestation ?

Les policiers étaient très polis. Ils m'ont apporté du thé et des gâteaux. Quand j'ai eu terminé, l'un d'eux a débarrassé la tasse et la soucoupe puis m'a brisé le nez d'un coup. Un autre a enfilé un gant chirurgical et a inspecté mon anus.

Que veulent les femmes des hommes ?

Leurs rêves et leur queue.

Pourquoi leurs rêves ?

C'est à nous que revient le travail quotidien... nous nous chargeons des courses, de la cuisine et du ménage, nous pensons à l'anniversaire de chacun, apportons un deuxième salaire, élevons les enfants, laissons infuser le thé, surveillons notre ligne, faisons l'amour et faisons les bébés. Nous n'avons pas le temps de rêver.

Pourquoi leur queue ?

Pour la sucer.

Qu'est-ce que vous y trouvez ?

L'objet d'un rapport est l'intimité.

Vous pensez que vous connaîtrez mieux les hommes si vous sucez leur queue ?

Je pense que je me connaîtrai mieux moi-même. La sensualité n'est pas faite pour les pusillanimes.

Avez-vous peur de perdre la raison ?

J'ai peur de perdre ma déraison.
J'ai peur de perdre ma poésie.

Quelle est la denrée la plus rare dans la Mère Patrie ?

Le sourire.

Quelle est la denrée la plus abondante ?

Les signes de résignation.

De résignation ?

De résignation. Oui.

Vous déconnez.

Ce n'est pas une question.

Je vais la formuler autrement. Vous a-t-on jamais dit que vous déconniez ?

Bien des fois.

Êtes-vous d'accord ?

J'étouffe à force de larmes contenues.

Saoulée de poésie, Aïda relut questions et réponses dans un silence absolu. Puis, réprimant un frisson, elle prit une profonde inspiration, comme pour évacuer un souvenir douloureux. Le poème semblait avoir ensorcelé l'assemblée ; personne n'osait applaudir de crainte de faire preuve d'irrespect. Aïda chercha dans ses papiers et choisit un second poème. « Je ne suis pas d'ordre particulier, annonça-t-elle. J'en invente un à mesure que j'avance. Sous cet aspect, un récital de poésie, c'est un peu comme la vie. »

Aïda poursuivit son parcours, expliquant la source de chaque poème puis le lisant et le relisant d'une voix délibérément atone, dépourvue de tout accent dramatique. Elle voulait que ce soit les mots et l'espace entre les mots qui portent le sens et l'émotion, pas le ton sur lequel elle récitait ; elle avait horreur des films où la musique indiquait aux gens ce qu'il fallait éprouver. Les femmes qui remplissaient l'auditorium, stupéfiées par l'audace des références explicitement sexuelles, hypnotisées par ce qu'elles prenaient pour l'écho de leur propre voix intérieure, paraissaient suspendues au fil de ses poèmes. Alors qu'elle disait un texte déjà ancien, Aïda oublia un mot. Plusieurs femmes qui connaissaient de toute évidence le poème par cœur s'empressèrent de le lui crier. On entendit plusieurs femmes pleurer après un poème décrivant un avortement en termes tellement cliniques que chacune comprit qu'il ne pouvait être qu'autobiographique. Des dizaines de têtes acquiescèrent lorsque Aïda, en huit lignes acérées, rappela que le K.G.B. n'avait pas été dissous ; que ses agents, des hommes dans leur grande majorité, copiaient en ce moment même les noms de ceux qui écrivaient de la poésie subversive et de ceux qui en écoutaient.

Lorsque l'heure fut quasi terminée, Aïda consulta brièvement sa montre, brassa ses feuilles de papier et adressa à son public un regard las. « Le dernier poème que je vais vous dire est un texte sur lequel je suis tombée hier soir alors que je parcourais des notes que j'avais prises il y a des années. Comme la plupart de mes poèmes, il n'a jamais été publié. Je n'avais pas posé les yeux dessus depuis des années et il m'a fallu un moment pour retrouver d'où il avait jailli. Cela a fini par me revenir. Je l'ai écrit pendant la période de stagnation, comme notre actuel proviseur appelle les années Brejnev. Le poème a été inspiré par trois constatations. La première est que même aux pires moments, et Dieu sait que nous avons eu plus que notre part de pires moments, le sexe a toujours été un sanctuaire. La deuxième constatation veut que les femmes, comme les hommes, aient un jardin peuplé de désirs ; mais, contrairement aux hommes, nous comprenons que le corps peut séparer les gens aussi facilement qu'il peut les réunir et que, de toute façon, il n'est jamais neutre. Selon la troisième constatation, les femmes se trouvent devant un dilemme central dont les hommes ne savent rien, à savoir comment se donner sans contrainte tout en retenant une partie de soi ; comment, en d'autres termes, faire cohabiter son désir et sa lucidité. Alors, j'ai intitulé ce poème *Géographie*. »

Et elle se remit à lire.

Battant l'air, elle se posa
comme un papillon
sur le bord de sa lèvre,
longitude féminine
sur latitude masculine.

Battant l'air, elle s'éloigna
avant qu'il puisse se faire une idée.

Un silence extraordinaire accueillit la fin de la seconde lecture qu'Aïda fit de son poème ; comme si les femmes de l'assistance, osant à peine respirer, avaient pénétré dans l'œil du cyclone. Une vague d'applaudissements parcourut alors l'auditorium. Puis les femmes furent debout et frappèrent en cadence dans leurs mains tout en battant des pieds. Le plancher se mit à vibrer. La présidente se précipita sur la scène pour étreindre la main d'Aïda. Rougissant avec embarras, Aïda sourit et adressa force signes de tête en guise de remerciements. Certaines parmi les plus jeunes femmes de l'assemblée s'élancèrent pour faire signer à Aïda des exemplaires de son seul livre publié, un mince recueil de poèmes intitulé *Échouée*.

« Vous êtes merveilleuse, lui lança une jeune femme.

— Où serions-nous sans votre voix ? » s'écria une autre.

Épuisée mais ravie, Aïda s'accroupit et griffonna son nom en lettres téméraires en travers de la page de titre.

*

La déprime d'après accouchement qui succédait invariablement à ses récitals de poésie s'était emparée d'Aïda lorsqu'elle s'arrêta une heure plus tard dans les bureaux de *Novyï Mir* pour corriger les épreuves de deux de ses derniers poèmes et toucher un chèque du rédacteur en chef qui se proposait de les publier. « Si je ne te connaissais pas aussi bien, dit Joseph Mikhaïlovitch à Aïda en voyant ses joues empourprées, je te croirais maquillée. Laisse-moi deviner. Soit tu es restée trop longtemps dehors, soit tu viens de dire tes poèmes à un public de femmes malpropres dans une salle pleine de courants d'air.

— Tu as vu juste sur toute la ligne, répondit Aïda. J'ai marché depuis la Maison des architectes. » Elle se hissa sur le radiateur afin de s'imbiber un peu de sa chaleur.

Le rédacteur en chef, dont la longue barbe flottante et les yeux fiévreux évoquaient davantage un prêtre orthodoxe russe qu'un homme de lettres, la regarda chausser ses lunettes sur son nez légèrement dévié puis commencer à lire les épreuves. Il se demandait comment soulever un sujet délicat. « Si tu voulais bien mettre un peu en veilleuse la rhétorique féministe et supprimer le mot *con* du troisième poème que tu m'as donné, déclara-t-il enfin, je pourrais peut-être publier celui-là aussi. »

Aïda leva les yeux avec un léger sourire. « Et qu'est-ce que le mot *con* a donc de déplacé dans un poème ? demanda-t-elle innocemment.

— J'essaye juste de t'aider », protesta Joseph Mikhaïlovitch, sur la défensive. Il avait tenté le diable en soulevant la question, mais le mal était fait.

Du studio de répétition, à l'étage en dessous, parvint le son étouffé d'une soprano en train de faire des vocalises. Aïda lança au rédacteur en chef un regard méprisant. « Je suppose que je devrais me montrer plus reconnaissante. Je suppose que je devrais ramper à tes pieds pour les miettes que tu me lances tous les quelques mois.

— Il n'est pas question de reconnaissance, mais de respect.

— Je suis tout à fait d'accord, rétorqua Aïda avec emportement. Il faudrait un peu plus de respect, ici. Pas seulement vis-à-vis des gens, mais aussi vis-à-vis des poèmes. Surtout des poèmes qui emploient pour explorer des sujets décents des mots que tu pourrais juger grossiers, en l'occurrence la constatation que s'il ne restait plus que deux personnes au monde, il y en aurait toujours une pour empiéter sur l'autre, ce que tu es en train de faire avec moi en ce moment.

— Je montre mon respect pour tes poèmes en en publiant quelques-uns, marmotta le rédacteur en chef d'une voix où perçait l'irritation.

— Quelques-uns ! » explosa Aïda. Elle rejeta la tête en arrière et souffla de l'air entre ses lèvres, émettant ce qui ressemblait exactement à un hennissement. Plusieurs rédacteurs de la revue, attirés par le bruit, se rassemblèrent devant la porte ouverte du bureau. Joseph Mikhaïlovitch se gratta la nuque et vint se planter devant son bureau, les bras croisés sur la poitrine. Aïda remarqua ce qui semblait être des taches de caviar dans sa barbe et sur les revers de sa veste à carreaux. Cette vision la mit en rage. « Alors, que se passerait-il si tes lecteurs tombaient sur le mot *con* imprimé ? demanda-t-elle d'un ton sarcastique. La terre cesserait-elle de tourner sur son axe ? La calotte de glace fondrait-elle aux pôles ? Quelle bande d'hypocrites vous faites tous ! Ce sont des prudes comme toi qui ont refusé de publier des strophes du *Tsar Nikita* de Pouchkine et qui pensent encore que Nabokov est allé trop loin avec *Lolita*. Reconnais-le, Joseph Mikhaïlovitch, tu as peur d'outrepasser une quelconque ligne de Parti, peur d'offenser un rouage machiste quelque part dans la grande roue bolchevique. »

Durant un instant, le seul bruit audible dans la

pièce fut le tic-tac de la pendule murale. « Quand te mettras-tu dans ta tête de virago qu'il n'y a plus de ligne du Parti ? » lui répliqua le rédacteur en chef en haussant le ton et en se frappant l'index contre son propre crâne. « Nos poètes devraient quand même être les premiers à comprendre ça, les premiers à soutenir ceux qui risquent tout pour donner un visage humain au socialisme. »

Aïda se laissa glisser de son radiateur, sortit du papier et du mauvais tabac de la poche de son manteau doublé de lainage et entreprit de se rouler une mince cigarette ; étant jeune, elle avait travaillé dix-huit mois dans une usine de tabac en Asie centrale et n'avait jamais perdu le tour de main. « L'affaire des poètes », dit-elle tandis que ses doigts disposaient le tabac sur le papier, « est de toujours se placer à gauche de la position officielle. Pendant la période Brejnev, nous défendions la glasnost. Maintenant, nous devons nous placer à gauche de la glasnost... Elle n'est de toute évidence pas assez ambitieuse si nous ne pouvons pas encore supporter la publication d'un poème contenant le mot *con*. » Elle lécha le bord du papier, ferma sa cigarette et la coinça entre ses lèvres. « Tu n'aurais pas du feu, par hasard ? » Elle le provoquait, les yeux rivés sur ceux de son interlocuteur, et il était clair, à l'angle de son menton, au léger sourire qui flottait sur ses lèvres frémissantes, qu'elle y mettait un double sens.

Secouant la tête avec exaspération, le rédacteur en chef fit jaillir la flamme d'un briquet et l'approcha de l'extrémité de la cigarette. « Pourquoi faut-il que nous finissions toujours par nous disputer alors que nous sommes du même bord ?

— Je suppose que la réponse est que nous ne sommes pas vraiment du même bord. »

La grande aiguille avança avec un déclic qui évoquait un cadenas qui se referme. Aïda vérifia l'heure de sa montre sur celle de la pendule. Joseph Mikhaïlovitch haussa les épaules d'un air agacé. « Épargne-moi tes couplets féministes », fit-il avec ennui. Il aperçut alors ses journalistes qui écoutaient, plantés devant la porte, et, pris de colère, il se tourna vers eux. « Vous n'avez rien de mieux à faire que de bayer aux corneilles dans les couloirs ? » Il s'avança à grands pas et claqua la porte avec une telle violence qu'Aïda crut que le panneau de verre opaque allait se fracasser.

Elle exhala un nuage de fumée de cigarette malodorante. « Les portes, tu devrais les ouvrir, pas les fermer, Joseph Mikhaïlovitch. Tu connais l'histoire de Pasternak sur son lit de mort... Il n'arrêtait pas de marmonner quelque chose mais personne n'arrivait à comprendre ce qu'il voulait. Enfin, quelqu'un a réussi à déchiffrer ce que c'était : il demandait qu'on ouvre la porte. »

C'en fut trop pour le rédacteur en chef, qui considérait Pasternak comme un héros, une icône, un dieu. « Qu'est-ce que c'est censé vouloir dire ?

— La poésie est une cible mouvante. Les poètes aussi. Il faut les traquer sans faire de bruit. En d'autres termes, Joseph Mikhaïlovitch, cela veut dire exactement ce que tu veux.

— Ce que tu peux être con, alors ! »

Aïda eut un petit sourire moqueur. Bien que son interlocuteur n'eût aucun moyen de le savoir, c'était d'elle-même qu'elle se moquait ; une nouvelle bataille venait d'être gagnée, une nouvelle guerre venait d'être perdue.

Soufflant bruyamment par les narines, époussetant des particules de saleté imaginaires de sa chemise lilas, Joseph Mikhaïlovitch battit en retraite dans sa forteresse, derrière les piles de manuscrits qui s'amoncelaient sur son bureau. « Tu m'as piégé », se plaignit-il. Il passa ses doigts dans sa longue barbe, en défaisant distraitement les nœuds. « Voilà tous les remerciements que je reçois pour publier tes poèmes et me mettre dans de sales draps. »

Aïda en eut assez de ce petit jeu. « Si tu veux vraiment m'aider, paye-moi les deux poèmes que tu viens d'accepter.

— Tu connais les règles de la revue, lui rappela le rédacteur en chef. Nous payons à la publication, pas à la relecture des épreuves.

— Tu es tellement pressé de restructurer le pays, répliqua Aïda non sans lassitude, pourquoi ne commences-tu pas par restructurer les règles de ta revue ? » Elle se sentit soudain submergée par un sentiment insistant de désespoir. Elle avait trop de problèmes éreintants, trop de sujets de préoccupation, trop de personnes qui dépendaient d'elle. Tout le monde comptait sur sa force. Personne ne voyait à quel point elle était fragile en réalité, comme elle aurait volontiers plié bagage pour aller dresser sa tente en pleine montagne, laissant fils, père, futur ex-mari et tous les groupes féministes se défendre par eux-mêmes. Ils ne comprenaient pas à quel point elle était prête, par moments, à franchir ce seuil délicat où la mort semble plus facile que la vie. Elle écrasa soudain sa cigarette contre le mur, en un mouvement de tournevis, puis la jeta dans une corbeille en fil de fer. Elle rangea ses lunettes dans un étui de plastique et rassembla ses affaires. « Merci pour rien », lâcha-t-elle en se dirigeant vers la porte.

Le rédacteur en chef remarqua l'affaissement de ses épaules. « Comment va Saava ? » lança-t-il à l'adresse de son dos.

Aïda se retourna à la porte. « Grâce à Dieu, Saava ne va pas trop mal. C'est le monde qui est malade. »

Le rédacteur en chef sourit, d'accord malgré lui. « Reviens demain à six heures, grommela-t-il. Je vais voir ce que je peux faire pour te faire payer les poèmes. »

Aïda le dévisagea brièvement, hocha la tête comme si elle venait de confirmer quelque observation obscure quant à la condition humaine, et s'en alla.

4

L'intendance des « Sept Nains » (surnom maison des sept officiers qui faisaient partie de l'unité de Contrôle de la limitation des armements) accaparait la majeure partie du temps de Ben Bassett et toute sa patience. Il faisait continuellement la navette entre la réserve de bureaux miteux de l'unité, située juste au-dessous de la section des affaires culturelles de l'ambassade, et le Bureau général, à gauche de l'entrée principale et des marines qui la gardaient. Il fallait faire les réservations de trains et d'hôtels en passant par l'Oupravlenïe po Obsloujeniou Diplomatitchekogo Korpouça, mieux connu des diplomates américains à Moscou sous le sigle U.P.D.K., prononcer « Updik ». Il fallait retenir les Chevrolet du parc de l'ambassade, acheter les tickets d'essence, porter la poche à brûler du bureau à l'incinérateur, promener dans toute la ville un ponte du Pentagone en visite. Un stock de Pampers venait d'arriver par le convoi hebdomadaire de la base d'Helsinki et devait être remis à une femme dont le mari était parti inspecter des sites de missiles soviétiques en Asie centrale. La photocopieuse venait de tomber en panne, une fois de plus. Dans la salle de bains du bureau, l'eau de la cuvette des toilettes remontait dans la baignoire. (Dans une vie antérieure, l'ambassade avait été un simple immeuble d'habitation, ce qui expliquait que la plupart des salles d'eau étaient équipées de baignoires; les locaux d'habitation, eux, avaient été construits *après* la révolution bolchevique, ce qui expliquait pourquoi toute la plomberie faisait autant de vacarme quand elle voulait bien marcher, ce qui était rare.) Il fallut à Ben trois quarts d'heure pour dénicher le plombier de l'ambassade et encore un quart d'heure pour le convaincre que la situation était désespérée. Le temps que Ben aille chercher son courrier à la section administrative, il était déjà proche de la crise de nerfs. Il lisait les messages sur le tableau d'affichage (« Tous ceux qui pensent aussi qu'il y a trop de sel dans les salades de la cantine peuvent ajouter leur signature ci-dessous ») lorsqu'une femme lui donna une petite tape sur le bras.

« Bonjour, Ben, dit-elle.

— Oh, bonjour.

— Sabine Harkenrider.

— Je me souviens très bien de votre nom, mentit-il.

— Comment ça va ? »

Ben ricana dans sa barbe. « Je survivrai. Et vous ? »

Sabine le gratifia d'un sourire timide et Ben décida qu'elle était moins quelconque qu'il l'avait cru tout d'abord. « Les installations du lycée sont extra dans le nouveau complexe administratif. J'arrive tout droit d'un poste dans un ghetto de New Haven. C'est un vrai luxe pour moi d'avoir des stores aux fenêtres. Mais les gosses d'ici sont plutôt suffisants. Leur principal sujet de conversation, c'est le dernier coup qu'ils ont réussi au marché noir — on dirait qu'ils peuvent se procurer absolument n'importe quoi en échange de jeans et de sweat-shirts. » Sabine examina le panneau d'affichage et leva le bras pour ajouter son nom à la liste de ceux qui voulaient participer à une randonnée à skis de fond organisée par les Weight Watchers de l'ambassade le samedi suivant.

« Vous n'avez pas l'allure d'une adepte des Weight Watchers, fit remarquer Ben.

— Je n'en ai pas l'allure justement parce que j'en suis une. » Elle adressa un coup d'œil inquisiteur à Ben. « Faites-vous attention à votre ligne ? Faites-vous du ski ?

— Non aux deux questions. »

Sabine, pour animer une conversation qu'elle sentait déjà mourante, ajouta : « Entre M. Custer et vous, ça n'avait pas l'air d'être le coup de foudre, la dernière fois. »

Ben haussa les épaules. « C'est un dinosaure... il en est encore au temps de la guerre froide. C'est pathétique. » En fait, Ben regrettait d'avoir provoqué l'officier de sécurité de l'ambassade. Il devait éviter ce genre de personne et tâcher de ne pas se faire remarquer.

« Je ne m'intéresse pas beaucoup à la politique, indiqua Sabine. J'imagine que c'est parce que je ne comprends pas vraiment ce qui peut pousser quelqu'un à devenir politicien.

— Le pouvoir.

— C'est ce que tout le monde dit. Le pouvoir. » Elle secoua la tête. « Il doit y avoir davantage que cela. C'est comme de dire qu'un homme d'affaires n'est motivé que par l'argent. Je n'y crois pas. »

Elle attendit une réponse de Ben. Voyant qu'il n'en faisait aucune, elle dit : « Bon », et sourit en regardant le sol. Elle commença à s'éloigner puis se retourna. « Il y a un apéro au bar *Sam's* du nouveau complexe administratif, à quatre heures. Passez donc, Ben. Je vous paierai un verre. »

S'il y a quelque chose que je veux absolument éviter à Moscou, c'est bien d'avoir une histoire avec une Américaine, pensa Ben. Il prétexta un rendez-vous à quatre heures et quart. « Une autre fois, peut-être.

— Mais oui, une autre fois. » Elle se retourna, sourit à nouveau puis éclata de rire. Ben crut déceler une note de souffrance dans son rire. Il se demanda s'il avait rouvert une vieille blessure... ou s'il en avait infligé une nouvelle.

*

Il avait effectivement rendez-vous à quatre heures et quart, avec Charlie Inkermann, chef d'antenne de la Central Intelligence Agency à l'ambassade. À quatre heures dix, Ben prit l'ascenseur jusqu'au neuvième étage, fit vérifier son insigne vert par un marine au visage poupin rongé par l'acné, puis monta à pied jusqu'au dixième et remonta le couloir, passant devant les bureaux de l'attaché de la défense et celui du chef de mission adjoint avant d'arriver à une porte où ne figurait qu'un simple numéro. Il frappa et passa la tête à l'intérieur.

Une jeune secrétaire en minijupe d'un rouge flamboyant classait des documents dans un fichier métallique. Elle lui fit signe d'entrer. « Nous vous attendions », dit-elle d'une voix enjouée. Elle enfila une tige de métal dans les poignées des tiroirs et la coinça en haut à l'aide d'un cadenas à combinaison avant d'allumer l'alarme électronique. Puis, ondulant jusqu'à son bureau, elle gratifia Ben d'un coup d'œil appréciatif que les femmes en minijupe rouge flamboyant s'attirent le plus souvent des hommes. « Je m'appelle Mehetabel Macy, annonça-t-elle, le souffle court. Vous vous demandez sûrement d'où peut venir un nom comme Mehetabel ? La réponse est : de la Bible... et cela veut dire "Aimée de Dieu". Ça fait réfléchir, hein ? Je veux dire par là que si je suis en poste à Moscou, imaginez un peu où sont envoyés ceux qui ne sont pas aimés de Dieu ! » Elle leva la main dès que Ben voulut ouvrir la bouche. « Vous êtes le quatre heures et quart de M. Inkermann. C'est ainsi que je vous appellerai à partir de maintenant et ce quelle que soit l'heure à laquelle je vous verrai... vous serez toujours notre quatre heures et quart. » Sans quitter Ben des yeux, elle tendit le bras par-dessus son bureau et poussa une manette sur un interphone. « Votre quatre heures et quart est là, monsieur Inkermann. »

Une plainte impatiente et nasillarde filtra par le petit haut-parleur. « Envoyez-le-moi. »

La secrétaire se déroula de sa chaise et alla ouvrir l'une des quatre portes qui donnaient sur son vestibule avant de s'effacer mollement. Ben respira des effluves de lilas lorsqu'il passa devant elle pour pénétrer dans un bureau obscur. Quand la porte se referma derrière lui, supprimant ainsi presque toute lumière, il eut la sensation d'apesanteur très particulière qu'on ressent quand on plonge au fond d'un lac. Le peu de clarté qui régnait semblait désagréablement mêlée d'ombres mouvantes. Peu à peu, ses yeux s'accoutumèrent à la pénombre et il commença à distinguer le chef d'antenne de la C.I.A. Petit homme charnu dont les mèches de cheveux soigneusement ramenées en arrière ne parvenaient à dissimuler qu'en partie la tonsure du crâne, il était assis devant une table à tréteaux vivement éclairée par une lampe de bureau basse, et manipulait quelque chose entre ses doigts courtauds. Lorsqu'il se fut approché, Ben découvrit qu'Inkermann était en train de fixer de minuscules montants sur un modèle réduit de bâtiment de guerre. « Je suis à vous tout de suite », marmonna le chef d'antenne sans même lever les yeux. Il fit couler une goutte de Super-Glue sur l'extrémité d'un autre montant et le mit délicatement en place. Examinant la maquette à l'aide d'une loupe, Inkermann annonça : « Vous contemplez le U.S.S. *John R. Pierce*, destroyer de classe Sumner de la Seconde Guerre mondiale. C'est le bâtiment qui a arrêté le premier cargo soviétique devant Cuba quand John Kennedy a décidé de mettre l'île en quarantaine au moment de la crise des missiles. » Inkermann contempla le modèle réduit avec un sentiment tout proche de la nostalgie. « J'ai eu la grande chance de servir sur le *Pierce* à ce moment historique. » Détachant à contrecœur son regard de la maquette, il orienta la lampe de bureau en sorte d'éclairer son visiteur. « Vous êtes donc Bassett », grommela-t-il. Il ne tendit pas sa main à serrer.

Ben parut surpris d'entendre Inkermann prononcer son nom à voix haute. « M. Custer nous avertissait encore l'autre jour que les murs ont des oreilles, remarqua-t-il avec un sourire quelque peu forcé.

— Custer est un con », coupa Inkermann. Indiquant ensuite d'un signe de tête à Ben de prendre un siège, il traversa la pièce jusqu'à un petit bureau très encombré et s'assit sur une chaise de bois pivotante juste derrière. « Le fait est que certains murs ont des oreilles, d'autres non. Ces murs-là en particulier n'en ont pas. » Il s'inclina pour allumer la lampe de bureau à abat-jour vert. « Ce bureau a été conçu par des Seabees. Les fenêtres sont à doubles panneaux afin d'éviter l'enregistrement des voix par capteur laser. Les stores vénitiens sont toujours tirés. Ni les Russes, ni, en l'occurrence, vos confrères de l'ambassade ne sauront que vous êtes monté ici. S'il y a une chose sur laquelle nous nous montrons très pointilleux, Bassett, c'est l'application des méthodes de sécurité. Vous aurez remarqué que ma secrétaire vous a appelé mon quatre heures et quart. C'est parce que son bureau n'est pas considéré comme sûr à cent pour cent. » Inkermann, qui essayait de s'arrêter de fumer, planta une cigarette de plastique entre ses lèvres épaisses et entreprit de la mâchonner. « On m'a dit que vous veniez du renseignement militaire. On m'a dit aussi que vous ne pouviez pas vous tromper. On m'a dit que c'est tout ce qu'on me dirait. Que ce soit mes supérieurs de Washington. Que ce soit vous. »

Inkermann observa son visiteur avec une hostilité à peine déguisée. Il ne se sentait pas excité du tout à l'idée d'avoir quelqu'un qui jouerait les indépendants dans sa boutique. Il y avait de toute évidence une opération quelconque en cours. Pour le chef d'antenne, le fait d'être court-circuité n'était pas quelque chose d'exceptionnel, mais c'était tout de même rare. Pour Inkermann, cela pouvait signifier deux choses : soit on ne lui faisait pas entièrement confiance, soit l'opération était en soi particulièrement surveillée. Il souhaitait de tout son cœur que la deuxième solution fût la bonne mais se rendait malade à force de se dire que c'était peut-être la première. Cependant, Inkermann se plaisait à se considérer comme un joueur d'équipe, et comme un professionnel ; il aimait à dire qu'il suffisait de lui donner un cap pour qu'il se mette à la voile. Il ravala donc son orgueil pour demander : « Que puis-je pour vous ? »

Ben donna au chef d'antenne une liste verbale de commissions. Il avait besoin de l'attaché-case scellé qui lui avait été envoyé par valise diplomatique. Il lui faudrait une pièce réservée ; il n'était pas utile qu'elle soit grande, mais elle devait être sûre. Il lui faudrait un coffre-fort, un broyeur et une poche à incinérateur. Il aurait besoin d'avoir accès à la liste exhaustive des câbles d'information compartimentée ultra-secrète — catégorie tellement secrète que les messages étaient presque tous classés BIGOT, c'est-à-dire que le destinataire devait en contrôler l'accès et que chaque exemplaire devait être numéroté. Oh, il avait failli oublier un dernier détail qui avait pourtant son importance : il lui fallait aussi les carnets de codes de l'antenne.

« Ce sera tout ? » demanda Inkermann avec un sourire crispé.

Ben lui indiqua d'un bref signe de tête qu'il en resterait là.

Inkermann lui demanda jusqu'où il désirait remonter dans les archives des câbles. Ben répondit qu'il comptait commencer par 1967. Inkermann voulut savoir quand Ben comptait travailler. Ben expliqua qu'il poursuivrait ses activités d'intendant afin de garder sa façade intacte et qu'il étudierait les câbles la nuit et le week-end. Lorsque Inkermann lui fit observer qu'il lui faudrait des mois pour examiner tous les câbles d'information compartimentée ultra-secrète de l'antenne, Ben se contenta de hausser les épaules.

Au moment où Ben allait partir, Inkermann lui demanda : « Par simple curiosité, Custer a-t-il été mis au courant, pour vous ?

— Personne d'autre que vous n'est au courant, pour moi. Ni l'ambassadeur. Ni Custer, répondit Ben.

— Les marines qui vérifient les insignes verts au sixième étage tiennent un registre, indiqua Inkermann. Custer apprendra sûrement que vous êtes monté ici. Vous feriez mieux d'avoir un scénario tout prêt.

— L'une des tâches dont je suis chargé par les Sept Nains consiste à chiffrer leurs rapports au Pentagone. Si Custer pose des questions, je lui dirai que vous m'avez prêté un coffre pour ranger mes chiffres et une table pour travailler quand je dois coder mes rapports. »

Inkermann se souleva de sa chaise. « Il n'entendra rien d'autre de ma bouche, vous pouvez compter sur moi. »

Ben aurait pu dire : « J'y compte bien », mais il voulait mettre un certain espace de manœuvre entre lui et Inkermann. Aussi préféra-t-il : « Nous y comptons », sachant qu'Inkermann ne manquerait pas de remarquer le « Nous » et d'en tirer les conclusions qui s'imposaient.

C'est ce qu'il fit.

5

Ce mardi n'était pas un très bon jour pour Viktor Prossenko. Sa goutte l'avait repris, faisant gonfler ses gros orteils et le contraignant à boiter lorsqu'il marchait. Sa goutte résultait, d'après le médecin du Centre qui l'avait examiné, de l'absorption de plusieurs litres d'une mauvaise année de mauvais vin blanc géorgien la nuit où sa femme était partie pour une quelconque banlieue moscovite. Elle tournait « en extérieur » un épisode d'un feuilleton télévisé. Viktor était obnubilé par ses versions d'« extérieur ». Connaissant Ekaterina, elle passerait sans doute la plupart de ses heures libres dans un très grand lit de l'hôtel local et elle le partagerait avec son amant, ce youpin minable et combinard qui avait la moitié de l'âge de Viktor et aimait raconter des histoires antisoviétiques dans les cocktails.

Pour arranger encore les choses, la secrétaire favorite de Viktor, Evguenia Leonovna, avait glissé sur une plaque de verglas devant son immeuble et s'était foulé le poignet. Elle avait appelé en larmes pour dire qu'elle serait absente deux jours et pour lui indiquer où elle rangeait ses confitures maison pour son thé. La secrétaire replète qui lui avait été envoyée de l'équipe d'intérimaires du Centre puait ce que les anciens de la maison appelaient « le souffle de Staline» (parfum de très grande production), ne savait même pas écrire correctement le nom du Centre, et préparait le plus mauvais thé que Viktor eût jamais goûté, tellement mauvais qu'aucune quantité de confiture ne pouvait le sauver. Et par-dessus le marché, elle s'exprimait d'un ton geignard.

Elle était justement en train de gémir au téléphone. «Il y a là un capitaine Krouchtine...»

Viktor perçut la voix irritée de son chef de service la corrigeant. «Il se trouve que je m'appelle Krostine, pas Krouchtine.

— Krostine, Krouchtine, n'importe, gémit la secrétaire dans le combiné. Il veut savoir s'il peut vous prendre une minute de votre temps. Qu'est-ce que je lui dis?

— Vous vous excusez d'avoir écorché son nom et vous lui dites de venir tout de suite.»

«Je vous proposerais bien un verre de thé, dit Viktor à son chef de service une fois qu'il eut été introduit dans le bureau, mais vous pourriez être dégoûté à vie de ce breuvage si je vous en offrais.»

Fidèle à son habitude, Krostine en vint tout de suite au fait. «Je suis peut-être tombé sur quelque chose d'intéressant», dit-il à Viktor. Il avait étudié des bribes de conversations retransmises par un micro enfoui dans le mur près du panneau d'affichage de la section administrative de l'ambassade américaine. L'un des trois nouveaux de l'ambassade, la femme qui s'appelait Harkenrider, avait été surprise en train d'inviter un certain Ben à venir prendre un verre avec elle au bar de l'ambassade à quatre heures. (Krostine pensait bien que le Ben en question devait être l'intendant de l'équipe d'inspection du Contrôle des armements, Benedict Bassett, à cause d'une allusion à la réunion d'information qu'avait tenue à leur intention Custer, officier responsable de la sécurité.) Bassett s'était excusé en disant qu'il devait voir quelqu'un à quatre heures et quart. Comme Viktor allait pouvoir le constater, la mention d'un rendez-vous à quatre heures et quart avait son importance. Plus tard dans l'après-midi, un micro dissimulé dans le mur du vestibule de l'antenne de la C.I.A. avait surpris la secrétaire annonçant à Inkermann que son quatre heures et quart était arrivé. « Elle n'utilise jamais de noms propres parce qu'ils ont peur d'être écoutés, expliqua Krostine. Elle appelle toujours les visiteurs par l'heure de leur rendez-vous. »

Viktor commençait à comprendre où voulait en venir son chef de service. « Vous pensez donc que ce Benedict Bassett avait rendez-vous avec Inkermann ?

— La réponse d'Inkermann dans l'interphone était parfaitement claire. Il a dit : "Envoyez-*le* moi."

— Le », répéta pensivement Viktor en se baissant pour masser une cheville douloureuse.

Krostine formula la question qui s'imposait. « Qu'est-ce qu'un intendant de l'unité de contrôle de la limitation des armements pouvait avoir à faire avec le chef d'antenne de la C.I.A. ? »

Une lueur s'alluma dans chacun des yeux de Viktor. « Si c'était réellement Bassett là-haut, dit-il à Krostine, cela pourrait vouloir dire qu'il est davantage qu'un simple intendant. »

Pour la première fois depuis que sa femme était partie tourner « en extérieur », l'imagination de Viktor produisit autre chose que la vision du corps laiteux de la jeune femme en train de s'empaler sur la verge circoncise d'un escroc juif alcoolique dans une chambre d'hôtel minable. « Mettons de toute façon Bassett sur notre liste de cibles prioritaires, indiqua-t-il à Krostine. Ne lésinez pas. Je veux que le Service Trois mette toute une équipe sur lui. Si ce Bassett est réellement plus qu'un intendant, nous partons avec le gros avantage qu'il ne sait pas que nous savons. Ne le perdons pas par excès d'impatience ou manque de professionnalisme. »

Viktor se tourna sur son siège et contempla les épais rubans de neige qui obstruaient son champ de vision vers la rue en contrebas. Pendant un moment délicieux, il savoura l'illusion que la neige était parfaitement immobile et que c'était lui qui fonçait vers le ciel. Un sourire pensif creusa de nouvelles rides dans ses joues burinées.

La sensation d'être, après si longtemps, en mouvement provoqua dans les articulations de Viktor des picotements dus à autre chose que la goutte.

6

Dès l'instant où Aïda commença à gravir l'étroit escalier, avançant à l'aveuglette dans la plus totale obscurité parce que les ampoules avaient toutes grillé et qu'il était impossible d'en trouver de nouvelles, elle sut qu'elle avait perdu la course au premier arrivé à la cuisine communautaire. L'odeur âcre du chou cuit emplissait la cage d'escalier et s'intensifiait à mesure qu'elle montait. À son étage, le cinquième, cette odeur était suffocante. Aïda aurait aimé préparer le dîner de Saava de bonne heure pour que le petit se couche tôt, mais elle avait été retenue par les queues au *gastronome* du rez-de-chaussée de l'immeuble d'à côté. Les rayons étaient presque vides lorsqu'elle était arrivée, mais cela n'avait pas empêché les gens de faire la queue. Il y avait en fait sept files — une pour les sardines gelées, qui étaient si petites que le monsieur qui attendait derrière Aïda les avait prises pour des vairons, une seconde pour les pommes de terre ratatinées et couvertes d'yeux qui avaient germé, une troisième pour la miche de pain noir et sec, une quatrième pour payer le tout puis une nouvelle tournée pour donner les coupons timbrés et enfin pour récupérer les articles achetés. À présent, après une longue journée, cherchant à tâtons la serrure afin d'y insérer un passe, Aïda se sentit vidée de toute énergie, de tout espoir. Ses pieds lui semblaient de plomb. Son cœur aussi. Elle poussa la porte, plaqua ce qui pouvait passer pour un sourire sur son visage et appela : « Saava, c'est moi. C'est Aïda qui rentre enfin. »

Saava arriva en bondissant par l'autre bout du couloir et sauta dans les bras d'Aïda. Il déposa un baiser mouillé en plein sur ses lèvres ; Aïda était ravie de voir que, à onze ans, il ne souffrait d'aucune inhibition dans ses relations physiques avec sa mère. Il la prit par la main et lui fit traverser la cuisine, où leur voisine d'appartement râpait de la betterave cuite dans un borchtch sans viande, pour l'entraîner vers la salle de bains. « Aïda, viens voir ce que Vadim fabrique ! » s'écria Saava d'une voix que l'excitation rendait aiguë.

Le garçon tira Aïda le long du couloir bourré de cartons de livres et de valises contenant les affaires d'été, la fit passer devant le réfrigérateur communautaire puis pénétrer dans la salle de bains longue et étroite qu'on avait beau désinfecter mais qui sentait toujours l'égout. Vadim remplissait un grand bocal d'une eau couleur de rouille au robinet de la baignoire ; il leva les yeux et afficha un sourire bancal en direction de sa femme. Le futur ex-mari d'Aïda (il refusait catégoriquement le divorce tant qu'il ne pouvait pas emménager dans un appartement en terrasse surplombant la Moskova ; et il ne pourrait le faire que lorsque l'actuelle locataire aurait obtenu la garde légale de son fils afin que tous deux puissent émigrer en Israël) avait le visage hâve et tiré de l'alcoolique invétéré ; ses yeux, deux sombres noyaux de pêche enfoncés dans son crâne, injectés de sang à cause des litres de vodka qu'il s'envoyait quotidiennement, conservaient en permanence le regard furtif du camelot qui s'apprête à faire son boniment. Au dos de ses mains, la peau était couverte de verrues. De temps en temps, son corps tout entier se mettait à trembler comme une feuille prise dans un courant d'air. Il y avait des moments où Aïda se demandait ce que la maîtresse de Vadim pouvait bien lui trouver. Il y avait des moments où elle avait du mal à se souvenir de ce qu'elle-même avait pu lui trouver.

« Il dit que nous allons tous nous saouler et partir en Amérique, annonça gravement Saava. Il dit que, là-bas, les rues sont pavées de vieux walkmans Sony et qu'on peut encore en faire marcher quelques-uns.

— Je n'ai aucune envie d'aller en Amérique, répliqua Aïda. Je suis tout à fait satisfaite d'être ici. » Elle se tourna vers Vadim. « Pourquoi lui mets-tu des idées aussi stupides en tête ? » Vadim, qui avait passé l'après-midi à boire du résiné avec un ami diplomate qui revenait d'Athènes, traînait un peu sur les mots lorsqu'il répondit : « Et qu'est-ce qu'il y a de stupide à vouloir aller en Amérique ? C'est un pays où les idées sont brandies comme des drapeaux. Leur Madison Street dirige le monde avec sa publicité. Il y a des chances pour qu'ils veuillent utiliser un juif russe très créatif qui a beaucoup d'expérience dans la vente de produits que personne ne veut acheter. »

Aïda contempla le bocal dans la baignoire. « Bon. Et qu'est-ce que tu nous concoctes maintenant ?

— Je tiens la recette de mon chauffeur de taxi qui la tient d'un chimiste d'Ouzbékistan. Tu mets du riz, tu mets du sucre si tu arrives à en trouver, sinon de la saccharine, tu mets des fruits — j'ai trouvé un paysan qui vendait des pêches séchées au marché central. Ne me demande pas combien je les ai payées parce que, si je te le disais — ce que je ne ferai pas —, tu me tomberais dessus à bras raccourcis. Tu mélanges le tout dans un bocal, tu ajoutes de la bière, tu ajoutes de l'eau chaude et tu couvres le bocal avec un gant chirurgical en caoutchouc. À mesure que le mélange fermente, le gant enfle. Quand tous les doigts sont dressés, “les Salutations du Grand Proviseur”, c'est le nom de ce cocktail, sont prêtes à boire.

— Pourquoi t'embêtes-tu autant alors que tu as assez d'argent pour t'acheter tout l'alcool que tu veux au marché noir ? s'étonna Aïda.

— Je le fais parce que c'est illégal, expliqua Vadim. Je voudrais en offrir une bouteille au vice-ministre adjoint chargé du budget publicitaire de l'État. »

Saava demanda à Vadim : « Qu'est-ce que ça veut dire, fermenter ? »

Vadim ferma le robinet, ajusta le gant de caoutchouc sur le couvercle avec un élastique et souleva précautionneusement le bocal de la baignoire. « La fermentation, c'est ce qui arrive quand quelque chose pourrit.

— Alors on peut dire que le communisme fermente ? » répliqua brillamment Saava.

Vadim ricana. « Où je peux mettre ça pour que ça reste dans le noir ? » demanda-t-il à Aïda.

Aïda retourna dans le couloir pour accrocher son manteau et son étole de renard à une patère. Vadim, porteur du bocal avec son gant de caoutchouc en guise de couvercle, la suivit d'un pas traînant. « Pendant que tu passais ton temps à acheter des pêches séchées, tu n'aurais pas trouvé de viande pour le dîner, par hasard ? lui lança Aïda par-dessus son épaule.

— À dire vrai, je n'ai même pas regardé. Si tu veux, je peux toujours rappeler mon chauffeur de taxi pour qu'il nous rapporte quelque chose d'un restaurant.

— Heureusement que j'ai trouvé des sardines, lui dit Aïda en défaisant ses souliers pour glisser ses pieds dans des pantoufles bordées de fourrure.

— Je crois que je préférerais de la viande.

— Si tu voulais de la viande, il fallait y penser pendant que tu dépensais une petite fortune en fruits au marché central. Non mais tu imagines, acheter des fruits en hiver ! »

Vadim la suivit dans la pièce qui faisait office de salle de séjour et de chambre à coucher pour Aïda. Elle était meublée d'un étroit lit de bois recouvert d'un châle ouzbek aux couleurs vives, d'une armoire à glace, d'une table de bois ronde qui servait de bureau à Aïda quand le couvert n'était pas mis, d'étagères de fortune qui croulaient sous les livres, les manuscrits et les magazines, et de trois peintures à l'huile un peu passées accrochées comme les Russes accrochent toujours leurs tableaux, soit très haut sur les murs. « L'argent, marmotta Vadim en cherchant un endroit où entreposer son bocal, ce n'est pas mon problème. Et de toute façon, acheter des fruits en hiver est un geste *poétique*. Tu es la première que ça devrait toucher quand même.

— La poésie est la nourriture de l'âme. Saava a besoin de nourriture aussi pour son estomac. » Aïda tria le courrier empilé sur la table ronde, fourrant les enveloppes tapées à la machine derrière le radiateur, avec celles qui s'y trouvaient déjà ; c'était chez elle un principe absolu de ne jamais ouvrir les enveloppes ni lire les lettres tapées à la machine. Elle s'installa sur le seul siège potable de la pièce pour jeter un coup d'œil sur le mot manuscrit posté à Leningrad. Il s'agissait en fait d'une lettre du président du comité à la mémoire de Pouchkine ; il proposait de lui payer le voyage jusqu'à la ville qu'elle appelait Piter (en hommage à Pierre le Grand, son fondateur) mais qui s'appelait encore Leningrad, si elle acceptait de dire certains poèmes de Pouchkine à la réunion qui commémorerait la mort du poète, en février.

Vadim poussa une pile des livres d'Aïda et coinça son bocal sur une étagère de l'armoire. Visiblement content de lui, il entreprit de raconter la dernière blague en vogue. « En parlant de viande, tu connais celle de la femme qui fait la queue pendant deux heures ? Quand elle arrive enfin au comptoir, elle demande de la viande au vendeur. Alors il lui dit... » Vadim ne put s'empêcher de rire à sa propre blague. « Ici, nous n'avons pas de poisson. C'est à côté qu'ils n'ont pas de viande. »

Aïda ne rit pas. « Pourquoi faut-il toujours que ce soit une femme qui fasse la queue dans tes histoires ? »

Vadim secoua la tête, écœuré. « Où est passé ton sens de l'humour ? » grommela-t-il de sa voix basse d'alcoolique, puis il se dirigea d'un pas chancelant vers la chambre qu'il partageait avec Saava.

Des larmes d'exaspération et de révolte affluèrent. Mais, comme toujours, Aïda réprima son envie de pleurer. Elle avait perdu le peu d'humour qui lui restait quelque part entre le centre de Moscou et la gare fluviale, Retchnoï Vokzal, dernier arrêt de la ligne de métro Gorkovskaïa ; coincée dans la voiture bondée, oscillant avec les mouvements du métro, elle avait senti une main lui caresser les fesses. Elle avait fait volte-face et avait giflé le gros homme pressé contre elle. La surprise l'avait fait hurler et il l'avait accusée d'être une malade mentale. Les autres passagers l'avaient dévisagée comme si c'était le cas. Peut-être sentaient-ils quelque chose qui lui échappait. Effectivement, elle ne pouvait pas se rappeler la dernière fois qu'elle avait éclaté de rire ; la dernière fois qu'elle avait trouvé quelqu'un ou quelque chose drôle. L'humour semblait avoir été terriblement vidé de sa personne. Qu'y avait-il d'amusant dans le fait d'avoir à gratter le moindre rouble pour arriver à joindre les deux bouts ? Ou de faire la queue chaque semaine que Dieu créait pour obtenir les cachets qui permettaient à son fils de rester en vie ? Ou de vivre avec un futur ex-mari puant de fric qui avait de quoi acheter de la viande mais oubliait de le faire ? Quel humour y avait-il à dépenser une petite fortune pour acheter des pêches en hiver? Son futur ex-mari les avait sans doute payées au moins vingt roubles. Pour la même somme elle aurait pu acheter deux poulets au marché noir, trois si c'étaient des petits.

Aïda se souleva avec peine de sa chaise — elle avait l'impression qu'elle aurait pu rester là indéfiniment — et s'agenouilla près du géranium qu'elle laissait par terre afin qu'il puisse saisir les rayons du soleil pendant la journée et les rayons de lune pendant la nuit, ceux qui parvenaient à fendre les deux hauts immeubles d'en face. Un rayon de soleil ou de lune occasionnel suffisait-il à nourrir une plante ? Une petite plante qui s'accrochait à la vie suffisait-elle à nourrir un poète ?

Tout en réfléchissant aux ouvertures poétiques d'une telle interrogation, elle se fraya un chemin dans le couloir jusqu'à la minuscule chambre à coucher de son père. Elle entrouvrit à peine la porte et regarda à l'intérieur. Comme toujours à cette heure, Ivan avait pris sa garde qui durerait jusqu'à l'aube ; dans le clair de lune métallique qui s'infiltrait dans la chambre, Aïda parvint tout juste à le discerner, installé dans le fauteuil en osier, tout près de la double fenêtre dont les deux panneaux étaient séparés en bas par une épaisseur de coton qui absorbait l'humidité, occupé à scruter silencieusement la nuit tout en grattant distraitement le poil pareil à du chiendent de son menton, perdu dans ses pensées, perdu dans ses terreurs. Il aurait la main droite posée sur sa canne, Aïda le savait, prête à marteler son signal d'alarme staccato sur le plancher si jamais ils arrivaient. Au moindre bruit du dehors — le claquement d'une portière de voiture, le cri d'un chat, un crissement de freins —, les battements de son cœur s'accéléreraient et il se pencherait vers la rue avec inquiétude. Bien qu'Aïda ne pût voir ses yeux, elle les imaginait sans peine ; ils exprimeraient la concentration démesurée de quelqu'un qui a passé sa vie à attendre. Deux vers d'Akhmatova lui jaillirent dans la tête.

... comment s'effondrent les visages,
Sous les paupières, comment émerge l'angoisse...[1].

Elle se demanda si l'humour de la situation lui échappait.

Au dîner, Saava avala ses cachets avec une grimace puis demanda encore à Aïda pourquoi son grand-père Ivan dormait le jour et veillait la nuit ; une fois de plus, Aïda lui répondit qu'il était trop jeune pour comprendre. Saava voulut savoir à quel âge il serait assez vieux. Douze ans ? Treize ? Peut-être quand tu auras treize ans, lui dit-elle. Treize ans, répéta-t-il sombrement, c'est beaucoup trop loin. Vadim, qui suçotait bruyamment la tête d'une sardine, émit un reniflement. Moi aussi, je suis beaucoup trop loin de mes treize ans, dit-il. Il se mit à rire mais s'interrompit en voyant que cela n'amusait guère Aïda. Elle se retourna vers Saava et lui demanda ce qu'il avait fait en histoire aujourd'hui. Lorsqu'il le lui eut raconté, elle lui certifia que non, non, cela ne s'était pas passé comme cela du tout même si ses livres de classe le disaient et, grattant les derniers fragments de sardine de l'arête centrale pour les mettre dans l'assiette de son fils, elle entreprit de remettre les pendules à l'heure. Staline n'avait pas été le chef de guerre avisé dépeint dans son livre scolaire. Il n'avait pas tenu compte des avertissements l'informant que les nazis allaient attaquer. L'armée de l'air

1. Traduit du russe par Paul Valet *(N.d.T.).*

avait été surprise au sol et détruite. L'Armée rouge avait subi des pertes terribles et avait été repoussée jusqu'aux portes de Moscou. Staline lui-même, pris de panique, avait disparu pendant dix jours. Si le cours de la guerre avait fini par s'inverser, cela avait été dû surtout au courage des soldats russes et à leur détermination à défendre leur Mère Patrie ; cela s'était fait *malgré* Staline, pas *grâce* à lui.

Plus tard, couchée dans son lit, Aïda se surprit à guetter les bruits de la nuit. Elle s'efforça de se revoir en train de rire devant un spectacle quelconque ou à l'écoute d'une quelconque réflexion, mais l'image lui échappait. Elle se demanda si la peur pouvait se transmettre comme un virus d'une personne à une autre ; elle se demanda si elle avait été infectée par son père. Elle se demanda si elle allait infecter Saava.

Il y eut comme un frottement à la porte de Saava. Une flaque de lumière s'élargit sur le sol à mesure que la porte s'ouvrait. Vadim traversa la pièce, pieds nus, et s'affala au bord du lit. Dans l'obscurité, il passa la main sous les couvertures, sous sa chemise de nuit, et commença à faire courir ses doigts le long de sa cuisse. « Tu te rappelles comme on s'entendait bien, tous les deux », chuchota-t-il d'une voix rauque.

Aïda se sentait fortement tentée ; elle avait effectivement un jardin peuplé de désirs et aurait volontiers cherché momentanément refuge dans le sanctuaire de la sexualité. Vadim dut sentir son hésitation parce qu'il devint plus téméraire et remonta la main jusqu'à la toison de sa femme. « Détends-toi, murmura-t-il. Laisse-toi faire. » Il se pencha vers elle et son visage se retrouva bientôt au-dessus de celui d'Aïda. Elle respira alors son haleine chargée d'alcool. L'idée d'être embrassée par ces lèvres imbibées tua aussitôt tout désir en elle. Elle repoussa la main. « C'est absolument exclu », souffla-t-elle.

Vadim sortit la main de dessous la couverture

comme s'il venait de se brûler. « Ce que tu peux être con, Aïda ! » marmonna-t-il avec colère, puis, étouffant une éructation dans la manche de sa robe de chambre, il retourna d'un pas lourd dans sa chambre pour se glisser à nouveau dans son lit, à côté de Saava.

Aïda se redressa. Son souffle lui venait en hoquets douloureux. « Je suis autre chose qu'un con... », lança-t-elle de ce chuchotement furieux que prenaient les occupants des appartements communautaires lorsqu'ils se disputaient. Avant qu'elle puisse ajouter quoi que ce fût d'autre, la porte se referma avec un déclic, effaçant la flaque de lumière sur le sol.

Aïda retomba sur son oreiller puis laissa ses paupières se fermer d'elles-mêmes. La flaque de lumière perdurait dans son crâne et gagnait même en intensité. Cette absence d'obscurité ne la dérangeait pas. Cela lui rappelait les nuits blanches qu'elle aimait tant à Piter. Elle croisa une vision de son père qui scrutait sans ciller la nuit par la double fenêtre et commença à mettre des mots sur les images qui tournoyaient les unes autour des autres dans sa tête.

Aux premières lueurs, les trolleys grinçant à
l'assaut de la colline.
Nous nous pressions l'un contre l'autre en chuchotant.

Près du lit, un sac de toile bourré de thé,
Un recueil, du papier, un crayon, une photo
de moi.

Comment peux-tu en être sûr ? demandai-je
C'était la façon dont il me regardait.

Comment te regardait-il ?
Comme si j'étais transparent.

Un crissement de freins dans la rue.
Son corps, raide contre le mien, étreignit le bruit.

Le matin est là, dis-je.
S'ils ne sont pas encore venus...

Essaye de dormir, dis-je.
Je tirai la couverture sur sa tête.

Ce n'est pas la peine, dit-il.
Le souvenir d'une nuit blanche avait vaincu
le jour.

7

Dès l'instant où Ben Bassett avait touché du pied le sol russe, des gens, des lieux et des choses qu'il n'avait jamais vus lui parurent d'une familiarité obsédante. Le père de son père (les « racines russes » des états de service de Ben) l'avait averti qu'il aurait l'impression de revivre une vie antérieure ; lui avait prédit qu'il sentirait la Russie l'attirer comme un centre de gravité à travers les semelles épaisses de ses bottes de chasse L.L. Bean. À présent, deux semaines après son arrivée à Moscou, alors qu'il se promenait en cette fin d'après-midi dans une ruelle étroite et boueuse située derrière le Bolchoï puis s'arrêtait pour acheter quelques noisettes à un vendeur portant lunettes de ski en plastique teinté, il crut entendre son grand-père rire de cette manière étouffée qui tenait à la fois de la toux et du ricanement devant les émotions tumultueuses qui s'entrechoquaient dans la tête de son petit-fils.

Ben avait été nourri aux traits russes : l'humour sec très porté sur l'autodérision ; la tendance à rire tout bas pour ne pas attirer l'attention ; l'utilisation de la dignité comme une sorte d'armure ; l'utilisation de l'alcool comme une sorte de palliatif. C'est aux genoux de son grand-père que Ben avait appris les déclinaisons compliquées qui donnaient au russe sa souplesse égalée par peu de langues ; l'immensité des steppes qui donnait à l'âme russe son horreur des espaces désordonnés, des existences embrouillées ; le froid de l'hiver russe qui donnait au cœur russe la conviction morbide que la vie était essentiellement une tragédie. Dans sa jeunesse, le grand-père de Ben avait été séduit par l'idéalisme de la Révolution ; il s'était battu dans l'un des bataillons mobiles de la Garde rouge de Trotski pendant la guerre civile ; puis il avait déchanté quand un grossier paysan géorgien répondant au nom de Iossif Vissarionovitch Djougachvili (plus connu sous son nom de guerre, Staline) s'était forcé un chemin jusqu'au pouvoir grâce à la mort de Lénine, en 1924 ; il s'était échappé de justesse sur un vapeur en partance pour Istanbul alors qu'il avait la Tcheka aux trousses et qu'il était accusé d'être un « ennemi du peuple » ; puis il avait fini, vieilli avant l'âge, comme projectionniste dans une petite salle de cinéma du Bronx. Jusque sur son lit de mort, avec ce souffle rauque qui irritait le fond de sa gorge, il n'avait cessé de déverser ses histoires. Ben se rappelait avoir été frappé par le fait qu'elles n'avaient ni commencement ni fin mais se déroulaient comme la longue bobine d'un récit qui ne s'interrompit que lorsque le vieux cœur cessa de battre.

Tout en dépassant une paysanne vêtue d'un pardessus militaire en épais tissu matelassé qui vendait des bouquets de persil, Ben se demanda s'il était possible que ce soit maintenant à son tour de reprendre le fil du récit de son grand-père. D'une manière ou d'une autre, il aurait lui aussi une histoire à raconter — même si le nombre de personnes à qui il pourrait la raconter serait extrêmement limité.

Ben délaissa la rue Petrovka et emprunta un labyrinthe de petites rues derrière le Bolchoï ; il dut descendre dans le caniveau pour éviter un groupe de jeunes filles en minijupes et collants de couleurs vives qui marchaient en gloussant sur des lames de patins à glace gainées de caoutchouc. Pris d'une soudaine inspiration, il décida de tester sa pratique des techniques de rue. Avant de quitter Washington, il avait reçu une formation accélérée par des agents de terrain des services de renseignement de l'armée et une information très élaborée de la part d'un instructeur dont les papiers indiquaient qu'il était officier de sécurité auprès du Département d'État. L'instructeur l'avait dissuadé de faire du travail de rue à Moscou, d'abord parce que Ben (d'après les agents de terrain) n'était pas très doué pour ce genre d'exercice, ensuite parce que le fait de ne repérer personne pouvait signifier que les Russes avaient mis sur ses traces une de leurs équipes d'élite, de ces équipes qui employaient aussi bien des femmes, voire des enfants, que des hommes, qui faisaient se relayer sans cesse les agents suiveurs et qui filaient parfois leur cible par-devant au lieu de rester derrière, ce qui les rendait absolument impossible à repérer.

Ben s'arrêta pour examiner une vitrine de crosses de hockey et de patins à glace devant un magasin d'articles de sport, et se servit de la vitre pour regarder la rue derrière lui. D'après ce qu'il put distinguer dans l'obscurité croissante, personne dans la rue ne semblait s'intéresser un tant soit peu à lui ; personne ne se détourna ni ne changea sa trajectoire ; personne ne s'immobilisa brusquement devant la vitrine d'une autre boutique ; aucune automobile ne se gara le long du trottoir en laissant son moteur tourner au ralenti.

De quelque part au-dessus de lui, Ben perçut les vagues rapprochées d'une voix de soprano faisant des vocalises. Descendant du trottoir pour regarder en l'air, il repéra les grandes fenêtres d'un studio de répétition, au deuxième étage. Quelqu'un joua quelques accords de piano. Puis, avec l'accompagnement au piano, la soprano entreprit de chanter les premières mesures d'une aria célèbre. Elle s'interrompit brusquement. Le piano répéta deux fois une phrase musicale. La soprano recommença, mais sans le piano. Une voix d'homme se fit entendre, qui l'exhortait. «Tu avales les voyelles, criait-il. Recrache-les.» La chanteuse reprit la même phrase. Ce fut apparemment satisfaisant puisqu'elle put reprendre au début et, avec à nouveau l'accompagnement au piano, continuer au-delà de cette première phrase.

Sous le studio de répétition, une femme bien charpentée poussa la double porte qui donnait sur la rue. Elle resta un instant le manteau ouvert, ses gants coincés sous son bras, en train de compter de ses doigts nus une liasse de roubles. Ben fut aussitôt conscient de sa présence. Il n'avait jamais vu quelqu'un comme elle à Moscou — ni autre part d'ailleurs; ni dans cette vie ni dans aucune des vies que son grand-père lui assurait qu'il avait vécues. Elle avait l'air de sortir tout droit d'un film des années 30. Bien planté sur sa large tête, elle portait un tambourin piqué d'une énorme plume blanche. Elle avait jeté autour de son cou une étole de renard râpée, ornée à son extrémité d'une tête réduite de renard qui contemplait le monde de ses deux billes de verre en fait d'yeux comme s'il traquait le chasseur qui l'avait tué. L'étole drapait un manteau d'étoffe usée doublé d'une sorte de couverture kaki de l'armée. Le bord maculé de neige fondue d'une épaisse jupe noire descendant jusqu'aux chevilles semblait mousser autour de ses bottes de caoutchouc tandis qu'elle tapait des pieds pour les réchauffer.

Apparemment satisfaite du compte, la femme fourra l'argent dans la poche de son manteau et enfila ses gants. Elle dut prendre conscience de la chanteuse au-dessus car elle pencha la tête en arrière et tendit l'oreille, puis elle recula près de Ben et écouta encore. La voix de soprano s'interrompit. Une voix masculine, forçant pour atteindre une octave au-dessus de sa tessiture normale, indiqua le phrasé. La soprano attaqua le passage plusieurs fois sans piano, puis avec. Ben se tourna vers la femme et dit, en russe : « *Tosca*. Acte deux, scène deux. »

Sans détourner les yeux des fenêtres du studio de répétition, la femme secoua la tête. « *Turandot*. Je ne sais pas quel acte. Mais ce n'est pas la peine de discuter. Je le reconnaîtrais n'importe où. »

Ben demanda : « Vous êtes chanteuse ? »

La femme tourna lentement la tête vers Ben et l'examina d'un regard aussi fixe que les yeux de verre du renard sur son épaule. Puis elle répondit, sur un ton qui n'invitait guère à poursuivre la conversation : « D'une certaine manière, oui. »

Ben prit conscience du nez cassé, légèrement dévié. Curieusement, la déformation ne rendait l'inconnue que plus sensuelle. Il essaya de lui sourire mais ne parvint pas à ouvrir de brèche dans le mur d'indifférence derrière lequel elle semblait s'être barricadée. « Si vous êtes chanteuse, la défia-t-il, pouvez-vous m'expliquer ce qui pousse l'être humain à chanter ? »

La femme renifla devant l'imbécillité de la question. « Qu'est-ce qui pousse l'oiseau à chanter ?

— Il faudrait faire de la chute libre pour savoir ce qui pousse un oiseau à chanter », répliqua Ben.

La femme sourit à demi en se représentant le parachutiste, puis éclata de rire. Ce rire parut rouillé à l'oreille de Ben, comme s'il n'avait pas servi depuis longtemps.

La femme semblait s'être avancée de quelques centimètres au-delà de son mur d'indifférence. « Vous avez un peu d'accent, remarqua-t-elle.

— Je suis américain.

— C'est la première fois que vous venez à Koutchkovo ?

— Qu'est-ce que Koutchkovo ? »

La femme parut assez contente d'elle. « C'est le nom originel de Moscou. Cela chatouille la slavophile qui est en moi de l'utiliser.

— Je ne suis pas ici en touriste, répliqua Ben. Il faut que je vous dise tout de suite que je travaille à l'ambassade américaine. Je suis une sorte de tout petit diplomate. »

La femme le surprit en passant à l'anglais. « Je n'avais jamais rencontré personne qui vient de l'autre côté du miroir. Je dois admettre que l'Amérique ne m'hypnotise pas comme elle hypnotise certains. J'ai entendu parler que la seule contribution originalement américaine à la culture du monde est le banjo.

— Vous oubliez le rocking-chair, reprit Ben en russe. Et le base-ball », ajouta-t-il avec bonne humeur.

Cela la fit rire. « Vous parlez très bon russe pour un étranger. Vous le parlez comme moi. Enfin, pas exactement comme moi. » Elle sourit en s'entendant parler anglais. « Presque comme moi.

— Votre anglais est aussi bon que mon russe, remarqua Ben. Où l'avez-vous appris ?

— En prison », répliqua-t-elle, le jaugeant du regard pour voir quel effet produirait sa réponse. « J'ai autrefois partagé la cellule d'une dame de l'origine hongroise qui avait enseigné la grammaire anglaise aux enfants des diplomates hongrois. Elle avait un mari russe qui s'était mis dans ce que vous appelez, avec votre goût des clichés, des draps crasseux. Cela dit, je n'ai rien contre les clichés, ce sont des poèmes figés. Quand la dame de l'origine hongroise a défendu son mari russe, elle s'est mise elle aussi dans des draps crasseux. En prison, elle me récitait des poèmes anglais et, en échange, je lui récitais des poèmes russes. Surtout, mais pas uniquement, Akhmatova, parfois Pouchkine, parfois Mandelstam. »

Au-dessus de leur tête, la soprano tenta d'atteindre une note très haute, et la manqua. La femme au nez cassé cilla. Ben et elle échangèrent un sourire complice ; la majeure partie du mur derrière lequel la femme se barricadait s'écroula. Elle dévisagea franchement Ben, puis demanda : « Alors : vous êtes un parachutiste ?

— D'une certaine manière, oui. »

Cela la fit rire à nouveau. « Cela ne change rien au fait que ce qu'elle chante, même si elle ne le chante pas très bien, est *Turandot* et pas *Tosca*.

— Vous voulez parier ? »

La femme revint au russe. « Vous êtes très sûr de vous. Je ne crois pas que ce soit très bon pour un homme. Être moins sûr de soi, c'est être plus ouvert. » Elle inclina la tête et sourit à nouveau à l'idée de lui rabattre le caquet. « Et qu'est-ce que vous seriez prêt à parier ?

— Si je perds, je vous offre une tasse de café et un gâteau. Si vous perdez, c'est vous qui m'offrez la tasse de café et le gâteau. »

La femme était visiblement tentée. Au-dessus d'eux, la soprano s'interrompit encore et son maître lui expliqua le phrasé d'un autre passage. Le maître et la soprano chantèrent le morceau en chœur. Dans la rue, la plume blanche piquée dans le tambourin frémit au courant d'air glacé du soir tombant. La femme prit sa décision. « Pas de café, mais du vin chaud. Pas de gâteaux mais des sandwiches. »

Ben, surpris, acquiesça d'un signe de tête ; il ne pensait pas qu'elle allait accepter. Elle hocha la tête à son tour et disparut dans l'immeuble en poussant la double porte. La voix de la soprano s'arrêta à mi-phrase et, pendant deux ou trois minutes, le piano et la soprano gardèrent tous deux le silence. Ils avaient repris leur répétition lorsque la femme à l'étole de renard réapparut dans la rue. Elle se dirigea tout droit vers Ben et le considéra avec ce demi-sourire caractéristique qui tenait si peu de l'humour mais beaucoup de la nervosité. « *Tosca*, acte deux, scène deux », lâcha-t-elle.

Elle pivota alors sur ses talons et commença à s'éloigner avant de s'immobiliser pour regarder par-dessus son épaule. Elle remarqua l'incertitude de Ben et lui lança : « Un pari est un pari. » Puis elle avança en continuant de le regarder pour l'inviter à la suivre. Il la rattrapa. Ils passèrent devant la paysanne qui vendait du persil et tournèrent au carrefour.

« Où m'emmenez-vous ? questionna Ben.

— Il y a un café qui s'appelle le *Droujba* au coin de la Petrovka et de Kouznetski Most, au passage Petrovka. »

Ils marchèrent en silence et durent franchir une nuée d'adolescentes aux yeux et joues fardés, plantées devant une vitrine pour regarder un chanteur de rock russe à la télévision. Plus loin, il leur fallut contourner des ouvriers qui défonçaient une fraction de trottoir au marteau piqueur. Lorsqu'ils furent assez éloignés des marteaux piqueurs pour se faire entendre, Ben déclara qu'il trouvait Moscou incroyablement bruyant. Si les villes étaient silencieuses, répliqua la jeune femme, les gens ne pourraient pas y vivre. Expliquez-vous, insista Ben. Contrairement à ce que nous disent tous nos sociologues, répondit-elle, la véritable raison pour laquelle les gens se rassemblent en ces verrues monstrueuses que nous appelons villes n'a pas grand-chose à voir avec l'économie d'un pays mais tient surtout à la peur de la solitude. Le bruit nous donne la preuve que nous ne sommes pas seuls.

Ben lui demanda ce qu'elle pensait de la perestroïka. La femme assura que, pour elle, c'était une bonne chose aussi loin que cette restructuration avait pu être opérée. L'ennui était que cela n'allait pas assez loin ; que cela ne s'attaquait pas à la racine du problème, qui était de définir le rôle du Parti communiste dans une société qui avait été ruinée par le Parti communiste. Elle avait lu un livre américain intitulé *Catch* quelque chose, dit-elle. *Catch-22* [1], souffla-t-il. Oui, c'était ça, *Catch-22*. Nous les Russes, nous avons notre propre Catch-22. Sous Staline, sous Khrouchtchev, sous Brejnev, la politique venait d'en haut et chacun n'avait plus qu'à s'aligner. Maintenant, la politique qui vient d'en haut proclame que la politique ne devrait pas venir d'en haut. Ce pourrait être drôle si ce n'était pas une question de vie ou de mort. Mais c'était une question de vie ou de mort. Il y avait une bombe à retardement placée au cœur de l'Union soviétique, lui dit-elle. Les patrons du moment justifiaient leurs réformes en prétextant l'état épouvantable de l'économie. Il fallait s'attendre sous peu à voir leurs ennemis — et en particulier le cercle nationaliste antisémite d'extrême droite qui se faisait appeler Pamiat, la mémoire — citer ce même état catastrophique comme preuve que les réformes ne donnaient rien. Ben lui demanda ce qui arriverait alors. Elle joua des coudes pour traverser une file de gens qui faisaient la queue devant une échoppe pour avoir des gaufres aux fraises gelées. Un vieux qui croyait qu'elle essayait de passer devant lui l'insulta, mais elle ne lui prêta aucune attention et poursuivit son chemin. Ben fit le tour de la queue puis rattrapa la femme qui avait perdu son pari. Il répéta sa question.

1. De l'Américain Joseph Heller. Roman d'humour noir se situant pendant la Seconde Guerre mondiale et qui est construit autour d'un cercle vicieux : pour ne pas faire la guerre, des soldats cherchent à se faire déclarer fous, mais le fait de ne pas vouloir faire la guerre était justement pour les autorités le signe qu'ils étaient sains d'esprit.

Que se passerait-il quand Pamiat citerait le mauvais état de l'économie comme preuve que les réformes ne marchaient pas ? La femme haussa une épaule irritée. La tête de renard pendue à son cou s'agita comme pour lui donner raison. La perestroïka céderait la place à la *perestrelka*, dit-elle. Connaissait-il ce mot ? *Perestrelka*, cela voulait dire fusillade en russe. Des gens commenceraient à tirer sur d'autres gens.

Ben voulut savoir ce qu'elle ferait si cela arrivait.

La femme poussa un soupir dans l'air froid. Un nuage de buée tournoya autour de son visage. « Je m'esquiverais le plus longtemps possible, annonça-t-elle. Mais la violence est un cercle. Je finirais sûrement par blesser quelqu'un. »

Ben sur ses talons, elle poussa une porte à tambour et pénétra dans le café *Droujba*, fit tomber la neige de ses bottes en tapant des pieds sur un vieux paillasson puis passa sans s'arrêter devant le vestiaire pour entrer dans la salle bondée, bruyante et enfumée du café. Elle jeta un coup d'œil alentour, repéra une table libre et fondit dessus. S'asseyant avec un soupir de soulagement sur la chaise métallique, elle retira ses gants, desserra l'étole de renard autour de son cou et défit les boutons de son manteau. Ben prit place en face d'elle et déboutonna son pardessus en mouton retourné. Un serveur en veste noire tachée apporta deux boissons et une assiette de sandwiches à la table voisine puis se tourna vers eux. « Deux verres de vin chaud, commanda la femme. Et une assiette de sandwiches aux saucisses de foie. »

Ben se présenta : « Je m'appelle Benedict, ce qui est la version longue de Ben. »

La femme plongea la main dans la poche de son manteau, en ressortit du papier et du tabac et entreprit de se rouler une cigarette très fine. « Moi, c'est Zinaïda Ivanovna. Mais mon fils a raccourci Zinaïda en Aïda et tous mes amis m'appellent comme ça. »

Ben regarda ses doigts s'activer, fasciné par leur dextérité. « Alors je vous appellerai comme vos amis. Si vous avez un fils, vous devez être mariée. »

Quand Aïda vit que Ben attendait une réponse, elle fit remarquer avec une trace d'ironie : « Ce n'est pas une question. »

Ben regardait ses doigts répartir le tabac sur le papier puis le rouler prestement. « Êtes-vous mariée ?

— D'une certaine manière, oui.

— À chaque fois que je vous pose une question, vous me répondez par "d'une certaine manière". »

Aïda lécha le bord de la feuille pour la refermer, frotta une allumette contre l'ongle de son pouce et la porta au bout de sa cigarette. Elle emplit l'air d'un halo de fumée malodorante avant de répondre. « Je suis mariée... et je ne suis pas mariée, dit-elle. C'est-à-dire que j'ai un mari, mais que Vadim — c'est le nom de mon futur ex — a une maîtresse dont il est follement amoureux. Lui et moi attendons simplement qu'il déménage de mon appartement pour pouvoir divorcer.

— Et qu'est-ce qui l'empêche de déménager maintenant ?

— Il a des visées sur un appartement en terrasse qui domine la Moskova. Mais avant qu'il puisse s'y installer, la femme qui y habite doit obtenir légalement la garde de son fils pour pouvoir émigrer en Israël. La logistique de la vie à Moscou peut être très compliquée. » Aïda sourit amèrement. « Ce sont les complications qui nous sauvent. Si nous ne les avions pas, si la vie était relativement simple, si l'on pouvait acheter une paire de bas sans faire trois fois la queue et déménager dès qu'on veut divorcer, on aurait le temps de *penser*. Et où en serions-nous alors ? »

Ben voulut savoir où elle avait rencontré son mari.

« Vous posez beaucoup de questions, remarqua Aïda.

— N'est-ce pas ainsi que l'on commence habituellement une amitié ? »

Visiblement ennuyée, elle tira sur sa cigarette, exhala un rond de fumée parfait et le regarda se déformer en s'éloignant. « Nous n'en sommes pas à l'amitié, dit-elle. Nous avons fait un pari, j'ai perdu et je vous paye donc un verre de vin chaud. Ce sera là le début et la fin de nos relations. »

Le serveur revint et posa deux verres de vin rouge chaud sur la table ainsi qu'une assiette de petits sandwiches. Ben enroula ses doigts autour de son verre pour les réchauffer. « J'aimerais quand même savoir comment vous avez rencontré votre mari. »

Aïda haussa brièvement les épaules, écrasa sa cigarette dans un cendrier et commença à manger un sandwich. Elle parla la bouche pleine. « Alors : nous étions tous deux étudiants à l'université Lomonossov, sur les monts Lénine. Comme il me fallait de l'argent pour acheter des livres, j'avais trouvé du travail à temps partiel comme laveuse de carreaux dans des bureaux. Un jour, j'étais en train de laver une fenêtre quand Vadim est apparu sur un échafaudage pour nettoyer l'extérieur de la même fenêtre. »

Ben but quelques gorgées de vin. Il savoura la chaleur qui imprégna sa gorge. « Qu'est-ce qui vous a attirée chez lui ?

— Son sens de l'humour. Son côté juif. Son insolence. Et même son courage. Il racontait les pires anecdotes sur les dirigeants, même quand il y avait des gens à côté. Il avait le chic pour tourner en plaisanterie des choses terriblement sérieuses. Le jour où je l'ai rencontré, il a pressé son visage contre la vitre en écrasant son nez. Puis il a écrit au savon sur le carreau, à l'envers : "Voulez-vous m'épouser ?" J'ai fait non de la tête. Alors il a écrit : "Voulez-vous au moins coucher avec moi ?" Contrairement à la plupart des garçons que je connaissais, Vadim ne tournait pas autour du pot. Sur mon côté de la vitre, j'ai écrit à mon tour *Mojet byt* — peut-être. Il s'est mis à danser la gigue sur son échafaudage. C'est comme ça que je me le représente toujours : en train de danser la gigue sur un échafaudage douze étages au-dessus de la rue.

— Vous avez été mariée combien de temps avant d'avoir un enfant ? »

Aïda but son vin chaud puis porta le verre à sa joue pour la réchauffer. « Vadim n'est pas le père de mon fils », prononça-t-elle doucement.

Ben attendit qu'elle continue.

« Pourquoi est-ce que je vous raconte tout ça ? » Elle haussa les épaules. « J'avais un ami qui est devenu un amant... C'était un ami merveilleux, un amant merveilleux... il était éditeur... il est mort de vieillesse... à trente-deux ans. » Un voile de larmes transforma les yeux d'Aïda en miroirs. Un souvenir fit naître un demi-sourire sur ses lèvres. « Il parlait russe avec un accent polonais et il zézayait. Il avait laissé un message sur son répondeur téléphonique. Ça disait : "Je parle avant le bip, vous parlez après." Après sa mort, j'appelais deux ou trois fois par semaine pour entendre son accent polonais et son zézaiement. Et puis, un jour, j'ai appelé et j'ai découvert que sa voix avait été remplacée par la voix enregistrée de sa veuve qui disait : « Qu'est-ce que vous voulez ? » Ce que je voulais, c'était lui. C'est ce jour-là que j'ai noté sa mort dans mon journal.

— Quelle a été la réaction de Vadim quand vous avez accouché d'un fils qui n'était pas le sien ?

— Il y avait déjà longtemps que Vadim et moi n'étions plus amants mais de simples camarades. Pour Saava, il a été très chic. Il l'a toujours traité comme son propre fils.

— Que s'est-il passé entre Vadim et vous ? Qu'est-ce qui a mal tourné ?

— Il a gardé son insolence, mais il a perdu son sens de l'humour. Pour faire rire les gens, il en a été réduit à raconter des blagues. » Aïda eut un sourire empreint de regret. « Il n'est pas possible », elle secoua lentement la tête et répéta sa phrase comme si elle se répétait à elle-même une vérité profonde, « de survivre en Russie sans avoir le sens de l'humour. »

Tout en grignotant un sandwich, Ben remarqua qu'une jeune femme, attablée seule un peu plus loin, ne cessait de lancer des coups d'œil furtifs vers sa compagne. Enfin la jeune femme, rassemblant son courage, écarta sa chaise et s'approcha de leur table. Elle présenta un stylo à bille et un petit calepin à Aïda. « Je suis une de vos grandes admiratrices, Zinaïda Ivanovna. Vous voulez bien me donner un autographe ? »

Aïda griffonna son nom sur le calepin. « Je chérirai ceci pour le restant de mes jours », assura la jeune femme avec le plus grand sérieux. Puis elle recula en se courbant à demi.

Troublé, Ben demanda : « Vous êtes célèbre ? »

Aïda rit. « Pasternak a dit qu'il est indécent d'être célèbre, répliqua-t-elle. Pour répondre à votre question, je suis un petit peu indécente.

— Quel genre de choses chantez-vous ?

— Je vous ai dit que j'étais chanteuse d'une certaine manière. En fait, je farfouille dans les débris de la langue. J'écoute le silence. Je suis poète. »

Ben fut impressionné. « Si je connaissais votre nom de famille, pourrais-je trouver vos livres ?

— J'ai eu un recueil publié il y a des années, mais il est épuisé depuis longtemps. On m'a dit qu'une de ces nouvelles maisons d'édition privées était prête à publier un choix de poèmes, mais je n'y croirai que quand je le verrai. Je traduis des poèmes, toujours de l'américain, toujours de femmes — j'ai une passion toute spéciale pour Emily Dickinson. Certains de mes poèmes les moins sujets à controverse sont publiés de temps en temps dans des revues. Quand vous m'avez rencontrée, je venais toucher l'argent de deux poèmes publiés dans *Novyï Mir*. On m'invite souvent à dire mes poèmes. Je ne refuse jamais C'est de là que me vient ce que j'ai de célébrité. »

Aïda fourra un autre sandwich dans sa bouche et le fit descendre avec une gorgée de vin. Ben demanda : « Qu'y a-t-il de si controversable dans vos poèmes sujets à controverse ? »

Aïda réfléchit. « Ils touchent au sujet qui reste encore tabou en Russie malgré la glasnost et la nouvelle ouverture de la presse, c'est-à-dire le sexe. Il va sans dire que je donne un point de vue féministe. Je suis tout à fait pour libérer les hommes de la tyrannie du Parti, mais je suis aussi pour libérer les hommes de la tyrannie du phallus et les femmes de la tyrannie des hommes. Mon futur ex prétend que je suis la fondatrice et unique membre de la faction la plus minoritaire d'Union soviétique, le mouvement féministe.

— Comment êtes-vous devenue féministe ? demanda Ben. Comment êtes-vous devenue poète ? »

Aïda leva la main et fit signe au serveur d'apporter l'addition. « Je ne suis pas *devenue* féministe ou poète », expliqua-t-elle avec impatience. Elle savait par expérience que les hommes commettaient toujours la même erreur. « J'ai toujours été féministe et poète. Dieu a semé la graine du féminisme dans mon corps lorsqu'il m'a créée. Quant à la poésie, tout le monde en Russie est poète dans la mesure où, depuis soixante-dix ans, tout ce qui compte vraiment a toujours été dit entre les lignes. Même enfant, j'étais fascinée par les espaces entre les lignes, entre les mots, et c'est à cela que je pensais quand je disais tout à l'heure que j'écoutais le silence. La poésie, c'est ce qui est caché dans les espaces entre les lignes, entre les mots. »

Une tempête de neige s'abattait sur Moscou lorsqu'ils franchirent la porte à tambour qui donnait dans la rue. Aïda, accoutumée au temps, serra son étole de renard autour de son cou, enfila ses gants et lui tourna le dos, prête à partir. Ben, plissant les yeux sous la neige, lui cria par-dessus la bourrasque : « Puis-je vous revoir, Aïda ? »

Elle se retourna. « C'est tout simplement impossible.

— Pourquoi ? »

Avec son demi-sourire désenchanté, Aïda examina le sol, frappa des pieds la mince couche de glace sablée puis leva les yeux pour plonger son regard dans celui de Ben. Des flocons s'accrochaient aux sourcils de l'Américain et les rendaient tout blancs. Elle eut une vision du vieillard qu'il deviendrait un jour. « Ma vie est déjà assez compliquée comme ça, cria-t-elle pour couvrir la tempête. Je ne veux pas la compliquer encore plus en couchant avec un Américain, diplomate de surcroît. »

Ben ne s'attendait pas à une réponse aussi brutale. « Je ne vous proposais pas de coucher ensemble. Seulement de nous voir, de nous connaître davantage.

— Je suis aussi directe que Vadim quand il s'agit des fonctions du corps, annonça Aïda. Vous vous intéressez à mon corps, ou tout au moins au corps que vous imaginez sous toutes ces couches de vêtements. J'ai mon propre jardin de désirs, ce qui signifie que je ne suis pas insensible à votre corps. » Sondant les pupilles du jeune homme, deux points sombres dans une mer vert olive, elle fut frappée par leur vigilance fiévreuse. Ces yeux lui parurent curieusement familiers. « Votre tête ne me semble pas inintéressante non plus. Si vous me proposez une autre rencontre et que j'accepte, ce serait pour quoi d'autre qu'une aventure? Nous aurons tous les deux en tête de faire l'amour, l'acte sexuel. Pourquoi prétendre le contraire? Alors: nous allons nous revoir, nous allons tourner l'un autour de l'autre pendant une durée raisonnable à chercher ce que nous avons en commun — "Quelle coïncidence, nous aimons tous les deux *Tosca* !" — pour créer l'illusion d'une connivence. Vous utiliserez tous les trucs au catalogue pour me convaincre que vous n'êtes pas violent afin que je n'aie pas peur de collaborer à ce qui est essentiellement un acte de violence.

— Si vous croyez réellement à ce que vous me dites, pourquoi êtes-vous venue avec moi aujourd'hui?

— Je vous ai accompagné parce que vous m'avez fait rire, cria-t-elle. Vous avez sûrement deviné maintenant que je n'avais pas ri depuis très longtemps.» Elle respira l'air pour tester le froid dans ses narines puis frissonna et serra ses bras autour d'elle, comme pour se rassembler. Il vint à l'esprit de Ben que c'était le langage de son corps plus que son corps lui-même qui lui donnait cette incroyable sensualité. «Il y a une autre raison pour laquelle j'ai accepté de vous accompagner», ajouta-t-elle en levant imperceptiblement le menton. Un de ses sourires ambigus que Ben commençait à reconnaître naquit sur ses lèvres. «J'aime l'accent américain. J'aime entendre la langue d'Emily Dickinson parlée comme elle devait la parler.»

Plissant les yeux pour voir à travers la neige, Ben examina son nez cassé animé de taches de rousseur; il décida de mémoriser quelque chose qui la concernait à chaque fois qu'ils se rencontreraient — si jamais ils en avaient l'occasion. Il cria: «Je pourrai vous faire rire encore.»

Aïda tourna la tête dans la bourrasque et ferma

les yeux, savourant les cristaux gelés qui fondaient sur ses lèvres. Puis elle se retourna vers Ben. « Je mentirais si je disais que je ne suis pas tentée. » Elle tendit la main. « Merci, mais non merci. »

Un vieillard avec une écharpe enroulée autour de la bouche et du nez passa entre eux pour foncer vers la porte tournante. Dès qu'il se fut effacé, Ben prit la main d'Aïda dans les siennes. Il repéra des traces de ce qui ressemblait à des larmes sur les joues de la jeune femme puis comprit qu'il s'agissait de cristaux de neige fondus. Soudain, il se sentit comme sortir de lui-même. Des mots qu'il aurait pu dire dans une vie antérieure jaillirent de sa bouche avant même qu'il sache ce qu'il disait : « Je souhaite sur le Christ ne jamais vous revoir ! »

Aïda était pétrifiée. Ce qu'il avait dit, l'ardeur avec laquelle il l'avait prononcé, le mystère caché dans l'espace entre les mots, lui transperça la poitrine et la laissa le souffle court. Tout ce qui s'était passé auparavant avait été de la conversation ; de la séduction. Mais cet adieu l'avait touchée jusqu'à la moelle, avait mis un nerf à vif. Elle fouilla son regard, cherchant un sens à cette déclaration cryptique, mais elle n'y trouva qu'une vigilance fiévreuse parmi des traces d'émotions tumultueuses. Acceptant sa ferveur avec un sourire délicat qui, pour la première fois, monta comme une marée jusqu'à ses yeux gris d'animal, elle cassa un bout de glace sur la porte à tambour et le suça, puis elle se pencha vers lui et posa ses lèvres bleuies sur celles de l'Américain. Avant qu'il se rende compte de ce qui lui arrivait, elle avait échappé à son effort maladroit de mettre un bras autour d'elle et s'enfonçait dans la nuit glacée de Koutchkovo.

Abandonné sur les marches, dans la tempête soudain silencieuse, Ben regarda la plume blanche s'évanouir parmi les gigantesques tourbillons de neige qui dérivaient mollement dans la lueur jaunissante des lampadaires.

*

Aïda se tenait accroupie devant le fauteuil en osier et donnait du potage à son père, une cuillerée à la fois, essuyant avec un torchon les gouttes qui dévalaient sa barbe. Ivan gardait les yeux rivés sur ceux de sa fille pendant qu'il mangeait. Lorsqu'il eut fini, Aïda posa le bol de côté et prit une assiette de kacha mêlée de petits morceaux de saucisse grasse. Le vieillard recula sa tête en arrière. « Manges-en un peu, murmura Aïda. Ça te fera du bien. »

Remuant à peine les lèvres, il dit d'une voix éraillée. « Tâche de ne jamais perdre la moindre parcelle de ton corps si tu peux l'éviter. » Il leva ses doigts tremblants pour les lui montrer. Le bout de chaque doigt, déformé, tordu, portait des cicatrices et chaque ongle manquait. Ils avaient été arrachés et les doigts écrasés par des interrogateurs du N.K.V.D. « Ce ne sont pas mes doigts, dit le vieil homme d'un ton détaché. Les miens étaient tout différents. »

Aïda regarda par la fenêtre afin qu'il ne puisse voir sa réaction. Elle repensa aux émotions tumultueuses sur le visage du curieux Américain qu'elle avait rencontré, plus tôt dans la journée ; elle se demanda quel secret l'avait poussé à souhaiter qu'ils ne se revoient jamais plus. Ses yeux lui avaient paru si familiers. Elle comprit soudain où elle les avait déjà vus. L'Américain lui rappelait son amant polonais — ils avaient tous deux dressé un mur de lucidité qu'il fallait percer avant d'arriver jusqu'à leurs désirs.

Les images tournoyaient dans sa tête. Elle découvrit des mots pour les décrire.

Je me suis accrochée aux mots que tu as retenus,
J'ai été émue aux larmes par tes larmes contenues,
J'ai senti la souffrance de ton cœur
dans la bourrasque enneigée,
En témoignage je t'offre... mes lèvres gelées à
ranimer.

Traduire ses émotions en poèmes lui permettait de mieux les contrôler. Elle se tourna vers son père. « Qu'est-ce que tu dirais d'un yaourt maison pour terminer le repas ? » Comme il ne refusait pas, elle se mit à lui donner du yaourt à la cuiller. Entre deux cuillerées, il évoqua un souvenir pénible. « Tu étais toute petite à l'époque, lui dit-il. Pas plus de cinq ou six ans. Quand nous lui avons loué la chambre, nous ne nous doutions pas du tout qu'il avait été Russe blanc, et amiral en plus. Comment aurions-nous pu savoir une chose pareille ? Ils ont donc emménagé, l'amiral, sa femme et la sœur de sa femme qui en fait n'était pas la sœur de sa femme mais sa maîtresse, un *ménage à trois* comme disent les Français, tous vieux, tous grisonnants, l'une des femmes toujours très maquillée et qui boitait avec des béquilles pendant que le vieil amiral se démenait comme un beau diable pour essayer de leur trouver de quoi manger et de quoi se chauffer.

— Je me souviens très bien d'eux, assura Aïda. C'était la première fois de ma vie que je voyais une femme se maquiller. Celle qui se prétendait la sœur de sa femme passait des heures tous les jours à se farder les lèvres pour les rendre boudeuses et à se farder les yeux pour les agrandir et leur donner l'air innocent. Une fois, j'avais onze ans, j'ai décidé de colorer mes lèvres avec du Mercurochrome pour lui ressembler. Quand tu es rentré et que tu as vu ce que j'avais fait, tu m'as donné une gifle. Et puis tu m'as nettoyé la bouche.

— Je ne sais pas comment ils étaient passés à travers les mailles du filet, continua le père d'Aïda, le vieil amiral, sa femme et la sœur qui n'était pas la sœur. Mais un jour, ils sont venus et les ont emmenés tous les trois dans un camion de boulanger qui n'était pas un camion de boulanger. Pour moi, ça a été le commencement de la fin. » Il secoua la tête à plusieurs reprises, comme pour essayer de comprendre comment il avait pu laisser tout cela arriver.

Aïda essuya le menton de son père avec le torchon, se leva et posa le pot de yaourt vide sur la table. « Je me rappelle que je bégayais quand j'étais petite, dit-elle. La femme aux béquilles, celle qui se faisait de grands yeux innocents, imitait mon bégaiement pour me taquiner. Elle disait : "Zinaïd-d-da v-v-viens ic-c-ci." Le jour où ils l'ont emmenée, elle bégayait pour de vrai et elle criait : "D-d-dieu n-n-nous p-p-protège !" Je me souviens d'avoir pensé qu'elle emportait mon bégaiement avec elle. Alors je n'ai plus jamais bégayé. »

De la rue leur parvint un cri étouffé, puis le claquement d'une portière de voiture. Le vieil homme se pencha en avant, tendu dans son fauteuil d'osier. « Est-ce qu'ils ont fini par me retrouver ? » chuchota-t-il. Il rapprocha le siège de la fenêtre et sonda la nuit qui s'était refermée comme un couvercle sur la ville. Aïda se rappela deux vers de Yeats, le poète irlandais :

Quand on regarde dans l'obscurité
Il s'y trouve toujours quelque chose.

Elle s'approcha de son père par-derrière. À travers les panneaux de la double fenêtre, elle put voir deux hommes qui cherchaient à fixer un canapé sur le toit d'une petite voiture. Elle posa une main sur l'épaule de son père et sentit les muscles du vieil homme se détendre à ce contact.

« Bonne nuit, papa », dit-elle en sachant qu'il commençait tout juste à monter sa garde ; que la nuit, comme les milliers de nuits qui l'avaient précédée, serait tout sauf bonne pour lui.

8

Tout en adressant à Manny un sourire qu'il jugea conforme aux normes gouvernementales, Mlle Macy manipula du pouce le levier de l'interphone. « Votre neuf heures est là, monsieur Inkermann », annonça-t-elle.

Manny Custer prit conscience que son rapport quotidien auprès du chef d'antenne de la C.I.A. commençait plutôt mal (une fois de plus !) quand il entendit la plainte nasillarde et irritée de Charlie Inkermann jaillir du minuscule haut-parleur. « Ce connard a dix minutes de retard », geignit la voix.

« Qu'est-ce qui vous a retenu ? » grogna Inkermann tandis que Manny, claquant négligemment la porte derrière lui d'un coup de pied, pénétrait dans le sanctuaire aux stores vénitiens fermés. « Au cas où vous ne l'auriez pas encore remarqué, je commande un navire à la discipline très stricte. »

Inkermann se tenait voûté devant un télex et la tonsure qui couronnait son crâne émettait un morse indéchiffrable en reflétant la lumière vacillante du néon allumé au plafond. Il examinait les messages imprimés, laissant le papier filer entre ses doigts épais, retroussant les lèvres et sifflant tranquillement dès qu'il repérait quelque chose qui le troublait. Manny avait l'impression d'entendre une bouilloire arriver à ébullition.

Ce n'était pas la première fois qu'il entendait ce sifflement de bouilloire caractéristique. Leurs chemins s'étaient déjà croisés à la fin des années 70, quand Manny était rentré à Langley, Virginie, base de la Compagnie, après deux séjours consécutifs en Turquie ; avec l'aide de deux contrebandiers cosaques qui travaillaient non loin de Rostov-sur-le-Don, des jumeaux qu'on connaissait dans le métier sous le nom des frères Karamazov, il avait fait passer plus de deux cents agents de l'autre côté de la frontière méridionale pourtant soigneusement gardée d'Union soviétique. Déjà à l'époque, Inkermann — qui était à Langley le supérieur immédiat de Manny sur un projet combiné à long terme d'évaluation des dirigeants soviétiques de deuxième échelon — se plaisait à répéter qu'il commandait un navire à la discipline très stricte, quoique sa notion de la discipline revînt à imposer des délais impossibles et à proférer des obscénités corsées (apprises, Manny le soupçonnait, en faisant de l'aviron à Harvard) lorsque ces délais étaient dépassés. Les rares compliments réticents qui échappaient de ses lèvres étaient généralement distribués comme du sel sur une plaie à vif. La situation avait atteint son comble en 1979, lorsque Manny avait carrément refusé d'atténuer son jugement écrit sur un nouveau candidat, membre du Politburo, qui s'appelait Mikhaïl Gorbatchev et en qui Manny voyait un réformateur potentiel à la Dubcek. Inkermann, décidé à donner une estimation plus pessimiste visant à soutenir l'idée d'un commandement soviétique éternellement belligérant et donc à démontrer la nécessité de budgets militaire et du renseignement toujours plus importants, avait contraint Manny à démissionner. Cependant, Manny s'était fait un certain nombre d'amis diplomates pendant ses années à l'étranger, et il fut rapidement engagé par les services de sécurité du Département d'État et envoyé à Bonn. Quand l'ambassadeur en poste là-bas fut nommé à Moscou, il invita Manny, en qui il voyait un chef de sécurité particulièrement avisé qui n'était cependant pas du genre à mettre l'ambassade en émoi à force de traquer la moindre infraction à la sécurité, à tenter l'aventure avec lui. Ainsi, lorsque l'ambassadeur actuel prit ses fonctions, il hérita de Manny qui, à Moscou, faisait déjà partie des meubles. À en juger par les rapports qu'il remplissait sur Manny, il semblait d'ailleurs préférer les meubles à un chef de sécurité qui avait son franc parler et qui disait précisément ce qu'il pensait.

Lissant délicatement ses cheveux plaqués en arrière de la paume de sa main, Inkermann s'assit à son bureau, sur la chaise pivotante. Il regarda du coin de l'œil Manny prendre un siège et s'écrouler dessus, les jambes tendues devant lui, croisées au niveau de ses chevilles épaisses, un assez grand fragment de peau d'un blanc maladif visible au-dessus des chaussettes, les mains serrées derrière la nuque, les pans de son veston ouverts comme des rideaux, les boutons de chemise tirant sur leurs boutonnières contre le ventre rebondi et une expression plus arrogante que jamais plaquée sur son visage de martyr. « La femme de l'ambassadeur devient hystérique à propos de l'incident de la corde de piano », dit Inkermann. Il fouilla dans la pile démesurée du courrier reçu qui évoquait un tas de compost et en sortit une note manuscrite qu'il agita sous le nez de Manny. « Elle dit qu'elle est persuadée que la corde du *fa* n'a pas cassé accidentellement. Elle dit que les Rouskis savaient qu'elle avait invité personnellement le pianiste. Elle les soupçonne d'avoir introduit un agent dans la Spaso House avant le concert pour trafiquer la corde en sorte qu'elle casse dès que l'artiste commencerait à effleurer les touches. Elle prétend que tout cela fait partie d'un plan pour humilier son ambassadeur de mari et décourager les relations culturelles. Elle demande ce que vous avez l'intention de faire pour que cela ne se reproduise plus. »

Manny renifla. « Je pourrais toujours poster un marine armé à côté du piano vingt-quatre heures sur vingt-quatre. »

Inkermann dévisagea Manny d'un regard suspicieux. « Comment pouvez-vous être certain que ce ne sont pas les Rouskis qui ont cassé la corde ? Glasnost ou pas glasnost, nos amis du K.G.B. n'ont pas réduit leurs fiches de paye. Pour ce que nous en savons, ils doivent avoir toute une section qui n'a rien d'autre à faire que de chercher comment enquiquiner la femme de l'ambassadeur.

— Vous n'êtes pas sérieux », répliqua Manny.

Inkermann rétorqua gravement : « Si la femme de l'ambassadeur est sérieuse, je suis sérieux.

— J'ai examiné la corde du piano à la loupe, fit Manny avec lassitude. Elle ne présentait aucun signe d'avoir été entaillée ou limée.

— Et vous êtes expert en ce genre de chose, bien entendu.

— Nous allons avoir l'air sacrément fins si nous envoyons faire analyser un bout de corde de piano à Washington !

— Comment se fait-il que l'on ne vous voie jamais ni aux concerts ni aux conférences de la Spaso House ? »

Manny porta le dos de sa main devant sa bouche pour réprimer un bâillement. « Les Russes ont un mot pour les gens comme moi. C'est *nekoultournyï*. » Puis, de son ton le plus condescendant, il ajouta : « Cela signifie inculte.

— Je n'ai pas besoin de traduction, assura Inkermann avec raideur. J'ai suivi le même cours de russe des services diplomatiques que vous. » Il s'empara d'un stylo dans un porte-crayons et inscrivit « Action » en haut de la note de la femme de l'ambassadeur. Puis, prononçant les mots à voix haute à mesure que son stylo grattait le papier, il écrivit : « Custer devra superviser personnellement les préparatifs de tout événement culturel de la Spaso House et assister à ces événements. »

Le chef d'antenne griffonna « Ink » pour Inkermann dans le coin supérieur droit de la lettre et la fourra dans le bac démesuré du courrier en partance. « Dorénavant, annonça-t-il à Manny, tout ce qui tournera mal à la Spaso House se produira sous votre responsabilité. À vous de vérifier le piano avant chaque récital, de vérifier le projecteur mobile avant chaque conférence. Vous commencez demain. Un Russe quelconque a été invité à lire des poèmes. À vous de vérifier le micro pour vous assurer qu'il fonctionne, de vérifier les radiateurs pour vous assurer qu'ils sont chauds, de vérifier les boissons pour vous assurer qu'on n'y a pas mis d'alcool, de vérifier les toilettes pour être sûr que la chasse d'eau marche. On ne sait jamais, Custer. Quelqu'un d'aussi sensible que vous pourrait bien se découvrir un goût pour la poésie. »

Manny, qui n'était pas du genre à laisser paraître ses émotions, s'abrita derrière un sourire pingre. « Tout ce que vous voulez », marmonna-t-il. Inkermann qui, en tant que chef d'antenne, était responsable de la sécurité de l'ambassade dans son ensemble, avait déjà réduit le rôle de Manny à avertir les nouveaux arrivants que les murs avaient des oreilles et à tourner les cadrans de combinaisons après l'heure de la fermeture pour s'assurer que les coffres étaient bien fermés. Il cherchait maintenant à l'humilier davantage afin de le pousser à prendre sa retraite avant la fin de son engagement. Manny prenait un malin plaisir à résister ; à survivre.

Si Moscou devait être la dernière bataille de Custer, le moins qu'il pouvait faire était de s'en sortir avec style.

*

Koutchkovo (comme Aïda appelait Moscou) se drapait dans un soir pareil à de la suie lorsque Aïda atteignit l'hôpital du Kremlin, non loin de ce qu'elle appelait encore la place de la Trinité (ancien nom de la place Rouge). Elle se débarrassa de la neige accrochée à ses bottes de caoutchouc contre les pages de la *Pravda* étalées sur le linoléum, juste derrière la porte tournante, avant de rejoindre la queue qui s'étirait sur toute la longueur d'un couloir gris sale puis faisait un coude pour continuer au-delà de l'îlot des ascenseurs dont un seul fonctionnait encore. Quel que fût le nombre de fois qu'Aïda avait fait la queue ici — et cela faisait six ans qu'elle y venait une fois par semaine — elle ne s'était jamais habituée aux odeurs. Certaines semaines, le couloir sentait l'urine ou le vomi, quand ce n'était pas les deux, mais, le plus souvent, les relents de désinfectant étaient si violents qu'ils anéantissaient les autres odeurs, lui piquaient les narines et lui faisaient monter les larmes aux yeux. Pourtant, aucun de ceux qui avaient la chance de se trouver dans cette queue ne prononçait jamais un mot de plainte — que ce fût à propos de la lenteur de la queue ou des odeurs. C'est qu'au bout de ce couloir long et obscur se trouvait la porte de la pharmacie de l'hôpital, et les femmes austères en blouse blanche qui délivraient les médicaments occidentaux sur ordonnance à ceux qui avaient assez d'appuis, assez d'argent ou assez de chance pour avoir obtenu l'autorisation appropriée.

Aïda avait l'autorisation appropriée — une feuille de papier qui avait été pliée et dépliée tant de fois qu'elle était devenue aussi douce au toucher qu'un vieux mouchoir. Elle lui avait été procurée par son futur ex-mari, Vadim, de la même manière qu'il lui avait obtenu la cure de six jours dans une maison de repos en Crimée quand ses nerfs avaient été sur le point de lâcher ; de la même manière qu'il obtenait tout ce qu'il voulait : en forçant les gens à lui rendre les faveurs qu'il leur avait accordées et, quand cela ne marchait pas, en payant en dollars américains, en livres anglaises ou en francs français. Quand Vadim était sobre, il s'énervait dès qu'Aïda cherchait à lui manifester sa gratitude. « Moins on en dit, mieux c'est », protestait-il en repoussant les remerciements d'un grand geste embarrassé du bras. « La Russie est une vraie course de rats. Il se trouve juste que je suis le rat le plus rapide de la ville. Ah ! »

Au guichet, devant eux, une femme aux cheveux blancs qu'Aïda reconnaissait comme étant une habituée du long couloir se disputait d'une voix perçante avec l'une des pharmaciennes en blouse blanche. « Comment est-ce possible ? criait la femme. Ma fille prend ce médicament depuis trois ans. Sans cela, elle va devoir se faire opérer de la cataracte. »

La pharmacienne, femme revêche et impitoyable dont la petite bouche crispée laissait entrevoir l'éclat de plusieurs dents en acier, haussa les épaules avec impatience. « Je délivre les médicaments prescrits par l'ordonnance quand ils sont disponibles. Sinon, non. Si vous voulez vous plaindre, allez voir l'administration. »

Quand le tour d'Aïda arriva enfin, elle déplia soigneusement la lettre d'autorisation et la présenta à lire à la pharmacienne. « Son poids a changé ? » demanda celle-ci d'une voix chargée d'ennui. Elle jeta un coup d'œil vers la pendule murale pour voir combien de temps il restait avant que l'équipe de nuit ne prenne la relève.

« C'est comme la semaine dernière, répondit Aïda. Trente kilos. Il doit prendre deux virgule cinq milligrammes multipliés par son poids.

— Je sais lire », commenta la pharmacienne d'un ton maussade. Elle disparut derrière les étagères bourrées de médicaments importés. Aïda l'entrevit en train de verser des cachets sur un plateau de verre puis de les compter à l'aide d'une spatule. La pharmacienne revint quelques instants plus tard avec un petit sachet de papier brun rempli de cachets. Elle secoua un stylo à bille pour faire descendre l'encre, nota quelque chose sur une étiquette à coller puis en lécha le côté enduit avant de le plaquer sur le sachet.

Aïda déchiffra l'inscription : « Purinéthol, 75 milligrammes de mercaptopurine-6, à prendre chaque jour pendant les repas, par voie orale. » Une vague de soulagement lui envahit la poitrine ; le mal pourrait être tenu en respect sept jours de plus. « Vous êtes sûre que vous m'en avez donné assez pour la semaine ? » demanda-t-elle. Elle se força à sourire en espérant que cela empêcherait la pharmacienne de se sentir irritée par la question.

Cela ne suffit pas. « Si vous n'avez pas confiance en nos services, vous pouvez toujours aller vous adresser ailleurs », grommela la pharmacienne, sachant pertinemment qu'il n'y avait nulle part ailleurs à Moscou où trouver des médicaments étrangers prescrits sur ordonnance. Aïda baissa les yeux, compta cinq billets de un rouble dans son petit porte-monnaie et les posa sans bruit sur le comptoir. La pharmacienne ramassa les billets et regarda au-delà de l'épaule d'Aïda en appelant : « Au suivant ! »

9

La pièce qu'Inkermann mit à la disposition de Ben, l'une des quatre qui donnaient sur le vestibule, avait servi d'entrepôt à l'antenne de la C.I.A. La plupart de son contenu avait été débarrassé avant l'arrivée de Ben, mais il restait encore un mur qui disparaissait presque entièrement sous les cartons de rubans des machines à écrire I.B.M. de la station. La procédure en vigueur était de faire passer les rubans usagés à l'incinérateur à la fin de chaque journée de travail afin qu'il ne subsiste aucune trace de messages ou rapports secrets dactylographiés. Le fait que cette antenne avait un budget de rubans de machines supérieur à toutes ses autres fournitures de bureau réunies ne laissait jamais d'étonner le comptable des services de la Direction financière qui examinait les livres de comptes.

« Comment faites-vous pour dépenser 10 180 dollars par an en rubans ? demandait-il au chef d'antenne.

— Très simple », répondait Inkermann, son visage bouffi totalement dénué d'expression. « Nous remplaçons les guirlandes par des rubans I.B.M. sur le sapin de Noël du bureau. »

Ben dut sourire quand la secrétaire d'Inkermann, Mehetabel Macy, lui raconta cette histoire pour excuser la présence des cartons de rubans dans ses quartiers déjà réduits. « Nous ne voudrions pas que notre quatre heures et quart se sente mal à son aise », dit-elle avec une sollicitude exagérée. Elle s'attardait, le dos appuyé contre le chambranle de la porte ouverte, sa jupe remontée haut sur ses cuisses, ses longues jambes croisées au niveau des chevilles, un orteil animé d'un mouvement suggestif dans le soulier de daim.

« Du moment qu'il y a de la place pour une table et une chaise, la rassura Ben. Je me débrouillerai. »

Elle lui tendit un carton aide-mémoire. « Le numéro du haut correspond au code de la serrure électronique de la porte, expliqua-t-elle, le souffle court. Celui du bas est le code du coffre. Ne modifiez ni l'un ni l'autre... si, que Dieu nous en garde, quelque chose devait vous arriver, nous voudrions pouvoir mettre nos mains avides sur vos petits secrets. »

Ben prit la carte. « Merci. » Il la fixa du regard jusqu'à ce que, avec un petit frétillement de ses épaules étroites, elle pivotât sur un talon pour regagner son vestibule. « Je vous en prie, lança-t-elle. N'hésitez pas à me demander quoi que ce soit dont vous auriez besoin. » Elle parut donner une intonation particulière à l'expression *quoi que ce soit.*

Ben examina autour de lui ce que la demi-douzaine d'agents affectés à l'antenne appelaient la « salle des rubans », puis se mit au travail. Il posa le registre des codes de la station sur la petite table métallique, ainsi que le mince carnet qui se trouvait dans l'attaché-case scellé envoyé par Washington, et entreprit de fouiller dans la liste des câbles d'information compartimentée ultra-secrète codés du chef d'antenne depuis 1967.

Tout en repoussant les assauts aguicheurs de Mlle Macy (« Tiens, tiens, ne serait-ce pas notre timide quatre heures et quart qui vient nous faire une petite visite au dixième ! »), Ben réussit à passer une heure par jour presque tous les jours de semaine et une heure et demie les samedis et dimanches, dans la salle des rubans. Le travail avançait lentement, mais c'était voulu. Suivant des instructions très précises, il prenait garde de lancer l'opération Herbe de Fer avec une lenteur calculée. « Il est essentiel que vous ne précipitiez rien une fois que vous serez à Moscou », lui avait indiqué son instructeur lors de leur dernière réunion d'information, avant son départ pour son premier poste, en Tchécoslovaquie. « Vous voulez prendre tout votre temps pour trier ces câbles. »

Tard, un samedi après-midi, après avoir passé une heure et demie d'ennui dans la salle des rubans, Ben se rendit au nouveau complexe administratif, tout près de l'ambassade, pour voir si les sous-vêtements thermiques qu'il avait commandés en Finlande étaient arrivés. Un courant d'air arctique l'assaillit lorsqu'il sortit de l'ambassade ; le froid lui sembla se répandre sous les plis de son pardessus en mouton retourné. Deux miliciens soviétiques, le col remonté, les rabats de leur toque baissés, les joues enflammées par le froid glacial, le saluèrent d'un mouvement de tête raide lorsqu'il passa. Les derniers fragiles rayons du soleil hivernal embrasaient les toits au moment où Ben s'engageait dans la rue sablée. Un marchand portant des lunettes de ski en plastique teinté avait dressé un étal de fortune au coin de la rue et vendait des poignées de noisettes aux personnes qui attendaient le trolley. Une douzaine de paysannes en épais manteaux matelassés maintenus par des cordelettes en guise de ceinture, la tête dissimulée par des châles délavés, cassaient sans enthousiasme la glace devant un lugubre bâtiment gouvernemental. De voir les fragments de glace voler dans tous les sens rappela à Ben le geste curieux de la femme qui farfouillait dans les débris de la langue, qui écoutait les silences dans les espaces entre les mots. Il recréa en pensée le contour de son nez cassé animé de taches de rousseur, la revit sucer le morceau de glace, sentit ses lèvres bleuies se poser légèrement sur les siennes puis regarda la plume blanche disparaître parmi les flocons de neige.

Ben avait revécu cette brève rencontre une bonne douzaine de fois. Il y avait chez cette femme quelque chose d'à la fois tourmenté et traqué. Elle avait été vaincue par le système (il se rappelait qu'elle lui avait raconté avoir appris l'anglais en prison), mais avait réussi à acquérir une certaine noblesse en continuant sa lutte contre ce système. Était-elle, comme lui, un aficionado des causes perdues ? Aurait-ce été l'un des points qu'ils avaient en commun s'ils avaient pris la peine de chercher ? Il y avait des moments où il regrettait amèrement de l'avoir laissée échapper à son étreinte, échapper à sa vie. Il y avait d'autres moments où il souhaitait réellement sur le Christ ne plus jamais la revoir.

Une fois dans le nouveau complexe administratif, Ben frappa des pieds sur le paillasson pour débarrasser ses bottes de la neige accrochée. L'enthousiasme qu'il mit à cet acte trahissait une certaine irritation. Il secoua la tête pour chasser la vision d'Aïda et se retrouva nez à nez avec Manny Custer. « Vous connaissez ce Franchouillard, Voltaire ? » commença Manny de la voix traînante qu'il prenait dès qu'il craignait de paraître trop intellectuel. « Il était sur son lit de mort, enfin, c'est ce qu'on dit et c'est comme ça qu'on me l'a raconté, et il y avait un prêtre qui essayait de lui faire renier le diable. Et ce fameux Voltaire, vous savez ce qu'il a répondu au prêtre ? Il lui a dit », Manny n'essaya pas d'étouffer le rire moqueur qui lui montait aux lèvres, « “Ce n'est pas le moment de se faire des ennemis.” »

Ben était décontenancé et son expression le montrait. « Pourquoi me racontez-vous cela ? »

Manny haussa une épaule massive. La semaine avait été longue et elle n'était pas encore terminée. « J'ai pensé que vous comprendriez cette histoire comme moi. »

Ben sourit. « Vous voulez dire, comme s'il était toujours temps de se faire des ennemis ?

— Quelque chose comme ça, concéda Manny. C'est l'heure de la pause-café, mais je ne bois pas de café. Venez, je suis prêt à enfreindre une règle d'or et à vous en offrir un pour la route. »

Mis à part deux employés au chiffre et le type qui s'occupait du parc automobile de l'ambassade, le bar *Sam's*, au bout du grand hall du nouveau complexe administratif, était désert. Manny parvint à ranger son corps encombrant dans un box et appela le barman. « Le whisky habituel avec les glaçons habituels et la bière habituelle derrière, oui ?

— Deux, fit Ben.

— Deux whiskies habituels avec les glaçons habituels et deux bières », répéta Manny.

Lorsque le barman eut posé les verres sur la table, Ben déclara : « Vous aviez raison tout à l'heure. Sur le fait qu'il est toujours temps de se faire des ennemis. Je suis désolé si je vous ai heurté à votre réunion d'information, la dernière fois. Je sais que vous avez votre boulot à faire. D'un autre côté, vous semblez considérer la perestroïka et la glasnost comme un pur complot communiste destiné à nous endormir. »

Manny frotta son nez grêlé avec le bord de son verre. « Si je me souviens bien, vous parlez russe. Vous connaissez le mot *peredychka* ?

— Oui, c'est un répit », répondit Ben.

Manny secoua les glaçons dans son verre pour en tirer un son musical. « Si vous voulez mon opinion, les Russes ne cherchent pas la *perestroïka* mais une *peredychka*. L'économie est dans un chaos invraisemblable. Ils gagnent du temps pour essayer de remettre un peu d'ordre chez eux. Après cela, la guerre froide pourra reprendre — je ne dis pas qu'elle reprendra mais qu'elle pourra reprendre.» Manny vida d'un coup le reste de son verre. «Vous voulez des preuves? Malgré toute votre glasnost et votre perestroïka, le K.G.B. tient toujours boutique à la même adresse, pour autant que je sache.

— La C.I.A. aussi.

— Et moi aussi.

— Rien n'a changé alors?»

Manny poussa son verre vide de côté avant d'attaquer le bock de bière blonde qui venait derrière. «Voilà ce que je pense: Tant que cette histoire de perestroïka ne sera pas retombée d'une façon ou d'une autre, nous avons intérêt à ne pas baisser les bras. La Russie que je connais, et dont je ne suis pas particulièrement fou, est un pays où l'anarchie n'est jamais très loin de la surface — une anarchie avec trente-huit mille têtes nucléaires en attente.» Ben voulut l'interrompre mais le chef de sécurité de l'ambassade haussa le ton et poursuivit: «Je sais ce que vous allez dire. Vous allez me dire: mais regardez toutes ces réformes. Écoutez, personne ne sait si ces réformes sont réelles ou non. Et même en supposant qu'elles existent, personne ne sait si elles fonctionnent. Tout ce que nous savons, c'est qu'il y a un paquet de gens», Manny baissa alors le ton pour prendre la voix basse et rauque d'un conspirateur de théâtre, «des deux côtés de ce qu'on appelait le Rideau de fer qui attendent que le Grand Houdini et compagnie se cassent la figure. Moi, je ne crois pas qu'il va pouvoir retourner la situation, mais je suis tout à fait pour lui donner la possibilité d'essayer.»

Scrutant son invité, Manny vida sa bière. Ben prit conscience que l'officier de sécurité avait dû en prendre plus d'un pour la route. « Écoutez, poursuivit Manny en essuyant du revers de la main la mousse sur ses lèvres, j'ai été l'un des premiers à dire que le Grand Houdini avait l'étoffe d'un réformateur, et je me suis mis dans de sales draps en le disant. Je n'aurais peut-être pas trop envie de le crier sur les toits — bon sang, c'est que ce n'est pas facile pour un vieux de la guerre froide comme moi de changer son fusil d'épaule — mais, à ma manière, j'en suis pratiquement à le soutenir. Pourquoi pas ? Le Russe moyen vaut l'Américain moyen et c'est sûr qu'ils ont marqué pas mal de points au paradis en écrasant les nazis. Je me souviens d'avoir lu quelque part que sur treize Allemands tués pendant la guerre, dix l'ont été sur le front russe. Les Russes ont donc mérité d'avoir leur chance, voilà ce que j'en dis. » Manny se pencha par-dessus la table et adressa un clin d'œil à Ben. « Mais vous pouvez faire confiance à un vrai pro, monsieur Bassett. Tenez-vous prêt à toute éventualité. »

Manny se redressa et passa plusieurs fois le bout de son index sur le rebord de son verre, puis, avec un soupir, il consulta sa montre. « Merde, il faut que j'y aille. » Il coinça plusieurs billets sous son bock vide. « Je dois faire la nounou d'un poète à la Spaso House, expliqua-t-il en s'extirpant du box pour enfiler son pardessus et sa toque de fourrure.

— Il y a un récital ? demanda Ben.

— Vous avez un faible pour les poètes russes, monsieur Bassett ?

— J'ai un faible pour la poésie russe, rétorqua Ben.

— J'ai l'impression que vous avez beaucoup de petits faibles. » Manny se pencha vers Ben, le cou tendu, le regard suspicieux. « Dites-moi quelque chose, monsieur Bassett. Que faites-vous réellement à l'ambassade ? »

Ben sentit son pouls s'accélérer. « Je fais de l'intendance pour les Sept Nains.

— Cela étant, qu'est-ce qui vous fait monter aussi souvent jusqu'au domaine d'Inkermann ? »

Ben se força à sourire. « Décidément, vous gardez toujours l'oreille collée au plancher.

— Le marine qui vérifie votre insigne vert au neuvième inscrit votre nom dans un registre.

— En tant qu'intendant, on me demande aussi de chiffrer les rapports de routine, expliqua Ben. Je ne peux pas garder les chiffres en bas puisque c'est une zone à insigne blanc, alors M. Inkermann m'a permis d'utiliser sa salle des rubans. Il y a un coffre, et une table pour travailler.

— L'intendant qui vous précédait ne faisait pas de chiffrement. Les Nains avaient réquisitionné l'un des employés au code de la bulle pour faire du travail à mi-temps pour eux.

— Je fais d'une pierre deux coups. Réduction budgétaire.

— Vous ne m'avez pas dit que vous aviez appris le chiffrement.

— Vous ne me l'avez pas demandé. »

Manny, soudain très sobre, dévisagea Ben et poussa un grognement. « C'est exact. Je n'ai pas demandé. Mais maintenant, je vous pose la question.

— Les services de renseignement de l'armée m'ont instruit dans l'art viril du chiffrement et du déchiffrement. Pourquoi toutes ces questions ? »

Émettant une sorte de toux ricanante, Manny plongea les bras dans les manches de son pardessus et hissa le vêtement sur ses épaules. « Je me tiens simplement prêt à toute éventualité. »

*

Aïda jeta un coup d'œil sur les aiguilles inversées de sa montre minuscule. Elle avait eu l'intention de s'arrêter dès qu'une heure se serait écoulée, mais quelque chose qu'elle préférait ne pas examiner de trop près la poussait à lire un poème supplémentaire. « Ai-je assez de temps, et avez-vous assez de patience pour un dernier poème ? » demanda-t-elle à la cinquantaine d'Américains rassemblés dans la salle de réception de la résidence officielle de l'ambassadeur, qui parlait russe couramment et traduisait au fur et à mesure ses poèmes en anglais. Mlle Harkenrider, assise au premier rang sur un pliant, se mit à battre des mains en rythme, entraînant avec elles les autres femmes de l'assemblée. Aïda rajusta ses lunettes rondes cerclées d'acier. Les Américains de la salle de réception se calmèrent. Aïda fouilla dans ses papiers et trouva le poème qu'elle cherchait — quelques lignes griffonnées sur une serviette de table — avant de savoir consciemment qu'elle le cherchait, ce qui renforça la sensation qu'elle avait d'agir suivant un dessein prédestiné. Les yeux fixés sur la serviette, elle prononça quelques mots à propos du poème. L'ambassadeur lui demanda dans quel sens elle utilisait une expression typiquement russe et, lorsqu'elle le lui eut expliqué, il traduisit la substance de ses commentaires en anglais. « Elle décrit ce poème comme une fleur fraîchement cueillie, si fraîche que vous serez les premiers à l'entendre. Elle dit que c'est l'acte d'écouter un poème qui lui donne vie. Plutôt que d'en dire plus, elle vous invite à faire en sorte que ce poème prenne vie. » Il se tourna vers Aïda d'un air attentif.

Elle l'avait repéré à l'instant même où il avait surgi, poussant la double porte au fond de la salle de réception au milieu du premier poème, encore vêtu de son long manteau en mouton retourné (chaque détail s'imprimait dans son cerveau) ouvert, un chapeau, une écharpe, un paquet enveloppé de papier marron coincé sous le bras, ses cheveux bruns, ébouriffés lorsqu'elle l'avait vu la première fois, maintenant aplatis par le chapeau, ses lèvres entrouvertes par l'étonnement (c'est du moins ce qu'elle imaginait, c'est du moins ce qu'elle espérait) de la revoir. Il était resté près d'un homme massif qui consultait impatiemment sa montre après chaque poème. Il était adossé au mur, le corps tendu. Ses yeux, rivés sur ceux d'Aïda, semblaient poser une question muette.

Le poème serait sa réponse.

Elle le récita en russe, d'une voix monocorde, laissant les espaces entre les mots transmettre l'émotion qu'elle espérait y avoir mise. Lorsqu'elle l'eut dit une seconde fois, l'ambassadeur — qui en avait jeté une traduction approximative sur un calepin jaune — leva la tête et déclara, en anglais : « Je ne crois pas trop déflorer le sujet si je vous dis qu'il s'agit d'un poème d'amour. J'espère que je pourrai lui rendre justice. » Puis il traduisit les vers en anglais :

Je me suis accrochée aux mots que tu as retenus,
J'ai été émue aux larmes par tes larmes contenues,
J'ai senti la souffrance de ton cœur
dans la bourrasque enneigée,
En témoignage je t'offre... mes lèvres gelées à
ranimer.

Lorsque les applaudissements se furent tus, le public se dirigea vers la longue table chargée de zakouski et de bouteilles de vin géorgien. Traînant l'ambassadeur derrière elle, Aïda fendit l'assemblée comme un brise-glace (c'est en tout cas l'image qui vint à l'esprit de Manny Custer, toujours posté contre le mur) et alla se servir de plusieurs canapés au caviar. L'ambassadeur lui offrit un verre de vin et leva le sien pour porter un toast. « Aux poètes russes, déclara-t-il, qui ont su conserver la flamme. »

Aïda réfléchit un instant. « Certains ont su, d'autres non », répliqua-t-elle sèchement en anglais, avec son accent russe. « Mais je vais quand même boire à votre toast parce que j'ai soif. »

Les Américains qui entouraient Aïda s'esclaffèrent. L'attaché culturel, qui l'avait invitée, demanda : « Mis à part le fait que l'une est composée en anglais et l'autre en russe, voyez-vous une différence entre la poésie américaine et la poésie russe ? »

Aïda remarqua Ben, à la lisière du groupe. Il se permit de lever les yeux au ciel pour indiquer ce qu'il pensait de la question. Aïda, saisie d'une irrésistible attirance pour la conspiration, réprima son envie de répondre par un éclat de rire. Le visage grave mais les yeux pétillants d'amusement, elle déclara à l'attaché culturel : « La poésie américaine se veut horizontale, c'est-à-dire qu'elle traite les gens comme s'ils étaient de beaux articles de ces catalogues de vente par correspondance que publie M. L. Bean. Le plus souvent, cela donne une poésie timorée qui marche sur des œufs frais. Notre poésie russe se veut verticale, c'est-à-dire qu'elle prend des risques, elle plonge au cœur du ventre de la baleine, elle explore la manière dont les gens vivent, aiment et meurent.

— Ma traduction a-t-elle rendu compte de la verticalité de vos poèmes ? s'enquit l'ambassadeur.

— Qu'elle soit verticale ou horizontale, la poésie est justement ce qui disparaît avec la traduction », commenta Ben par-dessus les têtes de ceux qui étaient devant lui. Plusieurs personnes de l'ambassade, dont Manny Custer, se retournèrent pour le regarder. « J'entends par là, ajouta Ben en regardant tout le monde sauf Aïda, qu'on ne peut pas traduire l'espace entre les mots.

— Je ne vois pas ce que l'espace entre les mots

vient faire dans la poésie, répliqua aigrement l'ambassadeur.

— C'est là que réside la poésie, insista Ben.

— C'est plus ou moins comme cela que je la décrirais moi-même», intervint Aïda. Ben et elle échangèrent un regard. «C'est dans l'espace entre les mots qu'il faut débusquer la poésie.»

L'ambassadeur, examinant tour à tour Ben et Aïda, répliqua: «Les poètes américains marchent peut-être sur des œufs, mais nos critiques plongent — comment avez-vous dit? — au cœur du ventre de la baleine.»

Aïda se lança dans une longue discussion avec la femme de l'ambassadeur sur le mouvement féministe en Russie ou, plus précisément, sur l'absence de mouvement féministe dans ce pays. Lorsqu'elle chercha Ben, il avait disparu. Tout en l'aidant un peu plus tard à enfiler son manteau, l'attaché culturel lui proposa de la raccompagner dans une voiture de l'ambassade, mais Aïda assura qu'elle préférait prendre le métro et l'attaché, conscient que beaucoup de Russes ne souhaitaient pas être vus en train de monter ou de descendre d'une voiture diplomatique, n'insista pas.

La nuit était d'un froid cristallin lorsque Aïda remonta le périphérique vers la station de la rue Gorki, vers le métro qui la conduirait à la Retchnoï Vokzal, en bout de ligne, à son rendez-vous avec Vadim sur le bateau. À quelques rues de l'ambassade, une silhouette surgit de l'obscurité. Aïda était seule et puis, soudain, Ben marchait à son côté. «Comment connaissez-vous le catalogue Bean? demanda-t-il comme s'il reprenait le fil d'une conversation interrompue.

— C'est à cause de mon futur ex», répondit-elle. Elle s'efforçait d'empêcher sa voix de trahir son trouble. Il y avait longtemps que son pouls ne s'était pas emballé à la seule vue d'un homme, alors que les idées l'excitaient si vite. « Vadim est ce qu'on appelle un brasseur d'affaires, il mène toujours des tas de choses sur des tas de fronts. Alors, régulièrement, et contre ma volonté, il insiste pour faire des cadeaux à mon fils. L'année dernière, pour la fête de Saava, Vadim lui a apporté un des catalogues de M. L. Bean. Dieu seul sait comment il s'y était pris. Et il lui a dit de choisir un cadeau dedans. Saava s'est torturé pendant une semaine à choisir quelque chose. Il s'est bien décidé une douzaine de fois et, à chaque fois, il changeait d'avis au dernier moment. »

Ben glissa son bras sous celui d'Aïda. « La première fois que je vous ai vue, j'ai eu envie de faire l'amour au corps que j'imaginais sous toutes ces couches de vêtements, dit-il. Je n'ai compris que lorsque vous avez disparu dans la tempête de neige que je pourrais tomber amoureux de vous. »

Elle sentait le coude du jeune homme appuyer contre sa cage thoracique. Pour une fois dans sa vie, elle se trouva à court de mots. « Mon fils a fini par choisir un couteau rouge avec plein de lames dont le catalogue disait qu'il était utilisé par les soldats suisses », reprit-elle. Sa respiration se faisait courte et rauque. « Il y avait même une loupe dans ce couteau, quoique je me demande bien ce qu'une loupe a à voir avec un couteau.

— Vous avez entendu ce que j'ai dit ? »

Elle le regarda. « J'ai entendu ce que vous avez dit, oui. Si vous voulez coucher avec moi, vous n'avez qu'à le dire sans mélanger le sexe et l'amour. » La fossette qu'elle avait sous les lèvres tremblait. « Et sans m'embrouiller par la même occasion.

— J'ai envie de faire l'amour avec vous... et plus encore. » Comme elle ne répondait pas, Ben murmura : « Pour l'amour de Dieu, dites quelque chose. »

Avec ce sourire doux-amer qui apparaissait toujours sur ses lèvres quand elle citait Akhmatova, elle prononça :

Tu viens avec tant d'années de retard,
Mais malgré tout je me réjouis de te voir[1].

À l'intérieur de la station de métro, Ben retira l'un de ses gants et inséra une pièce de cinq kopecks dans la fente du tourniquet. « Où me conduisez-vous ? demanda-t-il à Aïda.

— N'importe où », répondit-elle. Avançant comme dans un rêve, elle franchit le tourniquet. Ben inséra une autre pièce et la suivit. « C'est donc n'importe où j'irai avec vous », déclara Ben avec une telle intensité qu'il eût fallu être idiot pour douter de sa sincérité. Alors que les Moscovites les dépassaient de part et d'autre en courant pour attraper leur métro, il lui retira son gant et s'empara de sa main pour la mémoriser — elle avait les doigts longs, minces et rudes, les ongles coupés court, les jointures gercées. Elle portait au majeur une bague d'argent frappé ornée d'une pierre. Elle devança sa question : « C'est de l'agate. On dit qu'elle chasse la peur, mais elle ne s'est pas montrée très efficace jusqu'à présent. »

Pris dans le flot des usagers du métro, ils se retrouvèrent sur un grand escalier mécanique qui plongeait vers les entrailles de la terre. Ben se posta une marche sous Aïda et se tourna vers elle. Leurs yeux étaient au même niveau. « De quoi as-tu peur ? » demanda-t-il.

Tout semblait se brouiller autour d'Aïda, seul Ben gardait ses contours nets. Elle examina ses yeux et fut une fois encore frappée par leur vigilance fiévreuse ; par leur lucidité. Pour répondre à sa question, elle donna une réponse qui avait le ton, la

1. Traduit du russe par Jeanne et Fernand Rude *(N.d.T.)*.

texture d'un soupir. « La mort me terrifie, lui dit-elle, mais je suis affreusement lasse de la vie. J'ai peur de perdre ma poésie. De perdre mon fils. De perdre ma déraison, qui est, d'une certaine façon, la source de ma poésie. » Un demi-sourire saturé de souffrance apparut sur son visage. « J'ai peur d'espérer. De désirer. De me donner sans retenir une part de moi-même. » Pendant qu'ils attendaient le métro sur le quai, quelque chose d'autre que le froid la fit frissonner et elle serra ses bras autour d'elle. Puis elle s'appuya contre Ben et colla ses lèvres à son oreille pour lui chuchoter : « J'ai affreusement peur d'être aimée, et affreusement peur de ne pas l'être. »

Aïda ouvrant le chemin, ils sortirent à la dernière station et se dirigèrent vers la Moskova à travers un jardin étroit coincé entre des groupes d'immeubles d'habitation. Ils ne parlaient ni l'un ni l'autre ; il semblait y avoir trop à dire. Ils passèrent sous l'entrée voûtée de la gare fluviale et continuèrent à marcher au milieu d'une longue route bordée de chaque côté par l'ombre des bois, jusqu'à ce qu'ils arrivent au bord de la rivière où une quinzaine de bateaux d'un blanc rutilant étaient amarrés par deux à la jetée. Les bateaux étaient vivement éclairés et vrombissaient du son des moteurs et générateurs. Le chemin, recouvert d'une couche de glace, rendait la marche assez précaire. Ils se retinrent l'un à l'autre et échangèrent un sourire lorsque Aïda glissa et se raccrocha au bras de Ben pour ne pas tomber. Au bout de la jetée, quelques dizaines d'automobiles et de taxis étaient garés devant un bateau tout illuminé dont le nom, le *Maxime-Gorki*, s'étalait en grosses lettres capitales sur la coque. Beaucoup de chauffeurs attendaient dans les voitures et faisaient tourner le moteur au ralenti pour avoir le chauffage. Devant la passerelle, Aïda se tourna vers Ben.

« Vadim est un grand capitaliste, expliqua-t-elle rapidement. Avec quelques amis, il a pris un bail auprès de l'État sur le *Maxime-Gorki* en vertu d'une nouvelle loi destinée aux fermiers qui voulaient louer la terre, et ils en ont fait un restaurant coopératif. » Elle montra les voitures garées. « C'est devenu la coqueluche des nouveaux riches, ceux qui, comme Vadim, arriveraient à arracher de l'argent à une pierre. »

Ben suivit Aïda jusqu'au milieu du bateau où ils franchirent une porte donnant sur la salle de restaurant. Un souffle d'air chaud les assaillit. Une jeune fille émaciée trottinant sur de hauts talons qu'elle n'avait visiblement pas l'habitude de porter prit leurs manteaux. De derrière un épais rideau grenat leur parvenait la plainte d'un violon tzigane qui jouait des danses hongroises. Un homme au visage tiré et aux yeux enfoncés d'alcoolique prit Aïda par le coude. « Tu étais censée être ici à sept heures, siffla-t-il.

— Je te présente Vadim », commença à dire Aïda, mais son futur ex-mari l'entraînait déjà derrière le rideau, dans la salle à manger. « Il t'attend, annonça-t-il à mi-voix. En théorie, l'affaire est conclue. Il est d'accord pour publier un recueil de tes poèmes et j'ai accepté d'ajouter une véranda à sa datcha de Repino. Seulement, je te le demande comme une faveur, sois polie avec lui. »

La lumière était tamisée à l'intérieur du restaurant, et il fallut quelques instants à Ben pour parvenir à distinguer quoi que ce soit. Il suivit Aïda et Vadim, dépassant des boxes pleins d'hommes et de femmes qui s'entretenaient à voix basse. Les tables étaient chargées de piles de blinis fumants, de boîtes de deux kilos de caviar bélouga, de saladiers de crème et de bouteilles de vodka, de champagne et de vin. Deux serveurs en pantalon noir et chemise blanche les dépassèrent avec des plateaux chargés de fruits, article que Ben n'avait vu que dans la *beriozka* où les diplomates se fournissaient en nourriture. Aïda chercha la main de Ben et le tira vers une table ronde toute proche de la grande baie vitrée, à l'autre bout de la salle. Au-dehors, des rais de lumière en provenance des bateaux voisins glissaient sur la surface gelée de la Moskova.

Un gros homme doté d'une moustache à la Chaplin se souleva à demi de son siège en apercevant Aïda. Sa voisine de table, vêtue d'une robe de dentelle noire qui lui découvrait une bonne partie de la poitrine, saisit l'extrémité de sa cravate pour l'empêcher de tremper dans la crème. Le gros homme prit la main d'Aïda et en effleura le dos du bout de ses lèvres qui semblaient maquillées. « Vadim m'a beaucoup parlé de vous », confia-t-il d'une voix basse et suave.

Il se laissa retomber sur sa chaise comme si l'effort de se lever à moitié avait épuisé toutes ses réserves d'énergie. Vadim claqua des doigts. Des garçons apparurent avec deux autres sièges, des sets de table et de hautes flûtes de champagne.

Vadim s'écroula à son tour entre Ben et l'éditeur, saisit le pied d'une flûte de ses doigts tremblants et proposa un toast : « Maintenant que nous sommes tous réunis, buvons à l'entreprise privée et à votre nouveau projet d'édition. »

Le gros homme lissa sa moustache du bout de l'index. « Ma *maison d'édition* est honorée d'être chargée de la publication des poèmes de la légendaire Zavaskaïa.

— Combien ? » le défia Aïda.

Le gros homme lança un regard bref et sombre en direction de Vadim puis reporta son attention sur Aïda. « Combien quoi ?

— Combien de poèmes êtes-vous prêt à inclure

dans le recueil ? Et combien d'exemplaires êtes-vous prêt à tirer ? »

Vadim poussa un grognement. Le gros homme répondit : « Le nombre des poèmes du livre dépendra de la longueur des poèmes ainsi que de la taille des caractères pour lesquels nous opterons. Quant au tirage, nous envisagions quelque chose qui tournerait autour des cinq mille. Combien de poèmes pensez-vous nous offrir ? »

Avec un sourire tendu, Aïda énonça ses conditions. « Cinquante poèmes. Caractères en corps dix. Avec la quantité nécessaire d'espaces blancs entre chaque poème. Et un tirage d'au moins vingt-cinq mille exemplaires. »

La voisine de table du gros homme fourra nerveusement un blini dans sa bouche et le fit passer avec une gorgée de champagne. L'éditeur se carra sur son siège et aspira l'air par ses énormes narines. Son ventre parut enfler jusqu'à toucher le bord de la table. « Cinquante poèmes, c'est hors de question, répliqua-t-il tout net. Nous sommes une nouvelle entreprise éditoriale. Où trouverions-nous le papier pour publier cinquante poèmes. Vingt poèmes, avec une mise en page assez serrée, vingt-cinq à la rigueur serait encore dans le domaine des possibilités. Avec un tirage de dix mille.

— Je ne descendrai pas au-dessous de quarante poèmes et d'un tirage de quinze mille », décréta Aïda.

Le violoniste commençait à s'approcher de leur table, mais Vadim le renvoya d'un geste. « En supposant que les chiffres soient négociables, intervint-il, quelles sont les autres pierres d'achoppement ? »

Aïda caressa le pied de sa flûte de champagne. « Il y a le problème de la qualité du papier. Et il reste à déterminer qui aura le dernier mot quant à la sélection des poèmes. »

L'éditeur haussa les sourcils haut sur son front et

les y laissa. Il se tourna vers Vadim. « Vous m'aviez laissé entendre que je pourrais exercer mon jugement éditorial lorsque nous en viendrions au choix des poèmes. De même, vous m'aviez laissé croire que Mme Zavaskaïa accepterait d'atténuer quelques-unes de ses images les plus scandaleuses... »

Le pied de la flûte de champagne se brisa entre les doigts d'Aïda lorsqu'elle se mit à rugir : « Mes images scandaleuses ! » Les conversations se turent dans la salle à manger, la plainte du violon tzigane s'arrêta. Les têtes pivotèrent. Suçant un doigt auquel le sang perlait, Aïda demanda d'un ton sarcastique : « Alors, si vous considérez les images de mes poèmes si scandaleuses, qu'est-ce qui vous pousse à les publier ? »

Vadim lança un regard au violoniste qui se remit aussitôt à jouer. Le gros éditeur fit reculer sa chaise et se leva péniblement sur ses pieds. « Mon cher Vadim, merci pour ce dîner succulent et pour le grand plaisir de votre compagnie. Peut-être pourrez-vous aplanir les détails avec Mme Zavaskaïa, auquel cas, nous pourrons rediscuter de tout cela ultérieurement. »

Suivi par sa compagne de table, l'éditeur prit en se dandinant l'allée centrale en direction de la porte. Aïda s'empara d'un saladier de crème et l'aurait volontiers lancé contre le dos massif si Ben ne l'avait retenue par le poignet.

Vadim se mit à rire. « Aïda n'est pas une *djentelman*, expliqua-t-il à Ben. À supposer que vous ayez des aspirations dans ce sens, vous la trouverez beaucoup plus facile à vivre si vous la laissez aller au bout de ses exaspérations. »

Ben se sentait amusé par toute la scène. « Merci pour le conseil. »

Toujours vibrante de colère, Aïda prit son tabac et du papier et entreprit de se rouler une cigarette. « Au moins, tu n'auras pas besoin de construire une véranda à ce salaud », dit-elle à Vadim.

Un serveur se pencha au-dessus de l'épaule d'Aïda avec une allumette enflammée et Aïda tira sur sa cigarette pour lui donner vie. Des tourbillons de fumée masquèrent son visage encore cramoisi de fureur.

Vadim rapprocha sa chaise de Ben. Tout en frottant les verrues déjà à vif à force de les gratter sur le dos de sa main, il lui confia : « Je n'ai pas pu m'empêcher de remarquer que vous parlez russe avec un accent très particulier. »

Aïda répliqua : « Il est israélien et il est venu faire sortir les juifs, toi en premier, de Russie pour les conduire à la Terre promise.

— Pour moi, répliqua Vadim, la Terre promise ce serait plutôt l'Amérique qu'Israël. » Il examina le nouvel ami d'Aïda comme s'il s'agissait d'un client potentiel.

« Je suis américain », annonça Ben.

L'intérêt fit briller les petits yeux ronds de Vadim. « Ah, un Américain, dit-il en anglais. J'ai été dans la belle Amérique une fois. Il y a trop d'années. La belle Amérique est un pays où les gens ont un virgule huit enfant par famille. C'est un exploit, ça, d'avoir un virgule huit enfant par famille. Moi, de mon côté, je préfère zéro virgule zéro enfant par famille. Ne vous méprenez pas. Mon avis est qu'il n'y a rien dont on ne puisse venir à bout avec les enfants du moment qu'on n'en a pas. » Il s'interrompit assez longtemps pour étouffer un rot dans sa main. « Je faisais partie d'une délégation et j'ai visité votre célèbre Madison Street. Vous avez l'air d'un homme du monde. Vous avez sûrement entendu parler de Madison Street. C'est là qu'ils hissent des idées sur des mâts de drapeau pour les saluer. »

Vadim exécuta un rapide salut d'ivrogne puis engloutit le reste de son champagne. Il saisit ensuite la bouteille par le col, loucha pour mieux viser et se resservit de champagne avant de se pencher vers Ben. « Parmi mes autres occupations, il se trouve que je suis aussi dans la publicité », se lança-t-il en traînant sur les mots, clignant de ses yeux injectés de sang et faisant rouler sa tête d'un côté puis de l'autre dans son impatience à rendre son anglais compréhensible. « Seulement, en Russie, le jeu de la pub est un jeu particulier. Les articles bien faits ne font jamais l'objet de publicité. Ce n'est pas la peine. Dès qu'ils sont en vente, ça se sait, il y a des queues et le produit est écoulé en quelques heures, parfois en quelques minutes. Le travail de la publicité est de pousser des produits qui sont *mal* fabriqués, ceux que personne ne voudra acheter même si on les vend avec un rabais formidable. Écoutez, il n'y a pas une semaine sans qu'on me conduise à des entrepôts pour que j'inspecte des monceaux de manteaux sans boutonnières, de bottes de caoutchouc qui laissent passer l'eau, de radiateurs électriques sans résistances, de gants qui ne vont qu'à la main gauche, de ceintures sans boucle, de bicyclettes sans pédales, de roues avec des rayons défectueux, de moulinets de pêche qui ne rembobinent pas, de bouteilles de vinaigre parfumé aux cadavres de fourmis. Quand un article n'a rien qui pourrait le faire vendre, je lui fais chanter un air. J'essaie la publicité par l'image, pour associer le produit avec une impression de bien-être. Mais aucune des techniques que j'ai apprises Madison Street ne marche en Russie, parce que tout le monde sait que si l'on fait de la publicité pour un produit, c'est qu'il a un défaut et qu'il ne se vend pas. Ce n'est pas que les gens ne fassent pas attention à la publicité. Ils y font très attention au contraire. Ils regardent la publicité pour savoir ce qu'il ne faut pas acheter. »

Aïda s'efforça de l'interrompre. « Je ne suis pas sûre que Benedict s'intéresse vraiment à la publicité.

— Je ne parle pas de publicité, insista Vadim. Je

parle d'un phénomène sociologique. » Il rapprocha encore sa chaise de son voisin de sorte que leurs genoux se touchèrent. « Je me suis mis dans de sales draps, pendant la période de la stagnation, ce qui est l'euphémisme que nous employons le plus souvent pour parler de la période qui précède l'époque actuelle, en proposant une campagne de pub qui ferait vendre le marxisme-léninisme au peuple. J'ai hissé cette idée sur un mât de drapeau et j'ai bien failli rejoindre mon idée tout en haut. Je n'invente rien. Cela n'a rien d'un délire alcoolique. Je vous raconte exactement ce qui s'est passé. Mes patrons ont dit que j'essayais de saboter le marxisme-léninisme en lui faisant de la publicité puisque tout le monde en tirerait aussitôt la conclusion que le marxisme-léninisme devait présenter un défaut.

— Cela a été une histoire complètement kafkaïenne, commenta Aïda. Il a eu un mal de chien à les dissuader de l'expédier en Sibérie pour activité antisoviétique. »

Vadim scruta le visage de Ben. « Vous connaissez la différence entre un communiste et un anticommuniste ? Un communiste, c'est quelqu'un qui a lu Marx et Lénine. Un anticommuniste, c'est quelqu'un qui a compris Marx et Lénine. Ah !

— Tu as eu une longue journée, dit Aïda à son mari avec une tendresse tout amicale. Tu devrais rentrer à la maison. »

Mais, une fois lancé, Vadim était impossible à arrêter. « J'ai une autre idée qui vaut peut-être des millions, confia-t-il à Ben avec une grimace. C'est une campagne en faveur du produit le plus parfait de l'univers : le vagin. Vous avez l'air d'un homme du monde. Vous avez probablement entendu parler du vagin. Imaginez : vous commencez avec la caution de quelqu'un de très bien placé, la première dame de Russie, par exemple, ou le Grand Proviseur lui-même. Pensez aux débats que nous obtiendrions quand les masses l'entendraient vanter son odeur épicée, la douceur de sa toison, son goût doux-amer. » Vadim étouffa un rire gras dans la paume d'une main moite puis sombra soudainement dans la morosité ; ses yeux s'enfoncèrent encore dans son crâne. « Sauf que si l'on faisait la publicité du vagin, tout le monde se mettrait à penser que c'est quelque chose de mauvais. Cela pourrait signifier la fin du cunnilingus dans la mère Russie. Ah ! Peut-être faudrait-il alors que nous limitions les pratiques orales au seul bouche à oreille. » Le jeu de mots le fit hurler de rire et il fit voler ses mains meurtries autour de sa tête, comme s'il chassait d'invisibles moustiques.

« J'ai la tête qui tourne à force de suivre une conversation en anglais », annonça Aïda lorsque son futur ex-mari se fut enfin éloigné, appuyé sur l'épaule de la jeune fille émaciée pour éviter de tomber. « Vadim a de bonnes intentions. Son problème, c'est qu'il préfère le jeu à la marque, il préfère le trajet à l'arrivée. Il est toujours partant sur tous les coups. »

La salle à manger commençait à se vider. Tout en calculant les taux de change sur un boulier, la jeune fille émaciée était occupée à rendre la monnaie en dollars, livres, francs et marks. « Je te vois mal tomber amoureuse du Vadim que j'ai rencontré ce soir », remarqua Ben.

Aïda examina la petite tache de sang coagulé au bout de son doigt. « Comme tout le monde, répliqua-t-elle, les Russes ont des personnalités multiples. Ils montrent des visages différents selon les gens qu'ils voient. Le Vadim qui a pressé son visage contre la vitre et écrit “Voulez-vous m'épouser ?” au savon n'était pas le Vadim de ce soir. Il y avait alors en lui un noyau de témérité, de galanterie, que ne parvenait pas à dissimuler son cynisme bavard. Il a maintenant rejoint le système et l'a réduit à ce qu'il a de plus absurde. Le noyau est encore là, mais il est enfoui sous des couches de bleus et de verrues tant physiques que mentales.» Elle fit courir légèrement le bout de ses doigts sur le dos de la main de Ben, s'attardant sur une cicatrice d'enfance. «Tu n'es pas en Russie depuis assez longtemps pour comprendre qu'il y a deux réalités, qu'il y a toujours deux côtés d'une même personnalité, d'une même situation. Deux côtés à la Russie elle-même. Tout est exactement comme il semble que ce soit... mais l'inverse est vrai aussi. Tu connais notre poète Vosnessenski? L'un de ses meilleurs poèmes traite justement de ce phénomène. Il s'intitule *Antimondes.*» Fixant alors le regard sur un point invisible, elle évoqua quelques vers:

Longue vie aux Antimondes! Ils réfutent
Avec des rêves la course des rats et l'ornière.

Ben demanda avec un sourire curieux: «Penses-tu qu'il y a deux Ben en moi?»

Aïda semblait échanger un sourire entendu avec le renard au bout de son étole. «Jung disait quelque part que nous sommes tous tirés par une ombre de nous-même moins pétrie de morale conventionnelle que la soi-disant personnalité que nous présentons au monde. Mon petit renard, que j'ai baptisé Pandore comme la fameuse boîte qui, quand on l'ouvrait, contenait de l'espoir, a deux côtés lui aussi. Pourquoi serais-tu différent? Et pourquoi le serais-je, d'ailleurs? Le moi que je montre au monde aurait lancé un saladier de crème sur ce salaud d'éditeur. Le moi qui est dans l'ombre et que je réprime, lui aurait planté un poignard dans le dos.»

Le restaurant était vide maintenant à l'exception d'Aïda et de Ben, et les serveurs débarrassaient les tables avant d'y remettre du linge et de la vaisselle propres. Le violoniste tzigane rangea en bâillant son instrument dans un étui, le coinça sous son bras et, tout en grignotant un blini fourré au caviar, se dirigea vers la sortie. Jouant distraitement avec un couteau, Aïda étudia le reflet d'une bande verticale de son visage dans la lame, puis fit pivoter celle-ci pour observer la bande horizontale de ses yeux. Sans cesser de se regarder dans la lame du couteau, elle demanda avec une soudaine intensité : « Ce que tu m'as dit l'autre jour, sur les marches, que tu souhaitais ne plus jamais me revoir », elle fixa soudain Ben du regard, « j'ai eu l'impression que c'était la chose la plus honnête qu'un homme m'ait jamais dite. Mais pourquoi as-tu dit ça ? Qu'y avait-il derrière ? »

Les pensées de Ben se bousculèrent. Il n'était pas trop tard pour se lever et partir. Mais il était pris dans la toile de la colère d'Aïda, de sa passion, de sa sensualité. Il sentait une jouissance pure de la vie irradier par tous les pores de sa peau féminine. Il voulait avec elle repousser à l'extrême les limites de l'intimité ; il concevait le besoin irrationnel non pas tant de la pénétrer que de trouver refuge en elle. En la regardant à présent, il était difficile d'imaginer qu'elle avait jamais été jeune. Aucune innocence, nulle trace, ne subsistait dans ses yeux, ni dans le demi-sourire mélancolique qui tissait un éventail de fines ridules aux coins de sa bouche, ni dans la fossette sous sa lèvre inférieure qui tremblait légèrement de... de quoi ? D'incertitude ? De peur ? De peur de la peur ?

Sa question restait suspendue dans l'air, entre eux deux. Elle attendait une réponse. « Dans la bourrasque enneigée, dit-il enfin, j'ai senti la souffrance de *ton* cœur. Cela m'a effrayé. »

La déception tendit la peau autour des yeux d'Aïda. « Je te connais à peine, fit-elle à mi-voix, mais je peux déjà dire quand tu noies le poisson. Il y a autre chose.

Il y a davantage en toi que ce que l'œil peut voir. Un jour, tu me diras une vérité avec la même intensité que devant ce café. J'espère que je te croirai à ce moment-là. »

La jeune fille émaciée vint les prévenir qu'en raison du froid extrême, Vadim avait fait envoyer chercher Aïda par son taxi. Il le louait à l'année, réglait ce qu'indiquait le compteur à la fin de chaque semaine, et assurait que cet arrangement lui était plus pratique que de posséder une voiture et d'avoir à courir après l'essence, l'huile de moteur et les pièces détachées. Son moteur tournant au ralenti, le taxi les attendait lorsqu'ils descendirent la passerelle. Aïda fut surprise de découvrir un chauffeur qu'elle ne connaissait pas derrière le volant et elle le dit. « Dimitri a la grippe, expliqua le chauffeur, qui avait d'énormes lobes d'oreilles rouge betterave. Je suis l'ami d'un ami. »

« Tu lui fais confiance ? » demanda Ben en anglais, indiquant d'un petit signe de tête le dos du chauffeur.

Aïda répondit en anglais. « Il conduit le taxi de Vadim », dit-elle simplement.

Pendant le court trajet jusqu'à la Retchnoï Vokzal, Ben lui parla de ses racines russes ; de l'avertissement de son grand-père selon qui il sentirait la Russie l'attirer comme un centre de gravité à travers la semelle de ses souliers ; de ses études supérieures de russe à l'université ; de la thèse de doctorat qu'il avait écrite sur le Staline d'avant et sur celui d'après le suicide de sa femme, Nadejda. Aïda demanda à Ben s'il avait déjà été marié et il acquiesça d'un hochement de tête. Elle lui demanda s'il avait des enfants. Il hocha la tête encore. « Un garçon, dit-il. Il s'appelle Felix.

— Il doit te manquer », commenta-t-elle, mais il se contenta de regarder à travers la vitre les branches des arbres pleurer sous le poids de la glace qui s'y accrochait.

Elle lui effleura le bras. « Quel âge a-t-il ?
— Il a eu six ans en janvier.
— Il est donc capricorne, remarqua-t-elle. Mon Saava est aussi capricorne. Et moi aussi. Nous sommes une famille de capricornes.
— Et moi, je suis capricorne honoraire, lança le chauffeur par-dessus son épaule. Enfin, c'est ce que dit ma femme. Et elle dit que c'est parce que je finis toujours ce que je commence. »
Près de la Retchnoï Vokzal, le taxi s'arrêta devant la porte d'un immeuble délabré. Aïda leva les yeux vers la fenêtre de son père, l'imaginant, assis tout raide dans son fauteuil d'osier, en train de chercher à voir si la voiture qui s'immobilisait devant chez lui était remplie de miliciens. Ben demanda d'une voix étouffée : « C'est ici que tu habites ? »
Aïda hocha la tête. « Nous avons trois pièces au cinquième étage.
— Pouvons-nous passer la nuit ensemble ?
— Faites comme si je n'étais pas là », glissa le chauffeur.
Aïda revint à l'anglais. « Nous passerons une nuit ensemble, dit-elle, mais pas cette nuit. Ce ne serait pas prudent. Je partage l'appartement avec une femme dont le beau-frère est officier dans la milice. Et puis il y a mon fils, Saava. Comment lui expliquer ?
— Quand ? Où ?
— Je suis invitée à lire des poèmes dans les appartements de Pouchkine, dans la ville que j'appelle Piter mais que d'autres appellent Leningrad, pour l'anniversaire de la mort du poète. Je pars là-bas par le train de nuit de lundi. Vadim s'occupera de tout — billets de train, compartiment personnel, un endroit où rester à Piter. Tu n'as qu'à te libérer. Ce serait possible ? »
Ben glissa une main sous l'étole de renard et lui effleura la nuque. Elle tourna la tête et ils demeu-

rèrent un instant immobiles, le front l'un contre l'autre. Revenant au russe, Aïda dit : « J'ai lu récemment que, selon les Égyptiens, deux poissons sacrés guidaient la proue du navire du dieu du soleil pour le garder des récifs. Cette histoire a dû me marquer parce qu'elle explique les origines d'un rêve que j'ai fait la nuit dernière. Dans mon rêve, je nageais devant un navire d'un blanc éclatant dont le mât arborait un étrange pavillon montrant qu'il venait d'un pays lointain. J'étais nue et je sentais l'eau tiède glisser le long de mon corps en une caresse infinie. Puis, soudain, je me suis aperçue que je nageais au milieu d'un entrelacs de rochers qui laissaient comme des coups de rasoir sur ma peau. Le sang s'épanchant de dizaines de coupures, je jaillissais à demi de l'eau pour avertir le bateau qu'il se dirigeait vers les rochers. Sur le pont, un homme, qui était ou qui n'était pas toi, me regardait avec des jumelles parce que j'étais nue, mais soit il ne comprenait pas mes avertissements, soit il préférait ne pas en tenir compte. Et juste au moment où le navire allait s'échouer sur les récifs, je me suis réveillée.

— Comment interprètes-tu ce rêve ?

— J'y ai vu un mauvais présage, mais sans savoir de quoi. » Aïda eut un petit rire. « Peut-être devrais-je faire plus attention aux présages. » Puis, sa lèvre inférieure tremblante, elle répéta le mot *peut-être* dans un chuchotement rauque.

« Tu le devrais peut-être », renchérit Ben.

Aïda recula la tête et examina le visage de Ben, en quête d'indices. Y lisant une fois de plus une confusion d'émotions tumultueuses, elle repoussa brutalement la portière et s'enfuit vers l'entrée de l'immeuble.

Le chauffeur jeta un coup d'œil vers la silhouette de la femme qui s'éloignait. « On en gagne, on en perd », fit-il observer avec philosophie. Il pivota sur son siège et tendit le bras pour proposer à Ben une flasque gainée de cuir. « Cognac, annonça-t-il avec un clin d'œil. Importé de Paris, France. Trois étoiles. Vous savez que c'est le tsar Vladimir qui a repoussé l'islam et s'est converti au christianisme parce que l'alcool est interdit aux musulmans, et qui pourrait survivre aux hivers russes sans alcool ?

— Je ne savais pas ça », admit Ben. Afin de ne pas vexer le chauffeur, il prit une gorgée à la flasque avant de la lui rendre.

Faisant pétarader le moteur du taxi et hurler les vitesses, le chauffeur se dirigea vers le centre de Moscou. « Comment pourriez-vous connaître le tsar Vladimir ? dit-il à son passager. Alors que vous êtes américain. »

Ben s'appuya au dossier de son siège. « Comment savez-vous que je suis américain ? »

Le chauffeur ricana. « Je ne parle peut-être pas américain, mais je sais le reconnaître quand j'en entends. »

10

Dans un pavillon de chasse délabré tapi au milieu d'un épais bosquet de bouleaux à l'écart de la route Moscou-Kiev, dix-huit officiers et anciens officiers supérieurs du Komitet Gossoudarstvennoï Bezopasnosti terminaient une réunion qui avait débuté dans l'après-midi et s'était prolongée jusqu'aux premières heures du lendemain matin. Certains membres du « Comité directeur », comme le groupe s'intitulait lui-même, étaient venus des confins de l'Asie centrale et de la Sibérie orientale pour l'occasion. La grande table de bois rustique autour de laquelle se tenait l'assemblée portait sur son plateau les marques et sillons des milliers de côtelettes qui avaient été débitées des carcasses. Cette nuit-là, la table était jonchée de bouteilles d'eau minérale à moitié vides, d'assiettes vides et de cendriers pleins de mégots de cigares et de cigarettes. À deux heures du matin, un coucou électrique sonna l'heure sur le mur ; un petit ours de bois apparut devant l'horloge et se dressa à plusieurs reprises sur ses pattes postérieures avant de disparaître dans les entrailles du mécanisme. Un instant distraits par l'ours brun, les membres de l'assemblée reprirent le fil du récit qu'ils écoutaient.

« On m'a dit que ça s'était passé pendant une réunion du Soviet des commissaires du peuple, juste après la Révolution, racontait un homme aux favoris en forme de faucille. Lénine passa une note à Félix Dzerjinski pour lui demander combien de contre-révolutionnaires se trouvaient effectivement en prison. Dzerjinski écrivit le nombre 15 000 puis repassa le mot. Lorsqu'il eut lu, Lénine fit une grimace que Dzerjinski prit pour une marque de mécontentement et fit une croix à côté du nombre 15 000 pour indiquer qu'il en avais pris connaissance. Mais vous connaissez tous sûrement déjà cette histoire, non?

— Non, pas du tout.

— Absolument pas.

— Continuez.

— Quand la réunion fut terminée, Dzerjinski récupéra le bout de papier et remarqua la croix à côté du 15 000. Il fit aussitôt donner l'ordre d'exécuter les prisonniers.

— Bon débarras pour la canaille », commenta d'une voix rocailleuse le vieux général qui présidait la réunion. Il agita une main déformée pour dissiper la fumée qui s'était infiltrée dans la pièce par les joints d'un vieux poêle à bois. « Dzerjinski comprenait l'adage "On ne fait pas d'omelette sans casser les œufs" au moins.

— C'est une leçon que notre ramassis actuel de dirigeants a oubliée, remarqua l'ancien commissaire idéologique du Parti d'Ouzbékistan.

— Il n'est pas possible de gouverner un pays aussi vaste que la Russie si l'on ne sait pas garder la tête froide, concéda un homme plus jeune dont la photo avait paru deux jours plus tôt dans la *Pravda*, au-dessus d'un article annonçant qu'il avait été exclu du secrétariat du Comité central.

— Avec tous ses beaux discours sur la glasnost et la perestroïka, le Grand Proviseur a commis pas mal de bourdes, intervint Viktor Prossenko, tout dernier membre du Comité directeur. Il nous a fait perdre l'Europe de l'Est. Il a ouvert la voie de la réunification allemande et de la création d'un Quatrième Reich. Il a établi des coupes drastiques dans les budgets militaires, nous laissant à la merci des capitalistes qui auront dorénavant le beau rôle pour négocier. Il a sapé l'économie planifiée sans fournir de solution de rechange capable de fonctionner. À force de sécessions, il a ouvert la porte au démantèlement de l'Union socialiste soviétique. Il a abandonné la clause constitutionnelle qui donnait à notre Parti communiste le monopole du pouvoir et, avec ses élections prétendument libres, il a ouvert la porte au démantèlement du Parti.

— Il n'aurait pas fait plus pour miner tout ce pour quoi nous nous sommes tant battus et nous sommes tant sacrifiés s'il avait été un agent à la solde du capitalisme, déclara le chef de la cellule sibérienne du Comité directeur.

— Il a fait naître des espoirs, dit le vieux général. Il deviendra vulnérable dès que le peuple comprendra qu'il n'a pas tenu ses promesses. Nous devons attendre notre heure, consolider nos forces, préparer méticuleusement le terrain pour un retour vers le *statu quo ante*, quand la balance penchait en notre faveur. »

Le représentant de Leningrad fit le tour de la pièce en proposant des petits verres remplis de liqueur d'abricot artisanale. Tout le monde se leva et regarda vers le vieux général, *éminence grise* du Comité directeur.

« À Pamiat ! clama solennellement le vieux général en levant son verre. Notre heure viendra.

— À Pamiat, répétèrent les autres. Notre heure viendra. »

Rejetant la tête en arrière, les dix-huit membres du Comité directeur de Pamiat engloutirent l'alcool brûlant.

*

Revenant vers Moscou par de petites routes écartées peu susceptibles d'être contrôlées, Viktor regarda les phares balayer l'écorce blanc sale des bouleaux à chaque virage. Le vieux général, la tête lourde de sommeil, était avachi près de lui, sur le siège du passager. Plus Viktor voyait le général, plus il était frappé par la ressemblance entre le vieil homme et sa fille, Ekaterina, femme de Viktor. Ils étaient taillés de la même étoffe, le père et la fille. Ils avaient la même façon de dilater les narines avant de renifler, la même prudence encombrante et la même tendance, dès qu'ils pensaient que toutes les chances avait tourné en leur faveur, à envoyer balader leur prudence pour se lancer tête baissée dans le jeu.

« Où sommes-nous ? marmonna le vieil homme, dans l'obscurité ombreuse de la voiture.

— Nous atteindrons la ceinture dans cinq à sept minutes », annonça Viktor. Il rétrograda, aborda un virage puis repassa à la vitesse supérieure. « D'après vous, quelles sont les chances pour que la balance penche de notre côté ? »

Le vieil homme tira un énorme mouchoir de la poche de sa veste et y étouffa une quinte déchirante. Viktor put voir du coin de l'œil son corps frêle se soulever même une fois la quinte terminée. « Cinquante-cinquante », parvint enfin à marmonner le général. Puis, réfléchissant tout haut, il ajouta : « C'est Staline qui a énoncé la règle complémentaire selon laquelle un ennemi doit être éliminé politiquement avant qu'il puisse être éliminé physiquement. C'est l'essence même de notre problème — comment éliminer politiquement le Grand Proviseur ? Comment le discréditer aux yeux du peuple de sorte que son élimination physique puisse passer presque inaperçue... »

La lueur nacrée et accueillante du premier d'une longue chaîne de grands ensembles de banlieue clignota à l'horizon. « Comment ? » insista Viktor.

Mais la tête du vieil homme était retombée lourdement sur sa poitrine. Viktor se demanda s'il s'était assoupi ou s'il évitait de répondre à une question pour laquelle il n'avait pas de réponse.

*

Ekaterina, qui dormait avec des bouchons dans les oreilles et des caches sur les yeux, ne frémit pas quand Viktor entra sur la pointe des pieds dans leur chambre. De son côté à lui du grand lit, le réveil, visible grâce à la lumière qui filtrait par la porte ouverte de la salle de bains, marquait quatre heures moins cinq. Il se dévêtit prestement dans la salle de bains, ouvrit l'armoire à pharmacie pour y chercher du fil dentaire et secoua la tête devant le nombre de pots et flacons (la plupart en provenance d'Occident) que sa femme avait réussi à accumuler. Il vint à l'esprit de Viktor que le plus grand danger que présentait le Grand Proviseur était qu'il pouvait réussir, qu'il pouvait faire venir l'Ouest, avec ses lotions dermiques, ses teintures capillaires, ses antirides, mascaras, vernis à ongles et déodorants vaginaux en aérosol, à l'Est. Les ondes hertziennes russes étaient déjà polluées par le vacarme du rock occidental. Des jeunes filles que l'on n'aurait pas vues vingt ans auparavant portant autre chose que des jupes se pavanaient maintenant dans d'obscènes blue-jeans moulants. Les jeunes gens laissaient pousser leurs cheveux jusqu'aux épaules. Dans les années 50, la milice aurait conduit tous ces hooligans au poste le plus proche pour les tondre comme des moutons. Maintenant, les gens bien-pensants haussaient les épaules, comme si les jeunes femmes en jeans moulants et les jeunes gens aux cheveux longs était la marque de l'avenir. D'après ce que Viktor comprenait, le mouvement Pamiat ne se battait pas pour autre chose que pour la pureté de l'âme russe. Il ne s'était pas senti un tel enthousiasme pour une cause depuis l'époque où il avait menti sur son âge pour se faire enrôler dans l'Armée rouge pendant la Grande Guerre patriotique. Il avait mis sa vie en jeu alors pour la Grande Russie ; il était logique qu'il en fasse autant aujourd'hui.

Viktor revint pieds nus dans la chambre et baissa les yeux sur le corps immobile de sa femme, replié en position fœtale sous la couverture électrique (fabriquée en Allemagne). Il savait qu'elle dormait nue et, durant un instant fugitif, il fut tenté de se glisser près d'elle sous les draps, d'introduire une main entre ses cuisses et de presser contre ses fesses l'érection qui se formait à la simple pensée de sa nudité. Mais il savait par expérience qu'elle lui reprocherait amèrement de l'avoir réveillée avant qu'elle ait pu prendre ses neuf heures de sommeil réparateur, qu'elle lui ferait la tête pendant des jours et disparaîtrait à des séances d'« audition » ou de « doublage » pour le punir. Depuis quelques années, il ne parvenait plus à obtenir d'elle qu'une activité sexuelle répondant uniquement à ses conditions à elle. Mais tout cela allait changer lorsqu'elle saurait qu'il avait rallié les rangs de son père dans le combat glorieux pour l'âme de la Russie ; lorsque ce combat serait couronné de succès ; lorsqu'il serait récompensé pour sa contribution à Pamiat, ainsi que le lui avait laissé entendre le vieux général, en étant nommé chef du Komitet Gossoudarstvennoï Bezopasnosti.

*

Alors qu'il égrenait les articles de son rapport, la voix généralement monocorde de Frolov laissait percer quelques pointes de gaieté. « J'avais un vendeur de noisettes, énonçait-il. J'avais une vendeuse de persil, j'avais en tout dix-sept personnes mobilisées, j'avais trois équipes dans des voitures radio, j'avais un photographe planqué dans un camion de boulanger. » Il poussa sur la table une liasse d'agrandissements vers son patron. Celle du dessus de la pile, sombre, grenée, montrait Bassett et Zavaskaïa marchant bras dessus bras dessous devant un lampadaire, en pleine conversation. Frolov commença à se plaindre, un pli déformant son faciès en poire : « Nous n'en sommes qu'à début février et j'ai déjà dépassé la limite de mon premier quart de budget.

— Nous trouverons l'argent », décréta Viktor avec impatience. Il tapota de l'index la photographie. « Qu'est-ce qui vous fait penser qu'ils ne se connaissaient pas auparavant ?

— Mon agent qui les surveillait à l'intérieur du café *Droujba* a reconnu la femme et s'est approchée de leur table pour lui demander un autographe.

— Elle prenait un gros risque, commenta Viktor.

— C'était un procédé assez naturel, qui correspondait donc à nos directives, assura Frolov. Avant de s'éloigner, elle a entendu l'Américain demander à la Zavaskaïa si elle était célèbre. Cela montre qu'il ne la connaissait ni personnellement ni de réputation, que c'était donc une première rencontre.

— Si c'était la première fois qu'ils se voyaient, demanda Krostine en secouant la tête avec passion, comment expliquez-vous qu'elle l'ait embrassé sur les marches du café ?

— Ils venaient de parler avec une grande intensité pendant plusieurs minutes, répliqua Frolov. Un de mes hommes est passé entre eux pour pénétrer dans le café. Il a entendu l'Américain dire à la Zavaskaïa qu'il souhaitait ne plus jamais la revoir. Le baiser est arrivé juste après ce qu'il venait de dire et ressemblait à une réaction à ces paroles. Comme je vois les choses, il a dû être séduit par Zavaskaïa mais il s'est dit qu'en tant que diplomate américain impliqué dans je ne sais quelle mission secrète auprès de l'ambassade, il ne pouvait pas se permettre d'avoir une aventure avec une Russe.

— Comment expliquez-vous la deuxième rencontre, alors ? interrogea Viktor.

— Je suis bien en peine de l'expliquer, reconnut Frolov. Nous n'avions pas mis le téléphone de la Zavaskaïa sur écoute à ce moment-là, aussi ne savons-nous pas si c'est lui qui l'a invitée à venir dire ses poèmes à la Spaso House de l'ambassade américaine ou si c'est une simple coïncidence. Nous n'avons aucune idée de ce qui s'est passé entre eux à l'intérieur de la Spaso House. Nous savons qu'ils sont partis séparément et qu'il l'a rejointe, comme si cela avait été convenu entre eux, à quelques pâtés de maisons de l'ambassade. Nous savons qu'ils sont descendus ensemble dans la station de métro sans cesser de parler avec intensité. Nous savons aussi qu'ils se sont rendus dans un restaurant sur un bateau où ils ont discuté très tard, mais nous ne savons pas de quoi. Et puis, bien sûr, nous savons avec précision ce qu'ils se sont dit ensuite dans le taxi.

— Grâce au magnétophone qui se trouvait dans la poche de mon chauffeur, Zenkevitch. »

Frolov crut déceler une critique dans le commentaire de Viktor. « Vous avez bien spécifié que vous ne vouliez pas que l'Américain se doute qu'il était surveillé. J'étais à court de visages nouveaux pour l'Américain et la Zavaskaïa. J'ai donc accepté l'offre que m'avait faite votre chauffeur de faire des heures supplémentaires.

— Je ne m'en plaignais pas, assura Viktor.

— Quand la Zavaskaïa a quitté le taxi, il n'était plus question pour eux de ne pas se revoir ? demanda Krostine.

— Au contraire, répondit Frolov. Sur la bande de Zenkevitch, on entend parfaitement l'Américain demander s'il peut passer la nuit avec elle. Et on entend sa réponse, en anglais. Elle lui dit qu'elle arrangera cela pour son voyage à Leningrad, pour la commémoration de la mort de Pouchkine.

— Ce qui nous amène justement à la commémoration de Pouchkine, fit remarquer Viktor. Nous avons trois jours pour préparer le terrain. Ça devrait nous donner le temps de savoir quel numéro de wagon-lit ils auront pour y mettre un micro. Frolov, vous êtes personnellement responsable de la réception à Leningrad — mettez autant d'équipes que nécessaire sur le terrain sans vous préoccuper du budget. Faites venir des gens de Kiev si vous avez besoin de nouvelles têtes. Inutile de préciser que je voudrai des photographies. »

Tout en descendant le hall en compagnie de Krostine pour aller remettre un premier rapport au vieux général, Viktor lui demanda : « Avez-vous pu découvrir à quoi s'occupait l'Américain pendant ses quatre mois à Prague ? »

Krostine secoua la tête. « Comme il était célibataire, par pure routine, nos amis tchèques lui ont balancé une femme dans les pattes — une ancienne ballerine d'après ce qu'on m'a dit, un corps mince et des cheveux très noirs lui tombant jusqu'à la taille. Apparemment, ça ne l'a pas fait frémir. Quant à ce qu'il a fait pendant son séjour à l'ambassade là-bas, mystère.

— Et la Zavaskaïa ?

— Elle habite avec un mari, un fils et un père. » Krostine s'interrompit lorsqu'ils croisèrent un groupe de jeunes officiers qui se racontaient les derniers potins. Viktor contempla les jeunes gens et fut frappé par la pâleur malsaine de leur visage, par l'absence d'éclat dans leurs yeux et le total manque d'excitation de leurs voix. Le moral du Centre restait au plus bas, le recrutement (Viktor le savait par le vieux général) tardait à se faire, les officiers mouraient ou bien partaient à la retraite ou encore démissionnaient plus rapidement que le Centre ne pouvait les remplacer. Une simple balade dans le labyrinthe de couloirs de l'énorme bâtiment révélait des dizaines de bureaux vides. Lentement, inexorablement, le K.G.B. ne devenait plus qu'une coquille vide. Seul un triomphe éclatant pourrait renverser la vapeur et redonner au Centre un nouvel essor.

« Vous connaissez déjà le mari de la Zavaskaïa, reprit Krostine sur le même ton tranquille. Il se fait appeler Vadim. Vous nous aviez fait ouvrir un dossier sur lui, il y a deux ans. » Viktor jeta un rapide coup d'œil vers son chef de service, mais le visage de Krostine n'exprimait nulle trace de raillerie. « Vous vous souviendrez peut-être, poursuivit Krostine, que ce Vadim travaille dans la publicité, mais a l'air de brasser aussi pas mal d'affaires. Il possède une datcha sur les rives d'un lac, près de Zagorsk. On dit qu'il a toujours beaucoup d'argent disponible, dont une bonne part en devises fortes. Il loue un taxi à l'année et règle le chauffeur moitié en roubles, moitié en dollars ; c'est justement cet homme que votre Zenkevitch remplaçait. Les registres notariaux indiquent que Vadim est copropriétaire du bateau-restaurant coopératif. D'après la dame qui partage l'appartement avec la Zavaskaïa, celle-ci ne couche plus avec son mari depuis des années. On a même entendu la Zavaskaïa dire qu'elle et son mari avaient l'intention de divorcer dès que celui-ci pourrait s'installer dans un appartement à lui. »

Viktor s'arrêta devant la lourde porte de chêne qui donnait dans le vestibule du bureau du vieux général. « Qu'avez-vous trouvé sur le père et sur le fils ?

— Le père est âgé et reste cloîtré dans sa chambre. Au début des années 50, il faisait partie de la garde personnelle de Staline, mais il a été exclu de son unité quand on a découvert qu'il abritait un amiral de la Russie blanche chez lui. Il a été interrogé à plusieurs reprises par des gens de chez nous, mais a toujours refusé de reconnaître la moindre activité anticommuniste. À cause du nombre excessif d'affaires traitées à l'époque, le procureur n'a jamais été jusqu'à l'arrêter. En 1953, quand Staline est mort, l'affaire a été tranquillement abandonnée. Quant au fils, il a onze ans et souffre d'un problème médical — je n'ai pas encore réussi à déterminer de quoi il s'agit. »

Krostine baissa la voix au point de chuchoter. Sa blonde barbiche en pointe frémissait d'excitation. « À part l'histoire des marines, cela faisait des dizaines d'années que nous n'avions pas eu de diplomate américain tombé amoureux d'une Russe.

— Nous devons nous y prendre comme un pêcheur à la ligne attraperait un saumon, décréta Viktor. Nous devons leur donner plein de mou, les laisser courir un peu avec la ligne jusqu'à ce qu'ils soient sérieusement ferrés avant de commencer à les ramener vers nous. »

À l'intérieur du bureau du vieux général, quelques minutes plus tard, Viktor put annoncer à son beau-père : « Je crois que nous sommes peut-être tombés sur un gros coup. »

11

À une heure et quart du matin, le train de nuit pour Piter (comme Aïda appelait Leningrad) quitta la vieille gare de la place Kalantchevski (comme elle appelait la place des Komsomols) et, passant d'une voie à une autre, traversa un entrelacs de rails gravés dans la neige miroitante qui recouvrait la gare de triage. Tandis que le long convoi abordait sa première grande courbe, Ben — le front collé au panneau glacé de la vitre de son compartiment — put discerner les ombres debout sur la marche inférieure des première et dernière voitures. Chacune des ombres balançait une lampe tempête d'avant en arrière en signe de départ. Au moment où le train se redressa, la chaîne de lumières s'éteignit. Peu à peu, les voies se réduisirent de quinze à dix puis à cinq et enfin à deux. Le train, qui oscillait en rythme sous les pieds, prit de la vitesse. Des champs de neige étirés jusqu'à l'obscurité défilèrent. Aïda, qui regardait par la fenêtre avec Ben, un bras passé légèrement par-dessus son épaule, lui dit tranquillement : « On nous fait sortir de Moscou comme on presse un tube de dentifrice. » Son souffle embua la vitre tandis qu'elle parlait. Du bout du doigt auquel elle portait l'agate, elle inscrivit un message sur la buée : « La lucidité doit céder le pas au désir. »

Ben se retourna, l'attira contre lui et sentit la douceur de sa poitrine sur son cœur. Puis ses lèvres touchèrent celles d'Aïda et le désir, montant comme de la sève depuis la plante de ses pieds, étouffa ce qui subsistait encore de lucidité. Après, il perdit la chronologie de ce qui suivit. Avait-elle ou non le corps dénudé lorsqu'il l'avait soulevée, sans effort, du sol et avait enfoui son visage dans sa poitrine? Avait-elle parlé à mi-voix de se poser tel un papillon sur le bord de sa lèvre avant ou après avoir dénoué la tresse d'un blond sale qui lui battait le milieu du dos pour lui caresser le corps de ses cheveux défaits? Quand avait-il pris conscience des odeurs — de l'humidité animale et suintante de son manteau de peau gorgé de neige accroché à la patère, sur la porte du compartiment, de l'aigreur rance de l'air chaud qui sortait des bouches de chauffage, de la douce acidité de ses sécrétions féminines? Était-ce avant ou après qu'il l'eut tournée sur le ventre et lui eut soufflé des déclarations incohérentes de désir éternel sur sa nuque trempée de sueur? Quand avait-il pris conscience des sons — de la voix presque humaine des traverses résonnant sous les roues, des demi-hoquets qui se muaient en demi-gémissements lorsqu'elle expirait, du sifflement aigu du vent quand elle baissa la fenêtre pour laisser la neige fouetter ses seins et son visage fiévreux? Était-ce avant ou après que le rythme fut soudain passé du vol échevelé des électrons au lent mouvement des galaxies?

Enfin, le souffle court, ils se séparèrent comme deux lutteurs entre deux rounds. Elle entailla de l'ongle une mandarine et en arracha des pétales de peau tandis que Ben mémorisait le doux mouvement de sa poitrine lourde. Elle lui tendit des quartiers de fruit et se mit à en sucer un, laissant couler le jus sur son menton. «Akhmatova a parlé un jour d'un moment de bonheur si intense qu'elle voulait l'emporter avec elle, comme un bagage, jusqu'à la fin de ses jours, raconta-t-elle. C'est exactement ce que je vis en ce moment. » Elle leva la paume en signe d'avertissement. « Surtout, ne gâche pas tout en te sentant obligé de répondre.

— Moi aussi, c'est ce que je vis en ce moment, chuchota Ben. Je te le jure. »

Aïda s'agenouilla sur la banquette, le poids sur les talons, ses yeux rivés sur ceux de Ben avec une intensité animale, puis elle écarta les cuisses et parfuma les lèvres de son sexe avec le dernier quartier de mandarine. Murmurant un vers d'Akhmatova...

J'étais si audacieuse et mauvaise et joyeuse

... elle se laissa aller en arrière tandis qu'il s'approchait.

Aux premières heures du matin, le train traversait un désert plat et hivernal. À l'intérieur, Aïda et Ben soulevèrent le store et restèrent, nus, devant la fenêtre, à contempler un lointain hameau de maisons de bois basses perdues dans le paysage noir incrusté de neige. D'une cheminée, un mince filet de fumée argentée tournoyait dans le ciel. Aïda joua avec la bague qu'elle avait au doigt. « C'est la Russie de Dostoïevski — la Russie de la lumière jaune des lampes à huile, des miroirs dans leurs cadres de noyer, des jupes froufroutantes. »

Ils regardaient toujours par la fenêtre quand le train s'arrêta avec un soubresaut dans une petite gare éclairée par des ampoules nues suspendues à des fils électriques entre les poteaux. La vapeur de la locomotive balaya le quai désert. D'un peu plus haut vers l'avant du train leur parvint le bruit d'un employé qui testait les freins avec une barre de fer. Puis le train quitta la gare et franchit un pont ferroviaire rouillé qui enjambait un cours d'eau gelé avant de reprendre de la vitesse dans l'immensité des bois de bouleaux Dans le compartiment, Ben et Aïda s'étendirent sur la couchette, leurs fronts joints, leurs membres tressés comme l'avaient été les cheveux d'Aïda, et ils chuchotèrent, s'assoupirent, firent l'amour, chuchotèrent et s'assoupirent encore.

*

Se traînant maladroitement dans les salles bondées du musée-appartement de Pouchkine, au 12, quai de la Moïka, en pantoufles de feutre enfilées sur ses bottes L.L. Bean, Ben avait du mal à rester à la hauteur d'Aïda. La tête haute, les yeux brillants, son étole de renard flottant à son cou tel un étendard, Aïda glissait sur ses chaussons d'un groupe de personnes à un autre, serrant des mains, pinçant des joues, saluant poètes et amateurs de poésie venus tous célébrer l'anniversaire de la mort de Pouchkine de la main du Français d'Anthès. Elle saisit derrière elle la main de Ben et l'entraîna vers la bibliothèque de Pouchkine. « Après le duel, lui raconta-t-elle, on l'a transporté ici et allongé sur ce divan. C'était la pièce qu'il préférait. Le sabre turc, sur ce mur, était un souvenir de la campagne du Caucase. Le portrait, là, est celui du poète Joukovski. L'inscription est célèbre : "À l'élève victorieux de la part du maître vaincu." Lorsqu'ils ont appris que Pouchkine avait été blessé, les gens de la ville ont veillé sur le quai, juste devant. Tous les jours, à midi, les médecins rédigeaient un bulletin de santé qu'ils affichaient sur la porte d'entrée. Pouchkine a souffert d'atroces douleurs pendant quarante-six heures. Juste avant la fin, on l'a entendu dire : "La vie est finie. J'ai peine à respirer." Quand son cœur a cessé de battre, un de ses amis à ouvert l'horloge et a arrêté le temps. Tu vois que les aiguilles marquent toujours l'heure, la minute, de la mort de Pouchkine — deux heures quarante-cinq de l'après-midi.» Les lèvres d'Aïda effleurèrent l'oreille de Ben et elle murmura: «Alors, Pouchkine pensait que les amants construisaient des murs de mots pour s'isoler du monde, qu'ils communiquaient avec un système de phrases codées, de regards et de caresses, et que l'absence d'un regard quand il aurait dû y en avoir un devenait un message secret. Veux-tu que nous construisions un mur de mots pour nous isoler du monde, mon cher amour?»

Avant qu'il puisse répondre, une femme vigoureuse qui semblait connaître Aïda arriva jusqu'à elle en jouant des coudes et lui planta un baiser mouillé sur chaque joue. «Je ne suis venue que parce que j'ai appris que Zavaskaïa allait dire des poèmes», déclara-t-elle. Puis elle dévisagea Ben d'un air curieux. «Tu ne me présentes pas à ton ami? demanda-t-elle avec un sourire rusé.

— Non», répondit sèchement Aïda.

La femme parut trouver ça amusant. «Tu es un drôle d'oiseau, Aïda Ivanovna.»

Dans un coin de la bibliothèque, on aidait un vieil homme à se jucher sur une chaise métallique. «Mes amis», lança-t-il d'une voix faible. Les gens qui emplissaient les pièces se turent. «Nous sommes réunis comme chaque année, le 10 février, pour rendre hommage à notre bien-aimé Pouchkine — le poète qui pouvait "brûler le corps des hommes avec le Verbe" — à l'occasion de l'anniversaire de sa mort. Cette année, comme tous les ans, les paroles de l'ami de Pouchkine, M. V. Odoevksi, flottent dans l'air.» Le vieil homme ferma les yeux et leva la tête vers le plafond pour citer de mémoire: « "Le soleil de notre poésie s'est couché! Pouchkine est mort, mort dans la fleur de l'âge." Nous commencerons par observer une minute de silence à quatorze heures quarante-cinq, heure de sa mort. Puis nous écouterons ses vers lus par quelques-uns de nos poètes. »

Un homme à l'haleine chargée d'alcool s'approcha de Ben et lui chuchota en anglais : « C'est la première fois que vous assistez à ce genre de manifestation ? »

Aïda, soudain sur le qui-vive, l'interpella avec colère : « Pourquoi lui parlez-vous anglais ? »

L'homme parut se troubler. « Je croyais seulement... »

Aïda entraîna Ben sans laisser à l'inconnu le temps de terminer.

« Qu'est-ce qui se passe ? chuchota Ben.

— Je n'aime pas son allure, lui répondit-elle sur le même ton. Je n'aime pas ça, qu'il t'ait parlé en anglais sans même te connaître. »

Ben regarda par-dessus son épaule. L'homme qui lui avait parlé en anglais s'était fondu dans la foule.

Le récital de poésie commença aussitôt après la minute de silence de quatorze heures quarante-cinq. Aïda était la troisième à lire. Elle grimpa sur la chaise métallique et, scrutant la mer de visages devant elle, récita le poème inachevé de Pouchkine, *Ezerski*, qui se terminait sur ces vers :

Où, dans la tour depuis longtemps oubliée,
L'herbe pousse comme en pleine nature.

Après la cérémonie, Aïda emmena Ben visiter les deux pièces de l'appartement 44 de la Fontanyi Dom où Akhmatova avait passé les derniers jours de sa vie. Contemplant la liseuse, dans la petite pièce, Aïda dit à mi-voix : « C'est ici, dans cette pièce, qu'elle m'a donné la bague à l'agate. Elle était blanche comme un linge... étendue ici, sur ce lit. J'avais quinze ans à l'époque... pour moi, c'était comme le présent d'une déesse. »

L'après-midi s'écoula pendant que Ben et Aïda

erraient des heures durant, bras dessus bras dessous, dans les salles interminables de l'Ermitage, ne s'arrêtant que devant la demi-douzaine de tableaux qui, dit-elle, nourrissaient l'âme autant que le regard. Ils prirent ensuite du thé et des gâteaux à la crème dans un nouveau café coopératif de la Nevski Prospekt que Vadim avait découvert lors d'un voyage d'affaires, le mois précédent. Il y avait un orchestre et une petite piste de danse. Aïda se pencha par-dessus la table et demanda à Ben, en anglais : « Danses-tu aussi bien que tu baises ? »

Déconcerté, Ben répliqua : « Tu es bien la première femme sur cette planète à suggérer que je puisse être un bon amant. »

Elle repassa au russe. « Nous sommes tous de bons amants quand nous faisons l'amour avec ceux que nous aimons. »

Un homme entre deux âges assis à la table voisine se pencha vers Ben. « Excusez-moi, mais je n'ai pas pu m'empêcher de vous entendre parler anglais, dit-il en anglais avec un gros accent. J'ai été au Texas, en Amérique, pour étudier des techniques de forage pétrolier. Si vous trouvez que les Américains parlent drôlement, vous devriez entendre les Américains qui sont en plus texans. »

Pour se montrer poli, Ben demanda : « Quand êtes-vous allé au Texas ?

— Ah, il y a trop longtemps, répondit l'homme. Je donnerais bien cinq ans de ma vie pour pouvoir refaire un voyage au Texas. Là-bas, les cow-boys disent "Ouaip" à la place de grandes phrases. Ils ont des fusils dans la voiture et jettent leurs boîtes de bière vides par les fenêtres pendant qu'ils conduisent. » L'homme tira un petit pot de café instantané Maxwell de la poche de sa veste et en versa une cuillerée dans une tasse d'eau bouillante. Il leva les yeux vers Ben. « Vous êtes américain, non ? Puis-je vous offrir, à vous et à votre amie, une tasse de vrai café instantané américain ? »

L'orchestre commença à jouer un fox-trot. Avant que Ben puisse accepter le café, Aïda l'entraîna vers la piste de danse. En la prenant dans ses bras, il put sentir la tension qui raidissait son corps. Il s'écarta légèrement pour la regarder mais elle se déroba. « L'absence de regard quand il devrait y en avoir un est un message secret », lui rappela-t-il.

Elle leva les yeux. Ben se sentit troublé de les voir aussi apeurés. « De quoi as-tu peur ? murmura-t-il.

— De perdre ma poésie, dit-elle dans un souffle. De te perdre. Alors : Un jour, mon père a été convoqué au K.G.B. pour être interrogé. On lui avait dit d'amener ma mère et moi avec lui. Je devais avoir quatre ou cinq ans. Nous étions tous les trois assis devant le bureau d'un officier en uniforme. Il avait des bandes dorées toutes brillantes sur ses épaulettes. Sur son bureau, il y avait une règle dorée rutilante et un pot de café instantané, ce que je n'avais jamais vu auparavant. Il mélangeait une cuillerée de café en poudre dans une tasse d'eau bouillante pendant qu'il interrogeait mon père. Quand nous sommes partis, mon père et ma mère marchaient devant, plongés en grande conversation. Je suivais derrière, le long des grilles de fer qui entouraient l'immeuble du K.G.B. et je frappais ces grilles avec la règle dorée. Mon père a entendu le *tap-tap-tap*. Il a vu la règle et a compris que je l'avais prise sur le bureau de l'officier. Il m'a donné une grande gifle et m'a arraché la règle. Cette nuit-là, il a creusé un trou dans la glace du fleuve et a laissé tomber la règle dedans. Depuis ce jour... », elle termina sa phrase avec un vers d'Akhmatova, « *chaque son m'effraie et me torture.*

— C'est la vue du café soluble qui t'a rappelé ce souvenir.

— C'est aussi le visage de cet homme. C'est parce qu'il t'a parlé anglais tout à l'heure. »

Ben tenta de la rassurer. « Les temps ont changé », assura-t-il. Il se demanda si c'était vrai; il se demanda s'ils avaient changé tant que ça.

Depuis la chambre d'hôtel que Vadim avait retenue pour eux, ils contemplèrent la Neva. Des paquets de glace gris-bleu dérivaient au fil du courant. Des canards s'immobilisèrent entre les îlots de glace et dansèrent sur l'eau boueuse comme des bouchons de liège. Le croiseur *Aurore*, qui avait lancé l'assaut contre le palais d'Hiver lors de la révolution bolchevique, était pris dans les glaces au bout d'une jetée juste sous leurs yeux, entièrement drapé de neige. Des glaçons s'accrochaient au gréement gelé du navire. Une brume de froid recouvrait la ville comme un suaire, obscurcissant ses dômes et ses flèches, donnant l'impression que le temps s'était ralenti sous cette latitude nordique. D'un air absent, Aïda déclara : « Mandelstam a dit un jour que vivre à Piter revenait à rester couché dans un cercueil, mais je n'ai jamais vu cette ville ainsi. Piter a été l'un des amours d'Akhmatova. Elle a écrit *Ce n'est pas une vraie séparation* :

Rien ne peut me séparer de toi,
Mon ombre reste sur tes murs,
Mon image dans tes canaux... »

Aïda se retourna et caressa du dos de sa main les lèvres de Ben pour réciter deux autres vers du poème.

Le bruit de mes pas dans les salles de l'Ermitage,
Où avec moi errait mon ami...[1].

1. Traduction de Jeanne et Fernand Rude *(N.d.T.)*.

Elle embrassa le coin de sa bouche puis ses lèvres elles-mêmes. « Nous formons un couple parfait, mon cher amour. Je suis la poésie et tu es la prose. Dans quelques heures, la poésie et la prose seront debout, nues, devant la fenêtre ouverte pour contempler le lever du soleil. La prose découvrira ce que la poésie sait déjà : comment les traits de lumière blanche surgissent suivant un angle abrupt, preuve de ce que j'appellerais le caractère boréal de la ville. La prose découvrira l'odeur du ressac qui se déchaîne là-bas, au-delà du brouillard perpétuel, aussi salé que les larmes des hommes. »

Les doigts de Ben défirent un bouton de son chemisier et sa main se glissa sous l'étoffe pour se poser sur les formes douces de sa poitrine. « Quitterais-tu la Russie si c'était possible ?

— Jamais ! cria-t-elle, surprise par la question. Je suis, comme Akhmatova, une invitée sur cette terre. Je me suis bien souvent demandé pourquoi on m'avait fait venir ici. Et j'ai découvert la réponse : pour composer ma poésie. C'est parce que j'accepte ce destin que je puis être aussi une amante et une mère. Si je devais quitter la Russie, je perdrais la relation que j'ai avec la terre. Je perdrais ma poésie. Si tu devais m'obliger à partir, tu perdrais aussi ta prose. » Elle sourit avec solennité. « Nous ne formerions plus un couple parfait. »

D'une voix presque inaudible, il dit : « Il faudra un jour que je parte d'ici. »

Elle souleva imperceptiblement le menton. « Quand on est russe, lui dit-elle, on associe toujours bonheur et souffrance ; on suit son cœur jusqu'à ce qu'il se brise. »

12

Viktor, avachi sur son siège au premier rang de la petite salle de projection, entendait les sinus du vieux général siffler derrière lui au moment où les premières images défilèrent au-dessus de leur tête pour s'afficher sur l'écran. Frolov faisait le commentaire de sa voix monocorde depuis la cabine de projection. « On voit les sujets monter dans la *voiture*[1] quatre du train de nuit pour Leningrad », psalmodia-t-il dans son micro. Sur l'écran, l'Américain Bassett, presque perdu dans un long manteau en mouton retourné lui arrivant aux chevilles, tendit deux petites valises à Aïda puis lança un coup d'œil par-dessus son épaule, en direction de la caméra qu'il ne repéra visiblement pas, avant de monter à son tour dans le wagon. La caméra effectua un zoom sur Aïda, le visage rayonnant d'excitation et qui offrait son sourire à Ben. « On remarquera, reprit Frolov, que la Zavaskaïa porte une *avoska* pleine de mandarines... »

Le vieux général ouvrit le micro placé près de son siège. « Où a-t-elle bien pu dégoter des mandarines à cette époque de l'année ? voulut-il savoir.

— Les réservations de train, les billets, les man-

1. En français dans le texte.

darines et l'hôtel à Leningrad, tout a été organisé par le mari, répondit Frolov.

— S'il arrive à trouver comment mettre la main sur des mandarines en février, fit remarquer aigrement le vieux général à Viktor, nous devrions peut-être l'employer.

— La Zavaskaïa et l'Américain Bassett ont partagé le compartiment neuf, relata Frolov. Nous avions un micro caché sous le plancher du compartiment, mais dès que le train s'est mis en marche, toutes les conversations ont été couvertes par le bruit des roues. »

Le vieux général tapa sur l'épaule de Viktor de ses doigts racornis. « Quelle connerie de mettre un micro à cet endroit, marmonna-t-il de sa voix rocailleuse. La prochaine fois, ils les foutront au fond des chiottes. Toutes les conversations seront couvertes par le bruit de la chasse d'eau. »

La scène changea sur l'écran. Une locomotive portant une grosse étoile rouge sur le devant entrait dans une petite gare déserte éclairée par des ampoules nues suspendues à des fils électriques entre les poteaux. À en juger d'après l'obscurité, ce devait être avant l'aube. Au moment où le train s'arrêtait, la vapeur de la locomotive balaya toute la longueur du quai. La caméra effectua un zoom à travers la vitre embuée d'un compartiment. Deux silhouettes apparurent, en train d'observer la gare. Toutes deux étaient absolument nues. La femme, légèrement plus grande que l'homme, jouait avec une bague glissée à son doigt. « La constatation de leur nudité est la première preuve déterminante qu'ils se sont effectivement accouplés », commenta Frolov.

« Accouplés, marmotta le vieux général à l'oreille de Viktor. C'est une drôle de façon de dire qu'ils ont baisé comme des ânes. »

L'image changea à nouveau sur l'écran. Il y eut

plusieurs clichés imprécis montrant Ben en train d'essayer de suivre Aïda qui traversait les salles bondées de l'appartement de Pouchkine, puis un passage montrant Aïda qui grimpait sur une chaise puis disait le poème de Pouchkine. Puis ce fut Ben, perdu dans une marée humaine, regardant autour de lui d'un air distrait, comme s'il s'attendait à repérer quelqu'un qu'il connaissait.

« Ces dernières images », commenta Frolov au moment où une nouvelle série apparaissait sur l'écran, « se passent de commentaire. Nous avons pu installer un miroir sans tain près du lit, dans leur chambre d'hôtel. Comme ils se sont accouplés avec la lumière allumée, les images sont d'excellente qualité.

— Ah, voilà qui est mieux », marmonna le vieux général à l'adresse de Viktor tandis qu'une nouvelle séquence cherchait encore sa netteté.

Sur l'écran, on pouvait voir Zavaskaïa, nue, penchée avec une totale concentration sur l'organe de l'Américain, en train de le convaincre des yeux, des seins, des mains, des lèvres et de la langue de se gonfler jusqu'à totale érection pour lui permettre de s'empaler soigneusement dessus. Observant la scène depuis sa place, dans l'obscurité de la petite salle de projection, Viktor sentit le sang affluer à son bas-ventre. Ekaterina lui avait fait l'amour ainsi lorsqu'ils s'étaient rencontrés, sur les bords de la mer Noire. Elle s'était penchée sur lui, pareille à un aruspice, invoquant les érections comme autant d'esprits qu'il convenait de rappeler de chez les morts. Sur l'écran, la Zavaskaïa, ses longs cheveux flottant derrière elle, arqua soudain le dos puis s'effondra langoureusement en avant, en travers du corps de l'Américain.

Viktor saisit son micro. « Je crois que nous en avons vu assez pour nous faire une idée », indiqua-t-il à Frolov. Aussitôt, l'écran devint tout blanc et les plafonniers s'allumèrent. Viktor se retourna sur sa chaise pour dire au général : « Ce que vous venez de voir est une version expurgée. Nous avons en fait trois heures et demie de film les montrant en train de faire l'amour dans la chambre d'hôtel. Nous avons aussi des séquences où ils déambulent dans les salles de l'Ermitage. Ils essaient de se montrer discrets en public, mais finissent toujours par s'effleurer à la première occasion. Nous avions un homme posté à une table voisine de la leur, dans un café, qui a voulu engager la conversation. Il en a conclu qu'il avait visiblement affaire à des amoureux en pleine envolée hormonale. Il a entendu l'Américain dire à sa compagne qu'elle était la première personne à suggérer qu'il pouvait être un bon amant, et la Zavaskaïa lui répondre : "Nous sommes tous de bons amants quand nous faisons l'amour à ceux que nous aimons."

— En pleine envolée hormonale, marmotta le vieil homme. C'est une façon intéressante de formuler les choses.

— C'est assez précis.

— Quand ? demanda le général.

— Quand ? répéta Viktor, sans comprendre la question.

— Quand amorcez-vous le piège ?

— Ah. Le piège. Bientôt. »

*

La femme de Viktor, Ekaterina, tout juste sortie du bain et les cheveux encore emprisonnés dans une serviette blanche, s'installa confortablement sur un coin du divan, les jambes repliées sous elle, ses bras serrant contre elle le peignoir d'éponge blanche dont la bonne avait dû égarer la ceinture. Viktor introduisit la cassette dans le magnétoscope et s'assit près d'elle avec la télécommande. Dès que les premières images apparurent sur l'écran de télévision, Ekaterina se mit presque à ronronner de curiosité. « La femme est délicieuse, déclara-t-elle d'une voix rauque et profonde. Qui est-ce ? »

L'absence de réponse de Viktor ne fit que l'exciter davantage.

Ces dernières années, il lui était arrivé de rapporter à la maison de la cocaïne, des cassettes pornographiques et même quelques accessoires confisqués à un homme d'affaires japonais surpris en flagrant délit avec une prostituée — tout ce qu'il pouvait trouver pour la faire sortir de la léthargie dans laquelle elle sombrait dès qu'il lui proposait de faire l'amour. Il passa la main derrière elle, glissa un doigt sous le col de son peignoir et commença à lui masser légèrement la nuque. Puis il approcha les lèvres de son oreille pour lui murmurer : « Katia, Katia, ma petite Katia à moi. » Il sut que la bande ne la laissait pas indifférente puisqu'elle ne se déroba pas.

Sur l'écran de télévision, un train pénétra dans une gare déserte. Puis la caméra effectua un zoom au travers du nuage de vapeur pour se fixer sur deux silhouettes nues qui s'encadraient dans la fenêtre du compartiment. Ekaterina respira plus fort. « Dis-moi au moins si ce sont des espions ?

— Le fait que nous nous soyons donné tant de mal pour les filmer en dit assez long », répondit Viktor. Il entreprit de faire glisser le peignoir sur son épaule gauche.

Les séquences de la femme en train de s'activer sur le sexe de l'homme avec ses mains, ses seins, sa bouche et sa langue apparurent sur l'écran.

« Oh, oh, oh », gémit Ekaterina en soulevant langoureusement un bras afin que Viktor puisse lui retirer sa manche. À demi dévêtue, la bouche ouverte, sa peau blanche reflétant la lumière du poste de télévision, elle ne quittait pas l'écran des yeux. Lorsque la femme du film se mit à arquer le dos, Ekaterina arqua le sien. Lorsque la femme se laissa retomber sur l'homme, un hoquet s'échappa de la gorge d'Ekaterina et elle se laissa tomber elle aussi en avant — dans les bras grands ouverts de Viktor.

*

Sabine Harkenrider alpagua Manny au moment où il sortait du bureau du courrier avec une pile de lettres. Son visage était d'une pâleur mortelle et elle s'exprimait d'un ton pressant. « Monsieur Custer, vous avez dit que si nous avions le moindre doute, il fallait vous en faire part et vous laisser décider. »

Manny examina ses lettres d'un air distrait et en mit une de côté. Elle venait d'un vieux copain qui était chargé de la sécurité à l'ambassade de Prague. Il détacha son regard de l'enveloppe pour le plonger dans les yeux affolés de Mlle Harkenrider. « Décider de quoi ? demanda-t-il.

— Décider s'il s'agit ou non d'une situation compromettante », expliqua-t-elle.

Manny l'attira dans un coin. La lettre qu'il lui tardait tant d'ouvrir devrait attendre qu'il en ait fini avec Mlle Harkenrider. « Peut-être devriez-vous commencer par le commencement, proposa-t-il.

— J'espère que vous ne penserez pas que j'ai des hallucinations. Je ne voudrais surtout pas me rendre ridicule.

— Dites-moi simplement ce qui est arrivé.

— Voilà. Je participe tous les dimanches aux randonnées de ski de fond organisées par les gens des services d'information du personnel. Le dimanche d'avant dimanche dernier, je traînais un peu derrière les autres quand un Russe... un homme russe... un jeune homme russe, en fait, s'est mis à skier à côté de moi et a commencé à me parler.

— Jusque-là, commenta Manny, ça ne paraît pas trop inquiétant.

— Il parlait anglais, précisa Mlle Harkenrider avec raideur.

— Qu'est-ce qu'il voulait ?

— Justement. Il voulait que je le revoie à Moscou. Il a dit que cela faisait plusieurs dimanches qu'il me suivait et qu'il avait attendu l'occasion de me parler. » Sa voix ne fut bientôt plus qu'un murmure. « Vous nous aviez avertis qu'ils essaieraient de placer quelqu'un — je ne me souviens plus de votre expression.

— Un appât ?

— Oui, c'est ça. Un appât.

— Et vous pensez que ce jeune Russe était un appât ?

— Vous ne comprenez pas. Dimanche dernier, il était encore là. Je me suis éloignée du groupe pour satisfaire un besoin naturel. Tout à coup, j'ai vu qu'il skiait à côté de moi. Pour être tout à fait honnête avec vous, monsieur Custer, il m'a fait ce que l'on appelle généralement une proposition obscène.

— Vous avez eu parfaitement raison de me parler de tout ça, assura Manny. Voilà ce que vous allez faire. Renoncez au ski de fond pendant quelque temps. Si cet homme essaie de reprendre contact avec vous, avertissez-moi immédiatement.

— Vous pensez qu'il le fera ? »

Manny haussa une épaule massive. « Tout est possible. S'il s'agit vraiment d'un appât du K.G.B., il y a des chances pour qu'il essaie. Si c'est juste quelqu'un qui voulait connaître une Américaine, il en restera aux bois et aux skieuses de fond. »

Manny vit la couleur revenir aux joues de Mlle Harkenrider. Elle lui prit la main. « Je me sens tellement soulagée de vous avoir raconté ce qui s'est passé.

— Revenez me voir dès que vous le rencontrerez à nouveau », insista Manny.

Puis il se détourna et contempla à nouveau sa lettre. Elle était arrivée par la valise diplomatique du matin. « Immanuel Custer — Personnel et Confidentiel. » Manny déchira l'enveloppe avec l'index, en extirpa la lettre et l'ouvrit d'un mouvement du poignet. Elle commençait par « Manny, vieille branche ».

> Alors, te voilà à Moscou pour ta dernière bataille. Je t'imagine, un colt fumant dans chaque paluche, entouré de Peaux-Rouges qui n'en veulent qu'à ton scalp. Te connaissant, je n'envie pas celui qui s'approchera assez pour te le piquer. Réponse à ta question : C'était tout autant un mystère ici qu'il a l'air d'en être un de ton côté de la forêt diplomatique. Il était censé faire de l'intendance mais semble avoir passé la majeure partie de son temps dans une pièce mise à sa disposition par ton ancien employeur. À faire je ne sais quoi. Quant à savoir pourquoi il nous a dit salut au bout de quatre mois, tes élucubrations valent tout autant que les miennes. Plus, probablement. Désolé de ne pouvoir t'aider davantage.

De retour dans le placard qui lui servait de bureau, Manny relut la lettre puis la déchira en menus morceaux qu'il laissa tomber dans la poche à brûler. Par vieille habitude professionnelle, il évaluait la nécessité de limiter l'accès au secret par rapport au savoir. Il y avait pourtant davantage ici que ce que l'œil pouvait voir. Si Bassett travaillait sous la juridiction du dixième étage d'Inkermann, cela pouvait vouloir dire qu'Inkermann avait quelque chose derrière la tête. Avec la glasnost en plein essor, il y avait eu coup de frein général sur toute opération qui pouvait embarrasser le Grand Houdini. Bassett travaillait-il pour la Compagnie ? La Compagnie refusait-elle d'observer le « coup de frein » exigé ? Inkermann faisait-il cavalier seul ?

La vérité était que Manny détestait Inkermann. Il avait toujours vu leurs relations comme une confrontation entre un nanti et un sans le sou ; entre quelqu'un qui avait été pendant toute son enfance conduit dans des écoles privées de garçons par un chauffeur (d'après Manny, ce genre de chose laissait des traces indélébiles) et quelqu'un qui passait sous le tourniquet pour prendre le métro jusqu'à l'école publique.

L'instinct de Manny lui disait que l'énigme Bassett valait la peine d'être éclaircie. S'il pouvait découvrir ce que tout cela cachait, et s'il s'avérait qu'Inkermann était impliqué, il pourrait peut-être faire descendre celui-ci d'un ou deux échelons avant de terminer son dernier poste ici et d'être mis à la retraite anticipée. Une telle perspective l'excitait. Il ouvrit un réfrigérateur coincé sous une table, dans un coin de son bureau minuscule, et en sortit une bouteille et un bac à glaçons. Puis, bien carré dans sa chaise en bois, contemplant son scotch habituel avec ses glaçons habituels, il passa à la voix traînante qu'il affectait toujours quand il avait peur d'être pris pour un intellectuel et prononça à voix haute la formule de Samuel Beckett qui l'inspirait toujours lorsqu'il se retrouvait devant un mur.

« J'essaie, grasseya Manny. J'échoue. J'échoue de mon mieux. »

13

Lentement, inexorablement, leurs vies s'entremêlaient comme deux pieds de vigne vierge se lançant de conserve à l'assaut d'un tronc d'arbre. Pendant tout février et le début du mois de mars, ils parvinrent à grappiller plusieurs heures ensemble tous les deux ou trois jours. Aïda conduisit une fois Ben au cimetière Novodevitchi pour lui montrer la statue de la jeune femme de Staline, Nadejda Allilouieva, tout près de sa tombe. Le marbre rose de Nadejda avait été abîmé par des chasseurs de souvenirs et, pour empêcher tout autre acte de vandalisme, la statue était depuis lors protégée par une sorte de coque en plastique. La petite averse de la nuit précédente puis une soudaine chute de température avait recouvert le plastique d'une fine pellicule de glace, donnant l'impression que c'était Nadejda elle-même qui était prisonnière d'un bloc de glace. « Nous sommes tous prisonniers de blocs de glace », répliqua Aïda lorsque Ben le lui eut fait remarquer.

Errant parmi les tombes qui jaillissaient du sol comme des dents mal plantées, s'arrêtant pour lire les épitaphes sur les tombes de Gogol, Tchekhov et Maïakovski, ils revinrent vers l'entrée du cimetière. Aïda montra de la main les contours de Moscou. Le tsar Pierre, qu'on appelle parfois le Grand, mais pas toujours, a humilié Koutchkovo en faisant émigrer la cour à Piter en dix-sept cents et quelques. Le Koutchkovo que j'aime est une femme délaissée qui ne s'est jamais remise de l'insulte.

Ben glissa son bras sous celui d'Aïda. « Je suis un homme délaissé. Peut-être cela explique-t-il mes affinités avec cette ville que tu appelles Koutchkovo et que j'appelle Moscou.

— Il y a une autre explication, lui dit-elle. J'ai recopié un vers merveilleux dans mon journal. Il provient d'un livre de l'auteur anglais Durrell... C'est à propos d'une ville qui devient un monde dès que l'on aime un de ses habitants. »

Ben la regarda d'un air étrange. « Tu crois que je suis amoureux de toi ? »

Les taches de rousseur se mirent à danser sur le visage d'Aïda tandis qu'elle lui offrait un de ses demi-sourires ambigus. « Bien sûr que tu es amoureux de moi. » Au bout d'un instant, elle murmura : « Quand nous sommes séparés, c'est comme si nous étions en manque d'une drogue. » Elle souffla avec exaspération, créant un nuage de buée qui noya son visage. « Que feraient les Américains s'ils nous découvraient ?

— Quand je suis arrivé à Moscou, l'officier chargé de la sécurité de l'ambassade nous a recommandé de ne pas tomber amoureux de Russes.

— Mais que feraient-ils ? » insista Aïda.

Ben haussa les épaules. « Il faudrait payer les pots cassés, répondit-il en anglais.

— C'est quoi, ces pots, et à quoi ils servent ?

— Payer les pots cassés, c'est une expression. Mieux vaudrait que les Américains n'apprennent rien. »

Aïda digéra sa réponse. Puis elle finit par dire : « Peut-être devrions-nous nous voir moins souvent. »

Ben lui adressa un large sourire. « Peut-être devrions-nous nous voir plus souvent. »

À mesure que mars avançait, ils réussirent à se retrouver davantage : une demi-douzaine de fois dans un hôtel décrépit que Vadim louait à l'année pour ses « clients » de province et étrangers, une fois dans une ancienne église restaurée, une fois dans la loge d'une comédienne amie d'Aïda pendant qu'elle jouait sur scène, plusieurs fois dans des cantines ouvrières écartées et une fois dans l'appartement d'Aïda, un jour où la femme qui y cohabitait avait dû se rendre d'urgence à Kiev pour prendre soin de sa mère malade et où Vadim était parti avec sa maîtresse.

Accompagnés de Saava, Aïda et Ben passèrent des week-ends dans la datcha en bois de Vadim, sur une colline qui dominait un lac non loin de Zagorsk. Le premier week-end à la datcha fut aussi la première rencontre de Saava avec le nouvel ami de sa mère. Tous se sentaient passablement énervés durant le trajet à bord du taxi de Vadim. « Cesse de te ronger les ongles, commanda sèchement Aïda à son fils.

— Je cesserai de me ronger les ongles quand tu arrêteras de fumer ces saletés de cigarettes, rétorqua Saava.

— Ce n'était peut-être pas une si bonne idée que ça », chuchota Ben à l'adresse d'Aïda.

Bien qu'il se refusât à l'admettre, Ben éprouvait des sentiments contradictoires envers l'enfant. C'était une chose d'être amoureux d'Aïda, c'en était une autre que d'avoir à traiter avec quelqu'un qui lui rappelait inévitablement son propre fils, Felix. Pour Ben, c'était un peu comme de rouvrir une blessure sur laquelle une croûte commençait tout juste à se former. Suivant le conseil d'Aïda, il attendait que ce soit Saava qui vienne à lui. Pendant le premier week-end, l'enfant sembla lui en vouloir de son intrusion. Il resta en retrait, observant Ben du coin de l'œil, lui tournant autour, se rapprochant à chaque passage — mais sans jamais baisser sa garde. « Je ne comprends pas pourquoi tu as besoin de nouveaux amis alors que tu en connais déjà plein de vieux», dit-il à sa mère lorsqu'ils furent rentrés à Moscou.

Lors du deuxième week-end, Saava commença à sortir de sa coquille. Visiblement intrigué par ce nouvel homme dans la vie de sa mère, il regarda en silence Ben faire rouler une énorme boule de neige sur une pente pour la faire grossir encore. La curiosité finit par l'emporter sur la timidité.

«C'est vrai, ce que dit Aïda, comme quoi tu serais américain ?» lança-t-il depuis le perron.

Ben leva les yeux de sa boule de neige et acquiesça. «Tu avais déjà rencontré des Américains, avant ?

— Des centaines, répliqua Saava. Des Français aussi, et même des Anglais.» Saava descendit jusqu'à la dernière marche et s'accroupit. «Aïda dit que je ne dois parler de toi à personne d'autre qu'à Vadim. Elle dit que tu dois rester un secret.»

Ben fit un clin d'œil au garçon. «Toi et elle, vous êtes tous les deux mes secrets aussi.

— Alors, est-ce que tu as déjà vu un vrai cow-boy américain? Un qui a des super-bottes et un six-coups ?»

Ben continuait de faire rouler sa boule dans la neige. «Ceux qui sont armés n'existent que dans les films.»

Saava reçut la réponse de Ben avec de grands yeux sérieux. Il désigna la boule de neige du menton. «Qu'est-ce que tu fais ?

— Je fais une bonne femme de neige.»

L'explication fit glousser Saava. «Eh, c'est des bonshommes de neige qu'on fait d'habitude !

— Les bonnes femmes de neige sont plus jolies que les bonshommes de neige», assura Ben. Il leva les yeux. «Un peu d'aide ne serait pas de refus.»

L'enfant haussa les épaules. «J'ai jamais fait de bonne femme de neige, moi.

— Viens donc, je vais te montrer. »

Quand la bonne femme de neige — avec des yeux en petits cailloux, un petit concombre en fait de nez, de la paille pour les cheveux, deux quartiers d'orange pour les lèvres et deux coques de noix de coco pour les seins — fut terminée, Saava recula pour l'admirer. « Et si on lui mettait le drôle de chapeau et l'écharpe d'Aïda, proposa-t-il.

— Bonne idée », commenta Ben.

Un peu plus tard, Aïda, qui était partie chercher des blocs de glace au lac pour la glacière de la datcha, arriva en haut de la colline avec ses pains de glace enveloppés dans une serviette. Lorsqu'elle aperçut la bonne femme de neige avec son tambourin 1930 sur la tête et son étole de renard râpée autour des épaules, elle poussa un cri de ravissement. « C'est la bonne femme de neige la plus élégante que j'aie jamais vue ! s'exclama-t-elle. A-t-elle un nom ?

— Elle s'appelle Benedictovna », répondit Saava, qui en faisait ainsi à la russe la digne fille de Ben.

Ben passa un bras sur l'épaule du garçon et l'attira contre lui. Lorsqu'il sentit le corps mince de Saava contre son flanc, Ben se mit à scruter le ciel afin qu'Aïda ne puisse voir les larmes qui brillaient au coin de ses yeux. La dernière fois qu'il avait posé ainsi un bras sur l'épaule d'un enfant, c'était avec Felix, en attendant le vol qui devait ramener le petit à sa mère, à la fin des vacances scolaires.

Plus tard, au déjeuner, Saava vint placer sa chaise du côté de la table où était mise l'assiette de Ben. « Je vais moins me ronger les ongles, annonça-t-il à sa mère.

— Je vais moins fumer, annonça Aïda.

— Ce n'était peut-être pas une si mauvaise idée que ça de passer les week-ends ensemble, après tout », commenta Ben.

*

Ce fut au cours de ces week-ends à la datcha que Ben et Aïda découvrirent ce qu'Aïda appela le miracle de l'amour au petit matin — coït si lent et émouvant alors que l'un et l'autre n'étaient pas encore vraiment réveillés, à un moment où le monde réel se confondait avec de vagues souvenirs de rêves.

Le soir, elle pouvait tisser les toiles de ses poèmes…

Doucement tu es venu jusqu'au tréfonds de mon être,
Je ne sais trop quand,
Qu'est-ce que cela changerait ?
Tu es devenu (avant que je sache que tu étais là)
Le cœur même du problème.
J'ai envie de rire davantage à présent,
Je ne sais trop pourquoi.
Qu'est-ce que cela changerait ?
Inutile d'identifier ses émotions
Pour les ressentir.

… et murmurer des fragments de ceux d'Akhmatova…

Il est une frontière sacrée dans l'intimité des hommes
Que ni l'amour ni la passion ne peuvent franchir…

… tandis qu'ils restaient allongés sur une peau d'ours devant un feu ronflant. Une fois Saava profondément endormi dans l'unique chambre à coucher de la datcha, ils se lançaient dans leur quête sauvage des chemins qui permettaient de franchir cette frontière qu'Akhmatova disait infranchissable.

Certains après-midi, ils se joignaient aux petits paysans blonds portant ceinture de corde à la taille de leurs manteaux gris qui semblaient tous coupés dans des couvertures et leur arrivaient au genou, pour patiner sur le lac gelé. Le corps penché en avant à partir de la taille, les mains serrées derrière le dos, les pans de leur manteau flottant au vent, les petits paysans traçaient de grands huit sur la glace puis allaient se réchauffer auprès d'un bon feu de bois de bouleau qui crépitait sur la rive du lac.

Un dimanche, tirant Saava en remorque derrière eux, Ben et Aïda parcoururent des champs de neige où ils s'enfonçaient jusqu'aux mollets, dépassèrent des hameaux de maisons au toit de chaume et aux murs blanchis à la chaux qui se dressaient de part et d'autre de la piste non goudronnée qui menait à Zagorsk, qu'Aïda continuait à appeler de son nom d'origine, Serguiev. Là, ils se frayèrent un chemin parmi une foule de pigeons, passèrent devant l'église toute blanche de l'Assomption où Ivan le Terrible vint prier après avoir tué son fils, dépassèrent le mausolée de Boris Godounov et se dirigèrent vers l'église de la Sainte-Trinité. À l'intérieur, un jeune prêtre avec une longue barbe et de longs cheveux sombres partagés en leur milieu gisait prostré sur le sol. « Il se fait ordonner », chuchota Aïda pendant qu'un prêtre orthodoxe à la poitrine large envoyait des mélopées tournoyer dans les airs avec les effluves d'encens vers l'image de Jésus qui les contemplait tous depuis son dôme doré. De vieilles femmes, la tête enveloppée dans des châles noirs, répondaient par un faible chœur. « Il épouse l'Église. »

L'idée sembla préoccuper Aïda. Tandis qu'ils revenaient à travers champs vers la datcha, elle demanda : « Alors, explique-moi si tu le peux comment cela se fait qu'on puisse en désirer beaucoup, mais n'en aimer qu'un seul ?

— Qu'est-ce qui te fait penser que j'en désire beaucoup mais n'en aime qu'une seule ? » la taquina Ben.

Saava courait devant, suivant des traces de lapin imprimées dans la neige. Aïda s'immobilisa en pleine foulée. Ses yeux s'emplirent de larmes. En un instant, les larmes se muèrent en petites paillettes de glace qui la vieillirent soudain de dix ans. « Je t'ai dit que je t'aimais avant que tu ne le demandes, lui rappela-t-elle. J'ai laissé le désir l'emporter sur la lucidité ; je me suis donnée librement, sans la moindre retenue. Je t'ai dit que tu m'aimais avant que tu te le sois avoué à toi-même. Pourquoi joues-tu à ce jeu-là avec moi maintenant ? »

Ben se confondit en excuses. « Je ne me suis pas encore habitué à ta franchise », expliqua-t-il. Il ramassa une pleine poignée de neige, la frotta sur les lèvres d'Aïda puis tenta gauchement de l'embrasser, mais elle esquiva. Il recula. « Avant toi, je n'avais jamais rencontré de femme qui se livrait autant, avoua-t-il maladroitement. Pour répondre à ta question : si l'on désire souvent mais que l'on n'aime qu'une fois, c'est sans doute parce que le désir et l'amour ne sont pas aussi liés que nous ne le pensions.

— J'estime ta réponse », répliqua-t-elle simplement.

Saava les appela par-dessus la neige. « Ben, viens voir. J'ai trouvé le terrier du lapin. »

Lors du troisième week-end à la datcha, Ben arriva avec un cadeau pour Saava qu'il avait commandé au grand magasin Stockman d'Helsinki. Il s'aperçut qu'il avait fait une grossière erreur en voyant l'expression d'Aïda lorsqu'il tendit le paquet à l'enfant. Saava jeta un coup d'œil à sa mère et attendit qu'elle eût hoché la tête à contrecœur pour en déchirer le papier. Ses yeux s'exorbitèrent lorsqu'il sortit la veste en jean molletonnée de sa boîte. Avec un regard sombre en direction de Ben, Aïda dit à son fils : « Tu ne peux pas accepter un cadeau aussi cher. » Saava éclata en supplications véhémentes. Aïda prit son fils par la main et l'emmena dans sa chambre. Ben l'entendit essayer de raisonner l'enfant puis il perçut les sanglots étouffés du petit. Quand ils revinrent tous deux, Saava tendit la main. Elle contenait une demi-douzaine de pin's. « Il acceptera ton cadeau si, en échange, tu acceptes deux pin's de sa collection », annonça Aïda. Ben choisit soigneusement deux pin's dans la paume de Saava, un qui montrait le croiseur *Aurore* et l'autre à l'effigie de Vladimir Lénine.

Étendue sur des couvertures, juste devant le feu, cette nuit-là, Aïda lui dit : « Je t'en prie, ne recommence pas. Je ne veux pas qu'il grandisse en admirant l'Amérique pour ses blue-jeans. »

À la fin du mois de mars, les premières vapeurs du dégel emplirent l'air de Moscou. En quelques heures, des colporteurs apparurent à tous les coins de rue pour vendre de petits sachets bruns contenant des graines de fleurs et de légumes. Ben fit le point. Soit le K.G.B. ne s'était pas aperçu qu'il avait une liaison amoureuse avec une Russe, soit le K.G.B. s'en était aperçu mais le climat politique était tel que ses services n'étaient pas en position de faire grand-chose. Personne ne s'était manifesté avec des photos compromettantes et des demandes d'informations. Il travaillait toujours à plein temps à l'intendance des Sept Nains et passait près d'une heure quotidiennement dans la salle des rubans d'Inkermann.

Ce qui lui laissait assez de temps pour retrouver Aïda.

*

Alors qu'il croisait Ben, un après-midi, dans le couloir, Manny Custer remarqua son air absent. Le chef de sécurité de l'ambassade remarqua encore autre chose — deux insignes épinglés au revers du veston de Ben, l'un montrant le croiseur *Aurore*, l'autre à l'effigie de Vladimir Lénine.

*

Lorsqu'il eut visionné les dernières bandes de Viktor dans la salle de projection du K.G.B., le vieux général se pencha en avant et tambourina de ses doigts atrophiés l'épaule de son beau-fils.

« Quand ? questionna-t-il d'une voix que l'impatience rendait plus rocailleuse encore.

— Maintenant. »

14

La femme qui occupait l'appartement en terrasse donnant sur la Moskova avait enfin obtenu la garde légale de son fils et était partie pour Israël. Vadim avait emménagé l'après-midi même du jour où elle avait déménagé. Enivré de vodka et d'enthousiasme (il se plaisait à déclarer qu'un homme devrait changer de femme, de travail et d'appartement aussi souvent qu'il changeait de sous-vêtements), il apporta dès le lendemain matin à Aïda des papiers à signer pour le divorce. Il lui proposa ensuite en plaisantant à demi (à demi sérieusement) de consommer leur divorce. Lorsqu'elle eut poliment, mais fermement, refusé, il l'invita à ce qu'il décrivit comme venant juste après dans l'ordre de ses préférences : un déjeuner dans le restaurant tournant de la tour en forme d'aiguille de la télévision de Moscou. Pour marquer ce qui était tout de même un moment pivot dans leur vie à tous deux, que pouvait-il y avoir de plus approprié que de casser la croûte dans un restaurant construit sur pivot ? Il commanda du champagne, des blinis, du caviar et de la crème, et entreprit de la régaler des dernières blagues en cours.

« Le socialisme », dit-il en mordant dans un blini dégoulinant de caviar et de crème, la tête déjà secouée de rire avant d'avoir donné la chute, « est le chemin le plus long et le plus douloureux qui mène du capitalisme au capitalisme !

« Tu te rappelles la campagne du Grand Proviseur pour faire baisser la consommation d'alcool ? demanda-t-il en les resservant largement de champagne. Eh bien, au plein milieu de cette campagne, il y a deux Russes qui font la queue pour acheter de la vodka. Quand leur tour arrive, ils apprennent qu'il n'y en a plus. L'un des Russes se plaint que le problème, avec le Grand Proviseur, c'est que lui-même ne boit jamais d'alcool. Alors le deuxième Russe », Vadim inclina la tête en arrière et vida une nouvelle coupe de champagne, « le deuxième dit à son copain : "Écoute, pense au bon côté des choses. Il aurait pu avoir fait vœu de célibat." Tu saisis, Aïda ? S'il avait fait vœu de célibat, nous devrions tous renoncer à l'amour ! Quoique, contrairement à ce qu'on croit, ce ne serait pas une telle catastrophe de renoncer au sexe. On pourrait toujours se gratter le trou du cul quand on éprouverait le besoin de satisfaire un besoin physique. »

Aïda savait par expérience que Vadim cherchait à l'entraîner dans une dispute. Pour une fois, elle refusa de mordre à l'hameçon. Elle se sentait légèrement étourdie et ne pensait pas que ce fût à cause du champagne. Le restaurant effectuait un tour complet en quarante minutes au sommet de sa tour. Koutchkovo s'étendait devant eux comme une maquette de ville dans un musée. Aïda vit la statue de Pouchkine réalisée par Opekoudine, le planétarium, et le coin où la Tverskaïa (nom d'origine de la rue Gorki) tournait dans Leningrad Prospekt. Elle parvint même à repérer l'immeuble de l'université des monts aux Moineaux (aujourd'hui monts Lénine) où elle lavait les carreaux quand elle avait rencontré Vadim. Une image lui vint à l'esprit. Comme elle se dit que cela formerait peut-être un jour le noyau d'un poème, elle consigna l'image à sa mémoire. L'image était celle du restaurant parfaitement immobile en haut de sa tour pendant que Koutchkovo tournait autour comme un disque sur une platine géante, au rythme d'une révolution toutes les quarante minutes.

L'étourdissement persista lorsque Aïda sortit de l'ascenseur. Elle regarda sa montre et cela lui donna une idée : elle se mit à tourner lentement dans le sens inverse des aiguilles d'une montre. Fermant les yeux, elle s'imagina qu'elle remontait le temps pour défaire l'avenir — pour arranger les choses de telle sorte qu'elles ne doivent plus être arrangées. L'étourdissement finit par passer. Son attitude alerta Vadim qui proposa de la déposer avec son taxi. « C'est l'amour qui te donne des étourdissements », lui dit-il lorsqu'elle fut installée sur la banquette arrière du taxi qu'il louait à l'année. « C'est l'Américain qui te tourne la tête. »

Comme Aïda ne répliquait rien, Vadim lui donna un coup de coude dans les côtes. « Reconnais-le, Aïda. Je ne t'ai pas vue comme ça depuis que tu avais succombé à ce critique polonais qui zézayait. Tu es folle de cet Américain. Mais tu joues avec le feu. Malgré toute cette histoire de glasnost qu'ils brandissent à bout de bras, il n'y a pas de place pour toi et pour ton Américain en Russie. Je te connais mieux que tu ne te connais toi-même, Aïda. Quand il partira, il t'invitera à partir avec lui mais tu refuseras même si cela doit te fendre le cœur. Tu te souviens du poème que tu avais souligné en rouge avant de le glisser sous mon oreiller le jour où j'ai proposé d'émigrer à Paris ? »

Le don infaillible qu'avait Vadim de toucher au cœur du problème la fit sourire, et elle murmura les vers d'Akhmatova :

Une voix m'appela, consolante...
... Quitte cette contrée lointaine et pécheresse,
Quitte la Russie pour toujours...

Vadim hocha la tête et reprit le poème en chœur avec elle.

De mes mains j'ai clos mes oreilles... [1].

Vadim la déposa devant l'hôpital du Kremlin et elle alla se joindre à la queue qui s'allongeait dans le couloir jusqu'à la pharmacie de l'hôpital. Les relents de vomi étaient suffocants et Aïda remonta son étole de renard sur son nez afin de filtrer l'air qu'elle respirait. Quand son tour arriva enfin, elle déplia soigneusement l'autorisation et la présenta à lire à la pharmacienne. « La dose est de deux virgule cinq milligrammes multipliés par son poids, s'il vous plaît. Il pèse trente kilos. »

Au lieu de se tourner vers les rayonnages croulant sous les médicaments occidentaux, la pharmacienne releva le numéro figurant sur l'autorisation d'Aïda et entreprit de parcourir les fiches vertes d'un fichier en carton. Elle finit par trouver la fiche qu'elle cherchait et la sortit à moitié du carton. Les dents d'acier qu'elle avait dans la bouche jetèrent un éclair malveillant lorsqu'elle releva la tête pour annoncer, avec une indifférence cruelle : « Votre autorisation pour le Purinéthol est périmée. »

Le cœur d'Aïda se mit à cogner dans sa cage thoracique. Elle sentit ses genoux se dérober sous elle et il lui fallut toute sa force de concentration pour rester debout. « C'est absolument exclu », protesta-t-elle. Elle s'aperçut brusquement qu'elle s'était contentée de penser ces paroles et qu'il fallait les répéter à voix

1. Traduction de Jeanne et Fernand Rude *(N.d.T.)*.

haute. « C'est absolument exclu ! » cria-t-elle d'une voix perçante.

Mais la pharmacienne regardait déjà par-dessus son épaule en lançant : « Au suivant ! »

« Mais, de toute évidence, vous ne comprenez pas, chuchota Aïda à la pharmacienne d'une voix si tendue, si contrôlée qu'elle ne la reconnut pas. Il faut que mon fils ait ces cachets... » Il lui vint à l'esprit que la pharmacienne n'avait peut-être pas vu la feuille de papier qui avait été tant de fois dépliée et repliée qu'elle était douce au toucher, aussi la montra-t-elle encore. « J'ai l'autorisation... Purinéthol, soixante-quinze milligrammes de mercaptopurine-6 par jour... signée, avec le tampon officiel... »

Le sol se mit à tourner sous les pieds d'Aïda et elle dut s'accrocher au bord du comptoir pour ne pas tomber. Koutchkovo s'était-il mis à pivoter sous elle, une révolution toutes les quarante minutes, comme un disque sur une platine ?

Derrière le comptoir, la pharmacienne tendit la main vers le téléphone. « Soit vous laissez la place à la personne suivante, soit j'appelle le service d'ordre », avertit-elle.

Aïda s'éloigna à reculons de la porte de la pharmacie. Dépassant comme dans un rêve les femmes qui faisaient la queue, dépassant l'horloge du couloir qui ne marchait plus depuis bien des années, se tenant au mur de la main droite pour ne pas perdre l'équilibre, elle arriva devant une porte marquée « Administration ». Elle la poussa et pénétra dans un bureau. Cinq femmes s'affairaient à calculer des factures à l'aide de bouliers. Le martèlement des billes de bois s'interrompit brusquement dès que les femmes prirent conscience de la présence de l'intruse échevelée qui traînait par terre la tête de renard de son étole. Pendant un instant, Aïda crut qu'elle était revenue dans le métro et que le gros type qui venait de lui caresser les fesses la contemplait comme s'il avait affaire à une simple d'esprit. Des images de buses s'acharnant à arracher les entrailles de cadavres en décomposition lui traversèrent l'esprit. Elle leva un bras pour se protéger d'une buse et poussa de l'épaule une autre porte qui la projeta dans un autre bureau où un homme aux cheveux gris et en blouse blanche fixait des dents sur la mâchoire d'un squelette. Aïda se dit qu'elle avait dû sans le vouloir franchir une frontière vers un monde de démence. « J'ai une autorisation écrite ! » hurla-t-elle en agitant son bout de papier doux comme un mouchoir sans cesser de marcher vers l'homme à la blouse blanche. « Sa dose est de deux virgule cinq milligrammes de mercaptopurine-6 multipliés par son poids, soit par trente kilos. »

Puis Aïda se retrouva à genoux, en train de supplier avec des phrases sans suite qu'on lui donne le médicament pendant que l'homme en blouse blanche tapait sur un interphone. Deux jeunes gens en chemise et pantalon blancs surgirent alors pour la remettre debout puis la traînèrent le long d'un couloir avant de la pousser dans une porte à tambour qu'ils firent tourner, la propulsant à l'extérieur.

Un courant d'air glacial la ramena à la terrible réalité : qui elle était, où elle se trouvait et ce qu'on venait de lui refuser. Des crampes lui tordaient les intestins. Une vieille dame s'approcha d'elle, lui boutonna son manteau, enroula l'étole de renard autour de son cou et posa un bras réconfortant autour de sa taille. « Quand tout vous abandonne, murmura la femme, il faut se tourner vers Dieu.

— Dieu a abandonné la Russie », rétorqua amèrement Aïda.

L'inconnue ne discuta pas. « Y a-t-il quelqu'un que vous puissiez appeler ? demanda-t-elle. Quelqu'un qui puisse venir vous chercher ?

— Vadim, bredouilla Aïda pour elle-même. C'est lui qui a obtenu l'autorisation. Il s'arrangera pour que je puisse en avoir une autre.

— Est-ce que ça va mieux maintenant ? s'enquit la vieille dame avec sollicitude. Vous pourrez y arriver ?

— Oui, oui, vous êtes très gentille. »

La femme serra les doigts d'Aïda et lui sourit. « Il y a un Dieu, murmura-t-elle. Il y a aussi Son Fils. Et il y a aussi Ses fidèles serviteurs, dont je suis. »

La femme disparut à l'intérieur de l'hôpital. Encore tremblante mais concentrée sur la nécessité absolue de trouver Vadim, Aïda se dirigea lentement vers la chaussée. Une limousine Zil noire était garée le long du trottoir juste en face de l'hôpital. Aïda remarqua que les portières avant et arrière étaient toutes les deux ouvertes. Des hommes en imperméables ceinturés identiques se tenaient debout près des portières ouvertes. « Zinaïda Ivanovna Zavaskaïa ? demanda poliment le plus grand des deux lorsque Aïda fut à portée de voix.

— Oui. »

L'homme s'avança et la saisit fermement par le coude. « Vous êtes priée de nous suivre », annonça-t-il en la conduisant vers la limousine garée.

Se réfugiant dans une sorte de délire, convaincue que ce devait être Vadim qui avait loué la limousine à l'année, Aïda laissa les deux hommes l'installer sur la banquette arrière.

*

Les stores avaient été baissés, les lumières éteintes, ses lunettes de grand-mère posées sur son nez et la cassette introduite dans le magnétoscope. Assise avec une raideur inhabituelle sur une chaise de cuisine en bois à dossier droit placée juste devant l'écran de télévision, Aïda glissa un coup d'œil par-dessus son épaule. Les quatre hommes présents dans la pièce regardaient tous l'écran devant elle. Elle se retourna et contempla elle aussi les images silencieuses danser confusément devant ses yeux. Si incroyable que cela pût paraître, une femme nue se penchait au-dessus de quelque chose qui ressemblait à une verge en érection, la caressait d'abord avec ses seins lourds puis l'attirait délicatement dans sa bouche. Pourquoi lui montraient-ils un film pornographique? La dernière fois qu'elle avait été arrêtée, ils s'étaient montrés plus directs dans leurs tentatives d'humiliation. Un homme lui avait redressé la tête de la main gauche et lui avait assené un coup sur le nez avec la droite. Puis ils l'avaient pliée en deux comme une serviette, lui avaient arraché ses sous-vêtements et écarté les jambes afin que le médecin muni d'un gant chirurgical puisse lui inspecter l'anus. Sur l'écran de télévision, la femme prit la verge dans sa main et s'empala délicatement dessus. Aïda se demanda ce qu'on devait éprouver à se voir ainsi faire l'amour. Les quelques fois où elle avait couché avec une femme, elle avait pu apercevoir son reflet dans un miroir posé contre le mur, tout près du lit. Quand elle avait fait l'amour avec l'Américain, à Piter, elle se souvint d'avoir pensé qu'elle aurait aimé en voir un film; qu'elle aurait aimé voir comment ils se prenaient et s'écartaient l'un de l'autre sous plusieurs angles.

Sur l'écran de télévision, la femme arqua le dos, ses cheveux retombant en cascade derrière elle en un mouvement qui lui parut familier.

Puis Aïda reconnut les cheveux, reconnut le mouvement et reconnut la femme.

Un cri étouffé lui déchira la gorge tandis qu'elle tordait la tête de côté. La voix acide d'Akhmatova résonna dans son crâne, lui répétant sans cesse les trois mêmes vers comme une tête de lecture coincée sur le sillon d'un disque.

Tout est devenu confus...
Je ne puis discerner
Qui de l'homme et qui de la bête...

L'homme qui semblait diriger l'interrogatoire fit un signe de tête en direction d'un de ses collègues qui éteignit le magnétoscope et la télévision avant d'allumer une lampe orientée directement sur la figure d'Aïda. Elle leva un bras pour s'abriter les yeux et essaya de mieux distinguer les silhouettes sombres qui tournoyaient telles des buses autour de sa chaise. « Comment avez-vous obtenu un film pareil ? » demanda-t-elle, puis le regretta aussitôt. Qu'importait la façon dont ils l'avaient obtenu ? Elle essaya d'empêcher ses mains et ses genoux de trembler mais ne parvint pas à déterminer quels muscles les commandaient. Elle s'efforça de régler sa respiration mais même cela lui était difficile. L'air qu'elle aspirait ne semblait vouloir entrer que par petits hoquets.

Elle avait été contaminée par la peur de son père. Elle avait continuellement peur.

Une main se matérialisa soudain dans le faisceau de lumière pour lui donner quelque chose. « Ça ne va pas vous mordre, fit quelqu'un d'une voix sarcastique en la voyant hésiter. Prenez-le. »

Aïda sentit qu'on plaçait quelque chose d'extrêmement léger dans sa paume. Elle plissa les yeux et regarda ce que c'était à la lumière. Il s'agissait d'un petit sachet en papier brun avec une étiquette adhésive qui indiquait : « Purinéthol, 75 milligrammes de mercaptopurine-6, à prendre par voie orale chaque jour pendant les repas. » Ses doigts se refermèrent sur le sachet qu'elle pressa contre sa poitrine. La main surgit à nouveau de l'obscurité pour arracher le sachet à ses doigts crispés.

Quelques minutes s'écoulèrent avant qu'Aïda puisse

retrouver une voix. Elle avait les lèvres, la bouche, complètement desséchées. « À quel jeu voulez-vous me faire jouer ? » demanda-t-elle d'une voix rauque. Des réponses se bousculaient dans sa tête : ils voulaient la culbuter en échange de la ration hebdomadaire de Purinéthol de Saava, ils voulaient qu'elle dénonce quelqu'un comme étant un ennemi du peuple, ils voulaient qu'elle cesse d'écrire de la poésie féministe séditieuse...

« Depuis combien de temps couchez-vous avec l'Américain Bassett ? » demanda quelqu'un dans l'obscurité.

La question projeta Aïda au-delà d'une nouvelle frontière ; elle se retrouva soudain plongée dans l'univers glacé des cauchemars de son père où l'on se trouvait au-delà de la peur parce que ce que l'on redoutait le plus au monde venait de se produire. Il lui vint à l'esprit que c'était ce qu'elle appelait sa Muse et que d'autres appelaient Dieu qui la mettait à l'épreuve. Cette prise de conscience fit cesser le tremblement de ses mains et de ses genoux et c'est d'une voix qu'elle reconnut comme étant la sienne qu'elle répondit à la question insolente de son interrogateur. « Alors, les temps n'ont pas changé tant que ça, en fin de compte, commenta-t-elle en articulant bien chaque mot. Vous voulez que je renonce à lui en échange des cachets.

— Nous ne voulons pas que vous renonciez à lui. Nous voulons que vous continuiez à le voir.

— Nous voulons que vous continuiez à lui faire l'amour, ajouta un deuxième homme.

— Nous ne voulons surtout pas que vous arrêtiez de lui sucer la bite », intervint une voix lasse.

Aïda eut un reniflement de mépris. « Il faut être de la Gestapo pour rendre un acte sexuel naturel aussi vulgaire.

— Tous ceux qui ont vu la bande sont d'accord,

commenta la même voix lasse. Vous baisez comme un animal.

— Tous ceux qui ont vu la bande! s'écria Aïda, offusquée.

— Il y a une grande demande dans nos bureaux, expliqua la voix lasse.

— L'objet d'une relation est l'intimité, pas le divertissement, gémit Aïda.

— Soit vous voulez ces cachets, soit vous ne les voulez pas, coupa l'homme qui dirigeait l'interrogatoire.

— Je les veux, admit Aïda d'une voix brisée. Mais je ne peux pas, je ne veux pas mentir à l'Américain. »

Deux des silhouettes obscures reculèrent vers un coin de la pièce et discutèrent à voix basse. Aïda entendit l'une d'elles ricaner. Elle demanda : « Vous ne pouvez pas baisser cette lumière ? »

Personne ne prit la peine de lui répondre.

L'homme qui dirigeait l'interrogatoire revint à grands pas et fit le tour de la chaise d'Aïda. Sa voix surgit de l'ombre en des points différents, donnant à Aïda l'impression qu'elle se trouvait encore dans le restaurant pivotant. « Nous ne vous demandons pas de lui mentir, expliqua-t-il. Nous voulons que vous lui disiez la vérité. Parlez-lui du médicament. Parlez-lui de la bande. Parlez-lui de nous. »

Quelqu'un mit une dose de deux jours de Purinéthol dans la paume d'Aïda. « Vous avez quarante-huit heures pour nous apporter ce que nous voulons. »

15

Ben sentit une tempête se déchaîner dans le lobe de son crâne producteur d'émotions. Il éprouva des picotements dans les doigts et les orteils. Le pouls qui tambourinait dans ses oreilles couvrait presque les mots insensés qui se déversaient de la bouche d'Aïda.

Presque, mais pas tout à fait.

Ils se tenaient debout dans une salle surchauffée du musée Pouchkine mais elle avait les lèvres aussi bleues que le jour où elle avait sucé le morceau de glace, devant la porte à tambour du café *Droujba*. Il explora son visage pour voir comment elle prenait les choses.

Elle les prenait comme si c'était la fin du monde.

Ainsi le K.G.B. n'avait cessé de le surveiller, en fin de compte. Il avait pensé que si les Russes avaient eu vent de sa liaison, c'est lui qu'ils auraient fait chanter. Il n'était jamais venu à l'esprit de Ben qu'ils essayeraient de l'atteindre à travers elle; qu'ils essayeraient de l'atteindre elle à travers son fils. Elle fut à court de mots, soupira et se détourna d'une fenêtre pour examiner une gigantesque toile de Bonnard avec une telle intensité que Ben la soupçonna de l'apprendre par cœur; comme si, une fois qu'elle l'aurait mémorisée, elle pourrait y trouver refuge.

Ben rompit l'enchantement avec une question. « Pourquoi Saava a-t-il besoin de ce médicament ? »

Il y avait un verger dans le tableau de Bonnard. Aïda tendit la main pour caresser les arbres du bout des doigts. Une matrone en robe sac brune et informe boutonnée sur le devant lança d'une voix sévère depuis l'autre bout de la salle : « Il est interdit de toucher aux peintures. »

La main d'Aïda revint contre son flanc. « Il souffre d'une leucémie lymphocitaire aiguë », répondit-elle sombrement. Elle avait la gorge sèche et douloureuse. « Il y a eu une rémission grâce à un médicament américain qui s'appelle le Purinéthol et qui bloque la multiplication des globules blancs du sang — c'est ça, la leucémie, c'est une prolifération massive de globules blancs anormaux. » Elle remarqua une tache de rouge vif sur une toile de Matisse, de l'autre côté de la salle. Avec une soudaine intensité, elle murmura : « Akhmatova dit quelque part que seul le sang a une odeur de sang.

— Comment peux-tu penser à la poésie en un moment pareil ?

— Alors que le monde était pris d'une totale démence, c'est une poignée de poèmes qui a sauvé Akhmatova. C'est ce qui peut nous sauver, mon cher amour. »

Ses pensées se précipitaient ; il aspira et expira l'air profondément puis demanda : « Après ce qui vient de se passer, y a-t-il encore un "nous" à sauver ? » et il attendit une réponse qu'il avait, il s'en aperçut, peur d'entendre.

« Je ne te reproche pas ce qui vient d'arriver, Benedict. Je ne t'aime pas moins à cause de cela.

— Oh, mon Dieu », murmura-t-il. Il fut soudain frappé par l'odeur de renfermé qui régnait dans la pièce. Il regarda en direction de la fenêtre, mourant d'envie d'aller l'ouvrir en grand, de sentir le courant d'air glacé balayer le musée. Il jeta un coup d'œil rapide vers la matrone et crut entendre le sévère avertissement résonner à son oreille : « Il est interdit aussi de toucher aux fenêtres. »

Il ne savait pas si elle avait effectivement parlé ou s'il venait de rêver.

Il regarda autour de lui d'un air tendu. Quatre touristes français examinaient un Vuillard à l'entrée de la salle. Un professeur faisait un cours à un groupe d'adolescents rassemblés autour d'une statue, dans la salle voisine. Ben conduisit Aïda jusqu'au tableau suivant, un autre Matisse animé de couleurs et de textures diverses. « Je pourrais t'obtenir le médicament », murmura-t-il.

Elle secoua la tête. « J'y ai pensé, mais ça ne marcherait pas. Ils ont dit que si tu ne leur donnais pas ce qu'ils veulent, ils annuleraient notre permis de résidence à Koutchkovo et nous enverraient Saava et moi dans quelque village perdu au fin fond de l'Asie où l'on ne trouve même pas d'aspirine. Ils inventeraient un prétexte pour t'expulser du pays. Les globules blancs se mettraient à proliférer et Saava finirait par mourir. »

Ben se mordilla la lèvre inférieure, plongé dans ses réflexions. « Tu as dit qu'ils t'avaient montré un film. Quel genre de film ? » Comme elle ne répondait pas, il la saisit par le coude. « Qu'y avait-il sur ce film ?

— Nous. À Piter. Dans la chambre d'hôtel. »

Il se demanda comment ils avaient pu y arriver sans qu'il le remarque. Sans doute en permutant les agents suiveurs, en le faisant filer par-devant, en plaçant des micros, en écoutant leurs conversations, en prenant connaissance de leurs projets assez tôt pour pouvoir installer une caméra derrière un miroir sans tain. « De nous dans la chambre d'hôtel ?

— Nous étions... en train d'avoir des rapports

sexuels... de faire l'amour. Nous faisions merveilleusement l'amour. »

Ben se rappela cette nuit d'amour, l'impression de miracle qui avait prévalu tout le temps. Il se souvenait de chaque fois qu'ils avaient fait l'amour et n'avait qu'à fermer les yeux pour reconstituer chaque rapport dans son cerveau, sentir les courbes douces de la peau d'Aïda sous sa paume... Il repoussa la vision et demanda : « Et Vadim ? Il t'avait obtenu l'autorisation originale. Tu m'as dit qu'il avait des relations. Il pourrait peut-être t'obtenir les médicaments...

— J'étais avec Vadim quand je t'ai laissé le message à l'ambassade. Il a donné plusieurs coups de fil, mais ses sources semblent toutes taries. D'après lui, je suis dans un sacré pétrin.

— Ils bluffent peut-être. Peut-être que si nous nous tenons tranquilles...

— Dans quarante-huit heures, je n'aurai plus de cachet à donner à Saava ! »

Le groupe d'adolescents envahit la salle et forma un demi-cercle autour du Bonnard. Ben saisit Aïda par la manche de son manteau et l'entraîna vers la salle suivante. « Redis-moi ce qu'ils veulent.

— Alors : ils ont parlé de sept nains. Ils ont dit que tu saurais de quoi il s'agit. Ils ont dit qu'ils voulaient une sorte d'itinéraire. »

Ben contempla le Matisse juste devant lui. Des détails semblèrent jaillir du tableau : des ombres colorées, des coups de pinceau qui fusaient vers nulle part, l'épaisseur de la peinture elle-même, sa texture. Il eut l'impression de n'avoir jamais de sa vie regardé un tableau comme il regardait celui-ci ; il lui sembla qu'il participait à sa création, que la peinture était encore humide. Il se retourna alors vers Aïda et, parlant à mi-voix, commença à éclaircir le mystère qu'il représentait pour elle. « Je travaille pour l'équipe d'inspection du Contrôle des armements. Ce sont eux qui sillonnent le pays pour inspecter usines, bases militaires et sites de missiles pour s'assurer que les Russes respectent les accords de désarmement qu'ils ont signés. À l'intérieur de l'ambassade, on les appelle les Sept Nains. Je m'occupe des archives, je tiens les comptes et je me charge des commissions. Je n'ai accès à aucun secret.

— Tu pourrais mettre la main sur un itinéraire ? »

Au bout d'un moment, il hocha la tête.

« Qu'est-ce qu'en ferait le K.G.B. ?

— Toute la logique des inspections sur le terrain dépend du fait que les Russes ne savent pas à l'avance quels sites seront inspectés.

— Tu veux dire que les Russes pourraient tricher. » Comme Ben acquiesçait d'un hochement de tête, Aïda mit une main sur ses yeux. « Saava est condamné si nous ne leur cédons pas. Si nous leur cédons, c'est nous qui sommes condamnés.

— Pourquoi dis-tu que nous serons condamnés ?

— Le jour où nous nous sommes rencontrés, je t'ai dit que la violence était un cercle. Oh ! Benedict, tu ne comprends donc pas ? Nous allons nous cacher la tête aussi longtemps que ce sera possible. Puis nous commencerons à nous blesser l'un l'autre. »

Pendant un instant, Ben regretta presque d'être revenu sur son « Je souhaite sur le Christ ne plus jamais vous revoir ». « Écoute, dit-il, je vais trouver quelque chose d'assez anodin que tu pourras leur donner. Ça nous fera gagner du temps. Il doit y avoir un moyen de s'en sortir. Peut-être que quand ils se rendront compte du peu d'importance que j'ai à l'intérieur de l'ambassade, ils abandonneront plutôt que de risquer un incident diplomatique. »

Bien qu'il s'efforçât de la rassurer, elle décela

dans son regard une lueur qui la fit frissonner — une lucidité ardente, une sagacité fiévreuse, presque comme s'il s'était attendu à ce qui arrivait ; presque comme s'il complotait quelque chose. La connaissance intime qu'elle avait depuis si longtemps de la peur lui indiquait clairement qu'il n'avait pas peur.
Et c'était cette absence de peur qui la terrifiait plus que n'importe quoi.

*

Cela avait été une nuit blanche pour Manny Custer. La veille, alors qu'il faisait sa tournée d'avant la fermeture, il avait composé le code de la porte (l'officier de sécurité de l'ambassade gardait une copie de tous les codes des portes et combinaisons des coffres dans son propre coffre-fort) et s'était introduit dans les bureaux déserts de l'aile politique du huitième étage En quête de documents classés qui auraient pu être oubliés sur un bureau, il avait distraitement fait tourner le cadran du coffre. À sa grande surprise, la molette était restée en place et la lourde porte s'était ouverte. L'assistant de l'attaché aux affaires politiques qui l'avait fermée en fin de journée avait oublié de donner un tour supplémentaire au cadran. Manny avait posté un marine auprès du coffre ouvert et avait convoqué l'assistant de l'attaché aux affaires politiques qui se trouvait à un cocktail à l'hôtel *Pékin*. L'ambassadeur et le chef de mission adjoint avaient été prévenus ainsi que le chef d'antenne de la C.I.A., Charlie Inkermann. Ils avaient quitté précipitamment une réception donnée en l'honneur d'un pompier quelconque du comité des services armés de la Chambre des représentants pour souligner le sérieux d'une telle infraction à la sécurité. Avec Manny, l'ambassadeur, le chef de mission adjoint et Inkermann sur le dos, l'assistant de l'attaché aux affaires politiques s'était vraiment senti dans ses petits souliers pour faire l'inventaire des documents du coffre. Rien ne manquait, mais, comme Manny se sentit obligé de le faire remarquer, cela ne garantissait nullement qu'aucun œil importun n'avait pas regardé, ou photographié, des documents classés Confidentiel ou Ultra-Secret contenus dans le coffre. Manny passa plusieurs heures à remplir et classer tout un rapport ultra-secret d'« Infraction à la sécurité » qui concluait que, comme le coffre se trouvait dans un secteur de l'ambassade d'accès strictement contrôlé, la possibilité d'une infiltration effective était négligeable.

Les conclusions de Manny ne suffirent pas à tirer l'assistant de l'attaché aux affaires politiques d'embarras. La nuit même où le coffre avait été retrouvé ouvert, l'ambassadeur joignit à son dossier d'aptitude une note cinglante qui signifiait plus ou moins que son affectation actuelle à Moscou serait la dernière.

« En voilà un de plus qui mord la poussière », commenta Inkermann à l'adresse de Manny lorsqu'ils se retrouvèrent à leur réunion quotidienne du lendemain matin. Il passa la paume de sa main sur ses cheveux lissés en arrière, les plaquant soigneusement sur son crâne chauve. « Si vous voulez mon avis, je crois que l'ambassadeur aurait été tout aussi heureux si vous vous étiez contenté de refermer le coffre et de poursuivre votre inspection. »

Manny étouffa un bâillement. « La règle est très stricte. On trouve un coffre-fort ouvert, on poste un garde à côté, on en informe l'ambassadeur, on charge le responsable du coffre de faire l'inventaire de son contenu et on remplit un rapport d'"Infraction à la sécurité". »

Inkermann tapota son buvard avec un crayon de papier. « Vous saviez grâce au registre du marine que personne n'était monté. »

Les mains croisées derrière la tête, Manny observa la mine du crayon d'Inkermann marteler le buvard. Inkermann s'aperçut qu'on l'observait et s'immobilisa. Manny répliqua : « Le but n'était pas de bousiller le malheureux assistant de l'attaché aux affaires politiques. Le but est de faire en sorte que cela ne se reproduise plus. Dans dix jours, chaque diplomate dans chaque ambassade au monde aura entendu parler de la carrière ruinée de son collègue et prendra garde de faire tourner le cadran de son coffre pour s'assurer qu'il est bien fermé. » Il haussa les épaules. « Enfin, bref. »

Le chef d'antenne plongea la main dans son bac à courrier et fit glisser les plis des télex entre ses doigts épais. Il trouva enfin l'article qu'il cherchait. « Votre temps touche à sa fin, Manny. Votre remplaçant est attendu dans le courant de la semaine prochaine. Vous resterez un mois, histoire de lui montrer les ficelles. Puis nous ferons une fête en votre honneur au restaurant *Prague*, nous vous remettrons une montre avec une inscription citant votre carrière longue et distinguée, et nous vous conduirons à l'aéroport. Avez-vous réfléchi à la manière dont vous allez passer votre retraite ? »

Une lueur apparut dans le regard de Manny. « Peut-être que je lirai des livres. Peut-être que j'en écrirai.

— On ne dirait pas que nous étions du même bord pendant toutes ces années.

— Du même bord, vraiment ? »

Inkermann secoua la tête avec dégoût. Manny se détendit sur son fauteuil. « Je voulais vous demander quelque chose... »

Le chef d'antenne planta une cigarette en plastique entre ses lèvres et commença à en mordiller l'extrémité. « Demandez vite. J'ai un neuf heures trente qui doit arriver dans un instant.

— C'est au sujet de Benedict Bassett.

— Oui. Et alors ?

— C'est au sujet de son travail dans votre salle des rubans.

— Vous allez finir par vous salir les oreilles à force de les coller au plancher.

— Admettez tout de même que c'est curieux, un intendant qui s'enferme plus ou moins régulièrement dans votre salle des rubans. Qu'y fait-il alors ? »

Inkermann commençait à apprécier le tour que prenait la conversation. « Pour ce que j'en sais, il se masturbe devant des photos qu'il garde dans son coffre. »

Manny ne rit pas. « Bassett prétend qu'il chiffre les rapports des Sept Nains à l'aide de codes qu'il garde dans le coffre que vous avez mis à sa disposition. Mais je ne crois pas que ce soit vrai.

— Pourquoi donc ?

— J'ai vérifié le registre des envois dans la bulle des communications. Bassett apporte bien de temps en temps un message chiffré des Sept Nains, mais pas de quoi lui prendre... », Manny tira une enveloppe de sa poche de poitrine et consulta les notes qu'il avait prises au dos, « neuf heures et demie, ce qui est le temps qu'il a passé là-haut la semaine dernière, par exemple, pour chiffrer les cinq messages qu'il a envoyés.

— Il est peut-être très lent, suggéra Inkermann.

— Ou peut-être qu'en fait il travaille pour la Compagnie, répliqua Manny.

— Il n'est pas de la Compagnie, répondit catégoriquement Inkermann.

— Alors peut-être qu'il travaille pour vous et que vous faites cavalier seul. »

Inkermann se leva pour signifier que leur entretien touchait à sa fin. « Comme je vous l'ai dit, votre remplacement nécessitera quatre semaines de cohabitation avec votre successeur, après quoi vous repartirez pour les États-Unis. Je vous prie de considérer comme officielle cette notification de transfert imminent de responsabilités et de préparer toutes les formalités nécessaires. »

Tout en se dirigeant vers la porte, Manny lâcha: « Merci de votre aide.

— Pas de quoi », répliqua Inkermann. Il ne put réprimer un ricanement avant d'ajouter : « N'hésitez pas à demander si je peux faire quelque chose pour vous.

— Je n'y manquerai pas », grommela Manny avant de claquer la porte.

*

La dernière fois que le flair de Manny s'était emballé, il avait découvert qu'un marine qui aurait dû être de garde se faisait remplacer par un autre pendant que lui-même (comme on l'apprit ultérieurement) dînait, buvait et se laissait entraîner à la débauche sexuelle par un agent russe des plus lascifs. Cette découverte avait permis de déjouer une opération soviétique visant à infiltrer l'ambassade.

Pour l'instant, alors qu'il attendait près des boîtes aux lettres dans le grand hall de l'ambassade, Manny sentit son flair s'exciter à nouveau. Il est vrai qu'il passait la plupart de ses heures de veille à traiter les éventualités comme des probabilités, et la plupart de ses heures de sommeil à convertir les probabilités en cauchemars. Mais pour quel responsable de la sécurité d'une ambassade en allait-il autrement? Envisager chaque cas comme étant toujours le pire devenait une maladie professionnelle. Il se répéta qu'il ne lui restait plus qu'un mois à tirer avant que ce qui devait arriver n'arrive sous la responsabilité de quelqu'un d'autre.

Cette pensée ne fut qu'une piètre consolation pour un vieux pro comme Custer.

À six heures vingt, il aperçut Benedict Bassett qui traversait d'un pas vif la cour située derrière l'ambassade puis tendait sa poche à brûler au technicien filiforme qui s'occupait de l'incinérateur. Quelques instants plus tard, Bassett faisait signe au marine de service au contrôle tout en sortant par la grande porte de l'ambassade. Manny enfila prestement son long anorak et lui emboîta le pas. Il rattrapa Bassett dans la rue.

« Eh bien, monsieur Bassett, on dirait que nous pointons en même temps pour une fois. Où allez-vous comme ça ? »

Ben parut ennuyé. « J'allais faire un tour jusqu'au *Métropole* pour prendre un verre au bar de devises avant de rentrer chez moi.

— Ça ne vous dérange pas si je fais un petit bout de chemin avec vous ? » Sans attendre de réponse, Manny se mit à marcher à côté de Bassett. « Je descends la rue Gorki pour aller à un gastronome que je connais, tout près de la place Rouge. Ils vendent des harengs de la Baltique au vinaigre qui me rappellent les harengs de ma femme. Elle les faisait mariner elle-même. J'ai perdu la recette quand elle est morte. »

La tête penchée en avant, les mains plongées dans les poches de leur manteau, Manny et Bassett dépassèrent une paysanne en pardessus militaire d'épais tissu matelassé qui vendait des bouquets de persil. « Ces Russes sont vraiment étonnants, dit Manny de son ton traînant. Un tsar comme Pierre le Grand pouvait bâtir une ville comme Leningrad afin d'ouvrir une fenêtre sur l'Occident et assassiner ensuite son propre fils. Une tsarine comme la Grande Catherine pouvait flirter avec le libéralisme français du XVIIIe puis assassiner son mari.

— On dit qu'il y a deux côtés à la Russie, fit remarquer Ben. Tout est exactement comme il semble que ce soit… mais l'inverse est vrai aussi. Voznessenski a composé un poème à ce sujet qui s'intitule *Antimondes.* » Il coula un regard vers le chef de la sécurité. « De toute évidence, vous aimez les Russes sinon vous n'auriez pas pris la peine d'étudier leur histoire.

— Je les aime bien, mais je ne me fie pas à eux, monsieur Bassett. Je casserais la croûte avec eux et je les laisserais couper la miche en deux, mais, comme disent les paysans, je veux choisir mon morceau en premier. » Manny haussa les épaules. « Enfin bref. »

Ils arrivèrent au niveau d'un magasin d'articles de pêche. « Êtes-vous pêcheur, monsieur Bassett ?

— Pêcheur ?

— Aimez-vous la pêche ? » Manny poussa Ben vers la vitrine. « Tenez, faisons un peu de lèche-vitrines. Les Russes fabriquent des cannes à pêche assez légères maintenant. Si vous allez à la campagne, vous trouverez des mouches artisanales à tomber par terre. » Manny paraissait véritablement intéressé par certaines des cannes et certains des moulinets de la vitrine, expliquant ce qui convenait pour la pêche fluviale ou pour la pêche en mer. Lorsqu'ils se remirent à descendre la rue Gorki, Manny déclara : « C'est juste après la révolution bolchevique que Lénine posa cette question : Que faut-il donner à ceux qui meurent de faim, du poisson ou des cannes à pêche ? Vous avez un avis là-dessus, monsieur Bassett ?

— Les deux. »

Manny ne put s'empêcher de rire. « Vous évitez d'avoir à faire un choix.

— Oui, sûrement. »

Ils arrivèrent au gastronome où la queue sortait du magasin pour s'étirer sur le trottoir. « C'est ici que nos chemins se séparent, commenta Manny. Merci de m'avoir tenu compagnie.

— Vous avez fait presque tous les frais de la conversation.

— Mais vous avez écouté avec juste ce qu'il fallait d'attention », répliqua Manny avec un sourire crispé.

Cherchant à dissimuler son soulagement de voir que Custer n'allait pas l'accompagner plus avant, Ben descendit encore la rue Gorki et disparut bientôt dans la foule. Manny le regarda s'éloigner puis s'écarta de la queue et se dirigea vers la bouche de métro la plus proche afin de regagner son appartement, dans le complexe situé en face de l'hôtel *Oukraïna*, sur Koutouzovski Prospekt.

*

Tout en faisant tinter ses habituels glaçons contre les hautes parois du verre qui contenait une double ration de son scotch habituel, Manny contempla par la fenêtre la vue de la ville qui s'offrait à lui. En bas, des foules de silhouettes sombres emmitouflées dans des couches de vêtements traversaient la neige sale de Koutouzovski Prospekt zébrée de traces de pneus. Une moto jaune sale flanquée d'un side-car jaune sale remonta bruyamment la rue en pétaradant tous les quelques mètres. De l'autre côté du large boulevard, de longues files d'acheteurs sillonnaient les sols couverts de sciure des magasins brillamment éclairés dont, Manny le savait bien, les épais rayonnages de verre n'avaient pourtant pas grand-chose à proposer. Le regard de Manny se concentra sur son propre reflet dans la vitre et il aperçut l'amer sourire de satisfaction qui flottait sur ses lèvres.

C'était vrai ce qu'on disait sur lui, à savoir qu'il collectionnait les détails comme d'autres collectionnent la poussière dans les revers de leurs pantalons, quand les pantalons avaient encore des revers.

Un : Alors qu'il s'éloignait de l'ambassade avec Bassett, Manny avait observé du coin de l'œil la paysanne à l'épais pardessus militaire matelassé qui vendait du persil. Il l'avait vue lever un bouquet de persil au moment où ils passaient ; il avait vu une jeune femme portant un sac à l'insigne d'une compagnie aérienne se détacher de la queue pour se mettre à marcher à vingt pas derrière eux ; il l'avait vue se retourner un brin trop rapidement vers la vitrine d'un magasin de pièces détachées automobiles d'occasion lorsque Bassett et lui s'étaient arrêtés devant les articles de pêche. Sans doute avait-elle remarqué le coup d'œil nonchalant de Manny pardessus son épaule et sans doute s'était-elle rendu compte qu'elle n'avait pas l'air de quelqu'un qui s'intéresse aux pièces détachées automobiles d'occasion car elle avait retiré sa toque de fourrure et en avait abaissé les rabats avant de la remettre sur sa tête. Quelques instants plus tard, elle s'était évanouie dans une rue latérale tandis qu'une auto brun sale se garait le long du trottoir d'en face de la rue Gorki. Un homme grand portant un pardessus à col de fourrure en était sorti. Il avait descendu la rue Gorki en restant à leur niveau pendant un certain temps, puis s'était lui aussi écarté dans une petite rue pour être remplacé, si l'instinct de Manny ne l'avait pas trompé, par un jeune couple qui marchait enlacé.

Manny, qui avait organisé son compte d'opérations de surveillance lors de ses affectations successives en Turquie, savait reconnaître des professionnels en action quand il en rencontrait. Bassett, ou lui-même, était suivi par une équipe très expérimentée qui ne ménageait ni sa peine ni les frais pour essayer de ne pas se faire remarquer.

Deux : Pour rentrer chez lui, Manny avait d'abord pris la ligne de métro à contresens puis avait traîné dans la station non loin de Koutouzovski Prospekt, était entré dans un magasin de spiritueux près de l'hôtel *Oukraïna*, en était sorti par une porte dérobée et avait regagné le boulevard par une petite rue pour vérifier si quelqu'un l'attendait devant le magasin.

Personne ne l'attendait, ce qui signifiait que c'était Bassett, et non lui, qui était suivi.

Trois : Alors qu'il se baladait dans le nouveau complexe administratif de l'ambassade, plus tôt cette même semaine, Manny était tombé, par terre devant la poste, sur un paquet du grand magasin Stockman d'Helsinki adressé à Benedict Bassett. Manny vérifia le reçu fixé au tableau d'affichage et découvrit que Bassett avait commandé une veste en denim molletonnée. Ce qui était intrigant, c'était la taille : onze ans.

Quatre : Lors d'une vérification de routine des registres téléphoniques de l'ambassade, Manny avait remarqué un message pour Bassett. « Pourrait-il, je vous prie, retrouver Z devant musée Pouchkine à 4 heures », disait le message. « Juste Z ? » avait demandé Manny au standardiste qui avait pris le message. « Si elle avait donné un nom, j'aurais noté un nom », avait répliqué le standardiste avec emportement. « Elle ? » avait insisté Manny. « Elle », avait confirmé le standardiste. « Cette Z était-elle américaine ? » s'était enquis Manny avec une politesse exagérée. « Je n'en sais rien, avait répliqué le standardiste. Elle parlait très lentement et son anglais était très précis. Pour être honnête, je ne pourrais pas vous dire si elle avait un accent. » Manny avait relu le message sur le registre. « Pourrait-il, je vous prie, retrouver Z devant musée Pouchkine à 4 heures. » « Vous êtes sûr qu'elle n'a pas dit "le" musée Pouchkine ? — Si elle avait dit "le musée Pouchkine", j'aurais écrit "le musée Pouchkine" », avait répondu le standardiste avec humeur.

Cinq : Manny n'avait rien d'un grammairien, mais il connaissait assez le russe pour savoir qu'il n'y avait pas d'article dans cette langue. Et il avait remarqué que les Russes qui parlaient une langue étrangère avaient tendance à oublier l'article défini et à dire, par exemple, « musée Pouchkine » au lieu de « le musée Pouchkine ». Ce qui signifiait que si le standardiste avait réellement transcrit le message mot pour mot, il y avait beaucoup de chances pour que la Z qui voulait rencontrer Bassett soit une Russe parlant anglais.

Manny émit un de ses ricanements gutturaux qui n'exprimaient aucune gaieté. Ce rire se mua en une petite toux sèche. Il avait dû subir des examens médicaux avant d'être envoyé à Moscou. Un médecin du service diplomatique lui avait fait peur au point de le convaincre de renoncer aux cigarettes après avoir fumé deux paquets par jour pendant trente-cinq ans de sa vie. Peu à peu, la toux avait diminué. Manny se souvint que le médecin avait essayé de lui faire renoncer à l'alcool aussi. Il était content d'avoir résisté. Tout en serrant son double scotch et en contemplant l'obscurité qui s'épaississait, Manny commença à tracer les contours d'une théorie qui tiendrait compte des diverses particules de poussière recueillies dans les revers de son pantalon. Le résultat semblait trop fou pour être convaincant. Puis il se rappela une sage observation qu'il avait relevée dans un livre, l'été précédent. La remarque était du physicien Niels Bohr et s'adressait à un jeune collègue.

« Votre théorie est folle, avait dit Bohr. Mais pas assez. »

16

Le lendemain, pendant la pause du déjeuner, Ben se précipita au restaurant *Prague* pour un buffet donné en l'honneur d'un des Sept Nains qu'on rappelait à Washington. « Je ne peux pas dire que je sois désolé de passer la main », disait joyeusement le Nain, capitaine du corps des marines, à son remplaçant, un capitaine de corvette nommé Pierce que Ben était allé chercher la semaine précédente à l'aéroport.

« Cela fait combien de temps que vous êtes en poste ici ? demanda le capitaine de corvette.

— Dix-huit mois, deux semaines et quatre jours, ce qui fait dix-huit mois, deux semaines et quatre jours de trop. » Les autres Nains et leurs épouses acquiescèrent sombrement.

La femme du capitaine des marines s'empara d'un canapé au saumon sur un plateau d'argent que portait un serveur. « Faites ce que vous voulez, mais ne mettez pas les pieds dans leurs salons de coiffure... à moins bien sûr que vous ne vouliez vous retrouver avec des cheveux comme ceux-ci. » Elle passa les doigts dans ses boucles décolorées complètement desséchées. « Leurs permanentes ont tendance à être réellement permanentes. »

L'ambassadeur, qui en était à sa quatrième vodka, adressa un signe à Ben. « Si vous me donnez la montre, je vais pouvoir mettre fin à tous les malheurs de notre ami », lui dit-il à mi-voix. Ben lui tendit le paquet cadeau qu'il avait fait venir des magasins Stockman. L'ambassadeur fit alors tambouriner un couteau contre une bouteille de vodka. « Mesdames et messieurs, si le rang confère certains privilèges, l'un d'eux est très certainement d'avoir à transmettre le "Merci et bon vent" officiel aux collègues qui partent pour des climats plus cléments. » Il se retourna pour s'adresser directement au marine qui allait les quitter. « Capitaine, vous vous êtes acquitté d'une mission pénible avec compétence et persévérance. Vous vous êtes révélé fort bon arbitre lors des parties de base-ball de notre ligue Junior. Vous vous êtes montré de fort agréable compagnie aux apéros du *Sam's*. Mais vous resterez surtout dans notre souvenir pour avoir lessivé tous ceux qui se sont présentés à la partie de poker rituelle du jeudi soir. »

Manny Custer, qui ne ratait jamais une occasion de trinquer, leva son verre en direction du capitaine des marines. « Pour paraphraser Winston Churchill, grasseya-t-il d'une voix qui provenait du fond de sa gorge, jamais auparavant tant d'hommes n'ont dû autant à un seul homme. Enfin, bref. »

Les Nains et leurs hôtes rirent avec amabilité. L'ambassadeur, qui faisait la tête de s'être ainsi fait ravir la vedette, remit le cadeau d'adieu à l'officier.

« Quelque chose me dit que c'est une montre », annonça le capitaine des marines en déchirant le papier d'emballage. Il ouvrit la boîte et en tira une Rolex en acier inoxydable qu'il tendit à bout de bras. Tout le monde applaudit.

« Lisez l'inscription », lui lança la femme de l'ambassadeur.

Le capitaine regarda l'envers de la montre à la lumière. « AR.M.W., de la part de ses amis de Moscou. »

Tout le monde applaudit encore. Le capitaine des marines ôta sa propre montre pour glisser la Rolex à son poignet. « Bon, eh bien, je voudrais que vous sachiez tous combien Helen et moi... »

À la lisière de l'assemblée, Ben consulta sa propre montre et quitta rapidement la réception. Il descendit précipitamment au vestiaire et tendit son ticket à la préposée derrière son comptoir. Elle revint un instant plus tard avec son chapeau et son manteau en mouton retourné. Alors qu'il enfilait le manteau, il bouscula une femme au nez cassé, légèrement dévié et animé de taches de rousseur. Elle avait des yeux immenses obscurcis par la peur et serrait contre elle un châle ouzbek de couleurs vives à franges qui drapait les épaules de son manteau.

« Excusez-moi », dit Ben d'une voix très douce.

La femme sourit nerveusement tandis qu'il s'écartait. Lorsqu'il eut disparu par la porte d'entrée du restaurant, Aïda fouilla dans les plis de son châle et trouva l'enveloppe fermée qu'il y avait glissée. Elle la mit dans son sac à main et sortit sans attendre dans la rue. Une demi-heure plus tard, elle poussait la porte d'un immeuble d'avant guerre des monts Lénine. S'arrêtant à chaque palier pour s'assurer qu'elle n'était pas suivie, elle monta jusqu'au sixième étage, où il était possible de passer dans une autre aile du bâtiment, puis descendit un escalier qui empestait l'urine jusqu'au troisième étage avant de presser le bouton de sonnette en plastique qui se trouvait près de la porte où figurait le numéro 310.

La porte s'ouvrit instantanément, comme si on l'attendait. Un jeune homme au visage en forme de poire et aux dents noircies par le tabac, vêtu d'un pardessus et d'une grosse écharpe tricotée autour de son cou maigre, l'attira à l'intérieur de l'appartement et referma la porte derrière elle. « Vous avez les documents ? » demanda-t-il.

Aïda remarqua immédiatement que la pièce n'était pas chauffée. Elle n'était éclairée que par une ampoule nue en guise de plafonnier. Il y avait un grand miroir sur un mur, près d'une double porte fermée, et un poste de télévision dans un coin — celui-là même sur lequel on lui avait montré la bande de ses ébats avec Benedict. Près d'une petite cuisine, il y avait une table de bois recouverte de carrés de Formica ainsi qu'une douzaine de chaises de cuisine en bois, toutes dépareillées. Une bouilloire sifflait sur le fourneau. « Vous avez les cachets ? » demanda Aïda.

L'homme sortit un petit sachet de papier brun de la poche de sa veste. Aïda le fixa du regard et commença à reculer vers la porte.

« Ne soyez pas stupide », lui dit l'homme, comme s'il lisait dans ses pensées ; comme s'il avait reconnu dans ses yeux affolés le regard fixe de l'oiseau prêt à prendre son vol.

Aïda sortit l'enveloppe de Ben de son sac mais ne put se résoudre à la lui remettre ; ne put se résoudre à franchir le pas. L'homme résolut le dilemme en s'approchant et en lui prenant l'enveloppe des mains. Il la soupesa dans sa paume, l'ouvrit du bout de l'index et en extirpa une simple feuille de papier qu'il entreprit de lire. Apparemment satisfait, il lui lança le sachet. Ses doigts travaillant avec précipitation, Aïda l'ouvrit et entreprit de compter les cachets. Puis elle serra le châle autour de ses épaules, comme s'il s'agissait d'une sorte d'armure, et tendit la main vers la poignée de la porte.

« Vous arriverez à court de médicaments mercredi soir, l'avertit l'homme. Revenez ici deux jours avant, entre trois et quatre heures de l'après-midi. Et ne parlez de ceci à personne. »

Aïda se retourna. Elle dépassait l'homme aux dents noircies par le tabac d'une bonne tête et, pendant un instant, elle s'imagina en train de le coincer contre un mur et de lui cogner le crâne dessus. La vision se dissipa et elle lui demanda: «Me donnerez-vous d'autres cachets?

— Nous vous dirons ce que nous voulons en échange d'autres cachets», lui annonça l'homme.

*

Le col de mouton qui lui réchauffait l'âme relevé sur son cou, les rabats de sa toque d'astrakan baissés sur ses oreilles, Viktor poussa la double porte de la pièce juste après le départ d'Aïda. Le capitaine Krostine apparut derrière Viktor et entreprit de faire du thé. Frolov tendit à Viktor la feuille de papier qu'il avait arrachée aux mains d'Aïda. Viktor la lut en hochant la tête puis il tendit la main pour serrer celle de Frolov. «J'ai vu toute la scène par le miroir, dit-il. Vous avez magnifiquement manœuvré la Zavaskaïa.

— Ce que l'Américain nous a donné est bien sûr sans valeur, commenta Frolov.

— Il fallait s'y attendre, lança Krostine depuis la toute petite cuisine.

— Sa conception d'un itinéraire se résume à une liste des régions qu'ils projettent de visiter, sans la moindre date», fit remarquer Frolov.

Krostine aligna trois gobelets de cuisine et versa dans chacun une cuillerée de confiture du commerce. «Comment le colonel prend-il son thé? demanda-t-il à Viktor.

— Sale, comme de l'eau de vaisselle», répondit Viktor. Frolov, habituellement très réservé, se permit un sourire. «L'important, reprit Viktor en posant un bras autour des épaules de Frolov pour l'entraîner vers la table, c'est qu'il nous a donné cette liste au lieu d'aller voir Custer, leur officier de sécurité.»

Krostine rinça la théière avec de l'eau bouillante pour la réchauffer puis vida l'eau, mit quatre cuillerées de thé et remplit la théière avec le reste de l'eau bouillante.

Ils parlèrent boulot pendant quelques minutes. Il fallait régler quelques factures avec la caisse des frais divers, faire tourner les équipes de surveillance dans et hors de Moscou, rédiger un rapport pour le vieux général. « Quel coup de veine nous avons eu, ce gosse qui a une leucémie et qui a absolument besoin de son médicament », commenta Krostine. Viktor se laissa tomber avec lassitude sur une chaise devant la table et sortit un paquet de biscuits secs de la poche de son pardessus. Il passa deux biscuits à chacun de ses deux jeunes chefs de service. Krostine remplit à moitié les gobelets d'un thé trouble. Viktor fit vaguement comprendre qu'il plaisantait quand il avait dit qu'il prenait son thé sale comme de l'eau de vaisselle. Il remua le breuvage jusqu'à ce que la confiture soit dissoute puis saisit son gobelet par le bord, le porta à sa bouche et en aspira bruyamment une gorgée.

Krostine l'observait avec anxiété. Viktor but une autre gorgée. « Je pense très sérieusement que c'est le pire thé que j'aie jamais bu de toute ma vie », déclara-t-il.

L'ombre d'un sourire flottait sur les traits de Viktor lorsqu'il fit cette déclaration. Le chef de la Deuxième Direction générale du K.G.B. n'avait pas du tout l'air de souffrir.

17

Ils se retrouvèrent brièvement le lendemain après-midi, dans un café enfumé de l'Arbat bondé d'ouvriers d'une usine de conserve voisine, mais passèrent la majeure partie des vingt minutes qu'ils restèrent ensemble à regarder par-dessus l'épaule de l'autre. Maintenant qu'ils savaient qu'ils avaient été suivis, il leur semblait que tout ceux qui s'intéressaient à eux, de même que ceux qui ne s'y intéressaient pas, étaient des agents du K.G.B. Voûté au-dessus de deux tasses de café insipide servies sur une minuscule table ronde, Ben mémorisa la peur qui brillait dans les yeux d'Aïda lorsqu'elle lui raconta ce qui s'était passé dans l'appartement qu'elle qualifiait de Géhenne et qu'il appelait tout simplement une planque. Elle avait reconnu la voix de l'homme qui lui avait ouvert la porte ; c'était celui qui lui avait dit d'une voix lasse « Vous baisez comme un animal » la première fois qu'elle avait été conduite là-bas. Oui, il avait eu l'air satisfait des informations que Ben avait fournies ; oui, il lui avait donné assez de cachets pour que Saava puisse tenir jusqu'à mercredi soir ; oui, il lui donnerait d'autres cachets, mais seulement quand elle aurait fourni d'autres informations. « Mon cher amour, gémit-elle, quand cela finira-t-il ? Et qu'adviendra-t-il de nous si je t'oblige à trahir ton pays ? »

Il n'avait pas de réponse à lui offrir, ni dans le café cet après-midi-là, ni plus tard dans la semaine, lorsqu'ils passèrent la nuit ensemble (Vadim s'occupait de Saava et du père d'Aïda), dans l'appartement d'une amie d'Aïda qui était partie à Sotchi. Aïda, l'air fatiguée, vieillie, fit cuire mécaniquement du foie que Ben avait acheté au gastronome diplomatique (elle en avait mis deux tranches de côté pour Saava et son père). Mais, le moment venu de manger, elle s'aperçut qu'elle avait perdu l'appétit. Pour ce qui se trouvait dans son assiette. Pour l'assaut physique de cette frontière sacrée dont Akhmatova disait qu'elle ne pouvait être franchie. Pour la vie en général. « Alors, il m'est difficile de croire que tout cela arrive vraiment », avoua Aïda. Elle était couchée dans les bras de Ben, sur le lit. Ses longs cheveux blonds sale étaient restés tressés et ils avaient tous deux conservé leurs vêtements, comme s'ils craignaient d'exposer leurs corps nus devant l'objectif d'une caméra cachée.

Ben, de son côté, passait sans cesse de l'optimisme à la morosité. Il y avait des moments où il s'enfonçait tant dans ses pensées qu'Aïda devait répéter son nom à plusieurs reprises pour obtenir son attention. Les quelques fois où Aïda insista un peu, il prétendit espérer qu'on allait bientôt les rejeter à l'eau, tel du menu fretin, lorsqu'elle leur aurait livré trois ou quatre enveloppes ; les gens qui les faisaient chanter finiraient bien par s'apercevoir à quel point Ben n'avait qu'un accès limité aux secrets, et ils laisseraient tomber leur opération de pénétration. Aïda ne le croyait qu'à moitié ; croyait à moitié que tout cela se terminerait comme tous les cauchemars dont elle se souvenait : elle se redresserait brusquement, couverte de sueur froide, surprise et soulagée de voir que tout cela n'avait été qu'un mauvais rêve.

Le lendemain matin, dans un auditorium d'usine

glacé, Aïda dit quelques-uns de ses poèmes devant des dizaines de femmes en blouse bleue. Deux jours plus tard, elle donna un autre récital devant une assemblée de femmes en blouse blanche dans l'amphithéâtre d'une clinique de banlieue. Les deux lectures furent des fiascos. La tête ailleurs, ses doigts martelant le bord du lutrin, elle récita ses poèmes sans enthousiasme, oublia des vers, commençait une explication sur les origines d'un poème puis perdait complètement le fil et finissait par fixer l'assemblée d'un regard vide. Les femmes de l'amphithéâtre commencèrent à s'agiter nerveusement sur leurs sièges, échangèrent des regards et se mirent à chuchoter entre elles. Après le deuxième récital, Aïda prit le métro pour aller remettre à l'autre bout de la ville un nouveau poème au rédacteur en chef de *Novyï Mir*, qui lui demanda si quelque chose n'allait pas quand elle accepta sans protester d'y supprimer l'expression « cycle menstruel ».

Chez elle, ce soir-là, Aïda regarda Saava faire son devoir d'histoire sur la table de la cuisine. « Est-ce que c'est vrai, Aïda, que le président des États-Unis d'Amérique Truman voulait soutenir le perdant quel qu'il soit juste pour faire durer la Grande Guerre patriotique ? Qu'il nous a envoyé du matériel militaire tant que nous perdions mais qu'il a commencé à en envoyer aux nazis quand nous nous sommes mis à gagner ? »

Aïda, l'esprit ailleurs, regarda Saava d'un air absent. Elle ne se sentait pas l'énergie de corriger ses dires. « Mange ce qu'il y a dans ton assiette et va dans ta chambre », marmonna-t-elle.

Plus tard, incapable de dormir, Aïda ouvrit doucement la porte de la chambre de son père et jeta un coup d'œil à l'intérieur. Saava était agenouillé près du fauteuil de rotin et arrangeait la couverture surpiquée pour qu'elle recouvre bien le vieux pantalon militaire tandis qu'il restait assis, immobile, à scruter la rue à travers les deux panneaux de la double fenêtre. « Qu'est-ce que tu attends depuis toutes ces années, grand-père ? » entendit-elle l'enfant chuchoter.

Le vieil homme leva une main mutilée pour frotter la barbe qu'il avait au menton. Il se racla la gorge et dit, d'une voix très claire : « Les Cosaques.

— Les Cosaques ? » Voyant que le vieil homme ne répondait pas, Saava, les yeux écarquillés par l'étonnement, demanda : « Et tu en as déjà vu ?

— Les Cosaques, c'est nous.

— Nous ? »

Le vieil homme poussa un grognement. « Nous. »

De retour dans sa chambre, Aïda tira une chaise jusqu'à la fenêtre et s'assit dessus pour observer la rue. Elle vit un homme sortir d'un immeuble avec un petit chien sous le bras. Il le déposa dans le caniveau et le pressa doucement du pied pour qu'il se décide à se soulager contre un pneu. Elle perçut le grondement de moteur du dernier bus de la soirée lorsqu'il franchit le carrefour au bas de la rue. Elle vit une voiture se garer le long du trottoir d'en face et appuya la tête contre la vitre froide en voyant que personne n'en descendait. Elle sentit la tension sourdre à l'intérieur de son front ; une migraine devait se tenir tapie derrière ses paupières. Puis une femme sortit enfin de la voiture et, après avoir salué gaiement le chauffeur, pénétra d'un pas vif dans l'immeuble. La voiture s'écarta lentement du trottoir. Soulagée, Aïda s'appuya contre le dossier de sa chaise. Un silence creux auquel l'absence de bruit semblait donner de l'écho s'installa dans la rue déserte. Dans ce silence, Aïda entendit une voix lointaine poser une question. Ce ne fut que lorsqu'elle formula une réponse qu'elle se rendit compte que la conversation se déroulait en fait dans sa tête.

Décris ta dernière arrestation.

Ils ne m'ont pas vraiment arrêtée. Il n'y avait ni thé ni gâteaux. Ils m'ont fait asseoir sur une chaise et m'ont montré un film où je baisais comme un animal.

Quelles conclusions en as-tu tirées ?

L'objet d'une relation est le chantage.

Quelles sont les denrées les plus rares dans la mère patrie ?
Les ampoules électriques. Le savon. Le papier hygiénique. L'espoir.

Quelles sont les denrées les plus abondantes ?

Les feuilles mortes.

Les feuilles mortes ?

Les feuilles mortes. Oui.

Je ne suis pas sûre de bien te suivre.

...

Penses-tu que ce soit possible ? D'aimer un homme au point de commencer à le haïr de compliquer ainsi ta vie ?

J'ai peur d'arriver au bout de mes larmes contenues.
J'ai peur de perdre ma poésie.

Tu évites la question.

Alors : je n'évite pas la question.
C'est la réponse que j'évite.

*

Effectuant mécaniquement toutes les tâches d'intendance qui lui incombaient, Ben mit l'épouse du nouveau Nain au courant. Il guida Mme Pierce dans les couloirs décrépits de l'ambassade afin qu'elle sache où s'adresser quand elle voudrait des coupons d'essence ou des billets pour le Bolchoï. Il prit toutes dispositions auprès du bureau général de l'ambassade pour lui obtenir une femme de ménage et un professeur de russe. Il la fit inscrire à la vidéothèque du nouveau complexe administratif. Il l'emmena même à la réserve de l'ambassade pour y prendre un grille-pain, un four à micro-ondes et une couverture électrique. Et pendant tout ce temps, les pensées se bousculaient dans sa tête.

Il avait souhaité faire la connaissance d'une Russe à Moscou, il avait même souhaité pouvoir avoir une liaison avec elle. Mais il ne s'était pas préparé à Aïda ; il avait cru que les méchantes blessures infligées par son divorce, la perte de la garde de son fils, l'immuniseraient efficacement contre le risque de tomber sur quelqu'un comme Aïda. Qu'y avait-il en elle qui touchait ainsi une corde sensible, qui l'attirait comme la Russie elle-même l'attirait à travers la semelle épaisse de ses chaussures ? Avant d'avoir dormi avec elle — avant d'avoir connu la part d'elle qui était audacieuse, mauvaise et joyeuse — il l'avait crue tourmentée et traquée, mais il savait à présent qu'il y avait en elle davantage que cela ; bien davantage. Ben commençait à comprendre que le fait d'être poète en Russie impliquait beaucoup plus que l'écriture de poèmes ; que le langage de son corps était intimement lié à ce qu'elle découvrait dans les espaces entre les mots.

*

La réunion avait été présentée avec humour comme un mini-mini-sommet. L'affaire avait pris suffisamment d'importance pour que le vieux général y préside en personne. Viktor, la goutte lui picotant les orteils, était installé d'un côté de la longue table de chêne avec ses deux chefs de service, Frolov et Krostine par ordre décroissant. Les deux vénérables analystes attachés au secrétariat du général leur faisaient face, de l'autre côté de la table.

« Nous avons opéré en suivant les règles de base habituelles », expliquait à l'adresse du général la plus jeune des deux analystes, une femme entre deux âges qui s'appelait Olga Glebova. Elle avait un visage maigre, des yeux globuleux et un nid de cheveux décolorés, très raides, posé sur le sommet du crâne. Elle s'exprimait avec une lenteur abominable, comme si les mots avaient été les pierres d'un gué et qu'il lui fallût laborieusement passer de l'une à l'autre pour gagner l'autre rive sans se mouiller les pieds. « C'est-à-dire que l'on ne nous a pas dit d'où venaient ces documents. Nous avons eu pour instruction de les évaluer sans la moindre référence à leurs origines. » Se servant de la partie inférieure de ses lunettes octogonales à double foyer, Glebova étudia ses notes manuscrites tandis que les doigts atrophiés du général frappaient les secondes sur la table.

Glebova trouva ce qu'elle cherchait. « Les documents ont été apparemment obtenus, comme vous le savez mais comme nous le devinons, en quatre lots. Dans le premier lot, des personnes anonymes allant par groupes de deux ou trois se rendent en train, en avion ou en voiture dans diverses régions d'Union soviétique. Ils effectueront dans ces régions des séjours de deux à cinq jours. En complétant cette information très sommaire par les données qu'ont interceptées nos micros dans des appartements... »

Le grand analyste N. Fillipov, confrère de Glebova, finit par s'impatienter et termina la phrase à sa place : « ... nous avons pu établir que le lot numéro un correspond effectivement à un itinéraire succinct destiné aux sept membres de l'unité américaine de Contrôle de la limitation des armements. »

Le général se pencha en avant. « Mais cela nous donne-t-il des informations que nous ne possédions pas déjà ? »

Fillipov, homme d'âge mûr au visage dur, vêtu d'un complet trois-pièces à fines rayures de fabrication hongroise d'une taille trop petit pour sa corpulence un peu forte, secoua précautionneusement la tête, comme s'il craignait de décoiffer ses mèches prématurément grises. « Notre service prédit l'itinéraire des équipes d'inspection américaines depuis le début de leur fonctionnement — quelquefois à partir de réflexions que les inspecteurs adressent à leur femme, quelquefois à partir de leurs achats de vêtements ou de guides touristiques, quelquefois à partir des horaires de trains ou d'avions qu'on entend l'intendant réclamer auprès du service voyages du premier étage de l'ambassade. » Fillipov haussa des sourcils blancs et touffus qui saillirent comme un auvent au-dessus de ses yeux. « Prenons par exemple le dernier voyage mentionné par le prétendu itinéraire que vous nous avez donné. Nous connaissions leur intention de visiter le site de missiles balistiques du désert de Karakoum depuis qu'on a surpris la femme de l'inspecteur en question dire à son mari que Khiva était célèbre pour ses tapis tissés main et lui demander s'il ne pouvait pas en rapporter plusieurs. On savait aussi que le voyage était prévu pour la fin du mois d'avril puisqu'on avait entendu l'épouse dire au téléphone à sa belle-mère que la dernière semaine d'avril n'était pas une bonne période pour qu'elle vienne visiter Moscou.

— Les informations qui semblent correspondre au lot numéro deux, intervint Glebova de son style précis et pesant, sont constituées de notes éparses rédigées en américain. En certains endroits, les phrases sont coupées, en d'autres, ce sont même des mots qui le sont. Nous en avons conclu que ce lot provenait d'une poche à brûler destinée à l'incinérateur américain. Deux fois, il y est fait mention de nains, ce qui signifie que le matériel venait très probablement de l'unité de Contrôle de la limitation des armements puisque, comme vous le savez, les sept inspecteurs américains du Contrôle des armements...

— ... sont comiquement surnommés les Sept Nains, termina à sa place Fillipov. Une fois encore, ce lot ne nous dit rien que nous ne sachions déjà — des détails sur les frais comptables du bureau, des références aux modèles de lentilles et de pellicules qu'ils utilisent pour faire des photos sur les sites, des traductions d'extraits d'articles touchant aux questions militaires parus dans nos journaux, un fragment erroné provenant peut-être d'un résumé de l'estimation mensuelle de nos missiles opérationnels. Rien de très passionnant.

— Le lot numéro trois, reprit Glebova, contient les états de service du capitaine de corvette qui a remplacé récemment le capitaine des marines de l'unité d'inspection. »

Fillipov étouffa un bâillement. Le général adressa à Viktor un regard qui semblait dire : nos deux analystes sont tellement excités par la mine d'or que vous nous avez dénichée qu'ils ont du mal à rester éveillés. Fillipov poursuivit d'une voix morne : « Les états de service du capitaine de corvette reproduisent les informations qu'avait obtenues notre ambassade à Washington au moment où il a été nommé à Moscou.

Le capitaine de corvette est originaire d'un petit village de l'ouest de l'État de New York qui s'appelle Alfred. Sa biographie est parue dans le journal local.

— Ce qui nous amène au lot numéro quatre, reprit Glebova. Ce lot est exclusivement constitué de listes de noms de diplomates de l'ambassade américaine.

— Je dois vous dire que ce lot nous a coincés pendant une semaine, avoua Fillipov. Nous avons envisagé toutes les possibilités : que les noms aient pu être classés par certificats d'habilitation, ce qui, bien sûr, aurait pu nous être utile ; que les listes indiquaient qui avait accès à tout ou partie du territoire de l'ambassade ; qu'elles montraient comment se faisait la répartition des tâches ; qu'elles donnaient les officiers de garde la nuit et les week-ends. »

De l'autre côté de la table, Viktor fit reculer bruyamment sa chaise pour signifier qu'il en avait assez de ce petit jeu. Fillipov reçut le message. « Les listes, déclara-t-il, montrent la composition des équipes des championnats de bowling de l'ambassade. »

Respirant péniblement à cause de ses sinus enflammés, le vieux général laissa tomber un cachet orange dans un verre d'eau minérale et le regarda tomber au fond et se dissoudre. Sur un signe de tête de Viktor, ses deux chefs de service et les deux analystes rassemblèrent leurs notes et s'éclipsèrent. « Ça se voit comme le nez au milieu de la figure, marmotta le vieux général. On en apprendrait plus en lisant le *New York Times*. » Il remua l'eau gazeuse avec le manche d'une cuillère et but d'un long trait le liquide décoloré. Sa pomme d'Adam proéminente roulait sous la peau fripée de son cou lorsqu'il avalait. « Il me semble », reprit-il en se carrant sur sa chaise et en respirant par la bouche, « que vous prenez un très gros risque pour un bien piètre résultat. Ce Bassett n'est rien de plus qu'un intendant et il n'a pas accès aux informations importantes. Si l'idée lui vient d'aller pleurer dans le giron des types de la sécurité, ses seigneurs et maîtres de Washington vont faire un scandale épouvantable. Nous serons pris entre le feu des Américains et celui de nos patrons qui ne sont plus très chauds pour combattre le capitalisme international. À moins que vous n'ayez quelques arguments décisifs que je n'aie pas encore entendus, je suis d'avis de laisser l'Américain tranquille et d'interrompre l'opération. »

Viktor s'éclaircit la gorge. « Bassett est davantage qu'un simple intendant. »

Le général dévisagea son beau-fils. « Qu'est-ce qui vous le fait penser ?

— Nous savons qu'il a eu un rendez-vous avec le chef d'antenne de la C.I.A. peu après son arrivée à l'ambassade. Nous avons des raisons de croire qu'il est monté à l'antenne pratiquement tous les jours depuis. » Viktor rappela alors au général que les appareils d'écoute du Centre avaient capté la secrétaire, Mlle Macy, appelant Bassett « notre quatre heures et quart » la première fois qu'il était monté voir Inkermann, et qu'elle continuait à accueillir quelqu'un qu'elle appelait sarcastiquement « notre timide quatre heures et quart » presque tous les jours.

À supposer qu'il s'agisse bien de Bassett, qu'allait-il faire au dixième étage ? demanda le général.

« Je voudrais bien le savoir, reconnut Viktor. Nos micros le captent dans le vestibule de l'antenne lorsqu'il salue Mlle Macy, la secrétaire. Nous entendons alors celle-ci faire une remarque du genre : "Notre quatre heures et quart nous fait sa petite visite de charité au dixième ?", puis on entend une porte qu'on ouvre et qu'on referme.

— Il voit Inkermann ?

— Macy, la secrétaire, annonce toujours les visiteurs par l'interphone. Excepté lors de sa première visite, elle ne l'a jamais annoncé. J'imagine qu'il se rend dans une autre pièce de l'antenne. Environ une heure plus tard, on l'entend ressortir. Généralement, le badinage reprend. On entend Mlle Macy suggérer qu'elle ne serait pas contre être invitée à dîner ou aller voir un film. Bassett s'excuse systématiquement. C'est souvent parce qu'il a rendez-vous avec la Zavaskaïa. »

Viktor se rendait bien compte que son beau-père était tiraillé entre son instinct de prudence et son instinct de joueur. Il fit pivoter sa chaise afin de se retrouver en face de son beau-père. « Jusqu'à présent, nous n'avons jamais pu infiltrer l'antenne de la C.I.A. à l'ambassade », dit-il en dissimulant son excitation sous une façade de professionnalisme. « Si nous pouvions trouver des preuves que la C.I.A. tire avantage du climat de glasnost pour tenter des opérations contre nous, cela renforcerait le pouvoir de ceux d'entre nous qui pensent que les réformes ont affaibli notre Mère Patrie. »

Le général comprit immédiatement où Viktor voulait en venir. « Pamiat en sortirait renforcé. »

Viktor hocha prudemment la tête.

Les yeux du général se plissèrent. « Que proposez-vous ?

— Nous voulons resserrer la vis. Nous voulons mettre encore plus de pression sur la Zavaskaïa. Nous voulons qu'elle exerce à son tour davantage de pression sur Bassett. Une fois que le terrain aura été préparé, nous voulons le faire venir dans la planque pour l'interroger.

— Vous voulez lui faire subir un debriefing ?

— Nous voulons découvrir ce qu'il fait durant ces visites quotidiennes à l'antenne d'Inkermann, au dixième. »

Les doigts de la main gauche du général se recroquevillèrent lentement, de leur propre volonté. Viktor interpréta ce mouvement comme une invitation à jouer.

18

Coincé derrière une statue de bronze grandeur nature représentant une femme nue dotée de trois yeux et de trois seins, Ben relut les vers griffonnés au dos de l'enveloppe qu'Aïda lui avait glissée.

Penses-tu que ce soit possible ? D'aimer un homme
au point de commencer à le haïr de compliquer
ainsi ta vie ?

J'ai peur d'arriver au bout de mes larmes contenues.
J'ai peur de perdre ma poésie.

Tu évites la question.

Alors : je n'évite pas la question.
C'est la réponse que j'évite

Il se dressa sur la pointe des pieds, regarda par-dessus la tête des Moscovites qui tournoyaient dans la galerie en quête de champagne, de zakouski ou de quelqu'un et finit par repérer Aïda, appuyée contre une mosaïque, le pied d'une coupe de champagne dans une main, une cigarette roulée dans l'autre, entourée de tout un groupe d'hommes qu'elle gardait à distance respectueuse en leur soufflant des bouffées de fumée malodorante à la figure. Elle portait le même chapeau tambourin 1930 piqué d'une énorme plume blanche que lorsqu'il l'avait rencontrée sous les fenêtres du studio de répétition, toute une vie plus tôt. Ben avait besoin d'être seul avec elle ; pour lui souffler des déclarations de désir éternel dans le creux de la nuque, pour lui jurer solennellement qu'il n'avait pas voulu lui compliquer la vie. Jouant des coudes dans la foule qui se mouvait autour de la dernière œuvre d'une quelconque Artiste du peuple, tracteur compressé en un cube de la taille d'une petite malle, Ben chercha à attirer l'attention d'Aïda, mais elle se détourna sans l'avoir remarqué pour écouter ce que disait son ex-mari. « Lisez donc les livres d'histoire et pleurez », déclarait gaiement Vadim, qui agita sa coupe de champagne avec une telle vigueur qu'il en renversa la moitié sur sa veste de velours. « Karl Marx souffrait de pleurésie, de bronchite, d'asthme, il avait des furoncles, de la conjonctivite, le foie malade, la rate hypertrophiée, des migraines, de l'insomnie chronique, de la diarrhée chronique, des ongles incarnés, des dents pourries et un anus qui le démangeait, sûrement parce qu'il avait des vers. Freddy Engels avait un faible pour le vin et les femmes et il dépensait plus pour nourrir son cheval que ce que Karl gagnait en travaillant pour le *New York Herald*. Et ce sont ces gens-là qui nous ont donné le communisme ! »

Aïda vida le fond de sa coupe de champagne. Elle cherchait du regard un endroit où s'asseoir quand elle aperçut Ben. Il lui fit de la tête signe de le suivre. Elle bouscula un sculpteur qui faisait un discours d'ivrogne sur les événements qui allaient si vite à présent qu'il fallait se mettre à courir ne fût-ce que pour rester à l'*arrière-garde*, se fraya un chemin jusqu'au vestiaire et récupéra son manteau doublé de lainage et son étole de renard. Elle retrouva Ben qui l'attendait sur le palier, à l'entrée du grand hall. Il passa devant elle dans un couloir, ouvrit une porte, vérifia que la pièce était déserte et tira Aïda à l'intérieur. Puis il referma la porte d'un coup de pied, colla de tout son corps Aïda contre un mur, trouva ses lèvres dans le noir et l'embrassa longuement avec une telle avidité qu'elle dut se débattre pour retrouver son souffle. Ils restèrent accrochés l'un à l'autre pendant plusieurs minutes.

Enfin, Ben murmura : « Tu me hais parce que je te complique la vie.

— Je n'aurais jamais dû te donner ce poème.

— Si tu ne me détestes pas, pourquoi évites-tu de répondre ?

— Je t'aime, Benedict. Je voudrais seulement ne t'avoir jamais rencontré.

— Aïda... »

Il y eut un bruit de pas dans le couloir. On entendit quelqu'un s'arrêter devant la porte. Osant à peine respirer, Ben et Aïda se cramponnèrent l'un à l'autre, l'oreille tendue. Les pas s'éloignèrent dans le couloir.

« Ton message m'a fait peur, avoua Ben. Comment te sens-tu ? »

Elle se rappela la réponse des paysans à ce genre de question. « Mieux que demain, dit-elle avec un petit rire sec.

— Ça va si mal que ça ?

— Mon cher amour, je m'étais juré de ne rien te dire, mais je ne peux pas faire autrement. La dernière fois que j'ai transmis ton enveloppe, il ne m'a donné que les deux tiers de la dose. »

Ben ne comprit pas. « Deux tiers de la dose ?

— Saava est censé prendre soixante-quinze milligrammes de mercaptopurine-6 par jour. Il ne m'a donné que de quoi lui en administrer cinquante milligrammes par jour.

— Ils se sont trompés», répliqua vivement Ben. Mais au moment même où les mots franchissaient ses lèvres, il savait qu'ils ne s'étaient pas trompés.

Aïda se dégagea de son étreinte et se dirigea vers la fenêtre presque opaque de crasse. Elle fouilla dans son manteau pour y prendre du papier et du tabac puis se ravisa : elle n'avait pas vraiment envie de fumer après tout. Ben s'approcha dans son dos. «Tu lui as demandé pourquoi il ne t'a donné que cinquante milligrammes ? »

D'une voix très calme, elle répondit : « Il veut te voir, Benedict.

— Moi.

— Il veut te parler. »

Après un silence, il demanda : « Pourquoi ? »

Aïda haussa les épaules. « Des autres vingt-cinq milligrammes. »

Ben prit soudain conscience des battements de son propre cœur. Il s'était demandé quand ils se décideraient à mettre la main sur lui. « Il veut me voir moi au sujet des vingt-cinq milligrammes ?

— Il dit qu'il retient ce dont Saava a besoin parce que tu retiens ce dont ils ont besoin.

— Je lui ai donné tout ce que j'ai pu obtenir. »

Elle haussa à nouveau les épaules, mais d'une manière particulièrement apathique, comme si le simple fait de soulever les épaules exigeait déjà plus d'énergie qu'elle n'en avait.

Il saisit l'étole de renard et fit tourner la jeune femme afin qu'elle le regarde en face. « Je ne peux pas, chuchota-t-il avec véhémence. Il n'y aurait plus aucun espoir de s'en sortir si je le faisais — c'est une chose de les savoir en possession d'un film de nous en train de faire l'amour, c'en serait une autre de les laisser me filmer en train de parler au K.G.B. »

Aïda hocha lugubrement la tête. C'était la réponse à laquelle elle s'attendait.

Il y eut un bruit de pas précipités dans le couloir. On entendit une femme gémir : « Je t'en prie, Leonid, pas ici !

— Où alors ? demanda une voix d'homme.

— Où tu veux, mais pas ici. Que se passerait-il si mon mari ou ta femme nous voyaient partir ensemble ? »

Quand les deux personnes se furent éloignées de la porte, Aïda murmura : « Nous ne pouvons pas rester ici. »

Ben pressa une enveloppe dans la main d'Aïda. « Voilà pour la session de demain dans la planque. » Il suggéra qu'ils se retrouvent à cinq heures et demie le lendemain après-midi, à la cantine ouvrière de Krasnaïa Presnia qu'ils connaissaient déjà. « Donne-moi quelques minutes d'avance », lui demanda-t-il. Il jeta un coup d'œil dans le couloir puis se retourna pour déposer un baiser rapide sur les lèvres d'Aïda avant de s'élancer à l'extérieur.

*

Le lendemain, à la cantine, Ben acheta deux cafés et deux beignets un peu rances et alla s'installer à une table du fond. Vingt minutes passèrent sans un signe d'Aïda. Vingt minutes encore s'écoulèrent. Il introduisit quelques pièces dans le téléphone payant situé près des toilettes de la cantine et composa le numéro de son appartement. Il laissa le téléphone sonner pendant plusieurs minutes avant de raccrocher.

Une fois rentré chez lui, il s'assit dans l'obscurité avec un solide bourbon dans une main et la télécommande dans l'autre pour zapper d'une chaîne à une autre. Sur une chaîne, un membre du Comité central connu pour ses idées conservatrices était interviewé devant le mur du Kremlin. On entendait en bruit de fond l'horloge du Kremlin carillonner l'heure. « Il a ouvert la porte à un chaos indescriptible », disait le membre du Comité central au journaliste qui lui brandissait un micro sous le nez. « Seul le Parti communiste créé par Lénine possède la force, l'expérience et la discipline nécessaires pour empêcher notre pays de sombrer. » L'orateur secoua la tête avec dégoût. « Notre peuple prendra conscience un jour qu'il n'est pas le patriote qu'il prétend être. J'espère seulement qu'il ne sera pas trop tard. »

Ben passa deux chaînes qui programmaient des dessins animés et tomba sur une troisième où une équipe d'envoyés spéciaux interviewait une femme qui s'était fait hospitaliser pour une infection urinaire et avait été par erreur opérée de l'appendicite. « Notre système médical socialiste part à vau-l'eau », disait la femme au journaliste tandis que la caméra faisait un gros plan sur les points de suture de son abdomen. « On pourrait faire toutes les restructurations du monde que ça n'y changerait rien. Autrefois, on aurait collé un responsable contre un mur et on l'aurait fusillé.

— Si vous en aviez le pouvoir, ordonneriez-vous l'exécution du médecin qui a commis l'erreur ? demanda le journaliste.

— Certainement, répondit la femme sans hésiter. Il faut faire un exemple pour que les autres fassent proprement leur travail, voilà ce que j'en dis. »

Ces réflexions revinrent à l'esprit de Ben quelques jours plus tard, alors qu'il examinait le registre des codes d'Inkermann dans la salle des rubans du dixième étage. Manny Custer était dans le vrai lorsqu'il avait dit que le chaos guettait juste sous la surface de la Russie qu'il connaissait bien mais n'aimait pas particulièrement. Ben songea que les Russes jouaient avec le chaos et la violence comme on peut jouer avec une dent déchaussée à l'intérieur de sa bouche, en la faisant bouger d'avant en arrière avec sa langue tout en tirant un certain plaisir de la douleur que cela procure. Une telle attitude expliquait la lueur de fierté dans les yeux d'Aïda lorsqu'elle lui avait dit : « Quand on est russe, on associe toujours bonheur et souffrance ; on suit son cœur jusqu'à ce qu'il se brise. »

Avait-elle atteint le point où son cœur se brisait ? Avait-elle cessé de le suivre ? Cela faisait trois jours qu'il n'avait aucune nouvelle d'elle, depuis qu'elle lui avait fait faux bond à la cantine. Il avait appelé chez elle une bonne dizaine de fois — il s'était même risqué à appeler depuis son bureau — mais sans résultat.

Il fallait qu'il sache. Trop de choses en dépendaient.

Après son travail, ce soir-là, Ben fit tout ce qu'il fallait pour essayer de semer un suiveur éventuel. Il se fondit dans la foule du métro à l'heure de pointe puis sauta au dernier moment dans une rame qui allait jusqu'au terminus. À Retchnoï Vokzal, il traîna à l'intérieur de la station, lisant des pages de la *Pravda* affichées sur un panneau vitré, jusqu'à ce que tout le monde soit parti. Une fois sorti de la station, il sillonna un groupe de grands ensembles, franchit des tas de conduites de gaz rouillées qui jonchaient le sol et surgit derrière l'immeuble décrépit où vivait Aïda. Les rues étaient désertes. Il contourna l'immeuble pour arriver devant et aperçut une lumière au cinquième étage où elle habitait. Ben pénétra dans l'entrée et pressa l'interrupteur qui commandait la lumière de l'escalier B, sur sa droite, mais elle ne fonctionnait pas. Gravissant à l'aveuglette l'escalier métallique, il s'efforça de ne pas faire de bruit mais ses pas semblaient résonner dans tout le bâtiment. Dans sa tête aussi. Au cinquième étage, il franchit une porte pare-feu où un trou rond remplaçait poignée et serrure. Il colla l'oreille contre la porte d'Aïda et perçut des notes étouffées de ce qu'il lui sembla être de la musique de chambre. Il prit une profonde inspiration et frappa à la porte. Un instant passa et il frappa une deuxième fois. Des pas se firent entendre.

Une femme que Ben n'avait jamais vue ouvrit et le dévisagea.

« Je suis un ami d'Aïda Zavaskaïa », marmonna-t-il en russe.

La femme beugla : « Aïda ! » Puis elle laissa la porte entrouverte et, examinant le visiteur avec une curiosité non dissimulée, regagna la pièce qu'elle occupait.

La musique de chambre s'interrompit brusquement. Aïda apparut au bout d'un couloir étroit et sombre. Elle n'avait pas l'air surprise de le voir.

Ben referma la porte d'entrée et s'approcha d'elle. « Il fallait que je vienne. Je dois savoir si tu as cessé de suivre ton cœur. »

Traînant Ben derrière elle, Aïda retourna d'un pas morne vers sa chambre. Elle se dirigea vers la porte qui donnait sur la chambre de Saava, l'ouvrit un peu et s'écarta. Ben passa devant elle et regarda. Une lampe de chevet avec un abat-jour rouge projetait une faible lumière. Un poster d'un célèbre chanteur de rock russe était punaisé au-dessus d'un bureau. Dans le lit qu'il avait si longtemps partagé avec Vadim, Saava, agité dans son sommeil, dormait roulé en boule. Seuls sa tête et un bras dépassaient des deux couvertures et du châle ouzbek à fleurs qu'Aïda avait jetés sur son corps frêle. Sa respiration semblait régulière mais courte. Pendant un instant, Ben s'imagina voir son propre fils, Felix, roulé en boule dans son lit, son corps frêle enveloppé dans le couvre-pieds fleuri qui avait recouvert le grand-père de Ben le jour de sa mort.

« Hier, je l'ai emmené faire son bilan sanguin, murmura Aïda. Les résultats étaient... plutôt mauvais. Le taux de globules... la fonction du foie... » Le désespoir lui souleva les épaules.

Ben souffla : « Oh ! mon Dieu ! »

Aïda referma doucement la porte. Elle traversa la pièce d'un pas traînant et se laissa tomber avec accablement sur le bord de son lit. « Saava a vomi son dîner de ce soir. Il est si apathique, on dirait qu'il n'a plus d'énergie. Et puis il est si pâle. » Elle semblait se parler à elle-même. « Il faut que je l'emmène au soleil... »

Ben se dressa devant elle. « Que s'est-il passé quand tu leur as donné la dernière enveloppe ?

— Le type aux dents noircies par le tabac a lu ce qu'il y avait dedans et s'est mis à rire. Il m'a donné un autre sachet en papier. Il n'y en avait plus que pour vingt-cinq milligrammes par jour. »

Ben s'assit lourdement près d'elle, sur le lit. « Est-ce qu'ils veulent toujours me voir ? »

Aïda haussa les épaules. La réponse allait de soi.

Ben mit un bras autour de ses épaules. « D'accord, lâcha-t-il.

— Je suis complètement perdue, bredouilla Aïda. Je ne sais plus ce qui est bien et ce qui est mal dans cette histoire.

— Comment fais-tu pour les joindre entre deux rencontres ?

— Je compose un numéro. Un homme répond. Je lui donne un nombre qui correspond à l'heure du rendez-vous. Il me dit que j'ai dû me tromper de réception et il raccroche.

— Arrange un rendez-vous pour six heures demain soir.

— Tu es sûr que tu veux te lancer là-dedans ? »

Ce fut au tour de Ben de hausser les épaules, comme pour dire : ai-je vraiment le choix ?

Aïda appuya la tête contre le cou de Ben. « Je te remercie de faire ce que tu fais, Benedict. »

Ils restèrent assis sur le lit, immobiles, écoutant la respiration de l'autre. Ben l'allongea tendrement et commença à déboutonner son chemisier, mais elle tourna la tête de côté. « Non », fit-elle d'une voix sourde. Puis elle vit l'expression blessée de son visage et elle dit doucement : « Mon cher amour, pour faire l'amour, il faut se concentrer sur le fait de ne pas se concentrer. Tu comprends le problème ? »

Plus tard, lorsque Ben fut parti, Aïda regretta de ne pas avoir fait l'amour. Elle avait été stupide de lui dire non et aspirait maintenant à sentir le corps de Ben peser sur le sien. Elle entendit qu'on grattait à la porte de sa chambre. Croyant qu'il était revenu, elle courut ouvrir sans même se chausser.

La femme qui partageait l'appartement avec elle se tenait dans l'encadrement de la porte. « J'ai oublié de vous donner votre courrier, annonça-t-elle.

— Merci beaucoup, Nadejda, dit Aïda en lui prenant les lettres.

— Ça ne vous dérange pas que j'aie pris la cuisine avant vous ? demanda la femme. Mon Vladimir est allé faire des haltères au gymnase de l'usine et il mourait de faim.

— Ça m'est égal, dit Aïda en essayant de repousser la porte sans avoir l'air trop grossière.

— Est-ce que je l'ai déjà vu quelque part, l'homme qui est passé tout à l'heure ? C'est un écrivain ? Un peintre ? On dirait qu'il a un accent.

— C'est un ami. » Aïda referma un peu plus la porte.

« Oh, à propos, Zinaïa Ivanovna, votre Saava a pris par erreur du beurre qui m'appartenait. Je n'en parlerais même pas si le beurre n'était pas devenu une denrée aussi rare de nos jours.

— Combien en a-t-il pris ?

— Au moins dix grammes.

— Je vous le rembourserai la prochaine fois que je trouverai du beurre», promit Aïda. Elle poussa la porte et réussit cette fois à la fermer pour de bon.

Aïda tria son courrier, c'est-à-dire qu'elle ajouta les deux enveloppes tapées à la machine aux lettres non ouvertes coincées derrière le radiateur. Elle déchira de l'ongle la troisième enveloppe, rédigée à la main. Elle contenait une feuille de papier sur laquelle on avait dessiné grossièrement une tombe. Sous la tombe, il y avait une légende : « Ta poésie est aussi sale que ce que tu as dans le crâne. Rends donc service à l'humanité, fais-toi assassiner ! »

Froissant la feuille de papier dans son poing, Aïda tomba à genoux près du pied de géranium-menthe en pot qui trônait au milieu de la pièce et fut à deux doigts de s'offrir le luxe de laisser couler quelques-unes des larmes contenues. Mais elle eut trop peur de ne plus jamais pouvoir s'arrêter si elle commençait à pleurer.

*

Le lendemain, en fin d'après-midi, ils se retrouvèrent au fond de la cantine ouvrière de Krasnaïa Presnia. Aïda était déjà installée à une table, regardant sans les voir quelques rondelles de saucisson, quand Ben fendit la foule agglutinée au comptoir pour la rejoindre.

Elle scruta son visage pendant qu'il approchait une chaise. « N'y va pas, lui dit-elle. Je leur dirai que tu as changé d'avis.

— J'ai un plan », assura-t-il.

Elle garda un visage de marbre ; elle n'osait se laisser aller à espérer. « Un plan ?

— J'ai imaginé un moyen de mettre fin à leur chantage.

— Ce serait donc possible ?

— Je vais leur faire une proposition qu'ils ne pourront pas refuser. »

Le cœur d'Aïda cessa de battre. Cela n'existait pas, une proposition qu'ils ne pourraient pas refuser.

« Fais-moi confiance », dit-il.

Elle poussa un bout de papier vers lui, sur la table. Il y était inscrit une station de métro, une adresse, une lettre d'escalier, un numéro d'appartement « Alors : la Géhenne se trouve sur les monts Lénine », fit observer Aïda d'une voix rauque. Un sourire amer déforma les lèvres que Ben avait autrefois trouvées si sensuelles. « Qui aurait pu rêver que c'était si près ? »

19

Lorsqu'il émergea de la station de métro, Ben frôla une mendiante qui avait le pied pris dans un plâtre malpropre. Elle s'appuyait sur une béquille en bois datant d'avant la Grande Guerre patriotique coincée sous son aisselle, et tenait de sa main libre un seau à peinture vide dans lequel les passants laissaient tomber des sandwiches ou des pièces de monnaie. Soudain, Ben perçut dans son oreille le ricanement qui se muait en toux de son grand-père. En Russie, l'avait prévenu le vieillard, croiser quelqu'un porteur d'un seau vide ne pouvait au mieux que porter malheur. La superstition était tellement ancrée dans l'esprit de Ben qu'il faillit rebrousser chemin pour sortir par une autre bouche du métro. Aujourd'hui surtout, il aurait aimé que les présages lui fussent favorables.

Il prit le bout de papier où étaient inscrits la station de métro, l'adresse, la lettre de l'escalier et le numéro de l'appartement, se repéra et entreprit de gravir la colline conduisant à l'université. À mi-pente, il arriva devant un immeuble datant d'avant la Grande Guerre patriotique. Il avait été construit dans un style que les Russes se sont mis à appeler le gothique stalinien, à savoir un style essentiellement monumental, compliqué, nettement prétentieux et légèrement ridicule. Il trouva l'escalier C, qui avait reçu récemment une nouvelle couche de gris acier et sentait la peinture, monta jusqu'au sixième étage, passa dans une autre aile de l'immeuble, redescendit un escalier qui empestait l'urine et pressa le bouton de sonnette en plastique qui se trouvait près de la porte où figurait le numéro 310.

Un jeune homme au visage en forme de poire, aux épaules tombantes et aux dents noircies par le tabac ouvrit. Il portait un pardessus et avait une grosse écharpe de laine tricotée main enroulée autour de son cou maigre. « Entrez, je vous prie », fit-il aimablement, comme si Ben ne venait pour rien de plus terrible qu'une séance chez le dentiste. « L'appartement n'est pas chauffé aussi je vous conseille de garder votre manteau. »

Il y avait une table de cuisine en bois recouverte de carrés de Formica au milieu de la pièce. Quatre chaises de cuisine ordinaires étaient rangées autour. Une ampoule électrique nue pendait au plafond, juste au-dessus de la table. L'homme aux dents noircies par le tabac ressortit d'une petite cuisine avec deux gobelets et une bouteille de vodka qu'il posa sur la table. Ben regarda autour de lui et remarqua le grand miroir sur un mur, près d'une double porte fermée. Il contourna la table de cuisine et repéra le poste de télévision sur une autre chaise à dossier droit, dans un coin de la pièce. « Je suppose que c'est sur la télévision qui est là-bas que vous lui avez montré la bande où elle baisait comme un animal », dit-il à l'homme aux dents noircies par le tabac. Ben s'assit sur l'une des chaises à dossier droit. « Vous venez ici, les week-ends, pour la passer à vos amis ? Et vous vous branlez tous en la regardant, non ? »

La peau se tendit sur les pommettes du visage en forme de poire, effaçant toute trace d'innocence. L'homme contint son énervement et prit place de l'autre côté de la table, juste en face de Ben. « Je comprends très bien que vous soyez troublé, dit-il. Je voudrais souligner que nous ne vous voulons aucun mal. Nous pouvons faire en sorte que vos compatriotes ne sachent jamais… »

Ben se pencha en avant. « Dites-moi la vérité, quand vous avez regardé cette bande, vous ne vous êtes pas imaginé en train de lui faire l'amour à ma place ? C'est écrit sur votre figure. Mais il faut que vous sachiez qu'elle ne ferait jamais l'amour avec quelqu'un comme vous — vos yeux globuleux, votre teint jaunâtre, votre vilaine peau, votre mauvaise haleine vous trahissent. Vous êtes un ver de terre. »

Frolov dut faire effort pour brider ses émotions. « Un verre de vodka vous calmerait peut-être », proposa-t-il en tendant la main vers la bouteille. Ben intercepta la main. « Je ne boirai pas avec vous. Je ne parlerai pas avec vous non plus. » Il désigna d'un mouvement bref du menton le miroir mural. « Je ne boirai qu'avec lui. J'ai une proposition à faire, mais je ne la ferai qu'à lui. »

Frolov commençait à perdre son calme. « Vous n'êtes pas en position de dicter… »

Ben perçut le bruit de la double porte qui s'ouvrait dans son dos. Souriant avec insolence, sentant qu'il avait gagné le premier round, il garda les yeux rivés sur l'homme aux dents noircies par le tabac.

Frolov regarda par-dessus l'épaule de l'Américain puis, sans commentaire, se leva et quitta la pièce. La double porte se referma. Un homme trapu revêtu d'un manteau usé et portant à la main une toque d'astrakan et une paire de moufles s'assit sur le siège laissé vacant. Il posa la toque et les moufles sur la table. « J'ai une grande théorie », annonça-t-il à Ben en servant une rasade de vodka parfumée à l'ail dans chaque gobelet puis en en poussant un vers Ben, « c'est que l'*Homo sapiens* fonctionne beaucoup plus efficacement avec un taux d'alcool raisonnable mais constant dans le sang. » Il rejeta la tête en arrière et vida la vodka d'un trait. « Une autre de mes grandes théories », dit-il en reposant sèchement son gobelet sur la table avant de s'essuyer les lèvres sur la manche de son manteau, « c'est que des gens qui sont ostensiblement opposés — vous remarquerez que je n'emploie pas le mot *ennemis* — peuvent toujours trouver un terrain d'entente, à savoir l'intérêt personnel. Buvez, monsieur Benedict Bassett, et commençons à chercher notre terrain d'entente. »

Ben se souvint de ce qu'Aïda lui avait dit, lors de leur première rencontre : « Nous allons tourner l'un autour de l'autre pendant une durée raisonnable, à chercher tout ce que nous avons en commun afin de créer une illusion de connivence. » Il leva son gobelet et but une gorgée de vodka. L'alcool lui brûla la gorge. « Qui êtes-vous ? demanda-t-il.

— Qui je suis devrait être évident du simple fait que je suis assis ici, dans cette pièce, en face de vous. »

Ben s'efforça de prendre un ton sarcastique. « Vous devez bien avoir un nom.

— Bien sûr, que j'ai un nom. Mais je ne vais certainement pas vous le révéler. Si jamais les Américains nous accusent un jour d'avoir voulu tenter de recruter un de leurs diplomates, nous nierons en bloc et assurerons qu'il s'agit là des élucubrations d'une imagination débridée aiguillonnée par des personnalités haut placées désireuses de voir revenir la guerre froide. Vous pourrez décrire notre rencontre dans cette cache, mais vous ne trouverez pas ma photo dans les albums que votre Central Intelligence Agency collectionne sur les agents connus du K.G.B. Virtuellement, je n'existe pas. » Viktor secoua sa grosse tête avec bonhomie. « Mais si cela peut vous rendre cette conversation plus agréable, vous pouvez toujours m'appeler Viktor. C'est un nom qui en vaut un autre après tout. »

Viktor évalua Ben d'un regard froid. Son ton prit une nuance soudain plus sèche. « Les informations contenues dans les cinq enveloppes que votre amie nous a transmises ne nous ont été d'aucune utilité. »

Ben mordilla sa lèvre inférieure. « J'aurais pu vous le dire dès l'instant où vous avez commencé à la faire chanter.

— Nous ne vous aurions pas cru.

— Je ne suis qu'un intendant, insista Ben.

— Et vous travaillez pour l'unité de Contrôle de la limitation des armements, précisa Viktor. Pour ceux qu'on surnomme les Sept Nains à l'ambassade.

— Mon accès aux secrets est presque inexistant, murmura Ben.

— À en juger d'après les informations que vous nous avez transmises, je serais tenté de vous croire. Vous disiez à mon collègue que vous alliez me faire une proposition. »

Ben prit une profonde inspiration. « J'ai beaucoup réfléchi à la question. Étant donné que les informations auxquelles j'ai accès ne vous sont d'aucune utilité, je me propose de vous donner autre chose à la place. »

Viktor cligna des yeux d'un air encourageant. « Et ce serait ?

— Moi.

— Vous ? »

Ben se pencha vers son interlocuteur et défendit fiévreusement sa proposition. « Ce n'est pas un secret pour vous que je suis amoureux de Zinaïda Zavaskaïa. Je veux vivre avec elle. Je veux demander l'asile politique à l'Union soviétique. »

Dans sa surprise, Viktor creusa les joues. « Vous voulez devenir un *transfuge* ? »

Ben acquiesça d'un signe de tête. « Exactement, je

veux déserter et collaborer avec vous de toutes les manières possibles. »

Viktor s'appuya contre le dossier de sa chaise et dévisagea l'Américain. « C'est une idée curieuse, cette défection. Mais il ne saurait être question de quoi que ce soit de ce genre. Les relations qui unissent notre gouvernement et le vôtre sont allées trop loin sur la voie de la détente pour que l'un ou l'autre puisse accepter une défection. Nous ne vous accorderions pas l'asile politique. Nous vous ferions examiner par un psychiatre qui vous déclarerait mentalement instable. Vos amis américains applaudiraient au diagnostic et vous rapatrieraient aux États-Unis pour vous faire subir un traitement prolongé dans un hôpital isolé. Il est extrêmement probable que votre proposition de défection ne soit jamais rendue publique. Évidemment, votre amie et son fils seraient envoyés loin afin de ne pas courir le risque de compliquer encore les choses. Malheureusement pour l'enfant, il n'y aurait aucune possibilité de se procurer des médicaments spéciaux là où ils seraient envoyés. »

Remarquant l'expression désemparée sur le visage de Ben, Viktor leva les mains, paumes vers le haut, comme pour dire : il va falloir que vous trouviez mieux.

Ben se leva et se dirigea vers le miroir pour se regarder dedans. Il se demanda qui l'observait de l'autre côté. Le supérieur de Viktor, probablement. Il se demanda jusqu'à quel point ils étaient au courant de ce qui se passait à l'intérieur de l'ambassade. Le moment était venu de le découvrir. Il retourna s'asseoir et but encore un peu de vodka avant de demander à Viktor : « Si vous ne voulez pas de moi et si vous n'êtes pas satisfait des bouts de papier que je peux obtenir, où cela nous mène-t-il ?

— Cela nous mène à ce que je vous pose des questions et à ce que vous me fournissiez des réponses, dit prudemment Viktor.

— Quel genre de questions ?

— Expliquez-moi, je vous prie, comment il se fait qu'un simple intendant de l'ambassade possède un insigne vert au lieu de l'insigne blanc habituel ? »

Ben hésita assez longtemps pour que Viktor sente que la question l'embarrassait. « Certaines de mes attributions d'intendant m'obligent à me rendre pour le compte des Nains — des inspecteurs du Contrôle des armements — dans des secteurs de l'ambassade interdits aux détenteurs du seul insigne blanc.

— L'antenne de la Central Intelligence Agency, au dixième étage, par exemple. »

Le pouls de Ben s'accéléra. Ils savaient donc exactement ce qui se passait à l'intérieur de l'ambassade. Il fixa Viktor du regard sans répondre.

« Le bureau de M. Charles Inkermann, par exemple. »

Ben fit mine de protester : « Je n'ai jamais mis les pieds... » Mais le poing de Viktor s'abattant sur la table l'interrompit en pleine phrase. Les gobelets, la bouteille de vodka, la toque d'astrakan et les moufles dansèrent sur le plateau. « Que les choses soient très claires entre nous, déclara le Russe dans un âpre chuchotement. Continuez comme ça et je vais rentrer comme une araignée dans le trou que j'ai dans le mur et vous n'aurez plus qu'à retourner dans le vôtre, mais ne comptez plus jamais me revoir. Il va sans dire que la Zavaskaïa pourra aller se faire voir pour son Purinéthol. »

Viktor se racla plusieurs fois la gorge, comme s'il avait quelque chose de coincé dans le gosier ; comme si la colère était un petit bout d'os qu'on pouvait recracher. Lorsqu'il reprit la parole, sa voix avait repris le ton normal de la conversation. « Qu'alliez-vous faire dans le bureau de M. Inkermann à quatre heures et quart de l'après-midi très peu de temps après votre arrivée à l'ambassade ? Qu'est-ce qui vous retient à l'antenne de la Central Intelligence Agency pendant une heure environ tous les après-midi ? »

Ben évita le regard de Viktor. « Il entre dans mes attributions d'intendant de chiffrer certains rapports que les Nains adressent à leurs homologues de Washington, expliqua Ben d'une voix sourde. Je ne peux pas garder les codes en bas parce que c'est un secteur auquel les insignes blancs ont accès, alors je suis allé voir M. Inkermann pour lui demander s'il pouvait me donner une table où travailler et un endroit sûr où ranger mes codes.

— Et il a accepté ? »

Ben hocha la tête.

« Il eût été plus logique d'essayer d'obtenir un endroit dans la bulle des communications.

— On m'avait dit que c'était plein, là-haut. On m'avait dit qu'ils ne pouvaient même plus ranger leurs cigarettes dans le coffre tellement ils manquaient d'espace. »

Viktor retira ses lunettes et souffla sur chaque verre avant de les essuyer avec l'extrémité de sa cravate. Puis il rechaussa ses lunettes sur son nez et se leva brusquement. De l'autre côté de la table, Ben se leva pour lui faire face. Viktor décréta : « Que la Zavaskaïa nous apporte des exemplaires des messages chiffrés et les textes en clair ainsi que les codes. Si le matériel est suffisamment intéressant, nous lui donnerons les cachets dont elle a besoin.

— Assez pour soixante-quinze milligrammes de mercaptopurine-6 par jour ? » demanda Ben.

Viktor se contenta de répondre : « Je savais qu'en insistant un peu, nous finirions par trouver un terrain d'entente pour l'intérêt de chacun. »

Lorsque la porte d'entrée se fut refermée sur Ben, le vieux général, tout vacillant d'excitation, fit irruption dans la pièce par la double porte. Il se dirigea directement vers le miroir et se contempla dedans. « Quand il a regardé dans la glace, lança-t-il à l'adresse de Viktor, j'aurais pu jurer qu'il me voyait à travers. » Puis, se tournant vers son beau-fils, il ajouta : « Félicitations, Viktor. Vous aviez raison de voir en lui davantage qu'un simple intendant. Hier, il nous donnait des itinéraires. Aujourd'hui, ce sont des codes. Mais que nous apportera-t-il demain ? »

Soulagé que la séance se soit si bien passée, Viktor entreprit de se servir un autre verre de vodka. « Demain, il nous offrira des secrets enfouis au cœur des ténèbres[1] de M. Charles Inkermann. »

*

Le remplaçant de Manny Custer, un FS3 chauve aux yeux brillants dont le poste le plus difficile avait été jusque-là d'être officier de sécurité à l'ambassade américaine d'Ottawa, se présenta dans le bureau minuscule de Custer le lundi matin à la première heure. « J'ai débarqué samedi matin », annonça Leo Hurlburt en secouant la main de Manny avant de poser son corps sec sur une chaise pliante. « Entre moi et Moscou, ça a tout de suite été le coup de foudre. J'ai jeté un œil sur le Kremlin, j'ai vu les oignons de la cathédrale Basile-le-Bienheureux, j'ai même vu la relève de la garde devant le tombeau du vieux Vladimir. » Jetant un coup d'œil visiblement méprisant sur les livres et pamphlets qui débordaient des étagères de Manny et sur les dossiers qui débordaient de son bac à courrier, Hurlburt marmonna quelque chose comme quoi il avait eu à Ottawa une

1. Référence au roman de Joseph Conrad, *Cœur des ténèbres*.

pièce aussi grande que le bureau de Manny rien que pour lui servir de vestiaire. « Ne vous méprenez pas, ajouta-t-il précipitamment, l'homme ne vit pas seulement d'aisance matérielle. Tiens, à propos, au *Sam's*, samedi, je suis tombé sur votre M. Inkermann. Il a l'air plutôt régulier. Il m'a dit beaucoup de bien de vous. Et il m'a souhaité bonne chance. Je ne vois vraiment pas pourquoi j'en aurais besoin, maintenant que la guerre froide est finie et tout ça. J'ai eu sûrement plus à m'en faire pour les problèmes de sécurité pendant une semaine au Canada que je n'en aurai ici en un an. »

Tout en frottant l'aile de son grand nez piqué avec le bout de son pouce, Manny gratifia Hurlburt de son discours standard sur la sécurité, terminant avec le laïus de rigueur sur les murs qui avaient des oreilles. L'allusion aux micros cachés et aux antennes plantées de l'autre côté de la rue produisit l'effet désiré. Hurlburt se pencha vers Manny et demanda dans un chuchotement : « Vous croyez vraiment qu'ils peuvent entendre chaque mot de ce que nous disons en ce moment ? »

Manny laissa danser ses sourcils broussailleux d'un air entendu. « Quand le Marx et le Lénine que vous voyez sur les panneaux de la place Rouge se prénommeront Groucho et John, nous n'aurons plus besoin d'officier de sécurité à l'ambassade. Pour l'instant, nous avons encore affaire à Karl et à Vladimir. Et les choses n'ont guère changé pour les quelque deux millions d'employés qu'entretient encore le K.G.B. Pareil pour nous. Enfin, bref. »

Manny avait-il de bonnes raisons de suspecter que l'ambassade avait été effectivement infiltrée ? demanda Hurlburt.

Manny secoua la tête une fois. Non, il n'avait aucune raison de suspecter que l'ambassade avait été infiltrée.

En fait, Manny avait le sentiment inquiétant, qui frisait la certitude, qu'il se passait quelque chose de pas très catholique à l'ambassade.

Un: En traînant du côté du service voyages du premier étage, Manny avait appris que les Russes avaient soudain assoupli toutes les difficultés liées aux déplacements. Il n'était plus nécessaire de prévenir soixante-douze heures à l'avance pour tout déplacement à l'intérieur de l'Union soviétique. Curieusement, les inspecteurs du Contrôle de la limitation des armements eux-mêmes n'étaient plus soumis à la règle des soixante-douze heures. Plus surprenant encore, l'U.P.D.K. russe, qui s'occupait des formalités de voyage pour les diplomates, fournissait d'un seul coup toutes les réservations d'avion, de train et d'hôtel au lieu de présenter les excuses habituelles.

Deux: Une personnalité haut placée du K.G.B. avait pris l'adjoint du chef de mission à part lors d'une réception pour l'avertir que l'un des assistants de l'attaché économique se livrait régulièrement au marché noir, échangeant des devises occidentales contre des icônes. La personnalité en question avait fait clairement comprendre que le K.G.B. ne voulait embarrasser ni l'ambassade ni les Américains en portant plainte. Les icônes avaient donc été rendues aux Russes, et le diplomate incriminé avait été discrètement mis dans le premier avion en partance pour les États-Unis.

Trois: En revenant d'une inspection d'installations destinées à l'entretien de missiles, près de Kharkov, l'un des inspecteurs du Contrôle des armements s'était fait voler son attaché-case lors d'une escale à Koursk. Par pure routine, la milice locale avait été avertie. Comme l'attaché-case contenait des documents secrets, Manny avait supposé que le K.G.B. était à l'origine du vol. Vingt-quatre heures plus tard, un représentant du ministère des Affaires extérieures rapportait l'attaché-case à l'ambassade en assurant que c'était la police locale de Koursk qui l'avait retrouvé. Manny n'en crut pas un mot et envoya les enveloppes scellées contenues dans la mallette aux labos du F.B.I., à Washington, pour leur faire subir des examens approfondis. Les résultats étaient arrivés deux jours plus tard : selon les spécialistes du F.B.I., les sceaux n'avaient pas été brisés, le contenu des enveloppes n'avait pas été regardé.

Quelques années plus tôt, durant un séjour à Washington entre deux affectations à l'étranger, Manny avait étudié un dossier de la C.I.A. sur une infiltration d'ambassade. L'étude aboutissait à la conclusion que les Russes étaient d'autant plus dangereux qu'ils se montraient moins actifs ; qu'ils ne reculaient devant rien pour convaincre les Américains que leur ambassade n'avait pas été infiltrée afin de protéger l'infiltration en cours.

Les pieds posés sur son bureau, son scotch habituel appuyé pensivement contre sa joue, Manny examinait diverses variations autour d'un thème. Par exemple, les Russes avaient pu assouplir les difficultés de déplacement afin qu'un agent en place puisse être libre de voyager et de les rencontrer. Ils avaient pu dénoncer le scandale des icônes au lieu d'en profiter pour faire chanter l'attaché incriminé parce qu'ils voulaient mettre les Américains en confiance. Ils avaient pu rendre les enveloppes de l'inspecteur du Contrôle des armements sans les avoir ouvertes parce qu'ils savaient déjà ce qu'elles contenaient.

Bref, plus les Russes faisaient mine de ne pas chercher à infiltrer l'ambassade, plus le grand nez piqué de Manny s'excitait.

*

À la première annonce de première lueur du jour, le père d'Aïda, Ivan, s'appuya de tout son poids sur sa canne et parvint à se mettre debout. Il traversa d'un pas raide la chambre jusqu'à l'armoire, prit une boîte en carton sur l'étagère du haut et la porta jusqu'à son lit. Il souleva le couvercle et en sortit un vieux pantalon de parade orné sur toute sa longueur d'une bande rouge de chaque côté, et sa vieille blouse de parade portant l'insigne de l'Unité intérieure sur chaque épaule. Il prit dans une boîte métallique ses médailles de la Grande Guerre patriotique (Héros du Travail socialiste, ordre de Lénine, tout un assortiment de rubans rouge et or et de médaillons gros comme des pièces de monnaie frappés de la faucille et du marteau ainsi que du profil de Lénine) et les épingla en rangs sur la blouse, juste au-dessus de la poche de poitrine. Des morceaux de bois de santal avaient été placés dans la boîte pour protéger l'uniforme des mites, mais cela n'avait pas suffi — le tissu présentait en certains endroits des trous gros comme le doigt. Le vieil homme envisagea un instant d'aller chercher du fil et une aiguille et de raccommoder les trous, mais il décida qu'il n'en aurait pas le temps. Il dut faire un effort pour enfiler le pantalon, qui montait haut sur la taille et tenait avec des bretelles, puis la blouse, qu'il boutonna jusqu'à son menton mangé de barbe. Le col amidonné sciait désagréablement la chair trop tendre de son cou. Il se tourna alors vers l'armoire et se contempla dans le miroir de la porte.

La vue de sa culotte militaire avec son galon rouge sur le côté et de sa blouse boutonnée jusqu'au cou fit gonfler d'orgueil la poitrine émaciée du vieillard. Il avait porté l'uniforme de la fin de la Grande Guerre patriotique au jour où les interrogateurs du K.G.B., munis de simples tenailles, lui avaient arraché les ongles puis écrasé les doigts un par un dans un étau. Comme Ivan avait obstinément refusé d'avouer faire partie d'une conspiration contre le camarade Staline, il avait été renvoyé chez lui, ses doigts enveloppés dans de la gaze ensanglantée, pour y attendre les résultats de l'enquête ; pour y attendre son inévitable arrestation en tant qu'ennemi du peuple.

Maintenant, trente-sept ans plus tard, il en avait assez d'attendre. Il voulait savoir s'il y avait un mandat d'arrêt lancé contre lui, s'ils allaient venir cette nuit, dans un camion de livraison portant le mot « Pain » imprimé sur ses flancs pour que personne ne sache qu'il renfermait des prisonniers quand il roulait dans les rues de Moscou.

Ivan força ses pieds enflés à entrer dans les bottes de parade noires qu'il laça jusqu'en haut. Il passa ses doigts dans ses rares cheveux gris puis prit son vieux portefeuille de cuir râpé qui contenait sa carte d'identité dans un tiroir et le glissa dans sa poche de poitrine. Comment pourraient-ils examiner son dossier s'il ne pouvait prouver qui il était ? Il ouvrit sans bruit la porte de sa chambre et tendit l'oreille pour s'assurer que Saava, Aïda et leurs voisins, Nadejda et son haltérophile de mari, dormaient tous encore. Puis, prenant garde à ne pas cogner sa canne contre les murs, il sortit de l'appartement sur la pointe des pieds.

Le froid le faisant frissonner, il fit la queue avec une armée de silhouettes obscures qui attendaient le bus qui suivait la Moskova vers le centre de Moscou. Dès que le bus s'arrêta, Ivan monta et colla sa poitrine couverte de médailles sous le nez du chauffeur pour lui indiquer qu'il était ancien combattant et n'avait pas, à ce titre, à payer de ticket.

« Où vas-tu comme ça, d'aussi bonne heure, grand-père ? demanda un adolescent en blue-jean et anorak de ski. À un bal costumé ? » Il voulut mettre un doigt dans un trou de mite mais recula avec une terreur feinte quand le vieillard brandit sa canne.

Une dame âgée pauvrement vêtue et qui portait un havresac de l'armée en bandoulière s'emporta contre le jeune garçon. « Ce sont des gens comme lui qui ont repoussé les troupes d'Hitler avant que tu sois né », clama-t-elle. Plusieurs personnes âgées acquiescèrent dans le bus.

Une femme enceinte se leva et offrit sa place à Ivan. Il refusa d'un signe de tête mais elle le força à s'asseoir. « Nous sommes beaucoup à savoir ce que signifient ces médailles, souffla-t-elle. Nous sommes beaucoup à vous être reconnaissants de ce que vous et les vôtres avez fait pour la patrie. »

Se conformant aux instructions que lui avait données la femme qui lui avait cédé sa place, Ivan parvint à effectuer son changement de bus. Lorsqu'il repéra le magasin de jouets, Detski Mir, il frappa contre la porte de l'autobus avec sa canne jusqu'à ce que le chauffeur, pestant contre la détérioration de l'ordre public, s'arrête au plein milieu de son trajet pour lui ouvrir.

Ivan sortit dans l'air limpide et froid de Moscou et regarda autour de lui. La place Dzerjinski n'avait guère changé depuis trente-sept ans qu'il n'y avait pas mis les pieds. Il y avait davantage de circulation, évidemment. Et les gens qui se pressaient vers leur travail étaient mieux habillés. Mais la structure massive qui faisait face au magasin de jouets avait toujours la même allure imposante et impersonnelle d'un immeuble de compagnie d'assurances, ce qu'il était avant que les bolcheviks n'en fassent le quartier général de leur police secrète, cette prison que les Russes ont appelée la Loubianka. Ivan se rappela sa dernière visite dans ce bâtiment comme si elle avait eu lieu la veille · il se rappela avoir regardé par-dessus son épaule tandis qu'il en sortait en chancelant, ses doigts enveloppés dans de la gaze, ses yeux embués de terreur.

Brandissant sa canne afin d'écarter les voitures, Ivan coupa la rue en diagonale, marcha droit sur l'entrée principale du quartier général du K.G.B. et, toujours avec sa canne, se mit à marteler la double porte. Les rares passants (les Moscovites évitaient encore de prendre ce trottoir) lançaient des regards curieux sur ce vieillard qui tambourinait contre la porte. Comme personne ne venait ouvrir, Ivan recula et examina la façade, puis il effectua un cercle, sans cesser de surveiller le bâtiment comme s'il était vivant. Il finit par revenir devant la porte et se remit à taper dessus avec sa canne. Au bout d'un moment, il entendit qu'on tirait un verrou. L'une des lourdes portes s'ouvrit lentement. Un officier du K.G.B. à l'air aimable, sa blouse d'uniforme déboutonnée et sa cravate défaite, regarda au-dehors. Il repéra le vieil homme avec sa barbe raide au menton, ses médailles sur sa blouse d'uniforme et la lueur folle dans ses yeux dérangés.

La vision de la grande porte métallique de l'enfer s'ouvrant devant lui fit reculer Ivan d'un pas. Son cœur s'emballa soudain. « L'accusation qui pèse contre moi est un pur mensonge, parvint-il à articuler. Comment pouvais-je savoir que c'était un Russe blanc, et un amiral de surcroît ? »

L'officier avait visiblement déjà vu des gens comme Ivan à la porte du quartier général du K.G.B. « Vous n'avez rien à craindre de nous, fit-il très doucement. Rentrez chez vous, grand-père. »

Une vive douleur poignarda Ivan juste sous ses médailles. Son bras droit devint gourd. La canne glissa de ses doigts et tomba jusqu'au trottoir. « Qu'est-ce que vous dites ?... avoir attendu toutes ces années... pas possible... » Ses genoux commencèrent à se dérober. L'aimable officier se précipita en avant pour le rattraper sous les bras au moment où il s'écroulait sur le sol.

*

Aïda se pencha sur la silhouette ratatinée de son père, perdue dans le grand lit de fer du service d'urgence de la clinique. Quatre couvertures militaires kaki et un édredon avaient été jetés sur lui ; la clinique était en panne de charbon depuis la semaine précédente et n'était plus chauffée. Des tubes jaillissaient des narines du vieillard. Sa bouche s'ouvrait en un hoquet pour aspirer l'air et exhaler des nuages de buée. Chaque respiration semblait devoir être la dernière. Il dut sentir une présence car il ouvrit les yeux. Il examina Aïda, cherchant à l'identifier. Puis, tout d'un coup, il y parvint.

Il s'efforça de soulever son corps en position assise mais retomba sur l'oreiller. Il voulut parler. Ses lèvres remuèrent, mais aucun son n'en sortit. Enfin, avalant à moitié ses mots, il réussit à demander : « On m'a arrêté ?

— Papa, tu es à la clinique », lui dit Aïda.

Il scruta son visage pour voir si elle lui disait la vérité. « ... clinique ?

— Tu t'es trouvé mal dans la rue. Ils ont appelé une ambulance qui t'a conduit ici.

— Bras droit... jambe gauche... plus rien.

— Tu as eu une attaque, papa. »

Il retroussa les lèvres en un sourire grotesque. De la salive coula au coin de sa bouche. Il demanda : « Je meurs ? »

Aïda hocha la tête. « Je le crois, répondit-elle très doucement.

— Oh !

— Tu veux quelque chose ? »

La tête du vieil homme roula d'un côté puis de l'autre sur l'oreiller. « Inquiet.

— Pourquoi ? »

Ivan aspira l'air par la bouche. « D'être enterré vivant... de reprendre conscience... dans le cercueil. »

Aïda se pencha plus près encore de sorte que sa bouche soit tout contre l'oreille de son père. Elle distinguait la touffe de poils gris qui jaillissait du pavillon. « Je ne laisserais pas une chose pareille arriver, papa.

— Promets... Vérifie, assure-toi... vraiment mort avant... avant... être enterré.

— Bien sûr que je te le promets. »

Les paupières incroyablement ridées du vieil homme se fermèrent sur ses yeux humides. Il parut respirer plus aisément. Une femme médecin fatiguée avec un mégot mouillé collé à sa lèvre inférieure apparut dans l'embrasure de la porte. Aïda se dirigea vers elle. « Combien de temps a-t-il encore ? » chuchota-t-elle.

La cigarette s'agita sur la lèvre du médecin quand elle parla. « Une heure. Un jour. Une semaine. Dieu seul le sait. Votre père souffre d'un mal incurable qui s'appelle la vieillesse. S'il n'avait pas fait un infarctus, il aurait eu autre chose. Est-ce vrai qu'il cognait à la porte du... »

Aïda hocha la tête. « Il cherchait un ennemi. »

Le médecin essaya de ranimer sa cigarette puis la jeta avec impatience sur une pile d'ordures, dans un coin de la pièce. « Il va bientôt trouver l'ennemi suprême. »

Aïda contempla son père et murmura : « C'est donc ainsi que cela se termine. »

Le médecin haussa les épaules. « Il a vécu plus que la plupart. »

Un demi-sourire ambigu apparut sur les lèvres

d'Aïda. « Ici, vivre plus que la plupart est synonyme de souffrir plus que la plupart. »

Les deux femmes échangèrent un regard de parfaite complicité.

20

Le gant chirurgical en caoutchouc fixé sur le couvercle du bocal de Vadim était complètement gonflé, signe que le processus de fermentation était assez avancé et que les Salutations du Grand Proviseur étaient bonnes à boire. Après avoir soigneusement écumé la couche de moisi qui s'était formée sur les pêches qui flottaient à la surface, Vadim prit de son alcool maison à pleine louche et, sans en renverser une goutte, remplit à ras bord les deux verres à haut pied posés sur la table de la cuisine. Il en poussa un en direction d'Aïda puis leva son verre à la lumière et fit doucement tournoyer le liquide contre les parois pour examiner son œuvre. Il marmotta ensuite quelque chose comme quoi ça avait des jambes qui lui plaisaient bien, choqua son verre contre celui d'Aïda et but une gorgée. Il arrondit les sourcils et claqua des lèvres, puis il haussa le ton pour se faire entendre par-dessus la radio qu'Aïda avait allumée: «Ce n'est pas tout à fait aussi mauvais que je m'y attendais.»

Aïda ne toucha pas à son verre. Elle avait d'autres préoccupations à l'esprit. Elle se pencha vers Vadim et demanda: «Tu es sûr que nos places sont réservées?

— Après ce que ça m'a coûté, il y a intérêt!

— Comment as-tu entendu parler de ça ? »

Vadim reprit une autre gorgée qu'il fit rouler dans sa bouche avant de l'avaler. « Ma maîtresse a une amie médecin. Ce médecin a des lits dans la clinique où ont lieu les opérations, alors elle en a tout naturellement entendu parler quand un professeur du célèbre hôpital du Mont-Sinaï de New York s'est mis à chercher des patients adéquats.

— C'était une idée de génie de nous proposer, moi et Saava.

— J'ai fait plus que proposer », protesta Vadim avec un petit rire sec. Puis il eut ce sourire tout en dents qui indiquait généralement qu'il était assez content de lui-même « Je lui ai graissé la patte avec ce que nous avons de plus voisin de l'or, à savoir des disques compacts ouest-allemands — les œuvres complètes de Dietrich Fischer-Dieskau. » Vadim voyait bien qu'Aïda était malade d'inquiétude. Elle semblait plus pâle qu'il ne se rappelait l'avoir jamais vue ; elle avait l'air d'avoir reçu à peu près autant de soleil que le géranium-menthe anémique qui trônait au milieu de sa chambre. « Ils disent que c'est aussi bénin que l'appendicite, que ce soit pour le donneur ou pour le malade, la rassura-t-il. Résiste à la tentation de devenir une mère juive. » Il choisit de la distraire. « En parlant de mères juives, tu connais celle de la mère juive qui offre à son fils deux chemises toutes neuves. Quand il redescend avec l'une des chemises sur le dos, les larmes montent aux yeux de sa mère. "Avoue que tu n'aimes pas l'autre", dit-elle. Tu saisis ? Comme il ne porte qu'une chemise neuve, elle l'accuse de ne pas aimer l'autre. »

Aïda parvint à afficher un pauvre sourire. Il fut effacé par une pensée soudaine. « Tu n'as parlé de ça à personne ? demanda-t-elle

— Je suis peut-être bouché, dit Vadim, mais je ne suis pas stupide. »

Il commença à expliquer point par point la merveilleuse façon dont il avait tout arrangé, mais Aïda l'interrompit. « Il ne faut sous aucune circonstance que le K.G.B... »

Vadim agita la main. « Je n'ai pas entendu, annonça-t-il. Je ne sais pas de quoi tu parles et je ne veux pas savoir. » Il consulta sa montre et se leva vivement. « Mon taxi attend en bas. Ma maîtresse attend à mon appartement. Un client attend dans un restaurant. J'ai fait main basse sur le marché des rubans d'imprimantes d'ordinateurs d'importation. Si tu as un ordinateur et que tu veux tirer un texte, il faut que tu passes par moi. » Il vissa un couvercle de plastique sur le bocal d'alcool maison et rangea celui-ci dans un sac en imitation cuir. « Comment va ton père ? s'enquit-il auprès d'Aïda alors qu'ils commençaient à remonter le couloir vers la porte d'entrée.

— Il est toujours mourant, mais il prend son temps.

— Si j'étais à sa place, je traînerais la patte aussi En règle générale, on doit essayer de vivre aussi longtemps que possible. Comme ça, on sera mort le moins longtemps possible. Ah ! »

À la porte d'entrée, Aïda planta un baiser sur les deux joues de Vadim. « Tu es l'ex-mari parfait, lui souffla-t-elle à l'oreille. Nous aurions dû divorcer bien plus tôt. Nous serions devenus amis beaucoup plus vite. »

Vadim regarda son ex-femme d'un œil égrillard. « L'amitié, est-ce que ça finit par se consommer ? »

Aïda esquiva la tentative peu convaincue que fit Vadim pour l'enlacer. « Comment ça se passe, avec ta maîtresse ? »

Vadim recula afin de s'appuyer contre le mur. Il n'avait plus du tout l'air pressé. « Tu aurais dû me prévenir, tu sais.

— À quel propos ?

— Tu aurais dû me dire qu'une femme se laisse

porter comme un planeur par la jeunesse, la beauté, la sexualité et la séduction ; mais que vers la quarantaine, il lui devient de plus en plus difficile de trouver les courants qui vont la soutenir ; tu aurais dû me dire qu'elle se met alors à tournoyer de moins en moins haut et cherche désespérément de nouveaux vents ascensionnels. Tu aurais dû me prévenir qu'elle se met à paniquer et en vient à tester son pouvoir de séduction sur un homme nouveau. » Il émit un ricanement par le nez. « Ce nouvel homme, en l'occurrence, c'est moi.

— Ta formule est trop bien troussée pour exprimer autre chose que ta propre déception. »

Gêné d'en avoir tant révélé, Vadim essaya de changer de sujet. « Pour Saava, ça va marcher, rugit-il. Ça marche presque à chaque fois.

— Ce qui veut dire qu'il y a des fois où ça ne marche pas, fit observer Aïda d'une voix inquiète.

— Ce n'est pas ce que j'ai voulu dire », assura Vadim. Il se redressa en s'écartant du mur. « Quand ce sera fini, j'espère que tu rompras avec l'Américain. Il ne t'a rapporté que des ennuis. »

Aïda se plongea dans l'examen de ses chaussons. « Je l'aime. »

Vadim secoua la tête avec dégoût. « Qu'est-ce que l'amour a à voir avec la vie, avec la poésie, avec Saava ou avec toi ?

— Alors. » Inclinant la tête de côté, elle le gratifia d'un demi-sourire ambigu. « Tout. »

*

Elle avait résisté pour ne pas aller là-bas depuis le début de leur liaison ; elle avait résisté à cette suggestion lorsqu'il l'avait faite après le concert amateur de musique de chambre dans un auditorium scolaire ; elle avait résisté encore tandis qu'ils erraient sans but dans les rues de Koutchkovo luisantes des premières pluies post-hivernales. « Où pouvons-nous aller alors ? se plaignit Ben. Pour l'amour du ciel, Aïda, j'ai besoin d'être seul avec toi. »

Il était exclu d'aller chez elle. Le frère du mari de Nadejda, officier de milice, avait temporairement emménagé chez elle pendant qu'il faisait repeindre son appartement. Il était impossible de louer une chambre d'hôtel sans montrer ses papiers d'identité. La chambre d'hôtel minable que Vadim louait à l'année pour ses clients était pour le moment occupée par un magnat du coton d'Ouzbékistan ; Vadim et lui voulaient se lancer dans la production de bâtonnets de bois terminés de chaque côté par un embout de coton qui pouvaient servir à se nettoyer les oreilles. La datcha de bois elle-même, près de Zagorsk, était occupée — par un membre du secrétariat du Comité central avec qui Vadim espérait lancer une affaire d'import-export.

De mauvaise grâce — elle sentait l'attraction du désir sexuel de Ben éveiller son propre jardin de désirs —, elle céda. Elle fonça dans une cabine téléphonique pour prendre des nouvelles de Saava, qui dormait chez un ami dont la mère, au grand soulagement d'Aïda, était médecin. Pendant qu'elle téléphonait, Ben réussit à avoir un taxi en agitant en l'air un billet de dix dollars américains (on disait qu'un taxi moscovite était capable de repérer les devises étrangères à cent mètres par une nuit sans lune). Le chauffeur les déposa non loin de l'hôtel *Oukraïna*, sur Koutouzovski Prospekt. Louvoyant entre les voitures qui roulaient dans les deux sens, ils coupèrent la large avenue en diagonale et se dirigèrent vers l'immeuble où habitait Ben.

Aïda serrait fort le bras de Ben. « Et si le garde me demande mon passeport intérieur ? demanda-t-elle avec inquiétude.

— Réfléchis un peu, dit Ben. Les Russes n'ont rien à apprendre sur nous.

— Je le sais, concéda Aïda, sans vraiment le savoir. »

Le milicien de garde, grand garçon blond au visage innocent qui s'appelait Mitri, salua Ben depuis sa cabine en plexiglas. « Dites-le-moi quand vous jetterez d'autres magazines américains », lança-t-il en russe avec un fort accent ukrainien.

Ben le salua d'un signe de la main et tira Aïda, qui avait remonté son étole de renard sur le bas de son visage, dans le hall. Il remarqua que l'ascenseur était en train de descendre et préféra entraîner la jeune femme dans la cage d'escalier avant qu'il n'arrive en bas. Une fois en haut, Aïda arpenta l'appartement comme un fauve en cage, tâtant les rideaux, redressant les tableaux accrochés au mur, examinant les meubles — il s'agissait de meubles modernes danois d'occasion que lui avait cédés le précédent occupant des lieux. Ben alluma la radio. Aïda s'approcha et monta encore le volume. « Est-il vrai que les appartements des diplomates sont truffés de micros ? » Sans attendre la réponse, elle lui prit la main et l'entraîna dans la salle de bains où elle ouvrit la douche à fond. Elle parla en gardant les lèvres collées sur l'oreille de Ben. « Mon cher Benedict, il y a une issue !

— Qu'est-ce que c'est ? »

Aïda lui parla de l'opération. « Un célèbre professeur américain de l'hôpital du Mont-Sinaï de New York a été invité à faire une démonstration devant les Russes des toutes dernières techniques de greffe de moelle osseuse, expliqua-t-elle. Ben : c'est le miracle que nous attendions. Comme mes cellules sont compatibles avec celles de Saava, je vais être le donneur. Le professeur américain va faire de trois à cinq incisions dans l'os de mon bassin pour en extraire un litre et demi de moelle osseuse. Il administrera à Saava une dose massive de médicament qui tuera les cellules saines aussi bien que les cellules cancéreuses. Puis il remplacera les cellules saines mortes par les cellules vivantes de ma moelle osseuse. Oh! Benedict, tu ne comprends pas? Si l'opération réussit, Saava n'aura plus besoin de Purinéthol, et s'il n'a plus besoin de Purinéthol... » Elle laissa sa phrase en suspens.

Il la termina pour elle: « ... nous n'avons plus besoin d'eux.

— *Nous-n'avons-plus-besoin-d'eux*, répéta-t-elle en détachant chaque mot.

— L'opération est prévue pour quand?

— Le professeur américain doit arriver à la fin de la semaine. Vadim dit qu'il lui faudra trois jours pour préparer son matériel et former les infirmières qui l'assisteront. Il aura aussi besoin de nous examiner tous les deux. L'opération elle-même pourrait se faire dans une semaine.

— C'est fantastique », assura Ben. Il l'attira vers lui. « Nous vivrons enfin heureux, quand même. »

Chuchotant toujours à son oreille, Aïda dit à Ben: « Il faudra prendre garde de ne pas en parler au téléphone. Nous devons continuer à leur donner... des enveloppes... comme s'il ne se passait rien d'inhabituel. S'ils avaient vent de l'opération... » Une fois encore, la phrase resta en suspens.

Remontée pour la première fois depuis longtemps par l'espoir, Aïda put se concentrer sur le fait de ne pas se concentrer. Ben la déshabilla et se débarrassa de ses propres vêtements puis il la tira sous la douche et étancha sa soif en buvant aux rigoles qui dévalaient sa peau. Au lit, ce fut comme s'ils réinventaient le coït, l'acte sexuel. Aïda arqua le dos en un somptueux étirement avant de s'abattre sur la poitrine de Ben, puis ils dérivèrent tous deux vers un sommeil comateux.

Quand Ben, émergeant enfin, réveilla Aïda, il leur fallut quelques instants pour se rappeler où ils étaient. Aïda se rendit, nue, jusqu'à la cuisine où elle mit la bouilloire sur le feu. Ben la rejoignit et l'enveloppa dans son peignoir pendant qu'elle fouillait dans le buffet et commençait à préparer du café. Pendant qu'il passait dans le filtre, elle se roula une cigarette fine puis se pencha vers Ben qui lui présentait une allumette enflammée. Elle exhala la fumée et dit d'un ton rêveur: «Pouchkine a un vers merveilleux pour dire comment, s'il pouvait encore croire au bonheur, il le chercherait ici», elle désigna du menton le café qui filtrait, «dans la monotonie des habitudes quotidiennes.»

Elle trouva deux tasses ébréchées, les remplit soigneusement et les posa sur la table. Ben souffla sur son café pour le refroidir. «Le bonheur est-il absolument exclu, pour toi, Aïda?

— Jusqu'à ce que je te rencontre, je pensais que le bonheur c'était de ne pas trop se faire d'illusions par rapport à ses rêves.

— Et maintenant?

— Maintenant, dit-elle, je crains d'avoir été dans le vrai... mais j'ose espérer que j'ai eu tort.»

*

Debout devant sa fenêtre obscure, tenant à la main un scotch sans glaçons (le freezer de son réfrigérateur était tombé en panne et, comme son séjour à Moscou touchait à sa fin, il n'avait pas pris la peine de le faire réparer), Manny Custer regarda Mitri danser une gigue impatiente dans sa cabine de garde en plexiglas. Il était minuit cinq et la relève n'était pas encore arrivée. Mitri consulta une fois encore sa montre puis quitta sa cabine et scruta la rue pour voir si le bus qui devait amener la relève arrivait.

Quelqu'un dut alors surgir à l'entrée, juste sous la fenêtre de Manny, parce que Mitri jeta un coup d'œil rapide dans cette direction et regagna précipitamment sa cabine. Manny se pencha jusqu'à ce que son front soit arrêté par la vitre. Deux silhouettes, celle d'un homme et celle d'une femme, apparurent. L'homme était nu-tête, la femme portait un chapeau plat à plume blanche et ce qui ressemblait à une écharpe enroulée autour du bas de son visage — presque comme si elle ne voulait pas être vue sortant d'un immeuble où résidaient des diplomates américains. Revenu dans sa cabine, Mitri salua l'homme, ce qui signifiait qu'il s'agissait bien d'un diplomate. L'homme lui rendit son salut et entraîna la femme dans la rue afin d'y chercher un taxi. Mitri dut lui dire quelque chose car l'homme se retourna pour lui répondre alors qu'il passait sous un lampadaire. Les lèvres de Manny esquissèrent un sourire lorsqu'il reconnut Benedict Bassett, l'intendant qui s'occupait en douce de messages codés et qui attirait suffisamment l'attention pour être suivi par le K.G.B. quand il quittait l'ambassade.

Mais qui était la femme bien charpentée et harmonieusement proportionnée qui l'accompagnait ? Si elle cherchait à dissimuler son visage devant Mitri, c'est qu'elle était mariée... ou russe ! Bassett n'était tout de même pas assez imprudent pour avoir une liaison avec une Russe. Ou bien l'était-il ? Cela suffisait-il à expliquer qu'il soit suivi par le K.G.B. ?

Tout en regardant la femme faire des signes frénétiques à un taxi en maraude, Manny éprouva la sensation étrange de l'avoir déjà vue quelque part. Elle avait une manière d'avancer qui lui rappelait l'allure d'un brise-glace...

21

Malgré son rhume (il avait continué à s'habiller chaudement après le dégel), Ben alla chercher son courrier à la section administrative de l'ambassade et s'approcha du tableau d'affichage pour lire les dernières annonces. Quelqu'un qui était rappelé aux États-Unis faisait une vente de meubles dans un appartement du nouveau complexe administratif. Il y avait encore des places pour une visite guidée des sites des grandes batailles de la Seconde Guerre mondiale autour de Stalingrad, maintenant Volgograd. Des billets d'opéra, de ballet, de théâtre et de cirque étaient en vente au service d'information du personnel. Ben lisait la dernière annonce (« Maintenant que la neige appartient au passé, les Weight Watchers qui désirent faire des randonnées à bicyclette autour de Moscou le dimanche matin doivent s'inscrire ci-dessous. ») quand Sabine Harkenrider lui tapa sur l'épaule.

« Vous n'étiez pas très chaud pour faire du ski de fond, se rappela-t-elle. J'imagine que vous n'allez pas montrer plus d'enthousiasme pour les randonnées à vélo. »

Parlant du nez à cause de son rhume de cerveau, Ben répondit : « Le dimanche, j'aime bien me lever très tard et passer le reste de la journée à ne pas rattraper le temps perdu.

— Très bien », dit-elle en souriant à ses pieds.

Soudain, un bristol punaisé au tableau d'affichage attira le regard de Ben. On pouvait y lire : « Venez tous ! »

Cocktails et zakouski pour le Pr Milton Zylberstein de l'hôpital du Mont-Sinaï, NYC ——— Bar *Sam's*, lundi, 17 heures

Sabine Harkenrider le lut par-dessus son épaule. « Qui est ce Pr Zylberstein de l'hôpital du Mont-Sinaï ? demanda-t-elle, et que vient-il faire à Moscou ? »

Ben eut soudain l'impression de se trouver tout au bord d'une falaise. Manny Custer devait avoir raison, bien sûr, quand il affirmait que les murs de l'ambassade avaient des oreilles. Comment auraient-ils pu deviner qui était le « quatre heures et quart » de Charlie Inkermann autrement ? S'ils avaient écouté à ce moment-là, cela voulait dire qu'ils écoutaient maintenant. Ben sentit un frisson le parcourir à cette pensée. Il vit, tout en bas, à l'intérieur de son crâne, une vague imaginaire s'abattre sur des rochers imaginaires. Un accès de vertige lui souleva le cœur.

Un téléscripteur crépita quelque part puis s'interrompit. « Quelque chose ne va pas ? s'enquit doucement Sabine.

— Non. Non. » Curieusement, sa voix avait pris un ton plus nasal encore. « Moi aussi, je me demandais qui pouvait être ce Pr Zylberstein. Demandez donc ici. »

Sabine passa la tête par l'ouverture du service d'information du personnel de l'ambassade. « Quelqu'un sait qui est le Pr Zylberstein ?

— J'ai entendu dire que c'était un spécialiste des greffes de moelle osseuse, répondit une sténo. Il va procéder à deux transplantations pour faire la démonstration des toutes dernières techniques américaines. »

Sabine se retourna vers Ben. « Les greffes de moelle osseuse, c'est pour soigner les gens atteints de leucémie, c'est ça ? »

Ben marmonna qu'il ne connaissait pas grand-chose là-dessus.

Sabine rassembla son courage. « J'imagine que vous ne... »

Ben eut un sourire d'excuse.

« Laissez-moi deviner, dit Sabine. Vous avez rendez-vous. Mais vous seriez ravi, une autre fois. » Souriant à nouveau, elle s'éloigna.

Ben la regarda se pencher au-dessus du distributeur d'eau. Elle laissa l'eau éclabousser son visage puis s'ébroua un peu, comme un animal sortant d'un lac. Sans un regard en arrière, elle disparut par la porte située au bout du couloir.

Alors qu'il se dirigeait vers la salle des rubans de Charlie Inkermann, Ben aperçut son reflet dans la porte vitrée du service d'information du personnel. Pendant une fraction de seconde, il fut complètement désorienté. Il n'y avait personne d'autre dans le couloir. Le reflet ne pouvait être que le sien.

Pourtant, il ne se reconnut pas.

Qu'avait-il fait pour provoquer cet éclair d'amnésie visuelle ?

*

La secrétaire de Viktor, Evguenia Leonovna, remua précautionneusement une cuillerée de sa nouvelle confiture de citrons dans une tasse de thé qu'elle posa sur le bureau afin que l'arôme parvienne aux narines de Viktor. Celui-ci, qui sommeillait sur sa chaise, ouvrit les yeux. « Quelle heure est-il ? » demanda-t-il.

Sur la défensive, Evguenia répliqua : « Vous m'aviez dit de vous réveiller quand le capitaine Krostine arriverait...

— C'est vrai », grommela Viktor. Il désigna les stores vénitiens. Evguenia Leonovna se précipita pour les ouvrir. Un soleil lumineux darda ses rayons sur les yeux de Viktor. Clignant des paupières, encore mal réveillé, il appela le vestibule et ordonna que l'on fasse entrer le chef de service Krostine.

Andreï Krostine déposa une transcription dactylographiée sur le bureau de son patron. Il examinait les conversations retransmises par le micro dissimulé dans le mur, à côté du panneau d'affichage de la section administrative de l'ambassade américaine, quand il avait remarqué quelque chose qui avait éveillé sa curiosité.

Viktor parcourut les dialogues et ne vit pas tout de suite où Krostine voulait en venir. Ce n'est que lorsqu'il tomba sur la phrase : « Les greffes de moelle osseuse, c'est pour soigner les gens atteints de leucémie, c'est ça ? » que tout s'éclaira.

« J'ai fait faire une enquête sur Zylberstein, ce professeur américain, par les hommes de Frolov, annonça Krostine. Il doit effectuer deux transplantations de moelle osseuse dans l'amphithéâtre de l'hôpital du Kremlin mercredi prochain, une le matin, et une l'après-midi. » Krostine gardait un ton égal, mais ses yeux trahissaient son excitation. « Le premier patient a onze ans. Il s'appelle...

— Pas le petit Saava, quand même ! »

Krostine hocha triomphalement la tête.

Viktor relut la transcription. « Avez-vous écouté l'enregistrement ? »

Krostine assura que Frolov et lui avaient écouté la bande une demi-douzaine de fois. Ils avaient reconnu plusieurs voix. L'une d'elles appartenait au professeur de grammaire Sabine Harkenrider. La personne qui identifiait le Pr Zylberstein comme étant un spécialiste des greffes de moelle osseuse était une sténodactylo du service d'information du personnel de l'ambassade. Ils n'avaient pu reconnaître la troisième voix, qui sonnait extrêmement nasale avec la déformation du micro dissimulé dans le mur, et elle ne ressemblait à aucun des échantillons qu'ils possédaient.

« La Zavaskaïa a dû entendre parler de ce chirurgien par l'Américain Bassett », commenta Viktor, visiblement ennuyé.

Krostine fit remarquer qu'il ne serait pas très habile de faire intervenir le K.G.B. dans le choix des patients d'un professeur américain. Tout en buvant son thé, Viktor étudia la question quelques instants, puis il donna ses instructions : « Voici ce que vous allez faire. »

*

Après déjeuner, Viktor assista à un nouveau mini-sommet du général. Les deux analystes attachés au secrétariat du général allaient livrer leurs premières découvertes sur les dernières livraisons de Bassett. « Comme d'habitude, commença Olga Glebova de son débit laborieux, nous travaillons à l'aveugle pour ce qui concerne l'origine des documents. » Fixant ses yeux globuleux sur le général, elle reprit : « Le matériel se divise en deux groupes. Il y a les chiffres proprement dits, dont mon collègue va vous entretenir, et il y a le texte des messages chiffrés, dont je vais vous parler. »

N. Fillipov battit des paupières comme pour chasser des poussières de ses yeux. « On a toujours le cœur qui bat quand on met la main sur des codes, à la condition que ces codes nous permettent de déchiffrer des messages ultérieurs. Malheureusement, les codes en question sont des codes qui ne servent qu'une fois… »

Surpris, Viktor se pencha en avant. « Comment pouvez-vous être sûr qu'il s'agisse de codes à usage unique ? »

Les lunettes de Fillipov captèrent un rayon de soleil et s'obscurcirent. « Même si l'on ne possède pas la clé du chiffre, le message codé avec un chiffre à usage unique est assez particulier pour que quiconque ayant une connaissance suffisante des structures des codes puisse le reconnaître d'un message chiffré par ordinateur. On y trouve ce qu'on pourrait appeler une signature. Cette signature est une absence relative de caractère aléatoire. Les codes informatisés sont pratiquement impossibles à briser parce qu'ils arrivent à atteindre un caractère aléatoire quasi, mais pas complètement, absolu. Les chiffres à usage unique sont infiniment moins aléatoires, mais plus sûrs encore que les codes informatisés parce qu'ils ne servent qu'une fois avant d'être jetés comme de vulgaires mouchoirs en papier usagés.

— Autrement dit, les clés de ces codes nous sont totalement inutiles », marmotta le vieux général en lançant un regard de reproche dans la direction de Viktor.

Glebova examina ses notes manuscrites avec la partie basse de ses lunettes octogonales à double foyer. « Quant au texte des messages déchiffrés, déclara-t-elle, les sept exemples que l'on nous a demandé d'analyser sont extrêmement détaillés. Chaque message est signé d'un nom de code. À en juger d'après le contenu des messages, ces noms ne peuvent que se rapporter aux divers membres de l'unité de Contrôle de la limitation des armements. Les messages sont visiblement des rapports des inspecteurs américains adressés au Comité des chefs d'état-major sur ce qu'ils ont vu pendant leurs tournées d'inspection. Prenons le message signé du nom improbable de Bergonza. Il décrit en détail la visite d'installations d'entretien de missiles près d'Alma-Ata. Le capitaine de corvette américain Pierce a visité ces installations il y a une dizaine de jours. Bergonza est donc...

— ... de toute évidence le nom de code de Pierce », acheva Fillipov avec impatience.

Viktor contemplait d'un œil impassible la coiffure en nid d'oiseau de Glebova. Les doigts de la main valide du général frappaient les secondes sur la table. Glebova dut prendre conscience du martèlement car elle sauta directement à la conclusion. « À première vue, le matériel que vous nous avez donné nous est apparu comme une véritable aubaine — des messages chiffrés, avec le texte en clair, adressés au Comité des chefs. Après un examen plus approfondi, il apparaît que ces informations n'ont aucune valeur pratique. Étant donné que ce sont des hommes à nous qui accompagnent les inspecteurs américains sur les sites qu'ils visitent...

— ... nous savons déjà ce qu'ils ont vu, intervint Fillipov, et donc ce qu'ils transmettent à leurs supérieurs sans avoir à lire leurs messages chiffrés. Permettez-moi de vous dire que c'est justement parce que l'on sait ce qu'ils vont mettre dans leurs rapports qu'ils utilisent des chiffres à usage unique, ajouta-t-il. En effet, si l'on pouvait travailler sur plusieurs textes dont le contenu serait en gros déjà connu, il ne serait plus qu'une question de temps de pouvoir briser un code établi par ordinateur. »

Lorsque les deux analystes eurent rassemblé leurs notes et se furent retirés, le général se tourna vers son beau-fils. « Vous connaissez sans doute les dernières nouvelles », aboya-t-il comme si Viktor en était responsable. L'émotion lui déclencha une irritation des sinus et il se mit à éternuer. « Il n'y a pas de limite à l'arrogance de cet homme. Non content de renoncer au rôle directeur du Parti communiste, il vient de se faire élire Président. Il préside à la dissolution du Parti, de l'État et de l'empire. Le comité directeur de Pamiat se réunira à nouveau à la fin du mois. Nous devons trouver un moyen de l'arrêter avant qu'il ne reste plus rien de soixante-dix ans de lutte. »

Le vieux général voulut poursuivre, mais sa voix l'abandonna. Il sortit un inhalateur de la poche de poitrine de son uniforme et projeta trois bouffées d'un gaz écœurant dans le fond de sa gorge. Les larmes lui montèrent aux yeux. Il les essuya du revers de sa main valide. Peu à peu, son souffle se fit plus régulier. « Je ne suis pas content, Viktor, annonça-t-il dès qu'il eut retrouvé un peu de voix. Vous m'aviez promis monts et merveilles, mais vous n'apportez que de la monnaie de singe. »

Viktor défendit son cas avec ferveur. « Avec tout le respect que je vous dois, mon général, j'aimerais attirer votre attention sur un détail critique. Ni l'un ni l'autre de vos analystes n'a suggéré que les informations que l'on nous a transmises aient pu être *fabriquées de toutes pièces*.

— Oui, mais pourquoi risquons-nous notre tête ? Pour des rapports que nous n'avons pas besoin de lire parce que nous savons déjà ce qu'ils contiennent ?

— On ne renonce pas aux vendanges parce que les premières grappes sont décevantes...

— Cela ne me gêne pas de jouer si le jeu en vaut la chandelle... »

Les deux hommes prirent une profonde inspiration. Viktor alla s'asseoir près du général. « Je vous demande de garder à l'esprit que nous n'avions jamais infiltré l'antenne de la C.I.A. au cœur même de l'ambassade, auparavant, dit-il. Même si l'Américain Bassett n'a rien d'autre que de la monnaie de singe dans son coffre, il est bien placé pour mettre la main sur des informations importantes. Pensez au matériel qui attend d'être cueilli aux alentours de ces bureaux... »

Les doigts de la main atrophiée du général se contractèrent. Il les redressa un par un avec son autre main. « Je vous donne dix jours, dit-il enfin. Si vous ne pouvez pas me montrer quelque chose qui justifie le risque à ce moment-là, vous annulerez l'opération.

— Dans dix jours, assura Viktor, l'Américain Bassett nous livrera les bijoux de famille. »

Il s'efforçait de paraître convaincant. Ce n'est que lorsqu'il se retrouva derrière son propre bureau qu'il lui vint à l'esprit que la personne qu'il cherchait en fait à convaincre n'était autre que lui-même.

*

Aïda fit revêtir à Saava son plus beau pantalon brun, son gilet et sa casquette assortis, et le fit monter dans le taxi de Vadim, qui attendait, le moteur tournant au ralenti, au coin du grand ensemble. Saava adorait prendre le taxi et s'asseyait toujours à côté du chauffeur, Dimitri. Cette fois-ci, il prit place à l'arrière, à côté de sa mère.

« Qu'est-ce qu'il va me faire, le docteur ? demanda-t-il nerveusement.

— Je viens de te le dire.

— Eh bien, recommence. »

Aïda passa un bras autour des épaules du garçon et le serra contre elle. « Il va simplement écouter ton cœur avec un stéthoscope, donner un petit coup sur tes genoux avec un marteau en plastique et tapoter le bout de ses doigts contre ta poitrine. Et puis il te posera des questions.

— Quel genre de question ?

— Il voudra savoir si tu dors bien, si tu as bon appétit.

— Tu me donnes ta parole d'honneur qu'il ne m'opérera pas aujourd'hui ? »

Aïda hocha la tête. « Je te le promets. »

L'enfant s'enfouit dans ses bras, pas encore rassuré. Aïda se sentait inquiète elle aussi. Elle se demandait si elle était censée glisser une liasse de roubles au chirurgien américain comme on le faisait avec les médecins russes dont on attendait un traitement particulier. Elle se demandait s'il y aurait un empêchement de dernière minute. Elle se demandait s'ils étaient surveillés.

Suivant les instructions de Vadim, Dimitri les conduisit à Moscou en prenant le chemin le plus long depuis Retchnoï Vokzal, louvoyant dans la circulation puis empruntant un labyrinthe de petites rues avant de les déposer à deux rues de l'hôpital du Kremlin. Pour autant qu'Aïda pouvait en être sûre, personne ne semblait leur accorder la moindre attention. Elle était partie tôt afin de se donner largement le temps de couvrir ses traces. Traînant Saava avec elle, elle sillonna le GOUM, grand magasin d'État situé en face du Kremlin, disparut à un endroit, dans les réserves (tapissées d'étagères métalliques vides) et ressortit par une autre porte, à un autre endroit du magasin.

Un quart d'heure avant l'heure du rendez-vous, elle pressa le petit bouton de sonnette placé à côté de la porte de l'hôpital. Après une courte attente, la porte s'ouvrit devant un infirmier portant l'uniforme le plus blanc qu'Aïda eût jamais vu au cours des centaines d'heures qu'elle avait passées dans des couloirs d'hôpitaux.

« Je suis Zinaïda Ivanovna Zavaskaïa », annonça Aïda. Elle essaya de trouver un ton qui indiquait à cet infirmier à l'uniforme d'un blanc éclatant qu'elle avait des relations, qu'elle était quelqu'un d'important. « Voici mon fils, Saava. Nous avons rendez-vous avec... » Elle tira une feuille de papier de sa poche et prononça le nom du chirurgien américain. « ... le professeur Milt-oun Zyl-ber-stein. »

L'infirmier prit l'air abasourdi. « Le professeur américain Zylberstein ne reçoit pas de patients... »

Aïda sentit plus qu'elle ne vit Saava se réfugier derrière elle. Elle éprouva l'envie soudaine de donner un coup de pied dans la porte et d'écarter d'une secousse cet infirmier qui, visiblement, était mal informé. « C'est au sujet de la transplantation de moelle osseuse. Le professeur américain Zylberstein désire nous examiner tous les deux avant de procéder à l'opération. »

L'infirmier dut prévoir des ennuis car il resserra son étreinte sur la porte. « Le professeur américain ne doit effectuer que deux transplantations, expliqua-t-il à Aïda.

— Mon fils a été choisi pour la première transplantation », insista Aïda.

L'infirmier commençait à comprendre. « Il y a eu plusieurs candidats proposés par diverses personnes. Au bout du compte, la direction de l'hôpital a décidé, sur la suggestion de quelqu'un de très haut placé, de sélectionner deux enfants de minorités non russes. Un petit Azerbaïdjanais et un petit Letton. » Il vit la déception surgir comme un nuage sombre sur les yeux immenses de la femme. « J'imagine que, dans leur esprit, ça ferait bien dans les journaux de laisser le professeur américain opérer des enfants de minorités. Je suis sincèrement désolé si l'on vous a laissé espérer... »

Aïda sentit Saava tirer sur sa jupe pour qu'ils s'en aillent. « Il doit y avoir erreur, protesta-t-elle. Je veux parler directement au professeur américain. »

Aïda commença à entraîner Saava pour entrer, mais l'infirmier lui referma doucement la porte à la figure en disant : « Ce n'est pas possible. »

« Je n'ai pas besoin d'une opération », chuchota Saava, visiblement soulagé que les choses ne se déroulent pas comme sa mère l'avait prévu. « Rentrons à la maison. »

À cet instant, le déclic de la porte se fit entendre. Aïda tourna la poignée, mais la porte était verrouillée. La pensée irrationnelle lui vint que c'était la remarque de Saava qui était cause de tout, alors elle se retourna vers l'enfant et lui assena une forte gifle. Puis, effrayée par ce qu'elle venait de faire, elle le prit violemment dans ses bras et se mit à le bercer d'avant en arrière, dans une crise de sanglots à laquelle il ne manquait que les larmes, retenues hermétiquement tout au fond d'elle-même.

*

Perchés en rangs silencieux sur les bras, la tête et les épaules de bronze terni du poète Maïakovski, une douzaine de pigeons faméliques — les Moscovites avaient pris l'habitude de manger eux-mêmes leur pain sec quand, selon la plaisanterie qui courait, ils ne mangeaient pas carrément les pigeons — contemplaient d'un œil morne les gens qui faisaient la queue devant le premier marchand ambulant de *kvass* d'après l'hiver. À l'autre bout de la place Maïakovski, Ben acheta trois pirojki graisseux enveloppés dans de minces carrés de papier paraffiné à une grosse femme dans une cabane en bois, et les rapporta à Aïda et Saava qui s'étaient assis sur le piédestal de la statue. Saava s'éloigna en grignotant son pirojki pour aller regarder une bande d'enfants courir après les pigeons qui avaient trouvé la force de se poser sur le trottoir en quête de miettes éparses. Aïda, qui n'avait rien mangé depuis l'épisode de l'hôpital, fondit sur le pirojki. La bouche pleine, elle annonça sombrement: « Cette fois-ci, c'est la mort de Saava qu'ils veulent. »

Ben regarda l'interminable flot des prolétaires, pionniers de la révolution manquée de Lénine qui se rendaient à leur travail. « Qu'a dit Vadim ? » voulut-il savoir.

Aïda paraissait désorientée; elle jeta le papier paraffiné après avoir lancé les dernières miettes à un pigeon au plumage en bataille et serra les bras autour d'elle, comme pour se rassembler. Ben se rappela ce geste: la première fois qu'il le lui avait vu faire, ils se tenaient dans la tempête de neige, devant le café *Droujba*, juste avant qu'il ne lui dise qu'il souhaitait sur le Christ ne jamais la revoir. « J'étais tellement folle d'inquiétude », disait Aïda en suivant des yeux Saava qui observait les autres enfants, « que je l'ai giflé, comme si c'était de sa faute si l'on nous avait fermé la porte au nez. Alors la violence est bien un cercle et Saava a été ma première victime. Il est tout à fait clair que je perds la raison. »

Ben lui secoua le bras. « Qu'a dit Vadim ? »

Elle inclina la tête en arrière et contempla la fine traînée de nuages qui dérivait dans le ciel. « Il a dit... la même chose que l'infirmier. Que l'ordre était venu d'en haut. Que Saava et l'autre garçon avaient été remplacés par deux enfants des minorités ethniques pour raisons politiques.

— Quand tu es allée à la planque hier, ont-ils fait mention de l'incident de l'hôpital ?

— Ils se sont montrés très polis. Ils m'ont apporté du thé et des gâteaux. Quand j'ai eu terminé, l'un d'eux a débarrassé la tasse et la soucoupe puis m'a montré un film où je baisais comme un animal. »

Ben lui ramena la tête sur les épaules. « C'était ta première arrestation », lui rappela-t-il doucement.

Tout en courant après les pigeons qu'ils ne voulaient pas réellement attraper, les enfants hurlaient de rire. Aïda frissonna et se redressa. « Tu as raison, dit-elle. Je dois combattre ce besoin de me réfugier dans le passé pour fuir le présent. Celui qui a ces affreuses dents noircies par le tabac m'a fait entrer. Depuis quelque temps, il se permet de petits commentaires du genre : l'hiver est bien terminé les bourgeons sont apparus tôt sur les arbres cette année ; dans votre poème *Géographie*, faut-il prendre les mots longitude et latitude dans un sens ouvertement sexuel ? Mais cette fois-ci, il en est venu tout de suite au sujet de notre rencontre. Il m'a chargée de te dire qu'ils étaient très déçus par les informations que tu leur avais transmises. Il m'a chargée de te dire qu'ils cessaient tout contact et annulaient l'opération. Il m'a chargée de te dire que mon permis de séjour à Koutchkovo était abrogé. Il m'a chargée de te dire que j'avais trois jours pour faire mes valises et celles de Saava et pour quitter la ville. Il n'était pas question, cela allait sans dire mais il l'a dit quand même, d'obtenir de nouvelles doses de Purinéthol. Au moment où je partais, il m'a chargée de te dire d'aller te faire foutre. Alors, mon cher amour... » Les yeux gris et sauvages d'Aïda, privés de leur innocence, encore capables de tuer mais jamais pour le plaisir, demeuraient rivés sur les siens. « Je t'en prie, va te faire foutre ! »

Ces paroles le frappèrent comme une gifle. Il comprit confusément qu'il était devenu la seconde victime d'Aïda. Il cligna des yeux et recula hors de portée.

Effrayée par la facilité avec laquelle elle se laissait emporter par la violence, Aïda chercha Ben et l'attira dans une étreinte où ils se touchèrent à peine. « La première fois que j'ai renoncé à ma lucidité pour mon désir, murmura-t-elle d'une voix rauque, mon amant polonais m'a trahie en mourant. La deuxième fois, c'était avec toi, et cela se termine mal aussi. »

Au-dessus de leur tête, sur les bras, les épaules et le crâne ternis de Maïakovski, les pigeons faméliques se mirent à roucouler avec ce qu'Aïda prit pour de la sympathie. Si tu as des problèmes, semblaient-ils lui dire, qu'ils te servent au moins à quelque chose.

*

Prenant distraitement des graines de tournesol dans un cornet de papier journal, les ouvrant avec ses incisives puis crachant la cosse sur le trottoir, Manny Custer lorgna la statue de Maïakovski, ce poète flamboyant qui avait un jour invité le soleil à venir prendre le thé avec lui. Manny se rappela qu'à trente-six ans, Maïakovski avait composé un petit mot d'adieu...

La vie et moi sommes quittes,
il n'y a aucun intérêt
à faire le compte
des blessures mutuelles
des maux
et des affronts.
Bonne chance à vous tous !

... puis s'était tiré une balle dans le cœur. Ce suicide, Manny le savait, avait été l'aboutissement d'une profonde désillusion. Mais à propos de quoi ? De la révolution qui s'égarait ? De la lumière qui manquait ? De l'amour qui échouait ? Ou de tout cela en même temps ? Manny resta discrètement à un coin de la place Maïakovski pour observer les deux silhouettes assises sur le piédestal. La légèreté avec laquelle elles s'accrochaient l'une à l'autre attestait la fragilité de leurs relations. À ce moment-là, l'homme, une trentaine d'années, des cheveux noirs ébouriffés et les yeux vifs et attentifs de quelqu'un de trop rationnel pour être passionné, s'écarta de la femme. Il se leva et traversa la rue pour se rendre à une cabine téléphonique. Il introduisit une pièce dans la fente et composa un numéro. Il parla un instant, écouta, prononça encore quelques mots et raccrocha. Debout sur le bord du trottoir, il regarda la femme près de la statue de Maïakovski attraper un enfant par la main puis, fonçant sur les pigeons qui picoraient par terre, se diriger vers la station de métro. Ce n'est que lorsque la femme et l'enfant eurent disparu que l'homme se retourna et se perdit dans la foule.

Un : En suivant Bassett à distance respectueuse lorsqu'il avait quitté l'immeuble, plus tôt ce matin-là, Manny avait remarqué la paysanne, toujours vêtue de son épais pardessus militaire matelassé malgré la douceur relative de la température, occupée à vendre du persil aux gens qui faisaient la queue à l'arrêt d'autobus. Quand Bassett était passé devant elle, elle avait levé un bouquet de persil. Un jeune prêtre orthodoxe rasé de frais avait alors quitté la queue pour filer Bassett qui se dirigeait vers la station de métro. Une fois dans la station, le prêtre avait soulevé son chapeau et passé la main dans ses cheveux avant de s'éloigner, remplacé, si l'instinct professionnel de Manny n'avait pas perdu son acuité, par un jeune homme en blue-jean délavé qui portait une poche en plastique contenant des posters roulés. À présent, toujours posté au coin de la place

Maïakovski, Manny vit le même jeune homme se hisser sur le piédestal de la statue et pointer une affiche roulée dans la direction de Bassett qui disparaissait. Un ouvrier assis au volant d'un pick-up garé près de la cabine fit démarrer son moteur et partit lentement à la suite de Bassett.

Deux: La femme bien charpentée et harmonieusement proportionnée qui s'était tenue assise près de Bassett sur le piédestal avait semblé terriblement familière à Manny. Ce ne fut que lorsqu'elle fonça comme un brise-glace sur les pigeons, les affolant complètement, qu'il trouva ce qu'il cherchait. C'était la même femme que celle qui était sortie tard, un soir, de l'immeuble en compagnie de Bassett. C'était la même femme que celle qui avait fendu la foule comme un brise-glace après le récital de poésie qu'elle avait donné devant les Américains à la Spaso House.

La femme que Bassett avait dans sa vie était la poétesse russe Zinaïda Ivanovna Zavaskaïa.

22

Assis en face de Viktor, de l'autre côté d'une table miteuse au milieu d'une pièce miteuse au troisième étage d'un immeuble gothique stalinien miteux des monts Lénine, en train de faire fondre des morceaux de sucre dans une tasse de thé trouble avec une vilaine cuiller sans doute fauchée à la cantine d'à côté, Ben crut entendre le rire étouffé de son grand-père résonner dans son crâne. Si tu as l'intention de bouffer avec le diable, lui criait le vieillard avec ce ricanement si particulier qui était presque une toux et qu'il émettait toujours quand il donnait des conseils que personne ne lui demandait, fais attention de prendre une longue cuiller.

Trop tard pour les longues cuillers, pensa Ben.

« Venez-en au fait », fit sèchement Viktor depuis son côté de la table. Sa goutte l'avait empêché de dormir une partie de la nuit. Imaginer ce que sa femme était en train de faire à Kalinine l'avait empêché de dormir le reste du temps. Au matin, il était d'une humeur épouvantable, ce qui n'avait pas échappé à sa secrétaire, Evguenia Leonovna, lorsqu'il s'était plaint du temps, du contenu des télégrammes de la nuit, du thé et des crissements de sa chaise en une seule phrase.

L'homme au visage en forme de poire et aux dents

noircies par le tabac qui se tenait debout devant la double porte comme s'il montait la garde releva le poignet élimé de son gros pull-over tricoté à la main et consulta sa montre. « Nous n'avons pas que ça à faire, fit-il remarquer sur un ton irrité...

— Le fait est... », commença Ben. Il respira profondément.

« Est ? reprit impatiemment Viktor.

— Le fait est que je ne suis pas ce que j'ai l'air d'être. »

Sa goutte soudain oubliée, Viktor jeta un regard triomphant en direction du miroir puis revint vers l'Américain. « Seriez-vous en train de nous dire que vous n'êtes pas réellement l'intendant des célèbres Sept Nains ? »

Ben hésita, puis hocha la tête à contrecœur.

Viktor regarda Ben se mordre la lèvre inférieure jusqu'à ce qu'une goutte de sang apparaisse. Allait-il faire le saut ?

« Mon travail d'intendance, avoua enfin Ben, n'est qu'un écran. J'ai été envoyé à Moscou avec une mission spécifique. »

Viktor se pencha vers son interlocuteur comme si le fait de s'en rapprocher physiquement allait lui permettre de capter plus vite ses paroles. « Et quelle est cette mission spécifique ? demanda-t-il d'une voix très douce.

— J'efface toutes les traces d'une opération de la C.I.A. qui s'appelle Herbe de Fer. »

L'homme au visage en forme de poire fit un pas en direction de Ben. « En quoi consiste cette opération Herbe de Fer ? »

Ben secoua la tête.

« Vous ne savez pas ou vous refusez de parler ? demanda un homme avec une barbe blanche, debout devant la porte de la petite cuisine.

— Je ne sais pas.

— Comment est-il possible que vous ne sachiez pas ? »

Viktor fit taire son chef de service d'un geste de la main. « Dites-nous ce que vous savez, demanda-t-il à l'Américain.

— Je suis ce qu'on appelle un balayeur, dit Ben. Je passe systématiquement en revue toutes les listes des câbles chiffrés d'information compartimentée ultra-secrète de ces dernières années. C'est une catégorie de câbles tellement secrets que les messages sont chiffrés sur des carnets de clés-blocs et décodés par leur seul destinataire. Mes instructions sont de rechercher à Moscou tout message portant le nom de code Herbe de Fer.

— Que faites-vous de ces messages marqués Herbe de Fer lorsque vous en trouvez ? questionna Viktor.

— Je déchire le message chiffré et jette les morceaux dans une poche à brûler. Je détruis le texte en clair correspondant. Je truque les registres des chiffres du chef d'antenne afin qu'il ne subsiste aucune trace que le message a été envoyé. Quand la référence au message Herbe de Fer se trouve en bas de page, je l'efface et modifie le nombre des entrées de la journée. Quand elle tombe ailleurs, je l'efface et la remplace par la référence d'un message qui n'existe pas.

— Que faisiez-vous pendant les quatre mois que vous avez passés à Prague ?

— La même chose. À la seule différence que le nom de code de l'opération que je devais effacer était Bouton d'Or.

— Est-il prévu que vous vous rendiez dans d'autres ambassades ?

— Non. Seulement Prague et Moscou.

— Vous devez bien avoir une idée de ce que recouvrent Bouton d'Or et Herbe de Fer ? » insista Viktor.

Ben haussa les épaules. « Je n'en ai pas la moindre idée. »

Toujours posté près du mur, l'homme au visage en poire lança : « Vous voudriez que nous croyions que vous effacez toutes les traces de deux opérations sans savoir du tout de quoi il s'agit ? »

Ben répliqua, d'une voix pénétrée : « Libre à vous de me croire ou de ne pas me croire. C'est la vérité. »

Viktor réfléchit un instant. « Savez-vous ce qui relie Bouton d'Or et Herbe de Fer à Prague et à Moscou ? »

Ben secoua la tête.

Viktor s'appuya sur le dossier de sa chaise. « Résumons-nous. Vous êtes un balayeur, d'abord envoyé à Prague, puis à Moscou, pour ratisser les câbles d'information compartimentée ultra-secrète de la C.I.A. et détruire tous messages et traces de ces messages des registres à la moindre allusion à des opérations baptisées Bouton d'Or et Herbe de Fer. Vous n'avez aucune idée de ce que recouvrent Bouton d'Or ou Herbe de Fer. Jusque-là, j'ai bien tout compris ? »

Ben hocha la tête une fois.

Le chef de service de Viktor demanda : « Jusqu'à quand remontent les messages marqués Bouton d'Or et Herbe de Fer ?

— Que ce soit pour Prague ou pour Moscou, mes instructions étaient de commencer par les câbles de 1967 et de continuer jusqu'en 1985.

— Date à laquelle l'opération Herbe de Fer a sûrement été interrompue », analysa Viktor. Il s'exprimait à présent sur un ton très poli ; il était de toute évidence intrigué par l'histoire de Ben.

« C'est ce qu'il semble », convint Ben.

Viktor croisa les bras sur sa poitrine et laissa tomber son menton qui toucha bientôt sa cravate. Il ferma les yeux. Ben eut l'impression qu'il faisait la sieste. Puis Viktor émergea soudain de sa rêverie. « Qui vous emploie ? » demanda-t-il.

Ben secoua la tête. « Je ne suis même pas sûr de ça.

— Il faut bien que quelqu'un vous ait donné la marche à suivre », commenta l'homme au visage en poire depuis son mur.

Ben répondit en regardant Viktor. « J'ai appris à me servir de carnets de clés-blocs avec des agents secrets des services de renseignements de l'armée, dit-il. Les ordres spécifiques m'ont été donnés par une sorte d'instructeur qui se faisait appeler Marlowe. Il m'a montré des papiers comme quoi il était chef de sécurité auprès du Département d'État, mais je n'y ai jamais vraiment cru. Si je devais me prononcer, je dirais qu'il est de la C.I.A. et qu'il s'occupe d'opérations.

— Qu'est-ce qui vous fait penser cela ?

— Il était très taciturne. Il ne disait que le strict nécessaire. Rien de plus. C'était quelque chose d'ancré en lui. Ça ne pouvait venir que de nombreuses années de travail clandestin. Les gens du Département d'État travaillent au grand jour Ils s'ouvrent davantage quand ils vous parlent. »

Viktor demanda une description physique de Marlowe. Ben la lui donna. C'était un homme d'une petite cinquantaine d'années, plutôt costaud, frisant même l'embonpoint, mais qui se mouvait avec une grâce incroyable, presque comme un danseur de ballet. Il avait le cheveu rare et prématurément gris, les dents inégales, et il s'exprimait d'une voix un peu traînante qui évoquait pour Ben un vague accent texan. Il souriait peu et, quand cela arrivait, il donnait l'impression de souffrir.

Ses cheveux blonds vibrant d'excitation, le chef de service Krostine approcha une chaise de la table. « Venons-en aux détails, dit-il en s'asseyant. Commencez par votre mission à Prague. Vous avez effacé des traces de messages. Combien ? Que vous rappelez-vous de leur contenu ? »

Ben regarda Viktor. « Et l'enfant ? Les soixante-quinze milligrammes de mercaptopurine-6 qu'il est censé prendre quotidiennement ? »

Viktor fit un signe de tête en direction de Krostine, qui tira le petit sachet de papier brun de la poche de sa veste. Il tendit le bras par-dessus la table et le posa devant l'Américain. Ben ouvrit le sachet et remua les cachets du bout de l'index. « Une fois que je vous aurai donné les informations que vous désirez, qu'est-ce qui me garantit que vous continuerez de fournir les médicaments nécessaires pour le petit ? » voulut savoir Ben.

Fronçant les sourcils avec impatience, Krostine commença à dire qu'on ne pouvait plus reculer une fois qu'on avait entamé l'ascension d'une falaise, mais Viktor l'interrompit. « C'est une question logique et elle mérite une réponse », décida-t-il. Il dévisagea Ben d'une manière qu'il souhaita paternelle. « Vous me faites l'impression d'un individu rationnel. Mettez-vous à notre place. Vous venez de nous apprendre que la Central Intelligence Agency américaine a conduit à Prague une opération dont le nom de code est Bouton d'Or, et une autre opération à Moscou dont le nom de code est Herbe de Fer. Maintenant, pour des raisons que vous assurez ne pas comprendre et que nous ne pouvons qu'essayer de deviner, la C.I.A. tente d'effacer toute trace de ces opérations. S'il y a une chose que nous voulons éviter à tout prix, c'est que la C.I.A. n'apprenne que nous connaissons l'existence de Bouton d'Or et d'Herbe de Fer et que nous savons que ces opérations étaient suffisamment importantes pour que la C.I.A. veuille en effacer toute trace ; notre savoir ne nous sera utile que si la C.I.A. ne sait pas que nous savons. Cela ne nous laisse que deux possibilités quant à vous, la Zavaskaïa et son fils. Nous pourrions vous éliminer tous les trois. Je vous parle franchement ; je ne cherche pas à vous effrayer, seulement à vous ouvrir les yeux. Réfléchissez : même si votre mort présentait toutes les apparences d'un accident, cela pousserait inévitablement les Américains à soupçonner que nous avons découvert votre mission clandestine et provoqué votre accident. La seconde possibilité, de loin la plus sûre et la plus fructueuse du point de vue du renseignement, est de vous garder heureux. Pour des raisons qui vont de soi, nous pouvons compter sur le fait que vous ne révélerez pas aux Américains que vous êtes devenu un agent du K.G.B. Quand vous aurez terminé d'effacer toute trace d'Herbe de Fer des listes de câbles chiffrés d'information compartimentée ultra-secrète du chef d'antenne de la C.I.A., vos patrons de Washington trouveront la première excuse pour vous rappeler là-bas. À ce moment-là, il n'y aura aucune raison pour que nous ne laissions pas la Zavaskaïa et son fils émigrer. Zavaskaïa acceptera l'émigration si c'est la condition pour que son fils puisse subir l'opération qui le guérira. Ce que vous ferez alors vous regardera. Vous pourrez vous arranger pour feindre une première rencontre en Europe ; vous pourrez retomber amoureux depuis le départ. Qu'y a-t-il, je vous le demande, de plus délicieux que de tomber amoureux de quelqu'un qu'on aime déjà ? Vous pourriez même vous marier.

— Vous êtes très convaincant, reconnut Ben.

— Les paysans ont un dicton, fit remarquer Viktor. Le seul poids de la vérité suffit à convaincre. » Il repoussa sa chaise et se leva. Curieusement, cela faisait des années qu'il ne s'était pas senti aussi grand ; aussi grand et aussi jeune. L'adrénaline qui avait coulé dans ses veines le jour où il avait tué le soldat de la Wehrmacht à coups de baïonnette le stimulait à nouveau. Il n'y aurait bientôt plus d'ennemis à combattre ni de guerre froide à faire, mais, jusque-là, le jeu en valait la chandelle.

Viktor se rendit dans la petite cuisine et en revint avec une bouteille glacée de vodka bison polonaise et quatre gobelets. Il les remplit et proposa un toast.

« À nos ennemis, dit-il en levant bien haut son verre. Puissent-ils être toujours présents quand on a besoin d'eux. »

Krostine, qui détestait l'alcool, trempa ses lèvres dans la vodka pour se montrer poli. Puis il posa son verre et se concentra sur Ben. « Commencez par votre mission à Prague, dit-il pour la seconde fois. Vous avez effacé toute trace de messages. Combien ? Qu'avez-vous retenu de leur contenu ? »

*

La journée avait commencé plutôt couverte et s'était encore assombrie. À midi, des nuages impénétrables faisaient un dais noir au-dessus de Moscou. Le vent s'engouffrait dans les boulevards de la ville et plaqua bientôt la pluie contre les vitres de la salle de conférence du général. À l'intérieur, Olga Glebova, qui avait été surprise par l'orage pendant la pause déjeuner, frissonnait. Elle avait les souliers et le bas de sa robe trempés. Des mèches de cheveux mouillés s'échappaient en tous sens du nid d'oiseau blond décoloré qui se dressait sur sa tête, comme s'il était chargé d'électricité statique. Derrière ses doubles foyers octogonaux, ses yeux paraissaient plus globuleux encore qu'à l'accoutumée et son visage plus tiré.

La Deuxième Direction générale avait lâché le paquet ; Viktor leur avait donné les dernières informations — ainsi que leur source. Le dossier avait tellement captivé Glebova qu'elle en avait raté ses règles. « Ce qui m'intrigue, disait-elle maintenant au vieux général dans un chuchotement excité, c'est que les Américains en fassent autant pour brouiller les pistes, pour effacer toute trace de l'opération nom de code Herbe de Fer...

— Ce qui pourrait être une façon d'attirer l'attention sur Herbe de Fer », fit remarquer le général de sa voix rocailleuse. Son instinct lui dictait que tout groupe de travail avait besoin d'un avocat du diable. Viktor et ses hommes étaient de toute évidence sûrs d'être tombés sur le filon principal, ce qui réduisait à lui seul la liste de ceux qui pouvaient tenir ce rôle.

Les sourcils blancs et broussailleux de N. Fillipov esquissèrent une danse désapprobatrice. « Il faudrait être complètement naïf pour ne pas prendre cette possibilité en considération », fit-il d'une voix plaintive qui rappela à Viktor, qui suivait la conversation depuis l'autre côté de la table, un loup hurlant à la lune. Fillipov cambra le dos et sortit le menton afin d'indiquer par toute l'attitude de son corps que la naïveté n'entrait pas au nombre de ses faiblesses. « Il y a plusieurs arguments qui vont cependant à l'encontre de cette thèse. Tout d'abord, il convient de garder à l'esprit que ce n'est pas l'Américain Bassett qui est venu à nous mais que c'est nous qui sommes allés le chercher. Ajoutons à cela sa réticence évidente à coopérer...

— On devait lui arracher chaque information comme on arrache une dent », intervint Krostine, assis près de Viktor.

Remarquant que les plis dubitatifs se creusaient encore sur le front du général, Viktor lança un regard d'avertissement en direction de Krostine. Attention, c'est la séance des analystes, semblaient avertir ses yeux.

Fillipov retroussa ses lèvres gercées, les humidifia

du bout de sa langue rose et agita la tête avant de reprendre la parole. « Nous devons aussi mettre dans la balance que l'Américain Bassett ne sait visiblement pas ce qu'est ou qui est Herbe de Fer. Il nage tout autant dans le brouillard que nous. C'est un simple balayeur qui s'acquitte d'une tâche technique qu'il trouve fastidieuse. »

Les doigts de la main atrophiée du général se rétractèrent en faisant signe à Glebova. Elle se pencha vers lui avec attention.

« Herbe de Fer, marmonna-t-il.

— Herbe de Fer ? répéta Glebova, hypnotisée par les doigts rétractés du général.

— Qu'est-ce qu'Herbe de Fer ? » précisa le général.

Glebova rectifia la question du général : « *Qui est Herbe de Fer ?* prononça-t-elle en détachant bien chaque mot. Si l'Américain Bassett nous dit la vérité...

— Et nous n'avons jusqu'à présent aucune raison d'en douter, intervint Fillipov avec impatience.

— Si, comme je le disais, il nous dit bien la vérité, reprit Glebova, nous pouvons en déduire que l'opération a commencé en 1967 et s'est terminée en 1985. En supposant, comme cela semble vraisemblable, que l'opération impliquait un citoyen soviétique qui serait passé du côté de la Central Intelligence Agency mais qui serait resté ici comme agent en place, la première question que nous pouvons nous poser est...

— Pourquoi l'opération s'est-elle terminée en 1985 ? acheva pour elle Fillipov. Nous avons envisagé la possibilité que l'agent en place soit mort en 1985, continua-t-il, mais nous avons écarté cette hypothèse pour la simple raison que si l'agent en place était mort, les Américains n'auraient alors aucune raison de brouiller les pistes.

— Nous avons envisagé la possibilité que l'agent

en place ait pris peur, dit Glebova, mais nous avons écarté aussi cette hypothèse car il est peu vraisemblable que les Américains le laissent prendre sa retraite ; nous avons le sentiment qu'ils le forceraient plutôt à continuer en le faisant chanter.

— Nous pensons donc, déclara Fillipov d'une voix funèbre, qu'ils effacent toute trace de l'opération parce que Herbe de Fer a été nommé à un poste important de la superstructure.

— À un poste, souligna Glebova avec excitation, où il pouvait exercer une influence sur des décisions politiques.

— À un poste où il pouvait se révéler beaucoup plus utile aux Américains que quelqu'un qui se contentait de livrer des informations, ajouta Fillipov.

— Vous voyez où nous voulons en venir ? demanda Glebova au général. Afin de protéger leur agent en place, ils ont cessé tout contact avec lui en 1985. Puis, comme l'agent en place continuait de monter dans les hautes sphères de la hiérarchie, ils ont décidé d'effacer toute trace de leur collaboration. »

Une fois encore, les doigts du général se rétractèrent. « Et Prague ? grommela-t-il.

— Prague ? répéta Glebova, les yeux rivés sur les doigts déformés du général.

— Quel est le lien entre Prague, Moscou et Herbe de Fer ? »

Glebova essaya de rentrer quelques mèches rebelles dans leur nid, mais ne parvint qu'à créer plus de désordre encore dans sa chevelure. « L'Américain Bassett assure avoir effacé entre quinze et vingt messages Bouton d'Or durant ses quatre mois à Prague, énonça-t-elle lentement. Il a pu reconstituer pour nous la teneur générale de huit de ces messages. Les messages de Prague faisaient référence à quelqu'un qui avait comme nom de code Bouton d'Or. Ce Bouton d'Or semblerait être citoyen tchécoslovaque. À en juger par sa capacité à voyager longuement tant à l'Ouest qu'à l'Est, il était sans doute lui-même un communiste de haut rang. Bouton d'Or semble avoir connu Herbe de Fer intimement depuis de nombreuses années ; certains signes donnent à penser qu'ils auraient étudié ensemble à l'université. Il apparaît clairement que ni Bouton d'Or ni Herbe de Fer n'ont trahi leur pays pour de l'argent. Dans un message, il semble être fait brièvement référence à un compte en Suisse. Il est vraisemblable que les Américains proposaient de verser des fonds sur un compte suisse numéroté. À en juger d'après les excuses contenues dans un autre message...

— À en juger d'après ces excuses, l'interrompit impatiemment Fillipov, Bouton d'Or s'est senti insulté par une telle proposition et a refusé de la transmettre à Herbe de Fer.

— Tout cela est très vague », décréta le général en agitant sa main valide comme pour chasser de la fumée. « Beaucoup de suppositions. Peu de faits vérifiables. »

Glebova émit un reniflement qui semblait dire : nous travaillons avec ce que vous nous donnez. Fillipov, qui sembla fixer du regard un point au milieu de la table, fit observer : « Nous sommes toujours avides de faits vérifiables, ne serait-ce que pour étayer nos suppositions.

— Et comme nous nous appuyons sur la mémoire de l'Américain Bassett, nota Glebova, nous sommes, ainsi que le suggère le général, en manque de faits vérifiables. Mais cela va changer. La Deuxième Direction générale », Glebova se laissa presque aller à un sourire en direction de Viktor, « a fait en sorte que l'Américain Bassett fournisse des copies de tous les messages Herbe de Fer qu'il trouve et doit effacer. À partir de ce moment-là nous devrions pouvoir travailler sur des faits vérifiables. Et procéder aux recoupements et contre-vérifications qui s'imposent. »

L'esprit et le regard visiblement ailleurs, Fillipov marmonna : « Petit à petit, l'oiseau fait son nid. » Puis, toujours comme s'il se parlait à lui-même, il continua : « Les fragments épars dont nous disposons ne sont pas sans une certaine harmonie. Prenons par exemple l'un des tout premiers messages entre Bouton d'Or et son officier traitant à Washington. Bouton d'Or propose d'essayer de recruter un de ses amis russes, quelqu'un qu'il connaît depuis l'université — soit il n'a pas spécifié de quelle université il s'agissait, soit l'Américain Bassett a oublié ce détail. D'après Bouton d'Or, son ami russe en voulait au Parti à cause de quelque chose qui serait arrivé à un ami d'enfance resté très proche, de nationalité kalmouke.

— Kalmouke ? interrogea Krostine.

— Les Kalmouks, expliqua Glebova, formaient une tribu musulmane relativement restreinte, qui a été déportée par Staline en Sibérie dès la fin de la Grande Guerre patriotique pour cause de collaboration avec l'envahisseur allemand. Avant leur déportation, ils vivaient pour la plupart dans l'unité administrative de Stavropol bien qu'ils se soient en fait répartis un peu partout dans le Caucase. Soit Herbe de Fer a connu le Kalmouk en question à l'université ou après, lors d'une affectation, soit il est lui-même originaire du même *kraï* de Stavropol. »

Fillipov examinait Viktor et ses deux associés comme s'il venait juste de remarquer leur présence. Il se retourna vers le général. « Bouton d'Or a rendu visite à Herbe de Fer à Moscou pendant l'hiver 1967. Plusieurs messages que l'Américain Bassett se souvient d'avoir effacés parlaient en détail de cette rencontre et d'autres rencontres ultérieures. Une cache a été organisée. Bouton d'Or et Herbe de Fer ont discuté pendant tout l'après-midi et une partie de la soirée. C'est apparemment lors de cette rencontre que Herbe de Fer a été recruté pour travailler pour la C.I.A., avec Bouton d'Or comme coupe-circuit. Une deuxième rencontre a eu lieu lors d'un voyage d'Herbe de Fer à Prague en automne 1969. Une fois encore, la C.I.A. avait prévu une cache. Une troisième rencontre a eu lieu à Bruxelles, mais l'Américain Bassett ne se souvenait pas de l'année. Les Américains avaient fait monter Bouton d'Or par un escalier de service de l'hôtel d'Herbe de Fer. Ils ont parlé toute la nuit. Herbe de Fer a alors appris toutes les finesses des boîtes aux lettres mortes. Il y a eu une quatrième rencontre sur les bords de la mer Noire, dans un sanatorium du K.G.B. à Kislovodsk. Cette fois encore, l'Américain Bassett n'a pas pu mettre de date sur la rencontre.

— C'était le sanatorium où feu notre secrétaire général Andropov avait l'habitude d'aller se reposer, se rappela le général. J'ai été une fois invité à aller passer un week-end avec lui, là-bas. »

La tête de Glebova s'agitait, comme portée par un courant. « Le fait qu'Herbe de Fer ait eu accès au sanatorium du K.G.B. de Kislovodsk, dit prudemment Glebova, pourrait suggérer qu'il était soit un membre éminent de notre propre organisation...

— Soit qu'il faisait partie de l'entourage d'Andropov et lui servait de consultant, termina à sa place Fillipov.

— Et les messages de Moscou ?

— Jusqu'à présent, l'Américain Bassett a épluché la liste des câbles chiffrés d'information compartimentée ultra-secrète des années 1967 à 1975. Cette fois encore, il estime avoir effacé toute trace d'une douzaine à une quinzaine de messages. Il a pu reconstituer le contenu de cinq de ces messages avec une assez grande précision. Sur ces cinq messages, il y en a deux qui fournissent à Herbe de Fer des informations techniques... »

Fillipov intervint : « Des listes de boîtes aux lettres mortes à Moscou avec le nom de code de chacune, des adresses en Europe de l'Ouest où il pouvait envoyer d'innocentes cartes postales indiquant à ses officiers traitants qu'il déposait quelque chose dans telle ou telle boîte aux lettres morte, ce genre de choses.

— Un troisième message, reprit Glebova, demandait à ses officiers traitants s'ils pourraient lui faire quitter l'Union soviétique, à lui et à sa famille, au cas où il se sentirait cerné d'un peu trop près par le K.G.B. ; il y a apparemment une femme et un enfant sur ce qu'Herbe de Fer appelle sa liste du Jugement dernier, mais il n'y a aucune indication sur le sexe ou sur l'âge de l'enfant. Un quatrième message, apparemment daté de 1971, tentait de donner une analyse des points forts et des points faibles des divers membres du Politburo et envisageait qui pourrait succéder à Brejnev au poste de secrétaire général du Parti si celui-ci venait à mourir. Une fois encore, le nom d'Andropov joue un rôle prépondérant ; Herbe de Fer semblait convaincu qu'Andropov avait une très bonne chance de décrocher la première place malgré des tendances réformistes. Herbe de Fer semble aussi avoir été persuadé que son étoile monterait à l'intérieur de la superstructure si celle d'Andropov montait.

— Qui qu'ait été Herbe de Fer, assura Fillipov avec véhémence, Andropov le connaissait et l'aimait bien.

— Andropov connaissait des centaines de personnes », fit remarquer aigrement le général. Il secoua la tête avec exaspération. « Vous disiez que l'Américain a pu reconstituer cinq messages.

— Le cinquième message est très curieux, avoua Glebova.

— Très curieux, répéta Fillipov pour lui-même.

— Jusqu'à ce moment-là, les Américains avaient pris garde de ne jamais contacter Herbe de Fer directement ; tout se faisait en passant par des coupe-circuit comme Bouton d'Or, ou en se servant de boîtes aux lettres mortes. Puis, durant l'été 1971, Herbe de Fer, pour une raison inconnue, a insisté pour parler à l'un de ses officiers traitants américains. Quelqu'un s'est donc rendu en Russie comme membre d'une délégation d'écologistes. Herbe de Fer a pu passer le prendre en voiture et l'a emmené faire une longue balade durant laquelle il a essayé de convaincre son interlocuteur que les Américains devaient absolument accroître d'année en année leurs dépenses militaires afin de forcer les Russes à suivre le même rythme. Son argument était que, contrairement aux Américains, les Russes ne pouvaient pas se permettre d'acheter en même temps du beurre et des armes...

— Que l'économie s'effondrerait, expliqua Fillipov, et que cela mettrait en place les conditions objectives nécessaires à l'élection d'un réformateur à la tête du Parti.

— Cette analyse des motivations américaines n'est pas nouvelle, fit observer le général. Pourquoi qualifiez-vous ce message de curieux ?

— Ce qui est curieux, répondit Fillipov à la place de Glebova, c'est un incident, décrit par l'auteur américain du message, qui s'est déroulé alors qu'Herbe de Fer conduisait sur une route de campagne. Ils ont été arrêtés par un tracteur tombé en panne et qui bloquait la route. D'après son compagnon américain, Herbe de Fer est sorti de la voiture, a roulé ses manches et a entrepris de réparer le moteur du tracteur — il a retiré un filtre diesel et l'a nettoyé, il a purgé l'air du système d'alimentation en carburant, puis il a tout remonté et a fait démarrer le moteur. Le conducteur du tracteur a même dit en riant à Herbe de Fer qu'avec une telle habileté, il pourrait sans problème trouver une place de directeur d'une station de motoculture. »

Les sourcils de Fillipov s'arquèrent dans la souffrance de la révélation. « Vous voyez où tout cela nous mène ? Herbe de Fer est visiblement un apparatchik, il appartient pour le moins à l'élite de la Nomenklatura et il travaille à partir de la superstructure. Il porte une veste et une cravate pour aller au bureau. Il a probablement une secrétaire et il a probablement des subordonnés. Il connaît Andropov, se considère peut-être même comme une sorte de protégé de ce dernier. Pourtant, il peut soulever le capot d'un tracteur et réparer le moteur.

— Vous vous rappelez le Kalmouk qui venait du kraï de Stavropol ? » intervint Glebova en articulant bien chaque mot.

Le vieux général secoua la tête avec emportement. « Probablement ceci, probablement cela. Herbe de Fer est probablement allé à l'université, il a probablement eu un ami tchèque qui occupait probablement un poste élevé au sein du Parti à Prague ; il était probablement marié et avait probablement un enfant quand il a demandé à la C.I.A. de lui organiser une fuite en cas d'urgence ; il connaissait probablement Andropov et a sans doute monté dans la hiérarchie (en admettant qu'il ne soit pas mort) en 1985 ; il a probablement eu un ami kalmouk et se trouvait probablement à Moscou en 1967 et à Prague en 1969, il s'est probablement rendu à Bruxelles et dans un sanatorium du K.G.B., au bord de la mer Noire, à un moment ou à un autre de sa vie ; il a probablement travaillé dans une ferme collective dans sa jeunesse, sinon, comment aurait-il pu apprendre à réparer un moteur de tracteur ? » Les épaules du général se soulevèrent. Il se tourna pour la première fois vers son beau-fils et demanda :

« Dites-moi, Viktor, combien de personnes ont-elles été nommées à des postes importants lors du changement de gouvernement en 1985 ?

— Plusieurs milliers, au moins.

— Sur ces gens-là, combien avaient à l'époque une femme et un enfant ? Combien auraient entretenu des relations avec Andropov ? »

Au lieu de répondre aux questions du général, Viktor s'adressa à Glebova. « Vous n'avez pas évoqué l'affaire de ce Marlowe. »

Glebova se raidit. « Je ne l'ai pas oubliée, dit-elle de sa voix laborieuse. Je gardais le meilleur pour la fin. » Elle examina ses notes afin de se rafraîchir la mémoire puis leva les yeux en direction du général. « Avant d'être envoyé à Prague, l'Américain Bassett a reçu ses instructions d'une personne qui se prétendait officier de sécurité auprès du Département d'État et qui se faisait appeler Marlowe. Bassett a donné à nos collègues de la Deuxième Direction générale une description physique du personnage en question. Il a parlé d'un homme d'une petite cinquantaine d'années, assez trapu physiquement pour frôler l'embonpoint. Il a dit qu'il se mouvait avec une grâce incroyable, presque comme un danseur de ballet. Il l'a décrit comme ayant le cheveu rare et prématurément gris, des dents inégales et un vague accent du Texas. Il souriait, nous dit-on, rarement. Et quand il souriait, à en croire l'Américain Bassett, il donnait l'impression de souffrir. »

Fillipov intervint avec impatience. « Cette description correspond à celle de l'homme qui a dirigé l'antenne de la C.I.A. à Prague de 1967 à 1975. Il se faisait alors appeler Asher Spink. Il semblerait que Spink ait été l'officier traitant qui s'est occupé au départ de l'opération Bouton d'Or. Quand Bouton d'Or a recruté Herbe de Fer, c'est lui qui les a dirigés tous les deux. Spink a fait un court séjour à Moscou pendant l'été 1971 en se faisant passer pour un membre d'une délégation écologiste. La Deuxième Direction générale connaissait sa véritable identité mais avait décidé de le laisser entrer en Russie afin de voir qui il allait contacter. Il était suivi partout où il allait. Sa chambre à l'hôtel *Oukraïna* était truffée de micros. Au troisième jour de son séjour, il a disparu pendant une conférence avec des écologistes du ministère de la Forêt. Il s'est excusé pour aller aux toilettes et est entré, comme par erreur, dans des toilettes pour dames. L'agent qui le suivait a jugé qu'il serait trop voyant de le suivre là. Spink n'en est jamais ressorti. Il se révéla que les toilettes pour dames, contrairement aux lavabos des hommes, disposaient d'une porte qui donnait dans une réserve, et que ladite réserve avait elle-même une porte qui s'ouvrait à son tour sur un autre couloir.

— Pendant combien de temps Spink a-t-il disparu ? questionna le général d'une voix rauque, visiblement intrigué cette fois-ci.

— Pendant sept heures et demie, répondit Glebova, le souffle court.

— Comment interprétez-vous la disparition du chef d'antenne de Prague ? » demanda le général. Il parvint à donner l'impression qu'il ne posait cette question que pour la forme ; qu'il connaissait en fait déjà la réponse.

La pluie tambourinait contre les fenêtres du général. Les lèvres de Glebova s'entrouvrirent pour aspirer l'air. « C'est un détail qui vient corroborer nos informations, murmura-t-elle avec émotion. C'est le premier fait mentionné dans la liste des messages effacés d'Herbe de Fer dont nous pouvons dire avec certitude qu'il s'est réellement passé. Herbe de Fer a réclamé un entretien en tête à tête. Spink s'est débrouillé pour entrer en Russie. Puis il a disparu pendant une demi-journée. »

Fillipov serra les paupières. « Nous pensons pouvoir dire avec certitude », annonça-t-il d'une voix qui semblait tirer sa cadence des rafales de pluie contre les vitres, « que quelque part dans les échelons supérieurs du Parti, les Américains ont infiltré un agent en place, un traître à notre patrie que les officiers responsables de la C.I.A. connaissent sous le nom d'Herbe de Fer. »

*

« Vous devez déjà connaître cette histoire », marmotta le vieux général à l'adresse de Viktor.

Il était trois heures et demie du matin. Ils rentraient de la réunion du comité directeur de Pamiat qui s'était tenue dans une église orthodoxe, à l'écart d'un petit village à une quarantaine de kilomètres de Moscou. L'église avait servi de grange aux villageois pendant des dizaines d'années, et n'avait été que récemment nettoyée et désinfectée en vue de travaux de restauration. Malgré tout, elle sentait encore légèrement le fumier et des vestiges de cette odeur subsistaient sur les vêtements de Viktor et du général.

Viktor fit fonctionner ses essuie-glaces à plusieurs reprises afin de chasser l'humidité du petit matin qui s'accumulait sur le pare-brise comme un voile de larmes. « Racontez-la de toute façon », dit Viktor à son beau-père.

La voix du vieil homme grinça dans l'obscurité. « Les Tchékistes avaient dû interroger un quelconque youpin, mais ils n'arrivaient pas à le faire parler. Quand ils ont avoué cela à Staline, il a posé la question suivante : "Combien pèse l'État ?" Les Tchékistes se sont regardés, puis ils ont demandé à Staline ce qu'il entendait par là. "Je n'entends pas autre chose que ce que je demande", a répondu Staline. Et il a répété sa question : "Combien pèse l'État — ses immeubles, ses usines, ses stades, ses routes, ses trains, ses camions, ses navires, ses tanks?" Les Tchékistes ont alors répondu: "Tellement que ce serait impossible à calculer." Et Staline, qui savait comment on fait craquer un youpin, qui en avait lui-même fait craquer pas mal en son temps, leur a dit: "Servez-vous-en!" »

Le vieux général émit un rire rocailleux. Ce rire se transforma bientôt en une toux rauque. Il sortit un immense mouchoir de la poche intérieure de sa veste et étouffa sa quinte dedans. Lorsqu'il fut à nouveau en mesure de parler, il dit: « Plus haut vous monterez dans la superstructure pour trouver Herbe de Fer, mieux ce sera pour Pamiat. Servez-vous du poids de l'État s'il le faut. Mais trouvez-le. »

23

Autour du bureau, le plancher de bois brut était jonché de feuilles de papier froissées arrachées au cahier d'écolier sur lequel Aïda composait ses poèmes. Elle essayait d'écrire un poème sur la schizophrénie. Le thème lui trottait dans la tête depuis des semaines : seul quelqu'un ayant une personnalité dédoublée pouvait faire face aux aspects schizophréniques de la réalité. Après une douzaine de faux départs, la première strophe apparut, épanouie, derrière ses paupières closes. Elle ouvrit les yeux et la nota de la grosse écriture penchée qu'elle prenait quand elle rédigeait ses poèmes. Tout en caressant l'agate montée en bague d'Akhmatova qui n'avait pas réussi à chasser la peur, elle lut la strophe à haute voix.

Avant que la vague ne se brise
une immobilité...
Des paquets de mer se dressent
contre la crête...

Ben, qui jouait aux dominos avec Saava sous le porche de la datcha, l'entendit par la porte ouverte. « On dirait que tu arrives à quelque chose », lança-t-il.

Aïda n'était pas du tout certaine d'arriver où que ce fût ; avec sa poésie, avec sa vie. Elle examina à nouveau la strophe et décida que ses vers décrivaient parfaitement l'état mental où elle se trouvait. Le monde qui l'entourait était totalement immobile, chaque chose restait à sa place, son père sombrait lentement vers la mort dans sa chambre d'hôpital glaciale, Saava avait sa dose adéquate de médicament et elle avait son amant dans son lit. Pourtant... la nuit précédente, tandis qu'elle étreignait Benedict sur la peau d'ours devant la cheminée, son corps rougeoyant comme les braises du foyer après les frottements rudes de l'amour, elle avait pris conscience de la masse d'eau qui s'accumulait contre la crête; elle avait senti l'ombre de la vague se dresser audessus d'elle.

Elle avait à présent, comme son père avant elle, peur en permanence.

Sans entrer dans les détails, Ben lui avait promis qu'il avait résolu leurs problèmes. Deux fois par semaine, il lui glissait une enveloppe scellée gonflée de bouts de papier pliés et elle se rendait dans cette rue hideuse, dans cet immeuble hideux, dans cette pièce hideuse où elle donnait l'enveloppe à cet homme hideux aux dents noircies par le tabac contre les médicaments dont Saava avait besoin pour rester en vie. « Tu verras », avait chuchoté Ben sur la peau d'ours en attirant le corps tiède d'Aïda contre son corps tiède. « Tout finira bien. Saava aura son opération. Nous trouverons une nouvelle incarnation dans cette incarnation.

— Jure-le », l'avait défié Aïda.

Ben avait levé la main droite. « Je le jure. Nous vivrons heureux jusqu'à la fin de nos jours.

— Les Romains posaient la main sur leurs testicules lorsqu'ils prononçaient un serment. »

Ben avait cru qu'elle plaisantait mais avait vu à son expression qu'elle était absolument sérieuse. Avec un sourire gêné, il avait mis la main sur ses testicules. Elle avait refermé ses doigts sur les siens. «Je le jure», avait-il répété à mi-voix. Comme il voyait l'ombre du doute planer sur le regard de la jeune femme, il avait explosé: «Mais qu'est-ce que je peux faire pour que tu me croies?

— Je crois que tu crois en ce que tu dis, lui avait assuré Aïda. J'ai simplement peur que tu ne te leurres. Et puis il y a autre chose.

— Autre chose?

— Le Français Camus a écrit quelque part qu'il valait mieux souffrir de certaines injustices plutôt que de les commettre. J'ai toujours été de cet avis.

— Nous faisons ce que nous devons faire si nous voulons survivre, avait répliqué Ben avec emportement.

— Il y a des dangers à ne penser qu'à la survie, avait insisté Aïda.

— Lesquels par exemple?

— Les instincts que l'on développe pour survivre ne sont pas nécessairement les mêmes que ceux dont on a besoin pour vivre et aimer.»

Le matin venu, les peurs d'Aïda s'étaient retirées; elles lui apparaissaient comme de vagues souvenirs de mauvais rêves. Ils s'étaient déshabillés au bord du lac, en contrebas de la datcha, puis Ben et elle s'étaient mutuellement frottés avec des éponges trempées dans l'eau glacée, puis avaient remonté le versant de la colline abrupte en courant jusqu'à la datcha pour se réchauffer devant un feu d'enfer. Il avait suffi de rajouter de nouvelles bûches aux braises de la nuit pour le ranimer. Aïda avait mis de l'eau à chauffer au-dessus des flammes et avait préparé des bols fumants de porridge avant d'aller réveiller Saava. Après le petit déjeuner, Benedict et Saava avaient commencé une partie de dominos sous le porche pendant qu'Aïda noyait ses craintes dans la poésie. Maintenant, avec l'impression qu'elle arrivait à une impasse, elle consulta sa montre aux aiguilles inversées, se rappela la phrase de son amant polonais qui lui disait que si le temps passait à l'envers, on pourrait revenir en arrière pour modifier l'avenir. Si seulement cela pouvait être vrai! Avec un sourire ironique, elle interrompit la partie de dominos et tous trois partirent pour une de leurs longues promenades tortueuses dans la campagne autour de Zagorsk.

Saava ouvrant la marche en cabriolant, ils passèrent devant le premier épouvantail de la saison, devant deux vieux paysans qui binaient la terre d'un potager, devant une volée d'oiseaux qui soulevait des nuages de poussière en s'ébattant sur la terre sèche du chemin, et arrivèrent devant les ruines d'une église qui se dressait telle une sentinelle sur un à-pic surplombant l'extrémité du lac. Plongeant sous un entrelacs de vigne vierge pour pénétrer à l'intérieur, ils découvrirent sur l'un des murs battus par les vents la trace blanche d'une grande croix qui avait dû rester accrochée là pendant des siècles avant que les bolcheviques ne décrètent que la religion était l'opium du peuple. De quelque part au-dehors leur parvint la voix de Saava qui testait l'écho de son timbre aigu.

« Oh ! Oh ! cria-t-il.

— Oh ! Oh ! » rétorqua l'écho.

Aïda, qui n'était pas religieuse au sens conventionnel du terme et qui avait en fait flirté avec le bouddhisme tibétain quand elle était plus jeune, se signa avec de grands gestes de ses doigts serrés puis tomba à genoux devant l'empreinte de la croix et se prosterna, le front dans la poussière. « Notre Père qui êtes aux cieux », murmura-t-elle tandis que Ben la regardait avec curiosité. Puis, mêlant la conception bouddhiste du *chod* à son orthodoxie incertaine, elle prononça une prière : « Alors donne-moi la force d'aborder ce dont j'ai peur afin de mieux comprendre comment sont reliées les choses de ce monde, et, étant reliées, en quoi elles sont divines. »

*

Viktor revoyait avec ses deux chefs de service les dernières informations extraites de conversations enregistrées par les micros récemment installés dans la datcha du spéculateur juif, près de Zagorsk, quand il reçut la convocation de son beau-père. Glebova et Fillipov se trouvaient tous deux avec le vieux général lorsqu'il arriva. Fillipov contemplait son reflet dans une vitre et il paraissait assez satisfait de ce qu'il voyait. Glebova avait rapproché une chaise du bureau du général et indiquait d'un ongle rouge sang les phrases déjà soulignées d'un rapport. Sa jupe serrée avait remonté sur ses cuisses, découvrant deux genoux épais et cagneux. Elle s'aperçut bientôt que Viktor l'avait remarqué et se mit à tirer sur l'ourlet.

« Répétez-lui ce que vous venez de me dire, commanda le général.

— Bouton d'Or, annonça Glebova sur un ton dramatique, est une femme ! »

Fillipov s'adressa à son reflet dans la vitre. « Ils parlaient de Bouton d'Or au masculin pour embrouiller tous ceux qui auraient pu lire les messages de Prague. »

Viktor voulut savoir comment ils avaient découvert que Bouton d'Or était une femme.

Glebova renonça à une tentative peu convaincue de lisser les plis de sa jupe avec sa paume. « C'est une allusion enfouie dans l'un des messages d'Herbe de Fer que l'Américain Bassett nous a transmis la semaine dernière », dit-elle. Elle désigna un paragraphe entouré de rouge sur le bureau du général. « Câble d'information compartimentée ultra-secrète

Delta Zebra cent quatre du 4 mars 1975. La communication est inscrite sur les listes Top Secret, ce qui signifie que le destinataire contrôle la diffusion du document et que toute copie en est numérotée. Le chef d'antenne de la C.I.A. transmet un message d'Herbe de Fer récupéré dans une boîte aux lettres morte. Herbe de Fer signale qu'il a été choisi pour aller en Allemagne de l'Ouest au sein d'une délégation. Il veut voir Bouton d'Or dès son arrivée là-bas. À chaque fois qu'Herbe de Fer faisait mention de Bouton d'Or, il reprenait toujours le nom en entier.

— Bouton d'Or ceci, Bouton d'Or cela, marmonna Fillipov, toujours près de la fenêtre.

— Et dans ce message, Herbe de Fer s'oublie, expliqua Glebova. Il écrit : "Demandez à Bouton d'Or qu'elle apporte ses notes."

— Qu'*elle* apporte », lança Fillipov, de l'autre côté de la pièce. Il émit un reniflement de satisfaction.

« De quelles notes s'agissait-il ? » voulut savoir Viktor.

Le général chaussa ses lunettes sur son nez et lut le passage souligné. « "Demandez à Bouton d'Or qu'elle apporte ses notes de la conférence du Scarabée sur les racines psychologiques de la libre entreprise. Et aussi la brochure sur cette conférence que Bouton d'Or a publiée au printemps."

— Cela nous a pris un moment, dit Glebova, le souffle court, mais nous avons réussi à identifier le Scarabée.

— C'était, intervint Fillipov, le surnom que ses étudiants donnaient au célèbre professeur Oussov, Boris Sergueïevitch, qui ressemblait, paraît-il, à John Lennon, chanteur du groupe pop anglais les Beatles qu'on pourrait traduire par les Scarabées. Oussov a donné une série de conférences exceptionnelles à l'Université d'État de Moscou en automne 1954. Le fait qu'Herbe de Fer réclame les notes de

Bouton d'Or semble indiquer qu'ils suivaient les mêmes cours à l'Université.

— Ou qu'ils étaient amants, pépia Glebova, tout excitée par sa trouvaille. Vous vous rappelez qu'ils sont censés avoir parlé toute la nuit quand ils se sont vus à Bruxelles ? »

Fillipov indiqua d'un froncement de sourcils qu'il n'était pas convaincu par les écarts d'imagination de sa collègue. « Si l'on prend la référence d'Herbe de Fer au printemps pour une allusion au Printemps de Prague de 1968, poursuivit-il, on trouve une brochure sur les racines psychologiques de la libre entreprise publiée par les Éditions d'État de Prague.

— La brochure », Glebova chuchotait à présent, « porte la signature d'Alexandre Dubcek. Un rapport d'ambassade daté du 15 juillet 1968 assurait que la brochure avait en fait été écrite par le nègre de Dubcek qui rédigeait ses discours. Et le nègre de Dubcek était... »

Un frisson d'excitation nerveuse parcourut Glebova. Fillipov termina la phrase à sa place : « ... une femme nommée Martina Ilkiv. On la connaissait bien en Tchécoslovaquie pendant le Printemps de Prague comme étant l'un des architectes de ce que Dubcek appelait le socialisme à visage humain. On disait même que c'était elle qui avait trouvé le slogan. »

Glebova retrouva sa voix. « Nous avons parcouru toutes les listes des étudiants inscrits dans les diverses disciplines de l'Université d'État de Moscou au début et jusqu'au milieu des années 50. Nous n'avons pas pour l'instant retrouvé trace d'une Martina Ilkiv. »

Le visage profondément ridé du général se déforma en une grimace d'amertume. Il avait horreur que les pièces du puzzle ne s'emboîtent pas les unes dans les autres. « Nous n'avons pas pu établir le lien entre Ilkiv et l'Université d'État de Moscou, ni entre elle et un Russe en particulier, mais nous avons pu démontrer qu'elle est venue à Moscou pendant l'hiver 1967 et encore pendant l'été 1971, dates auxquelles Herbe de Fer est censé avoir été contacté par Bouton d'Or. Nous savons qu'elle se trouvait à Prague durant pratiquement toute l'année 1969, date du voyage d'Herbe de Fer à Prague et de sa rencontre avec Bouton d'Or. On dit aussi qu'elle a fait pour le moins une douzaine de voyages à Bruxelles dans les années 60 et 70 pour aller voir son jeune frère qui avait émigré là-bas au début des années 60. On n'a malheureusement pas pu prouver qu'elle s'était rendue en Allemagne de l'Ouest en mars ou avril 1975 bien que nous sachions qu'elle ne se trouvait pas à Prague pendant les deux dernières semaines de mars.

— Martina Ilkiv, reprit Fillipov, a émigré en France en janvier 1985, l'année où la C.I.A. a interrompu son contact avec Bouton d'Or. Elle est morte d'une appendicite éclatée dans un hôpital parisien, en octobre de cette même année.

— Et la référence à la délégation qu'Herbe de Fer devait accompagner en Allemagne de l'Ouest? demanda Viktor à Glebova. Cela doit réduire considérablement la liste des Herbe de Fer possibles. »

Glebova secoua attentivement la tête. « Herbe de Fer n'a malheureusement pas spécifié la date de son voyage en Allemagne de l'Ouest. Il y a eu cinq délégations envoyées en Allemagne fédérale dans les deux mois qui ont suivi la date du message. Il y a eu une délégation culturelle, une politique et trois commerciales. Ces cinq délégations représentent un total de cent quatre-vingt-dix-sept personnalités masculines haut placées... »

Fillipov, toujours posté près du mur, interrompit sa collègue avec un sourire rusé. « Nous avons éliminé la possibilité qu'Herbe de Fer puisse être une femme en nous fondant sur la théorie que peu de femmes pourraient réparer un moteur de tracteur.

— Sur ces cent quatre-vingt-dix-sept, reprit Glebova, quatre-vingt-huit semblent correspondre au profil que nous avons d'Herbe de Fer.» Elle entreprit d'énumérer les caractéristiques sur ses doigts. «C'est-à-dire qu'ils étaient mariés et avaient un enfant, qu'ils avaient pu entrer en contact avec Andropov au cours de leur carrière et avaient donc pu être convoqués par lui à titre consultatif au cours d'un de ses séjours au sanatorium du K.G.B. sur les bords de la mer Noire; ils se trouvaient à Moscou en 1967 et pendant l'été 1971; ils se sont rendus à Prague à diverses dates pendant l'automne 1969; ils ont effectué des séjours à Bruxelles à un moment ou à un autre de leur existence.»

Fillipov s'adressa de nouveau à son image dans la vitre. «Nous avons décidé que n'importe quel homme ayant jamais possédé ou conduit une automobile ou un camion devait être capable de nettoyer un filtre et de purger l'air d'un circuit d'alimentation en carburant. Notre profil d'Herbe de Fer n'exige donc pas qu'il ait travaillé dans une ferme collective dans sa jeunesse.

— Ce qui nous laisse la question de sa promotion probable en 1985, année où la Central Intelligence Agency a interrompu toute relation avec Herbe de Fer, déclara Glebova. Sur nos quatre-vingt-huit Herbe de Fer potentiels, il y en a vingt-trois qui ont pris du galon cette année-là.

— En conclusion, vous avez donc réduit le champ à vingt-trois personnalités possibles», commenta Viktor.

Près de la fenêtre, Fillipov hocha la tête d'un air entendu à l'adresse de son reflet. Sur l'épaisse surface de verre de son très grand bureau, les doigts déformés du général se rétractèrent lentement, faisant signe à

Viktor. De sa main valide, il s'empara d'une liste de noms dactylographiés et la tendit à son beau-fils.

Viktor s'approcha du bureau et prit la feuille au général. Tandis que ses yeux parcouraient la liste, ses lèvres s'entrouvrirent. Un sifflement presque inaudible s'échappa d'entre ses dents. Lorsqu'il parvint enfin à détacher son regard de la liste pour se tourner vers le général, il parut s'être arrêté de respirer.

*

Manny avait l'habileté d'un virtuose dès qu'il s'agissait de travail de rue élémentaire. L'instinct qu'il avait de l'extérieur, nourri par une enfance passée sur les quais d'Hoboken, affiné par ses missions successives en tant que chef d'antenne à Istanbul, allait de pair avec son goût pour la rue. C'est là qu'il se sentait le plus à l'aise ; dans son élément. Et c'est pourquoi il se surprit en train de prendre certaines précautions avant de décider en pleine conscience que des précautions s'imposaient. Il découvrit ce qu'il cherchait dans un marché aux puces situé derrière le marché alimentaire central. Des hordes de réfugiés appauvris qui avaient fui les pogroms d'Azerbaïdjan vendaient leurs biens à même des valises en carton pour essayer de joindre les deux bouts. Affublé d'une vieille casquette d'ouvrier enfoncée sur les oreilles, la visière rabaissée sur ses yeux, des bottes de mineur à lacets complètement éraflées aux pieds et sur le dos un vieil imperméable ceinturé qui lui arrivait aux chevilles, il était en train de suivre une femme bien charpentée, large d'épaules et de hanches, et au nez cassé, légèrement dévié, animé de taches de rousseur.

Deux semaines plus tôt, un jeudi, Manny avait filé Benedict Bassett à sa sortie de l'ambassade jusqu'à une cantine ouvrière de la Krasnaïa Presnia et l'avait vu à travers la vitre retrouver la poétesse Zavaskaïa dans l'arrière-salle. Manny avait ensuite suivi la jeune femme jusqu'à un immeuble près de la Retchnoï Vokzal. Se fondant sur une de ses impulsions nées de l'expérience, il avait décidé de faire porter la filature sur elle (plutôt que sur lui), pendant à peu près une semaine. Il s'était fait porter pâle à l'ambassade et avait entrepris de la suivre dès qu'elle sortait de chez elle le matin pour rester avec elle tout au long de la journée — il y avait eu deux récitals de poésie dans des auditoriums d'usine, il y avait eu une demi-douzaine de visites à une clinique située près du Kremlin, il y avait eu un tour aux bureaux de *Novyï Mir*, il y avait eu des heures interminables de queue pour acheter à manger ou, une fois que les pluies eurent commencé à tomber sérieusement, des bottes de caoutchouc pour l'enfant qu'il avait vu avec elle le jour où il avait repéré Bassett et la poétesse au pied de la statue de Maïakovski.

Zavaskaïa et Bassett s'étaient vus deux fois pendant la semaine où Manny avait suivi la Russe : le lundi, dans un hôtel délabré d'un quartier ouvrier dans la banlieue de Moscou, ils avaient disparu dans une chambre pendant deux heures et demie ; la seconde fois, le jeudi en fin d'après-midi, dans un café à l'intérieur de la gare de chemin de fer de Biélorussie. Ils se retrouvèrent le lundi suivant, cette fois-ci dans un restaurant en sous-sol voûté de l'Exposition des réalisations de l'économie nationale, près d'Ostankinskaïa Oulitsa. Après chaque rencontre, Zavaskaïa avait fait exactement la même chose : elle avait traversé la Moskova et s'était dirigée vers l'université, sur les monts Lénine. Arrivée à mi-pente, elle était entrée dans un immeuble gothique stalinien. La deuxième fois, Manny s'était rapproché suffisamment pour entendre ses pas grimper jusqu'au sixième étage de l'escalier C. La troisième fois, il l'avait devancée. Voyant qu'elle prenait la direction du même immeuble gothique stalinien, il avait foncé devant et l'avait attendue au sixième. Caché derrière une poubelle nauséabonde en plastique, il avait vu Zavaskaïa passer dans une autre aile du bâtiment et redescendre un autre escalier. Il avait écouté le son de ses pas et avait compté trois volées de marches avant qu'une porte ne claque sur un palier.

Le mercredi soir, tard, assis tout seul à une table d'angle du bar *Sam's*, couvant du regard un verre d'Alka-Seltzer posé sur un dessous de verre cartonné aux couleurs d'une bière suédoise, Manny retraça mentalement son itinéraire. Il revit Bassett, le bras passé autour de la taille de la femme, pousser avec toute l'urgence du désir les portes battantes de l'hôtel. Il revit Bassett incliné au-dessus de la petite table ronde du café de la gare de chemin de fer de Biélorussie, la tête touchant presque celle de sa compagne, en train de parler avec vivacité — comme s'il essayait de la convaincre de quelque chose. Il revit Bassett assis à côté d'elle dans un box du restaurant en sous-sol, hochant la tête d'un air convaincu à l'adresse de Zavaskaïa qui jouait nerveusement avec sa bague pendant qu'elle parlait et parlait encore. À un moment, Bassett avait jeté un bref regard autour de lui. Manny aurait pu jurer que le regard de l'Américain s'était attardé une fraction de seconde sur le jeune homme barbu équipé d'un havresac de l'armée qui buvait un café à une table près de la porte (Manny avait remarqué ce même jeune homme installé au volant d'un taxi garé non loin de l'hôtel, trois jours auparavant). Si, comme le soupçonnait Manny, Bassett avait remarqué la filature du K.G.B. — un mince sourire étira les lèvres charnues de Manny lorsqu'il envisagea cette possibilité —, cela ne le dérangeait absolument pas. Bassett avait glissé rapidement la main dans la poche de son imperméable plié sur le dossier de sa chaise et il avait... quoi ? Sa main était restée hors de vue sous la table. Avait-il caressé le genou de la femme ou... lui avait-il donné quelque chose ? Se rendait-elle ensuite directement à ce qui était probablement une planque sur les monts Lénine pour rapporter ce qu'il lui avait dit ou... transmettre ce qu'il lui avait remis ?

Les Russes avaient-ils infiltré le cœur même de l'ambassade américaine ? Bassett avait-il subi des pressions, un chantage, ou encore avait-il été acheté ? Quelles que soient ses motivations, était-il un agent soviétique ?

Pour autant que Manny pouvait le concevoir, il y avait un moyen infaillible de le découvrir.

*

Jeudi, en fin d'après-midi, jour où, d'après ses calculs, Bassett devait revoir Zavaskaïa, Manny attendait dans la cour située derrière l'ambassade, le dos appuyé contre le mur du bâtiment qui abritait l'incinérateur. Il n'avait pas choisi cet endroit par hasard : il avait été édifié par les mêmes spécialistes du génie qui avaient construit la bulle des communications, au sixième étage, ainsi que le bureau personnel d'Inkermann, en faisant ainsi le seul endroit de l'ambassade autorisé aux insignes blancs que les Russes n'avaient pas truffé d'appareils d'écoute. Et même s'ils avaient réussi à en placer quelques-uns, le bruit de l'incinérateur couvrait toute conversation. Et Manny ne voulait surtout pas que la petite conversation qu'il entendait avoir avec Bassett soit interceptée par les Russes.

Manny s'était débarrassé du technicien grand et maigre qui s'occupait du fourneau et supervisait la destruction du matériel apporté dans des poches à brûler. « Pourquoi n'iriez-vous pas faire une bonne pause-café ? lui avait proposé Manny. Prenez votre temps, je m'occupe de la boutique. » Il levait à présent les yeux de son exemplaire plié du *Herald Tribune* pour regarder la grande aiguille de sa montre se placer sur le neuf de moins le quart. Il commençait à se demander si Bassett n'avait pas annulé son rendez-vous rituel du jeudi après-midi avec sa maîtresse russe quand il remarqua que quelqu'un poussait la porte de l'ambassade. L'homme sortait à reculons, étreignant le sac à brûler quotidien de l'unité de Contrôle de limitation des armements, un bras déjà glissé dans un imperméable tandis que l'autre cherchait encore l'ouverture de la manche, puis il se retourna et traversa la cour d'un pas précipité.

L'attaque se passa en douceur. Manny leva les yeux de son journal et salua Bassett d'un signe de tête que celui-ci lui rendit au passage. Puis, d'un mouvement rapide, Manny lui fit une clé au bras et le poussa sans ménagement dans la salle d'incinération.

« Mais, qu'est-ce que c'est que ce bordel... » s'écria Ben, la voix pratiquement couverte par les chuintements de l'incinérateur. Manny serra son bras libre autour du cou de Ben, lui coupant net et le souffle et la voix.

Sans relâcher sa clé au bras, Manny desserra son étreinte sur la trachée-artère. Ben suffoqua. On aurait dit qu'il allait vomir. Manny se pencha vers lui et lui hurla dans l'oreille : « J'ai bien l'intention de vous flanquer la tête contre le mur jusqu'à ce que vous ayez un mal de crâne dont vous vous souviendrez. Après quoi je vais vous foutre à poil et vous fouiller. Vous pourriez vous épargner bien des misères, monsieur Benedict Bassett, en me le donnant tout de suite.

— Je ne sais pas... de quoi vous parlez », hoqueta Ben.

Manny saisit Bassett par les cheveux et lui colla le

visage contre le mur. « Ce n'est plus le moment de jouer, annonça-t-il.

— Vous faites une grosse erreur, réussit à prononcer Ben. Ce que vous êtes en train de me faire pourrait ruiner votre carrière. »

Manny émit un de ses petits rires gutturaux qui semblaient venir des profondeurs de son estomac rongé par les ulcères. La bouche collée à l'oreille de Bassett, il s'étonna : « Personne ne vous l'a dit ? C'est ici la dernière mission de Custer. Ça fait des semaines que je vous suis, vous et votre Zavaskaïa. Vous lui transmettez des informations. » Il resserra la clé au bras d'un cran. « Je les veux. »

Ben poussa un cri de souffrance. « Appelez... Inkermann. »

Manny pressa le visage de Ben contre le mur et accentua encore sa clé au bras. Les larmes coulèrent le long des joues de Ben. Un cri étouffé s'échappa de ses lèvres. Puis il bredouilla d'une voix rauque : « C'est collé... jambe.

— Quoi ? hurla Manny.

— C'est collé à ma jambe gauche, cria Bassett.

— Enfin, voilà », marmonna Manny. Sans relâcher sa clé au bras, il se baissa, tira sur le pantalon de Bassett, arracha le papier collant à travers l'étoffe et ramassa l'enveloppe scellée, gonflée de bouts de papier pliés. Avec un reniflement de triomphe, il lâcha le bras de Bassett. Ben s'écroula sur le sol de ciment. Manny glissa un doigt épais sous un coin de l'enveloppe et l'ouvrit d'un seul coup. Il en tira les morceaux de papier et commença à les lire. « Il y a là de quoi vous envoyer dans une prison fédérale pour plusieurs dizaines d'années », hurla-t-il en direction de la silhouette étendue.

Ben fit lentement remuer le bras qui avait été plaqué contre toute la largeur de son dos pour le ramener vers l'avant et le massa de son autre main.

« Avant de vous ridiculiser complètement, appelez Inkermann.

— Qu'est-ce qu'Inkermann a à voir avec tout ça ?

— Mais bon Dieu, appelez-le. Je fais partie d'une opération. Il peut le confirmer. Vous risquez de tout foutre par terre. »

Manny contempla d'un air dégoûté l'homme avachi sur le sol de ciment. Il avait recopié des messages estampillés Top Secret des câbles d'information compartimentée ultra-secrète et les avait transmis aux Russes. Pourtant, couché là, par terre, en train de se frotter le bras et le poignet, il n'avait pas l'air d'un homme pris en flagrant délit. Se pouvait-il qu'il dise la vérité quand il prétendait faire partie d'une opération ?

Manny arracha le combiné d'un téléphone mural à son support et appuya à coups coléreux sur les touches pour composer le numéro de la ligne privée d'Inkermann. Celui-ci décrocha. « Ouais ?

— C'est moi, hurla Manny dans le téléphone.

— Bon, c'est vous. Mais pourquoi hurlez-vous comme ça ?

— Pour que vous puissiez m'entendre malgré l'incinérateur. Que diriez-vous de venir faire un petit tour ici ?

— Maintenant ?

— Maintenant.

— Pourquoi ?

— J'ai un mec ici qui prétend que vous pouvez répondre de lui. »

Manny s'imagina qu'il pouvait entendre Inkermann réfléchir. Puis la ligne s'interrompit.

Quatre minutes plus tard, la porte faillit sortir de ses gonds lorsque Inkermann fit irruption dans la salle d'incinération. « Vous avez intérêt... », commença-t-il à dire, puis sa bouche se referma d'un coup sec quand il aperçut Bassett par terre, assis maintenant le dos au mur, les vêtements froissés, l'imperméable pendant toujours à un bras.

Manny agita une enveloppe sous le nez d'Inkermann. « C'était scotché sur sa jambe. Il copie des messages Top Secret et les fait passer à nos amis du Komitet Gossoudarstvennoï Bezopasnosti, hurla Manny pour couvrir le bruit de l'incinérateur. C'est un putain d'agent soviétique. Et voilà qu'il affirme que vous pouvez répondre de lui. »

Inkermann tapota de ses doigts courtauds les rares mèches de cheveux plaquées sur son crâne chauve. « Il est du Renseignement militaire, dit-il à l'officier de sécurité. J'avais pour ordre de lui remettre un attaché-case scellé qui a été apporté par valise diplomatique scellée.

— C'est vous qui le contrôlez ? »

Inkermann haussa les épaules. « Il fait cavalier seul. On m'a dit qu'il ne pouvait rien faire de mal. Dans notre métier, cela ne signifie qu'une seule chose. »

Le regard de Manny passa d'Inkermann à Bassett. « Vous êtes en train de me dire qu'il est en opération ?

— Je suis en train de vous dire que vous avez intérêt à lui rendre cette putain d'enveloppe et à vous occuper de vos fesses. Retournez donc chercher des coffres ouverts. Continuez à foutre votre nez là où il ne faut pas et vous allez vous le faire bouffer. »

Bassett se releva péniblement et entreprit d'épousseter ses vêtements. Il s'avança, un morceau de papier collant encore accroché à la jambe de son pantalon, et tendit la main pour récupérer l'enveloppe. Manny le dévisagea d'un air incrédule. Inkermann ricana. « Il ne peut rien faire de mal, mais vous, vous le pouvez, cria-t-il. Donnez-lui ça tout de suite ou je mets vos couilles à sécher sur un fil à linge. » Il roula des épaules comme s'il se préparait — avec une certaine impatience — au combat.

Manny avait horreur de reconnaître sa défaite ; il avait horreur de devoir accepter l'idée que quelqu'un livrait des secrets aux Russes dans *son* ambassade, même si cela faisait partie d'une opération ; il avait horreur de cette poussée vers le rationnel alors que tout ce qu'il avait envie de faire était d'écraser le sourire suffisant d'Inkermann contre le mur de ciment. Il avait déjà eu recours une vingtaine de fois à la violence au cours de sa vie, il en avait à chaque fois éprouvé une vague de soulagement. À présent, c'est avec un accès de nausée qu'il marmonna : « Enfin, voilà », et laissa tomber l'enveloppe dans la main tendue de Bassett avec plus de répugnance qu'il n'en avait jamais ressenti durant toute sa carrière.

24

La dernière cuite sérieuse de Manny avait commencé dans une boîte en bord de route non loin de Langley, Virginie, deux heures après l'échéance de son contrat avec la Central Intelligence Agency qui mettait fin à seize années de carrière avec la Compagnie. Il était revenu à lui trois jours plus tard, dans la cellule d'un commissariat de Norfolk, Virginie. Le résumé des charges qui pesaient contre lui (ivresse et désordre sur la voie publique, outrage aux bonnes mœurs, refus d'obtempérer lors de son arrestation) avait été rédigé par l'agent qui l'avait arrêté, un certain P. Duckworth, qui l'avait ramassé dans un caniveau de Virginia Beach, derrière un bar ouvert toute la nuit, et reproduisait des extraits des divagations alcooliques de Manny : « ... a menacé la vie d'un certain Charles Inkman, coordonnées inconnues, dont le prévenu a assuré qu'il était responsable de son licenciement injustifié d'une compagnie dont le nom n'a pas été cité. Le prévenu a menacé d'injecter au susdit Charles Inkman de l'extrait de glande de singe, qui contient des produits semblables à l'adrénaline et fait monter brusquement la tension, provoquant une hémorragie cérébrale entraînant la mort ; sinon, il a menacé de forcer ledit Charles Inkman à absorber une certaine quantité d'alcool éthylique réfrigéré à – 50°, ce qui provoquerait le refroidissement immédiat des entrailles de la victime et sa mort. Le prévenu s'est à plusieurs reprises vanté qu'avec l'une ou l'autre de ces méthodes, il faudrait un médecin particulièrement expérimenté pour déceler le subterfuge. » À la Compagnie, plusieurs amis de Manny avaient eu vent de son arrestation. Ils avaient alors montré leurs cartes de la C.I.A. et invoqué à mi-voix la sécurité nationale pour convaincre un magistrat local de libérer Manny sous caution.

À présent, terré dans son appartement moscovite, Manny décida que le moment était venu de purger son esprit du cafard qui l'envahissait avec une nouvelle cuite. Il envoya dinguer ses chaussures et aligna trois bouteilles de scotch bon marché sur la table de bridge pliante à côté du sofa. « Bien, bien, bien, qu'est-ce que nous avons ici ? » marmonna-t-il dans sa barbe. Il remplit soigneusement un verre et le leva pour porter un toast à un partenaire imaginaire. « À la boue ou je ne sais quoi qui t'obscurcit les yeux », grommela-t-il, puis, rejetant la tête en arrière, il vida son verre d'un trait. Il s'essuya les lèvres du revers de la main, remplit à nouveau son verre et le leva pour porter un autre toast. « Au pouvoir miraculeux de l'alcool de noyer les affronts, les outrages, les insultes à ton intelligence, les offenses, les humiliations, les coups portés à ton honneur, enfin, bref », annonça-t-il, puis, éructant, il vida le deuxième verre. « Ahhh ! ça commence à être sérieux », se dit-il. Transformant sa main en un pistolet imaginaire, il plissa les yeux afin de viser l'une des trois bouteilles de scotch et pressa une détente fictive. « Pan ! Pan ! Tu es anesthésiée », bredouilla-t-il. Il reremplit son verre d'une main tremblante et le souleva. Du scotch coula sur son pantalon. « Ahhhh ! On ne veut pas perdre de ce précieux fluide qu'on dira bientôt charnel, si ? Aux extraits de glandes de singe et à l'alcool éthylique, enfin, bref. » Il but le contenu du verre puis inspira profondément par les narines pendant plusieurs minutes. Le monde autour de lui commençait à se brouiller. Il sentit le sofa bouger sous lui et se mit à osciller d'un côté puis de l'autre pour épouser le mouvement. Il décida qu'il se trouvait sur un bateau et qu'il levait l'ancre, se laissant agréablement dériver dans une brume alcoolique. Il se retrouva soudain en train de lever un autre verre plein pour porter un toast. Le scotch faisait des vagues à l'intérieur. Il en renversa un peu sur le sol mais ne s'en préoccupa guère. « Au dernier des cons, annonça-t-il, votre sincère Immanuel Custer, obsédé par la banalité du mal, enfin, bref. » Il éprouva une certaine difficulté à franchir le vide qui séparait le verre de sa bouche. Enveloppant le verre de ses deux grandes mains, il réussit tout de même cet exploit et éclusa un autre scotch sans glace.

Sa cuite, il le sentait, avait fait un assez beau début.

*

Il dériva vers la surface et émergea dans le noir complet d'une nuit moscovite. Un marteau piqueur pétaradait, ce qu'il trouva surprenant étant donné l'heure tardive, mais il comprit bientôt que l'engin lui défonçait en fait les tempes. Il tituba vers la salle de bains et chercha à tâtons l'interrupteur, plissant les yeux de douleur dès que l'ampoule s'alluma. Il trouva un flacon d'aspirine, en mit plusieurs dans sa paume et les engloutit. Il mit la main sur un réveil et le fixa des yeux jusqu'à ce qu'il distingue les aiguilles, s'étonnant de ce qu'il ne donne pas la date. Il eut un premier indice de la durée de sa cuite en se voyant dans le miroir de l'armoire à pharmacie.

Son visage gris était à demi mangé par une barbe grise de deux jours.

Il se déshabilla, réussit à entrer sous la douche et tourna le robinet. Tout d'abord, rien ne se passa. Puis la plomberie hurla. Enfin, un filet d'eau couleur de rouille se mit à couler. Le filet ne tarda pas à devenir un jet qu'il put faire jouer sur son visage, ses cheveux et tout son corps.

C'est sous la douche que le mot lui revint en mémoire. Il l'entendait résonner à l'intérieur de sa tête. Fer. Quelque chose Fer. Herbe de Fer. Bien sûr! Herbe de Fer! C'était écrit sur les bouts de papier qu'il avait tirés de l'enveloppe arrachée à la jambe de Bassett.

Enveloppé dans un peignoir-éponge, Manny mit la cafetière à chauffer sur le fourneau pendant qu'il se rasait. Puis il se hissa sur un tabouret de bar, aligna cinq tasses devant lui et les remplit de café bouillant. Il se mit à souffler sur la première tasse pour ramener le breuvage à une température buvable. Des mots affleuraient à sa conscience. Fer. Herbe. Herbe de Fer. Une bribe de texte lue sur les bouts de papier lui revint. « Message d'Herbe de Fer dans boîte aux lettres morte annonce que la santé d'Andropov se détériore rapidement. Les intrigues pour la succession ont déjà commencé. » Ce qui signifiait que le nom de code Herbe de Fer recouvrait une personne plutôt qu'une opération. Si Herbe de Fer savait que la santé d'Andropov, alors secrétaire général du Parti communiste, se détériorait, cela signifiait qu'il était suffisamment haut placé pour avoir accès à ce genre d'information. Cela pouvait même vouloir dire qu'il faisait partie des candidats potentiels à la succession. Mais à supposer que la Compagnie ait un agent si bien installé dans la superstructure soviétique, pourquoi les nôtres passaient-ils ses messages aux Soviétiques? La guerre froide et son cortège d'opérations d'espionnage touchait à sa fin, ou c'est du moins ce que le monde pensait, ou ce que les journaux colportaient, mais les Américains semblaient en être restés aux vieilles règles du jeu. Une autre bribe de message lui revint à l'esprit. « Ksenia, se rappela Manny, devait être ajoutée à sa liste du Jugement dernier. » Qui était Ksenia et que fallait-il comprendre par liste du Jugement dernier ?

Lorsqu'il eut terminé sa cinquième tasse de café, il avait pris sa décision. Il pensait que mieux valait sortir avec un éclat qu'avec un gémissement. Il enfila des vêtements propres, prit les clés de sa voiture et se rendit au parking.

*

Si les deux marines de garde furent surpris de voir l'officier de sécurité rappliquer à l'ambassade à trois heures du matin, des cernes bleuâtres comme des hématomes sous les yeux, son visage renfrogné parsemé d'égratignures là où il s'était coupé en se rasant, ils le dissimulèrent derrière un salut d'une rigidité enfantine. Manny se rendit directement dans son placard déguisé en bureau. Il eut du mal à ouvrir son coffre et dut essayer une douzaine de variantes de sa combinaison avant de trouver la bonne. Il écarta des dossiers touchant à la sécurité de l'ambassade et plusieurs paires de chaussettes de sport neuves pour sortir un petit fichier en bois dont il se mit à consulter les cartes jusqu'à ce qu'il trouve celle qu'il cherchait. Il la glissa dans la poche de sa veste et se rendit au neuvième étage, où il trouva le marine de garde assis derrière sa table, parfaitement réveillé. « Vos amis à l'entrée ont dû vous téléphoner que je me trouvais ici, commenta Manny.

— Qu'est-ce qui vous fait dire ça, monsieur ? demanda le marine, sans sourire.

— C'est de vous voir réveillé à cette heure peu chrétienne qui me fait dire ça. Enfin, bref. » Manny griffonna son nom sur le registre et, dans la colonne « Raison de votre visite en zone d'insigne vert », il écrivit : « Inspection de sécurité surprise en espace délimité. » Puis il prit l'escalier jusqu'au dixième étage, remonta le couloir, passant devant les bureaux de l'attaché de la Défense, devant le bureau du chef d'antenne adjoint, et arriva devant une porte où ne figurait qu'un simple numéro. À droite de la porte, il y avait un petit boîtier et un clignotant rouge. Manny tira la carte du fichier de sa poche, consulta le code de la porte et le composa sur le boîtier. Le signal rouge cessa de clignoter. Il tourna la poignée et ouvrit la porte de l'antenne de la C.I.A.

Manny alluma une lampe de bureau et regarda autour de lui. Il remarqua une collection de rouges à lèvres sur le bureau de Mlle Macy, à côté d'un bloc-notes standard non signé sur lequel on pouvait lire : « Chez toi ou chez moi ? » Avec un reniflement, Manny se dirigea vers la porte de la salle des rubans, consulta à nouveau sa carte et composa un numéro sur la serrure électronique. La porte s'ouvrit avec un déclic. Juste à l'entrée de la salle, Manny trouva l'interrupteur. Deux lampes, une sur la petite table, une autre sur un carton de rubans, s'allumèrent. Il traversa la pièce et alla s'accroupir devant le coffre. Il essaya le verrou à combinaison mais il tournait librement. Il regarda alors la combinaison inscrite sur sa carte et fit passer le cadran de zéro à trente-trois, puis il revint de trente-trois à sept avant de retourner sur le onze. Il sentit le cadran accrocher et poussa la poignée. La porte s'ouvrit. Manny tendit le bras et orienta la lampe de sorte qu'elle éclaire l'intérieur du coffre. Puis il se retourna et mémorisa la position d'un mince calepin sur une étagère avant de s'en emparer. Puis il s'installa devant la table à laquelle travaillait Bassett, régla la lampe et ouvrit le calepin. À l'intérieur, quelqu'un avait écrit, à l'encre : « Au cas où ce carnet tomberait entre les mains de quiconque autre que Benedict Bassett, il devrait être placé dans une enveloppe scellée, marquée "confidentiel — top secret", et expédiée par valise diplomatique spéciale à l'"Unité d'assistance au renseignement, Pentagone, Washington D.C., Dest. : Marlowe." »

Manny leva les yeux. Il n'avait jamais entendu parler d'Unité d'assistance au renseignement, mais cela ne signifiait évidemment pas grand-chose. Il tira une feuille de papier machine pliée en quatre de la poche de sa veste et nota la référence à une Unité d'assistance au renseignement et à un certain Marlowe. Puis il se replongea dans le mince carnet et entreprit d'en parcourir les pages.

Le calepin semblait divisé en deux parties. La première indiquait, de la même écriture que la note en page de garde : « Bouton d'Or. » La seconde avait pour titre « Herbe de Fer ». La partie Bouton d'Or était beaucoup plus mince que la partie Herbe de Fer. Courbé au-dessus du bureau, Manny parcourut les pages du carnet, interrompant de temps à autre sa lecture pour prendre quelques notes sur la feuille de papier machine. Il semblait y avoir huit extraits de messages concernant Bouton d'Or. Ils disaient en substance que Bouton d'Or projetait de se rendre à Moscou en 1967 et se proposait de recruter quelqu'un qu'il connaissait depuis l'université et qui en voulait au Parti à cause de quelque chose qui était arrivé à un ami d'enfance d'origine kalmouke. Une deuxième rencontre entre Bouton d'Or et Herbe de Fer eut lieu à Prague en automne 1969, une troisième à Bruxelles à une date non précisée. Il y avait eu une quatrième rencontre, encore à une date non précisée, dans un sanatorium du K.G.B. sur les bords de la mer Noire.

Manny passa ensuite à la partie Herbe de Fer du carnet et étudia toutes les informations concernant des boîtes aux lettres mortes et des adresses en Europe où l'on pouvait envoyer des messages signalant qu'il convenait de relever les boîtes aux lettres mortes. Un autre message attira l'œil de Manny. Herbe de Fer demandait à ses officiers traitants s'ils pourraient faire sortir sa femme et son enfant de Russie au cas où il se retrouverait en danger d'être arrêté. Deux mots jaillirent de la page. Herbe de Fer faisait allusion à sa « liste du Jugement dernier ». Manny leva les yeux, le visage dans l'ombre, les yeux écarquillés de surprise. Il se rappelait ce qu'il avait lu sur une des feuilles de papier qui se trouvaient dans l'enveloppe collée à la jambe de Bassett. « Ksenia, disait le message, doit être ajoutée à la liste du Jugement dernier. » Manny mouilla le bout de son pouce et se mit à feuilleter le carnet jusqu'à ce qu'il trouve ce qu'il cherchait. C'était une information datée de mars 1973. « Le message d'Herbe de Fer déposé dans la boîte aux lettres morte stipule qu'il faut ajouter Ksenia à la liste du Jugement dernier. »

Manny reprit sa lecture où il l'avait laissée et continua de griffonner sur sa feuille de papier machine. Il nota l'anecdote d'Herbe de Fer réparant un moteur de tracteur, reprit la citation qui indiquait que Bouton d'Or était une femme, mentionna le séjour d'Herbe de Fer en Allemagne de l'Ouest en 1975, se plongea dans les pages du carnet, lisant et relisant les informations écrites à la main pour en extraire les détails pertinents, les lieux, les dates, les noms. Lorsqu'il atteignit la dernière page écrite du carnet, il nota sur sa feuille : « Les messages s'interrompent en 1985 » ; puis il ajouta : « Pourquoi ? »

De retour dans son placard, Manny ferma la porte à clé de l'intérieur, jeta sa veste sur le dossier de sa chaise et s'installa devant son bureau pour étudier les notes qu'il venait de prendre. Au bout d'un moment, il sortit une autre feuille de papier d'un tiroir et se mit à écrire :

« Un : Le travail d'intendance de Bassett pour les Sept Nains n'était qu'un écran. En apparence, le K.G.B. en a fait un agent d'infiltration. Mais il fait partie d'une opération. Il ne livre pas des chiffres ou des messages codés à ses officiers traitants du K.G.B., il se contente de recopier des informations contenues dans un mince calepin sur des bouts de papier, et il les transmet aux Russes *comme s'il s'agissait de messages.*

« Deux : Bassett donne aux Russes des informations qui leur suggèrent que les Américains manipulaient un agent en place de grande envergure recruté en 1967. Le contact avec cet agent a été rompu en 1985. Les messages que Bassett a glissés aux Russes couvrant les années entre 1967 et 1985 étaient truffés de références à des lieux et des gens, presque comme si... »

Manny leva les yeux. Presque, songea-t-il, comme si les Américains voulaient réduire la liste des candidats possibles à l'intention du K.G.B. ; presque comme s'ils voulaient que le K.G.B. identifie et punisse le traître. L'instinct de Manny lui indiquait que la clé de l'identification de l'agent en place résidait dans l'interruption de l'opération en 1985. « Pourquoi ? » demanda-t-il à voix haute. Puis il baissa la tête et écrivit les réponses possibles.

Un : Herbe de Fer est mort. Peu vraisemblable. S'il était mort, pourquoi se donner la peine de le trahir aujourd'hui ?

Deux : Herbe de Fer s'était dégonflé. Peu vraisemblable. Connaissant mes collègues de la Compagnie, ils auraient menacé de le dénoncer aux Russes, lui et tous ceux de sa liste du Jugement dernier, à moins qu'il ne garde le pied à l'étrier.

Trois : Herbe de Fer était devenu trop important pour être manipulé comme un agent traditionnel.

Complètement éberlué, Manny fixa du regard l'obscurité par-dessus la lampe. Il se rappela un autre bout de papier dans l'enveloppe de Bassett. Il se replongea dans les notes qu'il avait jetées sur l'épaisse feuille de papier pliée et examina le message original qu'il avait recopié du mince carnet. « Le message laissé dans la boîte aux lettres morte d'Herbe de Fer annonce que la santé d'Andropov se détériore rapidement et que les intrigues pour la succession ont déjà commencé. » Il contempla les mots, secoua la tête, haussa une épaule massive et tapota sa feuille de la pointe de son stylo. Comment Herbe de Fer pouvait-il connaître l'état de santé d'Andropov à moins d'être lui-même membre des hautes sphères du Parti ? Se pouvait-il qu'Herbe de Fer lui-même fût au nombre de ceux qui intriguaient pour la succession ? Les pensées de Manny commençaient à tourner en rond. Si Herbe de Fer était assez important pour connaître Andropov, pour intriguer en faveur de sa propre candidature, pourquoi le trahissait-on maintenant ? S'il servait les Américains de le trahir, pourquoi le faire aujourd'hui ? Et pourquoi, afin de trahir Herbe de Fer, fallait-il que Bassett recopie des messages manuscrits d'un mince carnet entré dans le pays par valise diplomatique scellée ? Pourquoi ne recopiait-il pas les messages originaux ?

Y avait-il des messages originaux à recopier ? Herbe de Fer existait-il réellement ? Ou bien n'était-il que le fruit d'une imagination machiavélique ?

Manny soupçonnait que les réponses à ces énigmes viendraient toutes seules dès qu'il pourrait identifier Herbe de Fer. Son regard tomba sur la référence à l'*Unité* d'assistance au renseignement, Pentagone, Washington D.C. Dest. : Marlowe. Il allait envoyer un message chiffré à un de ses vieux amis qui travaillait pour la Defence Intelligence Agency du Pentagone, ancien officier de la C.I.A. qui, comme lui, avait été viré de la Compagnie quand ses idées s'étaient heurtées à la sagesse conventionnelle des pessimistes de la maison. Manny lui demanderait s'il avait jamais entendu parler d'une *Unité* d'assistance au renseignement ou d'un certain Marlowe. En attendant la réponse, il allait jeter un coup d'œil sur les biographies des dirigeants soviétiques concoctées par le Département d'État qui encombraient ses étagères. Il verrait bien s'il tombait sur quelqu'un qui se serait trouvé à Prague en 1967, à Bruxelles à un moment donné de sa vie, en Allemagne fédérale en 1975, au Canada en 1983, en Angleterre en 1984 et à Paris en 1985, où, selon le dernier message du mince carnet, il avait discrètement fait porter des fleurs sur une tombe. De plus, Herbe de Fer devait avoir une femme et un enfant, et quelqu'un du nom de Ksenia dont il se sentait assez proche pour demander à la C.I.A. qu'il soit ajouté à sa liste du Jugement dernier. Il devait sortir d'un milieu qui lui aurait permis d'apprendre à réparer un moteur de tracteur et il avait sans doute été promu à une haute position dans le Parti en 1985.

Griffonnant toujours sur sa feuille de papier machine, Manny écrivit : « Un : Bouton d'Or, travaillant pour la C.I.A., recrute Herbe de Fer. Deux : Bassett, travaillant pour qui ? trahit Herbe de Fer. Quelle est la logique entre les deux ? Enfin, voilà. »

*

Fillipov, qui s'était enterré dans les archives poussiéreuses du K.G.B. pendant trois jours d'affilée, surgit comme un diable dans le bureau sans fenêtre de Glebova pour lui annoncer la nouvelle. Glebova, traînant Fillipov dans son sillage, fonça dans les couloirs, ses talons aiguilles projetant un écho staccato sur les murs, jusqu'au bureau du vieux général qui écouta ce qu'elle avait à dire et le lui fit répéter deux fois avant de décrocher le téléphone pour convoquer Viktor.

« Mes analystes ont réduit la liste des vingt-trois Herbe de Fer possibles à douze », annonça le général à Viktor dès qu'il fut arrivé, à bout de souffle parce qu'il venait de monter les escaliers quatre à quatre (les deux ascenseurs étaient en panne).

« Fillipov, annonça Glebova en aspirant l'air par les narines pour souligner l'importance de ce qu'elle disait, a réussi à cerner qui pouvait être Ksenia.

— J'ai trouvé une grand-mère, une mère, trois sœurs, deux filles, une petite-fille, une ex-femme et trois maîtresses portant le nom de Ksenia », expliqua triomphalement Fillipov.

Le général tendit la liste dactylographiée des douze noms possibles à Viktor. Une fois encore, celui-ci parut s'arrêter de respirer lorsqu'il la lut. Il leva les yeux et chercha dans sa poche la dernière enveloppe bourrée de bouts de papier pliés. « Nous approchons du dénouement, déclara-t-il d'une voix rauque. Il y a trois messages particulièrement éclairants dans cette livraison. Herbe de Fer se trouvait au Canada en 1983 et en Angleterre en 1984. Les deux fois, il a rencontré Bouton d'Or dans le plus grand secret. Juste avant que le contact ne s'interrompe avec lui, il se trouvait à Paris. Ses officiers traitants de la C.I.A. ont été affolés d'apprendre qu'il était allé se recueillir sur une tombe à Paris. Ses hôtes français ont eu le sentiment que quelqu'un qu'il avait connu à l'université était mort dans un hôpital parisien. Herbe de Fer s'est arrêté pour acheter une gerbe de chrysanthèmes puis s'est promené, seul, dans le cimetière du Père-Lachaise. »

Pendant un instant, personne ne parla. Puis Glebova demanda d'une voix essoufflée : « C'était à quel mois ? »

Viktor parcourut les bouts de papier qui se trouvaient dans l'enveloppe, les dépliant au fur et à mesure jusqu'à ce qu'il trouve ce qu'il cherchait. « Ça se passait en octobre 1985 », répondit-il.

Fillipov se leva avec une telle raideur qu'il parut au garde-à-vous, les poings serrés contre ses flancs, le menton levé. « La femme qui rédigeait les discours de Dubcek, Ilkiv, est morte d'une péritonite dans un hôpital parisien, en 1985. »

Glebova, qui avait l'air d'un char de l'État, franchit le tapis pour foncer sur le gigantesque bureau du général. « Il reste une question à poser », déclara-t-elle.

Le général hocha la tête.

« Quatre des noms qui sont sur notre liste réduite évoluent dans la stratosphère de notre superstructure. Si notre liste se réduisait à l'un de ces noms... » Glebova ne savait trop comment formuler sa question. « Ce que je veux dire, c'est que si Herbe de Fer se révèle être quelqu'un d'extrêmement important, mon collègue et moi-même pourrons-nous compter sur votre protection ? »

Viktor et le vieux général échangèrent un regard. Le général se leva et examina Glebova de l'autre côté de son bureau. Comme elle était plus grande que lui, il devait lever la tête. « Depuis dix-huit ans que vous travaillez pour moi, m'avez-vous jamais vu jeter quelqu'un aux loups ? »

Glebova secoua la tête. « Jamais, mais...

— Il n'y a pas de *mais*. Votre collègue et vous allez remonter la piste jusque-là où elle mène. Nous nous chargeons des conséquences. »

Glebova se tourna vers la porte. « Je vous prie de nous excuser, fit-elle gravement. Nous avons beaucoup à faire. » Suivie par Fillipov, elle sortit brusquement du bureau en coin du vieux général et se dirigea vers ses archives poussiéreuses... et la solution de l'énigme Herbe de Fer.

25

Aïda aurait été la première à admettre que Vadim, son ex-mari et ange gardien, avait ses défauts, mais oublier son anniversaire n'en faisait pas partie. Pour les quarante-deux ans d'Aïda, il lui annonça qu'il avait dégoté un appartement où elle pourrait passer deux nuits de suite avec son amant américain. Situé au sixième étage d'un immeuble décrépit derrière le théâtre de marionnettes, sur le boulevard périphérique, il appartenait à un médecin juif retraité qui était parti faire une cure de bains de boue dans une station thermale de la mer Noire. Ben arriva à l'appartement avec du *bleu d'Auvergne* français, des crackers suédois, des fruits frais et deux bouteilles d'une petite année d'un excellent bordeaux, le château-montlabert, le tout acheté au gastronome de l'ambassade. L'appartement était constitué de quatre petites pièces défraîchies, d'une cuisine dont le linoléum partait par plaques et d'une salle de bains aveugle avec des toilettes dont la chasse d'eau ne cessait jamais de couler, mais chaque pouce de mur, y compris de part et d'autre des portes, était couvert de tableaux russes des années 20 et 30. Aïda expliqua que le médecin juif et sa défunte épouse avaient commencé cette collection en 1953, pour célébrer la mort de Staline. Les pièces étaient couvertes de toiles de Falk d'avant sa période parisienne, de natures mortes de Weissman, de paysages de Kontchelevski, de divers tableaux d'Altmann et de Pasternak père. Il y avait même un portrait de Lili Brik esquissé par Maïakovski entre deux poèmes extravagants à la gloire de la révolution bolchevique. « Tu vois ce que l'art russe aurait pu devenir s'il n'avait pas été étouffé par le réalisme socialiste, dit Aïda avec un sourire triste. C'est un endroit merveilleux pour faire l'amour, tu ne crois pas ? »

Ben acquiesça avec empressement. Ils grignotèrent un peu, burent du vin, firent l'amour, passèrent, nus, de chambre en chambre pour regarder les peintures et firent l'amour à nouveau. Tous deux semblaient rejeter derrière eux la tension de ces dernières semaines. Avant de sombrer dans un sommeil profond et sans rêves, Aïda murmura : « Cela n'avait pas été aussi bon depuis le train de Leningrad. »

Ils furent réveillés, enlacés, aux premières heures du matin par le bruit des camions qui livraient dans les marchés les denrées des coopératives situées hors de Moscou. Aïda voulut embrasser Ben, mais il détourna la tête. « Alors, les camions te rappellent-ils qu'il existe un monde réel en dehors de notre petit monde privé ? »

Ben s'assit brusquement dans le lit. Quelque chose le tracassait visiblement. « Tu m'as dit que je t'aimais avant même que je m'en aperçoive, lui rappela-t-il. Quoi qu'il puisse dorénavant nous arriver, je veux que tu saches que c'est vrai. Je t'aime. Dieu sait que je ne pensais pas pouvoir tomber amoureux. » Les mots s'écoulaient avec la même intensité que lorsque Ben avait déclaré à Aïda, il y avait au moins une vie de cela : « Je souhaite sur le Christ ne jamais vous revoir ! » « Je regrette amèrement de t'avoir entraînée dans cette histoire... »

Décontenancée par ce soudain afflux d'émotions,

Aïda l'interrompit : « Mon cher amour, ce n'était pas de ta... »

Mais Ben ne lui laissa pas le temps de finir. « Je vais m'arranger pour que Saava puisse subir cette opération », promit-il.

Aïda, fâchée qu'il ait ainsi rompu le charme, réagit avec emportement. « Comment ? le défia-t-elle.

— L'espionnage est un jeu délicat, dit-il. Les relations dépendent de qui a le plus à perdre ou à gagner à des moments donnés. Jusqu'à présent, j'avais davantage à perdre en ne faisant pas ce qu'ils voulaient — je pouvais te perdre toi, je pouvais perdre ton fils, ils le savaient et ils s'en sont servis. Mais tout cela a changé. Nous avons atteint un point où Viktor, ou quel que soit son vrai nom, a plus à perdre que moi. »

Aïda le regardait curieusement. « Comment sais-tu ce genre de choses ?

— C'est de la déduction.

— Et qu'est-ce que ce Viktor a à perdre ? »

Ben réfléchissait tout haut à présent. « Les informations que j'ai dérobées à l'ambassade ne lui sont utiles que tant que les Américains ne savent pas que les Russes les ont en leur possession. Cela me donne un atout.

— Je ne comprends rien à ce que tu racontes.

— Ce n'est pas grave. » Ben bondit du lit, traversa la chambre et alla prendre une enveloppe dans la poche de son veston. « C'est la dernière enveloppe que tu auras à leur porter, annonça-t-il en la laissant tomber dans la main d'Aïda.

— Ils ne voudront pas croire que tu n'as plus d'informations à leur donner, commenta-t-elle avec inquiétude. Il vont recommencer à réduire les doses de Saava.

— Ils me croiront quand je le leur dirai. Quand tu iras porter cette enveloppe, obtiens-moi un nouveau rendez-vous à la planque. Pour jeudi. Sept heures du soir.

— Alors, si je me laissais aller à croire que tu as réellement un atout à jouer, cela ne servirait qu'à faire naître des espoirs en moi, et l'espoir ne peut mener qu'à la désillusion. » Le demi-sourire doux-amer apparut sur les lèvres tendres d'Aïda. « Il est vrai que je me suis plus ou moins accoutumée à vivre sans espoir. Il est vrai que je ne considère jamais rien comme un dû, ni toi dans mon lit, ni le médicament de Saava dans ma paume, ni même le soleil qui se lève le matin. Il faut que je sente sa chaleur sur ma peau avant de me permettre de croire qu'il est réellement là.

— Cette fois-ci, tu ne seras pas déçue », chuchota Ben. Il l'attira dans ses bras. « Je t'aime », dit-il, comme s'il découvrait ce mot, comme s'il le savourait, comme s'il y croyait.

*

Plus tard ce même matin, ils prenaient du café soluble dans la cuisine quand ils entendirent frapper à la porte d'entrée. « Qui sait que nous sommes ici ? demanda rapidement Ben.

— Seulement Vadim. » Aïda se leva et lança à travers la porte : « Oui ?

— Zinaïda Ivanovna ? »

Aïda reconnut la voix du chauffeur de taxi de Vadim, Dimitri. Elle ouvrit la porte.

Dimitri, homme tout rond qui avait l'air d'avoir été moine à un moment donné de sa vie, sourit nerveusement. « C'est au sujet de votre père, dit-il d'une voix funèbre. Vadim m'a demandé de vous conduire tout droit à l'hôpital. »

Ben surgit derrière elle. « Je vais avec toi. »

Aïda mit un châle sur ses épaules. « Mieux vaut

qu'on ne nous voie pas trop ensemble », dit-elle. Elle lui prit la main, en porta le dos à ses lèvres et l'embrassa, laissant sa langue se promener vivement sur ses jointures. Puis elle se détourna et suivit Dimitri.

À la clinique, Aïda trouva son père en train de lutter faiblement dans son grand lit métallique pour repousser l'édredon de ses jambes. Ses yeux avaient presque disparu dans son visage décharné de ces derniers jours. Il regarda Aïda sans la reconnaître. « Allez, allez, nom de nom ! » lança-t-il en agitant faiblement ses doigts mutilés. Aïda lui massa les mollets et cela sembla le calmer. Sa tête retomba sur l'oreiller. Ses yeux se fermèrent. Il respira lourdement à travers ses lèvres desséchées.

Une vieille femme en peignoir rose passa devant la porte ouverte en s'appuyant sur deux cannes. Elle s'arrêta pour jeter un coup d'œil dans la chambre. « Comment en est-il arrivé là ? s'enquit-elle, la mine dégoûtée.

— C'est l'âge, répondit Aïda.

— Ce n'est pas une excuse », répliqua la vieille femme avant de se retourner et de reprendre son chemin, en boitant, dans le couloir.

Le père d'Aïda s'agita dans son lit et marmonna d'une voix inintelligible : « Livres. » Il répéta le même mot à plusieurs reprises : « Livres. » Quand il ouvrit les yeux, elle lui caressa le front. « Papa, n'aie pas peur.

— Pas peur », assura-t-il très clairement. Puis : « Sais qui est l'ennemi. Je me bats ; pas peur. »

Ce furent en fait les derniers mots compréhensibles qu'il prononça. Il donna ensuite de faibles coups de pied dans son édredon, joua avec son pénis, respira par la bouche avec une irrégularité pénible et finit par sombrer dans un coma léger. La femme médecin, un mégot de cigarette toujours collé à la lèvre inférieure, entra dans la chambre. Elle prit le pouls du vieillard puis lui saisit la main. « Salut, Ivan, vous m'entendez ? appela-t-elle. Si vous m'entendez, serrez mes doigts. »

Voyant que le père d'Aïda ne réagissait pas, le médecin examina ses doigts mutilés ; secoua la tête avec désolation et laissa retomber la main sur l'édredon. « C'est pratiquement la fin », dit-elle à Aïda. Elle lui toucha l'épaule, une femme en réconfortant une autre. « Gueulez dès que vous avez besoin d'aide », dit-elle en partant.

Aïda prit la main de son père. « Papa, c'est moi, Zinaïda », prononça-t-elle d'une voix douce.

Le vieil homme ouvrit soudain les yeux en grand. Aïda se força à sourire jusqu'à ce que les paupières de son père s'abaissent lentement sur ses pupilles. Quelques minutes plus tard, elle perçut un râle distinct qui provenait du fond de sa gorge à chaque fois qu'il respirait. Petit à petit, presque imperceptiblement, son souffle se fit plus court. Il ne fut plus enfin qu'un soupir à peine audible. Les traits du vieillard se détendirent. Sa bouche, ouverte jusque-là, se referma d'un coup, ses yeux s'ouvrirent lentement et fixèrent le plafond sans le voir. Puis, comme par magie, il cessa simplement de respirer. Au bout de quinze secondes, il eut un faible hoquet, puis un second. Puis il cessa définitivement de respirer.

« Tu as réussi », prononça Aïda à voix basse. Lui tenant toujours la main, elle se leva, lui ferma les paupières et lui baisa le front, puis elle se rassit afin de mémoriser sa mort.

*

Le père d'Aïda avait été placé dans un cercueil de sapin peu profond et encore découvert qui reposait à présent sur deux chaises dans une chapelle de fortune au premier étage de la clinique. Les stores des fenêtres avaient été tirés. Un enregistrement grinçant de musique funèbre inidentifiable était déversé par un haut-parleur installé sur une chaise dans un coin de la pièce. Dans le cercueil, le vieil homme avait été vêtu de sa tunique et de son pantalon d'uniforme, ses médailles étaient présentées en rangs sur un coussin écarlate posé sur sa poitrine. Il y avait eu un forfait pour les funérailles qui incluait le cercueil, le coussin, le corbillard, la musique enregistrée, une couronne mortuaire et, enfin, l'enterrement dans un coin du cimetière réservé aux vétérans de la Grande Guerre patriotique. Les bougies étaient en supplément et Aïda y avait renoncé. À la dernière minute, Vadim avait débarqué avec deux douzaines de cierges. Leur lueur jaune et vacillante donnait à la peau du vieillard un aspect cireux. Aïda voulut alors moucher les flammes, mais Vadim la fit rasseoir, soulignant que les bougies faisaient partie de la tradition.

Assis auprès d'Aïda sur l'une des chaises pliantes qui avaient été disposées en rangées, Saava pleurait sans éclat toutes les larmes de son corps. Vadim se pencha vers Aïda. « Tu devrais essayer de pleurer, toi aussi. Penses-y comme à une bonne thérapeutique. »

Aïda se contenta de tripoter la bague d'Akhmatova en fixant le cercueil du regard.

Aïda, Saava et Vadim s'entassèrent dans le taxi de ce dernier pour suivre le corbillard jusqu'au cimetière. Le couvercle fut cloué au cercueil et le cercueil descendu à l'aide de cordes usées au fond d'une fosse fraîchement creusée. Aïda, imitée par Saava, ramassa une poignée de terre et la lança sur le cercueil. Vadim distribua de généreux pourboires aux fossoyeurs puis fit signe de l'index au taxi d'approcher. Aïda déclina l'offre de se faire raccompagner en voiture et préféra rentrer en ville à pied avec Saava.

Ils marchèrent longtemps sur un trottoir qui suivait un large boulevard défoncé. Saava finit par rompre le silence. « Ce doit être les Cosaques qui ont eu grand-père, au bout du compte. »

Aïda hocha la tête.

« Il m'a dit un jour que les Cosaques, c'était nous-mêmes, dit Saava. Qu'est-ce que ça voulait dire ? »

Un camion de la milice, jaune sale à bandes bleues, sa lumière bleutée clignotant farouchement sur le toit, passa à toute vitesse.

« Je pense que c'était sa façon à lui de dire que l'ennemi se trouve à l'intérieur de nous.

— Je ne comprends pas... comment un ennemi peut-il être à l'intérieur de quelqu'un ?

— Comme beaucoup de gens de sa génération, ton grand-père avait pris l'habitude d'avoir des ennemis depuis sa jeunesse. J'imagine que cela répondait à un besoin profond. Quand il s'est retrouvé confronté à la possibilité qu'il n'y ait plus d'ennemis, il est devenu lui-même l'ennemi.

— Comment est-il possible de devenir son propre ennemi ?

— C'est difficile d'expliquer ça à quelqu'un qui n'a pas vécu ce que ton grand-père a enduré.

— Chaque fois que je te pose une question, tu me réponds que c'est difficile à expliquer.

— Alors : si ce n'était pas difficile à expliquer, tu ne me poserais pas la question.

— C'est vrai. » Saava glissa la main dans celle de sa mère. « Quand je pense à grand-père, je le vois toujours assis toute la nuit devant la fenêtre. Est-ce qu'il lui arrivait de ne pas s'asseoir la nuit devant sa fenêtre ?

— Il y a longtemps, répondit Aïda, avant qu'il ne se mette à avoir peur, il ne s'asseyait pas la nuit devant la fenêtre. » Et elle ajouta, très doucement : « Là où il est maintenant, il n'a sûrement plus besoin de s'asseoir la nuit devant une fenêtre. »

*

Le visage de Glebova devint de cendre quand N. Fillipov lui montra le câble déchiffré en provenance de Prague. Elle s'effondra sur le siège le plus proche pour le relire. « Voici la dernière pièce du puzzle, murmura-t-elle. Il ne peut plus y avoir aucun doute maintenant. »

Les sourcils broussailleux de Fillipov s'agitèrent nerveusement. « Même avec l'imagination la plus débridée, qui aurait pu soupçonner un tel dénouement ? » marmonna-t-il.

Glebova porta une main à sa poitrine. « Mon cœur bat tellement vite qu'il va exploser. » Elle examina Fillipov, qui regardait par la fenêtre, perdu dans ses pensées, puis décrocha le téléphone et composa un numéro interne. « Je dois parler au général, insista-t-elle d'une voix aiguë. Non. Non. Tout de suite. J'en prends la responsabilité. Lui-même voudra que vous interrompiez sa conférence. » Glebova garda le combiné pressé contre son oreille. Il y eut un long silence. Puis elle arrondit la main autour du micro, comme si cette précaution pouvait rendre leur conversation plus sûre, et elle souffla : « Mon général, c'est Glebova. Je vous appelle pour vous dire que la liste a été réduite. À un nom. »

Viktor et le général se tenaient tous deux debout quand Glebova, suivie de près par Fillipov, arriva dans le bureau du général. Les doigts de la main abîmée du général s'étaient contractés, faisant signe à Glebova. Elle s'avança presque à contrecœur et lui tendit une feuille de papier dactylographiée. Viktor et le général évitèrent de se regarder. Le général tendit la main et prit la feuille. Viktor la lut par-dessus l'épaule de son beau-père.

Douze noms y avaient été tapés. Onze d'entre eux avaient été rayés.

Viktor fut le premier à se ressaisir. « En êtes-vous sûrs à cent pour cent ? »

Fillipov se mit à torturer une saleté imaginaire sous un ongle. « On ne peut jamais être sûr de quoi que ce soit à cent pour cent. Mais nous le sommes à quatre-vingt-dix-neuf virgule neuf pour cent. Vous vous rappelez comment Herbe de Fer avait réparé ce tracteur ? Le nom de votre liste est né dans le village de Privol'noïe, dans le kraï de Stavropol. Il était fils de paysans contraints d'entrer dans un kolkhoze pendant la collectivisation forcée de l'agriculture instaurée par Staline dans le début des années 30. Il en voulait donc au pouvoir soviétique et avait un motif de vouloir le trahir. En 1943, à l'âge de douze ans, il travaillait comme conducteur de moissonneuse-batteuse dans une station de motoculture. Son meilleur ami de l'époque était un Kalmouk qui sera plus tard déporté en Sibérie dans le cadre du programme qui voulait que les Kalmouks soient punis parce que certains d'entre eux avaient collaboré avec l'envahisseur allemand. L'homme dont le nom n'a pas été barré avait une femme et un enfant. En 1973, quand Herbe de Fer a ajouté le nom Ksenia à sa liste du Jugement dernier, sa fille a eu une fille qui s'appelle Ksenia. » Avec un haussement d'épaules délicat, Fillipov désigna d'un mouvement du menton la liste que le général tenait encore à la main. « C'était un protégé d'Andropov et il était régulièrement invité à s'entretenir avec lui dans la station thermale du K.G.B. sur les bords de la mer Noire. Herbe de Fer a vu Bouton d'Or au Canada en 1983, et en Angleterre en 1984. » Fillipov désigna à nouveau la liste. « Il se trouvait au Canada en 1983 et en Angleterre en 1984. La C.I.A. a rompu le contact avec Herbe de Fer en 1985, année où il », l'index de Fillipov, qui désignait le seul nom qui n'avait pas été rayé sur la liste, tremblait, « a été nommé à une importante position de pouvoir. »

La main de Glebova se replaça sur sa poitrine. « Nous avons relié Bouton d'Or à Herbe de Fer », annonça-t-elle, les yeux mouillés, exorbités, le souffle court et précipité. « Vous vous rappelez le lien entre Herbe de Fer et Martina Ilkiv, la femme qui écrivait les discours de Dubcek ? Ilkiv était en fait son nom de femme mariée. Son nom de jeune fille était Dzur. Il y a trace d'une Martina Dzur qui aurait suivi les cours de la faculté de droit de l'Université d'État de Moscou à l'époque où il était étudiant là-bas. Dans son dossier, il est même fait mention d'un cours de logique économique donné par le célèbre professeur Oussov. » Comme Fillipov, Glebova désigna le nom inscrit sur le papier du général ; comme Fillipov, son doigt tremblait. « Il assistait au même cours. Nous avons retrouvé deux étudiantes d'alors qui se rappellent très bien que la jeune communiste tchèque Martina Dzur était tombée amoureuse de *lui* et s'était même un moment installée chez lui. Quand Martina Ilkiv est morte à Paris, en 1985, d'une appendicite éclatée, elle a été enterrée au Père-Lachaise — trois jours avant que ses officiers traitants de la C.I.A. ne *le* repèrent en train d'errer dans le cimetière, un bouquet de chrysanthèmes à la main. On peut même supposer que c'est cette imprudence qui a poussé la C.I.A. à rompre tout contact avec lui. »

Le général plia douloureusement la feuille de papier en deux, puis à nouveau en deux, et la glissa dans la poche de sa veste. Son regard se rembrunit tandis qu'il se dirigeait lentement vers son bureau et s'installait derrière. « Je veux que vous m'apportiez tous vos documents de travail, vos archives, vos sources, vos dossiers, vos interrogations et les réponses — tout ce qui touche à notre affaire, fit-il d'une voix rocailleuse. Vous ne devez souffler mot de tout ceci à âme qui vive. Prenez quelques jours de repos. Ne quittez pas Moscou. Assurez-vous que mon bureau puisse vous joindre à toute heure. »

Le vieux général releva le menton et scruta un tableau représentant l'arrivée de Lénine à la gare de Finlande. Lorsqu'il reprit la parole, sa voix sembla résonner dans la pièce. « Sachez que vous avez rendu un service extraordinaire à votre pays. »

Glebova jeta un coup d'œil en direction de Fillipov, puis recula vers la porte. Fillipov s'attardait, comme s'il fallait encore ajouter quelque chose. Puis, se ravisant, il suivit sa collègue hors du bureau.

Viktor déboutonna sa veste et s'assit lourdement sur une chaise placée tout près du bureau du général. Celui-ci ouvrit un tiroir et en sortit deux petits verres, une bouteille et une boîte en fer-blanc. Il ouvrit la boîte et la poussa vers Viktor qui se pencha pour choisir un abricot sec et se mit à manger. Le général remplit les deux petits verres et en tendit un à son beau-fils. « Eau-de-vie de cerise. Géorgienne. Ça vous éclaircit les idées. » Il mordilla un abricot sec, porta le petit verre d'eau-de-vie à ses narines pour le humer puis rejeta la tête en arrière et le vida d'un trait. Viktor l'imita. L'alcool leur brûla la gorge. Les deux hommes ouvrirent la bouche et exhalèrent profondément. Le général entreprit de remplir à nouveau les verres. « Où est ma fille en ce moment ?

— Elle tourne une série télévisée.

— Vous êtes patient, Viktor. J'ai toujours apprécié ce trait de votre caractère. Vous avez la qualité essentielle à tout bon chasseur — la capacité d'attendre avant d'entreprendre la mise à mort. J'admire cela chez un homme. »

Il redonna le verre plein à son beau-fils et leva le sien pour porter un toast pensif : « Buvons à Pamiat, et à la mise à mort. »

Viktor répéta après lui : « À Pamiat, et à la mise à mort. » Puis il se brûla la gorge une seconde fois.

26

Le puzzle résista pendant deux jours et trois nuits. Peu après minuit, le troisième soir, Manny tomba en panne de scotch, de glaçons, de résistance, et il se mit à désespérer de trouver une solution. Il était tombé sur trop de Ksenia, trop d'hommes avec une femme et un enfant, trop d'hommes s'étant trouvés là où s'était rendu Herbe de Fer en gros à la même époque, trop de personnages qui avaient bénéficié de promotions dans leur travail en 1985, ne fût-ce que pour réduire la liste des suspects de façon notable. La tête lui tournant de fatigue, il se renversa sur le dossier de son siège, les mains croisées derrière la nuque, et contempla les bouts de papier qui jaillissaient d'entre les pages des biographies du Département d'État empilées sur son bureau.

Cette vision éveilla un souvenir. Le bureau de Manny avait déjà été ainsi encombré de biographies du Département d'État en 1979, quand il préparait son rapport écrit sur un nouveau candidat membre du Politburo à l'intention de son patron d'alors, Charlie Inkermann. Des bandes de papier avaient là aussi jailli d'entre les pages. Manny se rappela que deux bouts de papier avaient indiqué des passages qui seraient peut-être pertinents maintenant.

Un : Le sujet de son rapport écrit de 1979 était né

dans le village de Privol'noïe, dans le kraï de Stavropol, en 1931, soit en plein programme de collectivisation sauvage de Staline. Sentant pour la première fois qu'il tenait quelque chose, Manny se redressa et se mit à feuilleter les pages du manuel de géographie du Département d'État. Il trouva bientôt ce qu'il cherchait. Il y avait eu un camp de Kalmouks à une cinquantaine de kilomètres de Privol'noïe ; ils avaient été déportés massivement en Sibérie en 1943. Manny repensa à autre chose. Il prit une biographie du Département d'État, mouilla l'extrémité de son gros pouce et feuilleta le livre jusqu'à ce qu'il trouve la référence qu'il cherchait. Le sujet avait été élevé dans une ferme collective et envoyé dès l'âge de douze ans travailler dans une station de motoculture pour remplacer les hommes partis à la guerre. Nul doute qu'il savait réparer un moteur de tracteur. Et il aurait pu très facilement se faire un ami kalmouk !

Deux : Le rapport de 1979 que Manny avait rédigé pour Inkermann (et qui lui avait valu d'être viré de la C.I.A. quand il avait refusé de le délayer) avait attiré l'attention sur une curieuse coïncidence : le nouveau membre candidat du Politburo avait eu pour maîtresse une intellectuelle tchèque pendant trois des cinq années qu'il avait suivi les cours de la faculté de droit de l'Université d'État de Moscou. Le rapport de Manny avait conclu que certaines des idées radicales de la jeune femme, qui s'était mise, plus tard, à écrire les discours de Dubcek pendant le Printemps de Prague de 1968, avaient dû déteindre sur le paysan soviétique.

Une maîtresse tchèque qui écrivit par la suite des discours pour Alexandre Dubcek pendant le Printemps de Prague de 1968 ! Les pièces du puzzle se mettaient en place. D'après l'un des messages que Benedict Bassett avait transmis aux Russes, Bouton d'Or était une femme. Se pouvait-il qu'une des rédactrices des discours de Dubcek fût Bouton d'Or ? Se pouvait-il qu'elle eût recruté son camarade de classe et amant de l'Université d'État de Moscou pour le compte de la C.I.A. ?

La joie fit briller les yeux de Manny. Il avait réduit la liste des suspects à un seul !

Avec une méticulosité sans faille, il entreprit de tout revoir point par point. Son principal suspect était fils de paysans qui avaient été contraints de se plier à la collectivisation dans le début des années 30, ce qui signifiait qu'il avait dû être élevé dans une atmosphère résolument antisoviétique. Voilà pour les motifs. Herbe de Fer s'était rendu à Prague en 1967, à Bruxelles plusieurs fois au cours de sa vie, en Allemagne de l'Ouest en 1975, au Canada en 1983, en Angleterre en 1984 et à Paris en 1985. *Idem* pour le suspect principal. Une femme, un enfant. Ksenia. Accès à Andropov. L'ami kalmouk. La capacité de réparer un moteur de tracteur. Ses liens avec Prague et avec Bouton d'Or. Une promotion importante en 1985 qui aurait pu obliger la C.I.A. à rompre le contact.

Un voile de fatigue et d'incrédulité lui obscurcissant la vue, Manny prit conscience qu'il était arrivé, sans le vouloir, à son corps défendant, à la seule conclusion possible. La question était de savoir ce qu'il fallait en faire.

*

Manny fendit la foule de touristes et d'hommes d'affaires à la porte, agita un billet de dix dollars sous le nez d'un Géorgien souriant qui avait un badge au revers de sa veste indiquant « Maître d'hôtel ». « J'ai réservé, cria Manny par-dessus le brouhaha et la balalaïka. Custer, Immanuel. De l'ambassade américaine. »

Le maître d'hôtel consulta un calepin et trouva le nom de Custer. « Une table pour deux, dit-il. Suivez-moi. » Serrant le sac en papier contenant trois bouteilles de vin géorgien (le restaurant n'avait pas de licence pour vendre de l'alcool et encourageait ses clients à en apporter avec eux), Manny fit signe à Bassett et tous deux suivirent le maître d'hôtel vers une table située au fond du restaurant privé.

Manny posa deux des bouteilles de vin par terre, sous son siège, et la troisième sur la table, puis il commanda un petit festin et demanda au serveur de déboucher la première bouteille. Il le congédia ensuite et remplit lui-même les verres. « Sans rancune, dit-il en levant son verre.

— Sans rancune », répéta Ben. Ils trinquèrent et burent du vin.

« Je suis content que vous ayez accepté mon invitation, commenta Manny sur le ton de la conversation. Je vous ai plutôt malmené. Je me suis complètement gouré. C'est ma manière à moi de faire mon *mea culpa, mea maxima culpa*.

— Vous faisiez votre boulot, c'est tout, répliqua Ben. J'apprécie le geste.

— Vous ne m'en voulez pas ? demanda Manny.

— Je ne vous en veux pas », assura Ben.

Deux musiciens en costume géorgien grattèrent leur balalaïka en beuglant des chants traditionnels géorgiens. Un jeune serveur en smoking impeccable posa un plateau sur un support voisin de la table et servit les entrées.

« C'est une sorte de smorgasbord géorgien », commenta Manny. Il poussa un plat vers Ben. « Ces feuilles de vigne farcies sont très épicées. Essayez donc. »

Goûtant peu à peu à toutes les spécialités géorgiennes, ils terminèrent la première bouteille de vin et commencèrent la seconde. Manny fit parler Ben de ses origines — il était né et avait grandi à Hornell, ville de chemin de fer située au nord de l'État de New York, et il avait fait ses études à l'université Northwestern, non loin de Chicago. Ils avaient déjà bien entamé la deuxième bouteille quand Manny introduisit une note plus personnelle en évoquant la mort de sa femme, avec qui il avait été marié pendant vingt-cinq ans. À la moitié de la bouteille, Manny éructa et remplit de nouveau leurs verres. Répondant à une question, Ben lui parla brièvement de son divorce et de la bataille qui s'était ensuivie, qu'il avait perdue, pour obtenir la garde de son fils, resté aux États-Unis.

« Ça a dû vous laisser un sentiment plutôt amer vis-à-vis des femmes », remarqua Manny.

Ben eut un sourire de connivence sans joie.

Manny hocha la tête avec sympathie. Puis, négligemment, il commenta : « Votre poétesse est un beau brin de fille. »

Ben leva les yeux. « Vous croyez que c'est l'endroit pour ce type de conversation ?

— Pourquoi pensez-vous que je vous aie amené dans ce genre de nouveau restaurant privé ? Les types qui vous filent ne peuvent pas se permettre de dîner ici pour vous surveiller. C'est trop cher.

— Et si la table était sur écoute ?

— J'ai vérifié quand j'ai posé le vin par terre.

— Vous pensez à tout », commenta Ben. De la manière dont il le disait, cela ne sonnait pas comme un compliment.

« J'essaie. »

Ben prit une autre gorgée de vin. Il semblait avoir envie de parler. « La poétesse est un beau brin de fille, comme vous dites. J'avais pour instruction d'avoir une liaison avec une Russe. Personne ne m'a dit que je devais choisir un boudin.

— Comment est-elle ? »

Ben remplit à nouveau son verre et but encore un peu de vin. « C'est ce que ce pays misérable a de mieux, assura-t-il avec émotion. Elle a une âme, des tripes, elle espère le meilleur, s'attend toujours au pire, ne cesse de se taper la tête contre les murs et d'en redemander. » Il se rappela une phrase qu'Aïda lui avait dite à Leningrad. « Elle pense que le bonheur est toujours lié à la souffrance. Elle suit son cœur jusqu'à ce qu'il se brise. »

Le serveur débarrassa les plats vides et revint avec de nouveaux mets. Des touristes américains éclatèrent de rire à une table voisine. Les balalaïkas se déchaînèrent. Manny desserra sa ceinture d'un cran puis servit des champignons dans l'assiette de Ben et dans la sienne. « Vous n'êtes pas obligé de m'en parler si vous n'en avez pas envie, dit-il par-dessus le bruit. Mon intérêt est d'ordre professionnel. Je suis curieux de savoir comment ils ont pu mettre la main sur vous. Qu'ont-ils fait — ils ont menacé d'expédier votre poétesse ailleurs et de briser votre histoire d'amour ? »

Ben décida qu'il n'y avait pas de mal à répondre maintenant que l'officier de sécurité était de son côté. « Elle a un gosse, expliqua-t-il. Le petit est atteint de leucémie. Il a besoin d'un médicament occidental pour continuer à vivre. Il n'était pas seulement question d'interrompre une liaison. Ils ont menacé de lui supprimer ses doses de médicament si je ne coopérais pas. »

Manny siffla entre ses dents. « C'était la cerise sur le gâteau ! N'importe quelle femme aurait fait l'affaire, mais quel coup de chance de tomber sur une femme qui avait un gosse malade ! » Il dévisagea Ben. « Que va-t-il arriver au môme quand vous partirez ? »

Ben se pencha en avant. « J'y ai réfléchi, confia-t-il avec empressement. En fait, je ne serais pas mécontent d'avoir votre opinion sur quelque chose. Je peux vous dire que l'opération est terminée. Aïda est en train de livrer ma dernière enveloppe. Ce qui veut dire qu'on va bientôt trouver un prétexte pour me rapatrier aux États-Unis. »

Voyant Ben hésiter, Manny hocha la tête d'un air encourageant. « J'ai passé des années à diriger des opérations de ce genre à Istanbul. Si je peux vous aider...

— J'ai demandé à Aïda de fixer un dernier rendez-vous dans la planque.

— Pour quoi faire ? »

Ben avala encore quelques gorgées de vin. Un garçon emporta la bouteille vide. Manny repêcha la troisième bouteille sous la table et la tendit au serveur, qui l'ouvrit aussitôt. Manny lui reprit alors la bouteille et servit Ben. Celui-ci fit courir son doigt sur le rebord de son verre. Manny ne le pressa pas. « Je crois que j'ai un atout en main, dit enfin Ben. Le K.G.B. est convaincu que les Américains ne savent pas que je leur ai fourni des informations. Ils vont vouloir que les choses restent comme ça. J'ai imaginé de proposer à Viktor...

— Viktor ?

— C'est comme ça que se fait appeler mon contact du K.G.B. J'ai imaginé de lui proposer un marché. Mon silence contre un visa de sortie pour le gosse et sa mère. » Ben parla du chirurgien américain et de la greffe de moelle osseuse. « Qu'en pensez-vous ? »

Manny repoussa son assiette. « Enfin, bref...

— Ça ne vous plaît pas ?

— Ce n'est pas la question que ça me plaise ou que ça ne me plaise pas. Ça ne marchera pas.

— Pourquoi ça ?

— Il faut que vous vous mettiez à la place du K.G.B. Une fois que le gosse et sa mère auront quitté le pays, votre ami Viktor perdra son emprise sur vous. Et vous n'arriverez pas à impressionner

Viktor en menaçant de vous dénoncer comme espion. Il se contentera de menacer de couper l'approvisionnement en médicaments du gosse si vous vous livrez. Vous serez ex aequo. Et qu'est-ce que vous ferez à ce moment-là ? »

Ben tritura sa nourriture. « Vous avez une meilleure idée ?

— Peut-être.

— Qu'est-ce que c'est ?

— Il faudrait que j'en sache plus sur l'opération. Par exemple, qui vous pilote ? »

Ben regarda autour de lui pour s'assurer que personne ne pouvait les entendre. « Je faisais de l'intendance pour une unité de décryptement des services de renseignement de l'armée, à Washington. La C.I.A. avait besoin d'une tête nouvelle et m'a proposé un contrat ponctuel.

— Que vous a-t-on dit concernant le but de l'opération ?

— Le type qui m'a servi d'instructeur m'a dit que les informations que je ferais passer aux Russes discréditeraient les opposants à la glasnost et à la perestroïka. »

Manny se servit de vin avec emportement et avala le tout d'un trait. Il renifla en s'essuyant la bouche du revers de la main. « Vous vous êtes fait avoir », annonça-t-il.

Ben redressa brusquement la tête. « Qu'est-ce que c'est censé vouloir dire ?

— Vous êtes sûr que vous voulez le savoir ? »

Ben n'en était pas sûr, mais il hocha quand même la tête.

Manny l'imita. « D'accord », dit-il, puis, se penchant au-dessus de son assiette, il raconta à Ben qu'il avait ouvert son coffre et lu le mince calepin d'un bout à l'autre. Il lui parla de la station de motoculture, de la femme, de l'enfant et de Ksenia, du Kalmouk, de l'accès à Andropov et des relations avec la rédactrice des discours de Dubcek. Il expliqua comment les dates des divers voyages à l'étranger coïncidaient. Il lui parla de la promotion de 1985. « Tout colle parfaitement. Vous avez transmis des éléments d'informations à votre ami Viktor. Chaque allusion resserrait un peu plus la liste jusqu'à ce qu'il ne reste plus qu'un seul nom en course. Ce ne sont pas ses opposants que vous discréditez, c'est Gorbatchev lui-même. Tous les documents que vous avez transmis aux Russes le désignent. Vous fournissez à ses ennemis de fausses preuves que l'homme qui dirige le pays, ce fils de paysans victimes de Staline, haïssait le régime soviétique et a travaillé pour la C.I.A. pendant des années dans le but de le déstabiliser. D'après ces preuves fabriquées, la C.I.A., par prudence, a rompu le contact avec lui quand il est devenu le numéro un en comptant bien qu'il terminerait le boulot tout seul. »

Ben se sentait pris de vertige. « Ce n'est pas possible... vous inventez tout ça pour m'embrouiller. »

Manny haussa ses lourdes épaules. « Enfin, voilà. »

Ben contempla longuement la table. Il réfléchissait intensément. Manny gardait son verre dans ses mains. Au bout d'un moment, Ben leva les yeux. « C'est Gorbatchev qui a mis fin à la guerre froide. Pourquoi la C.I.A. voudrait-elle l'éliminer ? »

Manny ricana. « Ce n'est pas la C.I.A. qui vous pilote, répliqua-t-il d'un ton neutre. J'ai repéré la note, sur la page de garde de votre calepin. Si le carnet tombait entre de mauvaises mains, il faudrait le mettre dans une enveloppe fermée avec la mention "Confidentiel — top secret" et l'expédier par valise diplomatique spéciale à l'"Unité d'assistance au renseignement, Pentagone, Washington D.C., Dest. : Marlowe."

— Marlowe est celui qui m'a recruté et servi d'instructeur. C'est Marlowe qui m'a envoyé le calepin.

— Un grand type d'une cinquantaine d'années qui parle avec un accent texan, a le cheveu rare et gris et de vilaines dents qu'il cache en ne souriant pratiquement jamais ? » Manny se frotta l'aile du nez avec le côté de son verre de vin. « Vous ne vous êtes jamais demandé ce qu'était l'Unité d'assistance au renseignement ?

— Je supposais que c'était une boîte aux lettres de la C.I.A. »

Un rire méprisant remonta des tréfonds du ventre de Manny. Il tira un télégramme plié de la poche de sa veste et le relut avant de le passer à son compagnon de table. « J'ai envoyé un câble à un vieux pote à moi de la D.I.A. » Devant l'air ahuri de Ben, Manny précisa : « La Defence Intelligence Agency, soit le service de renseignement du Pentagone. Voici sa réponse. L'Unité en question est un groupe du Pentagone enregistré comme une inoffensive unité d'assistance au renseignement. Ce groupe a été créé sous la présidence de Carter pour régler le problème des otages en Iran. Lorsque cette crise s'est terminée, l'unité d'assistance a été dissoute mais, comme beaucoup d'organisations qui sont censées ne plus fonctionner, elle a continué de figurer sur les registres. D'après mon copain, il y aurait eu des rumeurs vers la fin des années 80 comme quoi l'unité d'assistance aurait été ressuscitée par quelques gradés du Pentagone. Si je devais donner mon avis, je dirais que ce qui a dû les attirer dans cette unité d'assistance oubliée, c'est qu'elle ne dépendait ni de la Central Intelligence Agency ni de la Defence Intelligence Agency, ce qui signifie qu'elle échappait au contrôle du Congrès. Le fait qu'elle échappait également au contrôle de la Maison-Blanche puisqu'elle n'avait pas besoin du feu vert présidentiel pour se mettre en branle ne la rendait que plus attrayante encore. Le secret du contrôle d'une organisation, c'est son financement. D'après ce que me dit mon ami, le budget de l'unité d'assistance au renseignement est enfoui dans le fonds conjoint du Comité des chefs d'état-major sous la mention "Transport, frais divers". Le responsable en titre est un colonel des marines attaché à l'équipe de planification à long terme du Comité des chefs d'état-major. Le type qui dirige les opérations en cours se fait appeler Marlowe, mais son vrai nom est Asher Spink. Spink est un grand mec d'une cinquantaine d'années, avec le cheveux gris et rare et de vilaines dents qu'il cache en ne souriant pratiquement jamais. Il parle avec un accent traînant du Texas. »

Visiblement ébranlé, Ben lui rendit le télégramme. « Connaissez-vous ce Spink ?

— Je l'ai côtoyé pendant une de mes missions à Istanbul. C'était un vrai fanatique : il soutenait la guerre froide, détestait les Russes, était complètement obsédé par l'idée que nous pouvions détruire le communisme en poussant les Russes à la faillite avec la course aux armements ; la pression imposée pour rester à notre niveau mettrait l'économie communiste par terre. L'image totalement déformée qu'il avait du monde lui faisait souhaiter pieusement tout ce qui pouvait accroître les tensions mondiales, et donc augmenter les budgets militaires. Spink a quitté la Turquie pour aller diriger l'antenne de Prague de la fin des années 60 au milieu des années 70, où il a pu manipuler, ou ne pas manipuler, un agent répondant au nom de code Bouton d'Or. En tout cas, il a dû concevoir un projet insensé de trop parce que la C.I.A. l'a discrètement mis à la retraite. La dernière fois que j'ai entendu parler de lui, il donnait des consultations contractuelles à quelques dingues que nourrit encore en son sein le Pentagone. Et il y a maintenant cette affaire d'unité d'assistance au renseignement. Enfin, bref. »

Les Américains de la table voisine coinçaient des dollars sous une soucoupe et se dirigeaient bruyamment vers la sortie. Le joueur de balalaïka faisait une pause et fumait une Marlboro dans un coin. Le serveur vint débarrasser la table puis revint quelques minutes plus tard avec le plateau des desserts et deux tasses d'un breuvage épais qu'il qualifia de café. Lorsqu'ils furent à nouveau seuls, Ben demanda : « Qu'essayez-vous de me dire ?

— Je vous dis que vous vous êtes fait avoir dans les grandes largeurs. Vous êtes l'homme de main d'une opération illégale concoctée par un fanatique frustré nommé Spink et dirigée depuis les sous-sols du Pentagone par une unité d'assistance secrète qui n'a à rendre de comptes à personne — ni au Congrès ni au Président — sauf aux militaires. » Manny semblait cracher ses mots à présent. « Dieu seul sait jusqu'où remonte la responsabilité dans la hiérarchie militaire. Spink peut très bien comploter avec le président du Comité des chefs d'état-major. Mais il peut tout aussi bien se contenter du soutien d'un petit colonel maniaque de l'équipe de planification à long terme, un pauvre camé à la guerre froide convaincu que l'intérêt national américain, sans parler des carrières militaires et du profit militaro-industriel, aurait à souffrir si jamais on laissait Gorbatchev créer les conditions nécessaires à la détente Est-Ouest. »

Ben, soudain très sobre, se servit le reste de vin et le but aussitôt. Manny fit signe qu'on lui apporte l'addition et la rendit sans même la regarder au serveur, avec sa carte American Express. Les deux hommes attendirent en silence le retour du garçon. Manny griffonna son nom sur le reçu.

« Merci pour le dîner, dit Ben avec ironie.

— Trop heureux », répliqua Manny sur le même ton.

Tandis qu'ils rentraient vers leurs appartements diplomatiques, en face de l'hôtel *Oukraïna*, Manny marmonna négligemment : « Vous êtes suivi. » Comme Ben se retournait, l'air affolé, Manny reprit : « Ne soyez pas nerveux. Vous êtes toujours suivi. C'est ce qui m'a tout d'abord amené à me poser des questions sur vous. Au cas où vous seriez curieux, c'est le jeune couple qui marche devant nous. Je reconnais la blonde. Elle vous filait la fois où nous avons descendu l'avenue Gorki ensemble. »

Perdus dans leurs pensées, ils tournèrent au carrefour suivant et marchèrent sans parler pendant un long moment. Manny finit par rompre le silence. « Je voudrais vous demander quelque chose. »

Ben le regarda en se mordillant la lèvre inférieure.

« Qu'y a-t-il réellement entre vous et la poétesse ? »

Ben répondit très calmement : « Je suis tombé amoureux d'elle en route.

— Alors, si c'est le cas, vous avez peut-être quand même un atout en main », commenta Manny avec beaucoup de précaution.

Ben redressa la tête.

« Voilà ce que je propose, poursuivit Manny. Nous nous retrouvons en face d'une opération vicieuse conçue en dehors de toute supervision nationale. Il est hors de question de crier haro sur cette machination — le monde ne voudra jamais croire que ce n'est pas le gouvernement américain qui a voulu miner la glasnost. Cela ruinerait la crédibilité américaine à un moment crucial. Cependant, il y a tout de même quelque chose que vous pourriez tenter pour faire capoter le complot et aider la fille...

— Je pourrais aller en prison pour ça », murmura Ben.

Manny se tourna vers lui. « Il y a des gens de notre bord qui ne veulent pas que la guerre froide finisse.

Ils ont peur de devenir des guerriers sans adversaires, alors ils s'efforcent de pousser les Russes qui pensent comme eux à se débarrasser de Gorbatchev. Vous vous souvenez de la conversation que nous avons eue au *Sam's* ? Je vous ai dit que je ne pensais pas que le Grand Houdini pouvait réussir, mais que j'étais pour qu'on fasse tout pour le laisser essayer. Je le pense toujours. » Embarrassé de s'être laissé ainsi emporter par ses émotions, Manny haussa les épaules. « Enfin, bref. »

Ils traversèrent brusquement Koutouzovski Prospekt et arrivèrent en vue des bâtiments diplomatiques. Soudain, Ben attrapa Manny par le coude. Les deux hommes se tenaient l'un en face de l'autre, sur le trottoir, dans le bruit de la circulation. « Parlez-moi donc de cet atout que vous pensez que je peux jouer. »

27

Dès qu'il s'agissait de monter une opération, Manny avait un instinct de chorégraphe : les entrées et les sorties des danseurs, le moindre des mouvements qu'ils devaient exécuter entre ces deux moments, tout devait être méticuleusement préparé. Et surtout, le spectacle devait se dérouler sur la scène qu'il avait choisie.

« Pourquoi ? » demanda Ben quand Manny eut insisté sur ce dernier point.

C'est celui qui choisit la scène qui domine la scène, expliqua laconiquement Manny.

C'est pourquoi, au moment où Viktor désespérait de voir apparaître Ben au troisième étage de l'immeuble gothique stalinien pour le rendez-vous qu'Aïda avait fixé, il découvrit une enveloppe posée par terre devant la porte. Viktor tira une feuille de papier machine blanc de l'enveloppe et lut le message rédigé à la main, en capitales :

VOUS PENSEZ MAINTENANT AVOIR DÉCOUVERT L'IDENTITÉ D'HERBE DE FER. SI VOUS VOULEZ CONNAÎTRE LE DÉNOUEMENT RÉEL DE L'AFFAIRE HERBE DE FER, VENEZ IMMÉDIATEMENT À KOLOMENSKOÏE. IL Y A UNE GRANDE TABLE AVEC UNE NAPPE ROUGE, DES ENCRIERS ET DES DOCUMENTS DANS LA

SALLE DE LA CHANCELLERIE DU CORPS DE GARDE. PARMI CES DOCUMENTS SE TROUVE UNE ENVELOPPE ADRESSÉE À VIKTOR. VOUS TROUVEREZ À L'INTÉRIEUR UN MESSAGE VOUS INDIQUANT OÙ ME RENCONTRER. JE N'Y SERAI QUE SI VOUS VENEZ SEUL.

Manny et Ben, à bord d'une Chevrolet provenant du garage de l'ambassade, étaient déjà loin sur la route de Kolomenskoïe, résidence d'été des tsars située à une quinzaine de kilomètres au sud du Kremlin, au moment où Viktor terminait de lire la lettre. Frolov et Krostine furent d'avis de faire encercler Kolomenskoïe par des miliciens et d'extorquer toute information que l'Américain Bassett pouvait détenir par l'intimidation. Mais les têtes plus froides (celles de Viktor et du général) l'emportèrent. Viktor donna ses instructions à ses chefs de service pendant qu'on faisait venir sa limousine.

« Kolomenskoïe, indiqua-t-il à Zenkevitch en s'installant à l'avant de la Zil.

— Kolomenskoïe ? » s'étonna Zenkevitch. Il n'avait jamais vu son patron passer un après-midi à faire du tourisme.

« Vous m'avez entendu », coupa Viktor.

Zenkevitch emballa le moteur, fit crisser les vitesses et lança l'automobile dans le flot de la circulation. Les yeux voilés et pensifs, Viktor plongea la main dans la boîte à gants et en sortit le petit Walther qu'il gardait toujours là. Il y inséra un chargeur plein, vérifia que le cran de sûreté était mis et laissa tomber le pistolet dans la poche de son imperméable kaki.

*

Du haut du clocher Gueorguievski de Kolomenskoïe, Ben examinait avec les jumelles de Manny les hordes de touristes qui déambulaient dans tout le domaine. Un flot régulier de visiteurs se déversait dans la résidence du tsar en une file qui partait de l'extérieur du grand portail, là où se garaient les cars de touristes, les voitures privées et les taxis. « Le voilà », s'exclama Ben avec excitation. Il tendit les jumelles à Manny. « Le grand type en imperméable kaki qui descend de voiture. Celui qui se penche pour dire quelque chose au chauffeur. »

Manny régla ses jumelles sur Viktor au moment où il se tournait pour se diriger vers le portail. Avant de prendre son poste à Moscou, Manny avait épluché une bonne douzaine d'albums de photos d'officiers du K.G.B. identifiés. Le visage de l'homme que Ben appelait Viktor ne lui disait rien. Pendant que Viktor traversait la foule afin de gagner la Chancellerie, Manny examina l'aire de stationnement. Il remarqua quatre voitures privées qui se garaient devant la file de cars de touristes. Deux hommes sortirent de deux des voitures et allèrent se parler. Manny passa les jumelles à Ben et lui montra les deux hommes. Ben les examina avec les jumelles. « Le type sur la gauche, avec le visage en poire, il se trouvait dans la planque la première fois que j'y suis allé », dit-il.

Manny reprit les jumelles et les dirigea sur Viktor, qui s'était arrêté devant la Chancellerie et regardait autour de lui comme s'il s'attendait à rencontrer quelqu'un. Manny jeta encore un coup d'œil sur le parking. Les deux hommes se tenaient debout, le dos appuyé contre l'une des quatre voitures, et, de toute évidence, ils attendaient. Ils avaient visiblement pour instructions de ne pas suivre Viktor sur le domaine de la résidence.

« On dirait bien qu'il est seul, décréta Manny. Venez. »

*

À l'intérieur de la Chancellerie, Viktor se glissa dans une file de visiteurs qui parcouraient les salles d'exposition. Dans l'une des salles, il repéra la longue table recouverte d'une nappe rouge. Des encriers et des documents du XVIIe siècle étaient disposés sur la table. Une enveloppe portait à l'encre rouge la mention « Viktor ». Au moment où il passait à côté, Viktor s'empara de l'enveloppe. Il calma la babouchka assise sur un pliant qui commençait à protester en lui présentant rapidement son livret d'identité rouge. Une fois sorti de la Chancellerie, il déchira l'enveloppe et lut le mot qu'elle contenait, puis il fit demi-tour et se dirigea tout droit vers l'église Saint-Jean-Baptiste, tout au bout du domaine, près de la Moskova.

L'église, dont Ivan le Terrible ordonna la construction afin de se faire sacrer tsar, n'était pas sans évoquer la cathédrale Saint-Basile de la place Rouge avec ses coupoles en oignon. Elle était constituée d'un corps central entouré de quatre chapelles plus petites qui avaient chacune leur propre entrée. Suivant les directives de la note, Viktor trouva la chapelle dont l'entrée était barrée par une corde à laquelle pendait un écriteau indiquant « Fermé pour cause de travaux ». Il passa sous la corde et poussa la porte afin d'entrer dans la chapelle.

Il faisait très sombre à l'intérieur. De fins rais de jour filtraient par des fentes ménagées dans les murs épais. Arrivant de la lumière vive du soleil, Viktor fut un instant aveuglé. Une odeur de cierges et d'encens frappa ses narines. Il discerna peu à peu une silhouette près du confessionnal en bois ajouré. Viktor se dirigea aussitôt vers elle en déclarant : « Vous devez avoir quelque chose d'important en tête pour en arriver à toutes ces complications. »

Ben annonça tout de suite la couleur : « Herbe de

Fer est une opération de désinformation. » Sa voix tendue ricocha faiblement contre les murs couverts d'icônes.

Viktor regarda autour de lui pour s'assurer qu'ils étaient seuls, puis étudia le visage de l'Américain Bassett. Il semblait légèrement à bout de souffle, comme s'il venait de courir ; comme s'il venait de recourir à un gros mensonge, ou à une grande vérité. Le spectre des possibilités défila fugitivement devant les yeux de Viktor. À l'intérieur de la poche de son imperméable, ses doigts se refermèrent sur la crosse de son pistolet.

« Mes quatre mois à Prague, ma mutation à Moscou, ma liaison avec une Russe, qui me rendrait vulnérable au chantage... tout cela faisait partie d'un complot parfaitement monté. J'avais pour instructions de vous transmettre des fragments de courrier sans importance jusqu'à ce que vous resserriez l'étau sur moi. Je devais attendre que vous soyez convaincu d'avoir fait de moi un agent d'infiltration pour commencer à vous livrer les informations sur Bouton d'Or et Herbe de Fer.

— Pourquoi me racontez-vous cela maintenant ?

— Je veux vous proposer un marché.

— Qu'avez-vous à offrir ?

— La preuve que ce que je dis est vrai. La preuve qu'Herbe de Fer est une opération de désinformation.

— De quelle nature est cette preuve ?

— Il s'agit du calepin d'où j'ai recopié tous les messages de Bouton d'Or et d'Herbe de Fer que j'étais censé effacer de la liste des câbles d'information compartimentée ultra-secrète de l'antenne de la C.I.A. Je pourrais même subir un test au détecteur de mensonge pour vous prouver qu'il n'y avait aucun message à effacer et que le calepin était la seule source des textes.

— Que voulez-vous en échange ?

— Des visas de sortie pour la femme et son fils. Quand ils auront tous deux quitté le pays, je vous fournirai la preuve. »

Viktor recula d'un pas. Il s'éclaircit la gorge et se mit à parler d'une voix cassante qui n'augurait rien de bon. « Ne vous est-il jamais venu à l'esprit que nous pourrions ne pas vouloir de cette preuve ? Que nous préférons continuer à croire que vous avez été envoyé à Moscou pour effacer des messages qui sont alors tombés entre nos mains ? Que nous préférons croire qu'Herbe de Fer travaillait pour la C.I.A. pendant toutes ces années ? Que nous préférons croire que c'est la C.I.A. qui a découvert que vous nous transmettiez les messages d'Herbe de Fer et qu'elle essaie de discréditer la fuite en assurant que vous faisiez partie d'une opération de désinformation ? »

Ben demanda : « Comment pouvez-vous tourner ainsi le dos à la vérité ?

— La vérité, répliqua Viktor, n'est utile que quand elle vous arrange. » Tandis qu'il parlait, sa main droite sortit de la poche de son imperméable. Ben étouffa un hoquet lorsqu'il aperçut l'éclat bleuté du pistolet.

« J'ai lu des extraits de la presse américaine, continua Viktor. Tous s'accordent à constater que la situation s'est détériorée à Moscou. La criminalité n'a jamais été aussi florissante. Votre mort sera attribuée à un vol. Un jeune diplomate américain qui visitait la résidence d'été du tsar a été abattu par quelqu'un qui en voulait aux devises qu'il avait dans son portefeuille. Avec un peu d'ingéniosité, nos enquêteurs remonteront peut-être même la trace de la balle jusqu'à un pistolet appartenant à un voyou connu, qui reconnaîtra le crime quand on aura retrouvé le portefeuille en sa possession. »

Viktor ôta d'un coup de pouce le cran de sécurité

puis remonta le bas de son imperméable et le colla contre le canon de son arme afin d'assourdir le bruit de la détonation. L'adrénaline qui avait coulé dans ses veines le jour où il avait tué à coups de baïonnette le soldat de la Wehrmacht parcourait à nouveau tout son corps. La perspective de détruire un ennemi le mettait dans un état d'euphorie. « Vous n'êtes qu'un amateur et vous vous êtes mis dans une situation qui vous dépasse, gronda-t-il. Cela va vous coûter la vie. »

Il commençait à lever son arme quand il perçut un léger bruissement derrière lui. Il sentit soudain la pression d'un objet rond et creux contre sa nuque. La voix basse et peu amène de quelqu'un qui n'était de toute évidence pas un amateur grasseya dans son oreille : « Surtout pas de mouvements brusques. Ne lâchez pas le Walther. Nous ne voudrions pas que le coup parte accidentellement. Prenez le canon entre le pouce et l'index. Oui, comme ça. Bien. Maintenant, tendez doucement votre pistolet à mon ami. Parfait. Je prendrai l'arme, Ben. Merci. »

Manny, qui était resté caché dans le confessionnal en bois ouvragé, referma son stylo à plume avec le capuchon et le rangea dans sa poche. Visant la nuque de Viktor avec le Walther, il remarqua : « Et on dit que la guerre froide est terminée. » Il renifla avec ironie. « Elle est juste devenue plus inventive. En arriver à faire endosser un crime par un voyou. Enfin, bref. »

Ben s'appuya en tremblant contre le confessionnal. « Je crois que vous vous trompiez, dit-il à Manny. Je crois que je n'avais même pas un atout en main.

— Il n'y avait aucune façon de le savoir avant d'essayer », répliqua Manny. Il retira son veston et enroula soigneusement la manche autour du Walther. Sans qu'il ait bougé de place, les yeux de Ben s'agrandirent. « Qu'allez-vous faire ? » demanda-t-il d'une voix inquiète.

Manny leva la main et assena un coup sec à l'arrière

de la tête de Viktor avec l'arme enveloppée de tissu. Il rattrapa ensuite Viktor sous les aisselles et l'allongea doucement sur le sol carrelé. « Ce que je vais faire, annonça-t-il tranquillement, c'est vous faire sortir de Russie. Et pour ça, il faut partir avec une longueur d'avance. Tenez, donnez-moi un coup de main. »

Tous deux firent entrer le corps inerte de Viktor dans le confessionnal. « Et si vous l'aviez tué ? » souffla Ben. Il déglutit avec difficulté.

Manny souleva ses épaules massives en enfilant son veston puis laissa tomber le pistolet de Viktor dans une de ses poches. « Les journaux diront qu'un apparatchik de haut rang travaillant pour le Komitet Gossoudarstvennoï Bezopasnosti, mieux connu sous ses initiales, K.G.B., a été abattu par quelqu'un qui en voulait aux devises qu'il avait dans son portefeuille pendant qu'il visitait la résidence d'été du tsar. » Il sourit en contemplant un instant Viktor, tout content de sa petite plaisanterie.

*

Inkermann, qui souscrivait à la théorie qu'un bon chef d'antenne devait se montrer discret, faisait de ses jambes courtes les cent pas sur la moquette usée de son bureau en ponctuant le monologue de Manny de petits grognements de mécontentement. De temps à autre, il lançait une question par-dessus son épaule comme s'il s'agissait d'une grenade, puis il attendait l'explosion étouffée.

« Vous êtes certain d'être sûr de l'identité d'Herbe de Fer ? » demanda-t-il à un moment.

Manny lui expliqua comment il avait réduit la liste à un seul nom, puis il reprit le fil de son récit.

« Vous êtes sûr de ne pas l'avoir tué ? s'enquit-il quand Manny lui eut raconté comment il avait obtenu sa longueur d'avance.

— C'était une vraie caresse, assura Manny.

— Comment avez-vous fait pour faire sortir Bassett de Kolomenskoïe ? voulut savoir Inkermann.

— Ils ferment l'endroit à six heures, répondit Manny. Nous nous sommes perdus dans la foule des touristes qui sortaient pour remonter dans leurs cars. Le type au visage en poire que Bassett avait reconnu avec les jumelles était toujours en train de regarder par-dessus la tête des visiteurs quand nous sommes partis. » Manny, qui s'affala sur un siège, jeta un bref coup d'œil en direction du chef d'antenne.

« Vous savez, Charlie, on n'a pas toujours vu les choses de la même façon, vous et moi, mais cette affaire Herbe de Fer, c'est vraiment une autre paire de manches. Il faut absolument qu'on fasse quitter le pays à Bassett avant que les gros bras du K.G.B. ne mettent la main dessus. »

Inkermann continua à marcher. « Ce que je ne comprends pas, dit-il, c'est pourquoi ce Viktor voudrait éliminer Bassett.

— J'y ai réfléchi, répliqua Manny. Et voilà ce que j'en ai conclu : il y a des types au Pentagone qui ont décidé que le monde se porterait bien mieux sans glasnost et avec la guerre froide. Ils ont donc monté une opération pour laisser entendre aux Russes que Gorbatchev a été pendant longtemps un agent de la C.I.A. Cette information est tombée entre les mains de personnages qui n'étaient que trop heureux de la saisir au bond dans la mesure où ils font eux aussi partie de ces gens qui pensent que le monde se porterait mieux sans glasnost et avec la guerre froide. Ils ont l'intention d'utiliser les informations que Bassett leur a transmises pour saper l'image de Gorbatchev et, le temps venu, se débarrasser de lui. Aussi, quand Bassett est arrivé la bouche en cœur avec son : “Eh, les gars, je blaguais quand je disais que le Grand Houdini était un agent de la C.I.A. ; tout ce que je vous ai filé faisait partie d'une opération de désinformation", il leur disait quelque chose qu'ils n'avaient pas du tout envie d'entendre. Pour ce que nous en savons, Viktor et ses petits copains pourraient très bien appartenir à Pamiat. Ils se fichent complètement que les messages que Bassett leur a transmis soient faux. Ce sont des armes qu'ils peuvent utiliser pour avoir Gorbatchev. Alors qu'est-ce qu'il leur reste à faire ? Ils n'ont qu'à tuer le messager pour garder les messages. »

Inkermann tendit le bras pour appuyer sur une touche de son interphone. « Mademoiselle Macy, demandez-moi donc un carrosse au garage. » Louchant vers Manny dans la pénombre de son bureau, Inkermann demanda : « Où l'avez-vous planqué ? »

Manny émit une toux gutturale proche du ricanement. « Je l'ai conduit à une datcha près de Zagorsk. Bassett m'a dit que c'était le refuge secret de l'ex-mari de la Zavaskaïa. Nous devons supposer que le K.G.B. connaît l'endroit. Mais j'imagine qu'ils ne vont aller voir là-bas que quand ils auront vérifié tous les coins possibles à Moscou — l'appartement de Bassett, le mien, le vôtre, l'ambassade. Enfin, bref. Cela nous donne trois heures, peut-être quatre pour concocter quelque chose. Zavaskaïa et son gosse sont allés passer le week-end à la datcha. Bassett attendra avec eux dans une église abandonnée non loin de la datcha plutôt qu'à la datcha elle-même au cas où les mecs de Viktor arriveraient à Zagorsk avant nous. Mais il jure qu'il ne quittera pas le pays sans la femme et qu'elle ne partira pas sans son gosse, il ne vous reste donc plus qu'à trouver un moyen de les faire sortir tous les trois. »

Inkermann passa une paume moite sur son crâne afin de plaquer ses cheveux en arrière. « Je devrais pouvoir arriver à quelque chose.

— *Nous* devrions pouvoir arriver à quelque chose »,

le corrigea Manny. Comme Inkermann le gratifiait d'un regard sombre, Manny ajouta d'une voix doucereuse : « C'est moi qui sais où se trouvent la datcha et l'église abandonnée. »

Inkermann indiqua la porte d'un signe brusque de la tête. « Venez donc, si ça vous donne l'impression d'être utile.

— Enfin, bref. »

*

Amants épuisés par autre chose que par l'amour, ils étaient assis par terre, le dos appuyé contre l'un des murs de pierre rêche de l'église abandonnée, au sommet de la falaise qui surplombait l'extrémité du lac. Ils gardaient les yeux fermés, le visage tourné vers le soleil. On entendait en contrebas Saava qui cassait des pierres avec un vieux marteau pour trouver des fossiles.

Quand Aïda parvint enfin à parler, sa voix sonnait creux à force d'avoir écouté Ben. « Alors, ton russe est plus ou moins correct. Les mots que tu utilises font partie de mon vocabulaire. Mais je ne suis pas sûre de comprendre ce qu'il y a dans les espaces entre les mots. Es-tu en train de me dire que tout ce qui s'est passé entre nous — dans le train de Leningrad, dans l'hôtel qui donnait sur la Neva, ici, dans la datcha — entrait dans un plan préétabli par quelqu'un d'autre, était le fruit de l'*imagination* de quelqu'un d'autre ? »

Sa phrase sembla se perdre, comme si ce qu'elle disait avait besoin d'être digéré. Au bas de la pente, Saava poussa un cri d'excitation : « Aïda, j'ai trouvé un fossile d'escargot d'un milliard d'années ! »

Aïda fit un grand signe du bras à l'enfant qui se remit à casser des pierres avec son marteau. La tête de la jeune femme, appuyée contre le mur, oscilla lentement jusqu'à ce qu'elle regarde Ben. « J'ai l'impression d'avoir été violée. »

Ben lui effleura les côtes du bout des doigts. « Je t'aime, Aïda. Tout le reste, tout ce qui a pu se passer n'y a rien changé. Je te demande de me croire. »

Elle exhala un soupir d'exaspération. « Je ne sais plus que croire.

— Crois-moi au moins quand je te dis qu'il faut que tu quittes le pays... »

Couvrant ses oreilles de ses paumes, Aïda détourna la tête et lâcha quelques vers d'Akhmatova.

Une voix m'appela...
« Quitte cette contrée lointaine et pécheresse,
Quitte la Russie pour toujours... »
De mes mains, j'ai clos mes oreilles...

« Fais-le pour le petit, supplia Ben. Il pourra avoir sa greffe de moelle osseuse. On peut soigner sa maladie. »

Ses paumes glissèrent lentement de ses oreilles. « Voilà la seule note qui me parle dans ton chant des sirènes.

— Mais ce n'est pas seulement pour la greffe que tu dois partir, protesta Ben. Viktor a voulu me tuer. S'ils arrivent à m'avoir, ils voudront... t'éliminer... éliminer Saava. » Il dut détourner les yeux quand il vit l'expression de terreur pure qui noyait son regard. Il ajouta d'une voix faible : « Ils ne sont pas du genre à laisser les choses en plan. »

Aïda regarda Saava fracasser ses pierres. « Tu essaies de me faire peur pour que je parte avec toi, dit-elle à mi-voix. Et ça marche.

— Si je pouvais défaire ce qui a été fait... »

Aïda leva le poignet afin qu'il puisse voir sa montre qui tournait à rebours. « Alors, si le temps passait à l'envers, dit-elle avec amertume, on pourrait remonter le temps pour défaire l'avenir. On pourrait arranger les choses pour que les choses n'aient plus besoin d'être arrangées. »

Confronté à ses amers reproches, Ben n'arrivait plus à parler. Au-dessous d'eux, les coups de marteau cessèrent brusquement. Saava se releva pour observer deux hommes qui gravissaient péniblement la falaise dans les hautes herbes. Ben les reconnut immédiatement. « Voici de l'aide », dit-il à Aïda.

Il se mit debout et tendit la main pour aider Aïda. Celle-ci la dédaigna, se releva seule et descendit la côte, sans s'arrêter devant les deux hommes, pour aller chercher Saava.

Inkermann, en manches de chemise, sa veste pliée sur son bras, s'approcha de Ben. Manny, qui n'avait pas retiré son veston et trempait de sueur le col de sa chemise, s'arrêta quelques pas derrière lui. Inkermann se passa l'avant-bras sur le front pour essuyer les gouttes de transpiration. « Putain, quelle chaleur, par ici », commenta-t-il.

Ben ne répondit rien.

Inkermann tâta les poches de sa veste, en quête de quelque chose qu'il ne tarda pas à trouver. Il en sortit alors une paire de menottes qu'il balança au bout d'un doigt. « Je vais vous renvoyer aux États-Unis en état d'arrestation », expliqua-t-il à Ben. Gardant ses petits yeux ronds rivés sur ceux de Ben, il tourna la tête afin que Manny puisse l'entendre. « J'ai tout combiné, Manny. Si je l'arrête et le renvoie là-bas avec les menottes, les Russes penseront que nous l'avons surpris en flagrant délit, ce qui les convaincra que les informations qu'il leur transmettait étaient véridiques. »

Ben s'adressa à Inkermann : « Que se passe-t-il pour la femme et l'enfant ? »

La transpiration brilla sur le crâne du chef d'antenne. « Ce n'est pas mon problème. Ni la femme ni le gosse. Mon problème, c'est vous uniquement. »

Ben parla à Manny par-dessus l'épaule d'Inkermann : « Vous m'aviez donné votre parole. »

D'une secousse entraînée du poignet, Inkermann ouvrit les menottes. Derrière lui, Manny s'épongea le front avec sa manche puis retira sa veste et l'enroula autour de l'objet métallique qui se trouvait dans une de ses poches. Puis il s'avança derrière Inkermann et assena adroitement un coup sec du pistolet enroulé dans la veste sur l'arrière de son crâne. Il le rattrapa ensuite sous les aisselles et l'installa en position assise à l'ombre d'un mur. Il s'empara enfin des menottes et les passa autour des chevilles pâles du chef d'antenne. « Quand il reviendra à lui, il pourra marcher, dit-il à Ben. Mais lentement.

— Décidément, vous êtes un spécialiste des longueurs d'avance, commenta Ben nerveusement.

— Je vais en avoir besoin autant que vous, cette fois-ci », fit remarquer sombrement Manny. Il contempla d'un air morose le chef d'antenne de la C.I.A. « Le problème, c'est que, sans son aide, je ne vois vraiment pas quoi faire de cette longueur d'avance. »

Aïda, qui avait pris Saava par la main, arriva derrière Manny. S'exprimant en anglais afin de ne pas inquiéter l'enfant, elle dit : « Je pourrais peut-être savoir quelqu'un qui nous aide à quitter ce pays. »

28

Vadim avait siroté de l'alcool maison presque toute la journée, mais la vue du visage d'Aïda lorsqu'elle entra dans son appartement en terrasse l'avait dessoulé instantanément. Il lançait à présent des regards affolés en direction des deux Américains pendant que son ex-femme lui racontait d'une voix basse et tendue ce qui s'était passé. « Le grand, là-bas, a enroulé sa veste autour de quelque chose et en a donné un coup sur la tête de l'autre. Ensuite, il lui a mis des menottes aux chevilles pour qu'il ne puisse pas nous suivre quand il reviendrait à lui, et il nous a ramenés à Moscou dans la voiture de l'ambassade. Et nous voilà.

— Et vous voilà », répéta Vadim, sans enthousiasme.

Aïda eut du mal à continuer. Depuis ce qui s'était passé sur la falaise qui surplombait le lac, elle éprouvait des accès de vertige. Elle pressa la paume sur son front et s'efforça de maîtriser sa respiration. Au bout d'un moment, elle parvint à ajouter : « Benedict dit que nous devons quitter le pays avant que le K.G.B. nous rattrape. »

L'allusion au K.G.B. acheva d'inquiéter Vadim. « Je ne vois pas comment je peux t'aider. »

Aïda fonça vers une porte ouverte pour jeter un

coup d'œil sur Saava qui s'était endormi, tout habillé, sur le lit aquatique que Vadim avait acheté à un diplomate qui s'en allait. La vision de son fils recroquevillé en position fœtale éveilla en elle un sentiment de culpabilité. À quoi avait-elle pensé en l'exposant de la sorte à seule fin de satisfaire ses propres appétits charnels ? Elle se retourna vers Vadim. « Alors : si toi, tu ne vois pas, je le comprendrai, bien sûr, mais il faut que tu saches que nous sommes en bout de course.

— Pourquoi ne pas chercher asile à l'ambassade américaine ?

— L'homme qui a les chevilles entravées par des menottes est de l'ambassade américaine. Ils considèrent Benedict comme un traître. Quant à Saava et moi, ils n'en ont rigoureusement rien à faire. »

Vadim se leva péniblement de son siège et se mit à arpenter le séjour, adressant de temps à autre un regard aux deux Américains, assis très raides sur le canapé, et à Aïda, effondrée dans un fauteuil capitonné. Soudain, il s'arrêta et se mit à gesticuler. Comme il n'arrivait pas à trouver les mots qui collaient à ses gestes, il se remit à arpenter la pièce, caressant distraitement du bout des doigts ses précieuses possessions — il y avait une chaîne hi-fi japonaise, il y avait un magnétoscope allemand, il y avait un fax français qui sélectionnait automatiquement les appels téléphoniques et ceux destinés au fax — comme s'il évaluait ce qu'il avait à perdre en aidant Aïda. Il s'arrêta devant la baie vitrée pour examiner les petits points de lumière qui dansaient sur la Moskova, juste au-dessous d'eux, comme si ces petits points pouvaient lui indiquer, par une sorte de langage morse, ce qu'il convenait de faire.

Les deux Américains échangèrent un regard. Ben chercha, sans succès, à attirer l'attention d'Aïda. Quant à la jeune femme, elle ne cessait de secouer la tête en essayant de remonter le temps mentalement pour comprendre à quel moment elle aurait pu se libérer du piège dans lequel elle était maintenant coincée.

Vadim, toujours en mouvement, passa deux doigts sur une table, laissant deux traces parallèles dans la poussière. Puis il effleura le samovar d'argent qu'il avait acheté quelques jours seulement auparavant dans une brocante impromptue installée au rez-de-chaussée d'un dortoir d'usine. Alors qu'il courait tout Moscou en quête d'une caméra vidéo japonaise, Vadim avait repéré le samovar posé sur une valise en carton. Le visage émacié, un œil affecté d'un fort strabisme, un jeune réfugié arménien des pogroms azerbaïdjanais de la ville de Bakou, sur la mer Caspienne, avait examiné Vadim de son œil valide. « Je le cède pour presque rien », avait-il annoncé.

Le samovar avait rappelé à Vadim celui que sa mère avait astiqué tous les dimanches de sa vie jusqu'au jour où elle l'avait donné à un médecin en échange d'un traitement aux rayons pour son mari. « Presque rien, c'est quoi exactement ? avait-il demandé avec un détachement étudié.

— Faites une offre », avait rétorqué sombrement l'Arménien.

Ils avaient fini par marchander un quart d'heure avant que Vadim ne sorte son tas de devises étrangères et ne compte dix dollars américains et dix livres anglaises pour fourrer le samovar sous son bras. Pendant qu'ils marchandaient, l'Arménien n'avait cessé de grommeler. « Nous avons fait nos bagages et nous avons filé illico, avait-il raconté avec une amertume non déguisée. Nous avons dû laisser derrière nous mon appartement de trois pièces, mes meubles danois, ma télévision japonaise, la machine à tricoter française de ma femme et mon mixer qui fait du jus de carotte quand on trouve des carottes. » Il avait ajouté les livres et les dollars de Vadim à la maigre liasse qu'il gardait dans la poche de poitrine de sa veste de costume élimée. « Vous m'avez l'air de quelqu'un qui sait reconnaître une bonne occasion quand elle se présente. Ça ne vous intéresse pas, par hasard, de vendre des permis de résidence à Moscou ou des tickets de rationnement ou encore de sous-louer une pièce de votre appartement ? Par ici », avait-il ajouté en montrant les autres Arméniens qui vendaient argenterie, cierges, vêtements et livres à même le sol dans des valises ouvertes, « les gens feraient n'importe quoi pour avoir ce genre de choses ».

Le « n'importe quoi » de l'Arménien s'était imprimé quelque part dans le cerveau de Vadim.

Depuis sa balade à la brocante, Vadim était tombé sur des articles de journaux décrivant la situation des réfugiés arméniens. Ils étaient en gros trente mille à Moscou, à camper dans des halls d'édifices publics, des bidonvilles de banlieue, des dortoirs d'usine ou des épaves de bateau sur les rives du fleuve. Soucieux d'éliminer ce pénible spectacle, sans parler des problèmes que connaissait déjà la capitale pour nourrir ses résidents légaux, le Conseil de la Ville de Moscou avait rendu une ordonnance sommant les réfugiés de partir avant la fin du mois. Entre-temps, le Kremlin avait mis sur pied des moyens de transport gratuits vers Bakou afin d'inciter les réfugiés à rentrer chez eux.

Vadim se laissa tomber sur un siège et scruta les deux Américains. Il se rappela l'annonce qu'il avait lue dans la *Pravda* : le premier train de rapatriement des Arméniens vers Bakou devait quitter Moscou à la fin de la semaine. « Je vais peut-être pouvoir vous aider, en fin de compte, s'entendit-il déclarer.

— Tu es un grand homme, Vadim, s'exclama Aïda, à l'autre bout de la pièce.

— Je le fais pour le gosse », se défendit Vadim. Puis, se penchant vers les deux Américains, il leur raconta sa rencontre avec l'Arménien et énonça le plan qui lui était venu à l'esprit. Il avait même une idée pour faire disparaître à tout jamais la Chevrolet de l'ambassade.

L'idée plut aussitôt à Manny. « Si vous pouvez nous envoyer jusqu'à Rostov-sur-le-Don, je pourrai me débrouiller pour que nous passions la frontière. Quand je m'occupais d'agents en Turquie, j'avais pour principaux contacts deux Cosaques, des jumeaux qui faisaient de la contrebande à partir de Rostov. Pour une somme donnée, ils pouvaient faire passer la frontière à n'importe quoi — ou n'importe qui — dans les deux sens. La dernière fois que j'ai entendu parler d'eux, ils étaient toujours dans les affaires. »

Ben, plus qu'inquiet, cherchait les failles du plan de Vadim. « Et s'ils demandent les passeports intérieurs à la gare ? demanda-t-il.

— C'est peu vraisemblable, assura Vadim. Qui serait assez fou pour retourner à Bakou s'il n'y était pas obligé ?

— Et si des Arméniens nous dénonçaient ?

— Ça m'étonnerait. Les Arméniens mettent ce qui leur arrive sur le dos des autorités. Si vous racontez à un Arménien moyen ce que vous cherchez à faire, il y a toutes les chances pour qu'il veuille vous aider, ne serait-ce que pour se venger.

— Nous allons avoir besoin de devises, de beaucoup de devises, constata Manny.

— Vous pourrez en obtenir en disposant de la voiture, et je vous donnerai le reste », répondit Vadim.

Aïda intervint soudain : « Viens avec nous, Vadim. » Puis, avec un sourire lointain, elle ajouta : « Dans la belle Amérique, les rues sont pavées de walkmans Sony.

— Qu'est-ce que j'irais faire dans la belle Amérique ? demanda plaintivement Vadim.

— Tu as toujours voulu travailler dans Madison Street», lui rappela Aïda.

Vadim secoua tristement la tête. «Qu'est-ce qu'un juif russe comme moi connaît à la publicité des articles qui marchent? Je hisserais des idées sur des porte-drapeaux et personne ne les saluerait. J'ai quand même réussi ici... j'ai plus d'argent que je ne peux en dépenser, j'ai de quoi acheter ou échanger tout ce que je veux sous le soleil. Et puis il y a Katia. Elle serait perdue sans moi.» Il essaya de changer de sujet. «Tu connais la dernière: c'est un juif qui est convoqué au bureau des visas pour expliquer sa demande d'émigration en Israël. Il explique au fonctionnaire: "J'ai deux raisons de vouloir partir. Toutes les nuits, mon voisin rentre saoul et se met à insulter les juifs. Il assure que, dès que les communistes seront renversés, ses amis de Pamiat et lui-même vont pendre tous les juifs." Alors le responsable des visas le rassure: "Mais nous, les communistes, nous ne serons jamais renversés." Et le juif lui répond: "Justement, c'est ma deuxième raison de vouloir émigrer." Ah!»

Vadim disparut dans la cuisine et en ressortit avec un plateau chargé de salami, de fromage, de cornichons et de pain noir en tranches fines. Tout en se préparant une deuxième tartine de fromage, Ben trouva une autre objection au plan de Vadim. «Et si on ne nous laisse pas descendre du train à Rostov? demanda-t-il. Et si les Cosaques que Manny connaît ont arrêté leur trafic?

— Et si? Et si? répéta Vadim avec une exaspération non feinte.

— Votre plan n'est pas sans défauts, insista Ben nerveusement.

— Il y a peut-être mieux, reconnut Manny. Mais, comme l'on dit, le mieux est l'ennemi du bien. Enfin voilà».

*

Pendant qu'Aïda et le petit attendaient dans le taxi de Vadim, Manny — suivant les instructions de Vadim — pilota la Chevrolet de l'ambassade dans un labyrinthe de rues derrière l'immense Exposition des réalisations économiques. Il emprunta enfin une ruelle défoncée et coupa le moteur devant un garage miteux. Vadim prit une courte rasade à une flasque d'argent puis tendit le bras et donna un coup de klaxon. Ne voyant aucun signe de vie, Ben s'inquiéta sur sa banquette arrière. « Vous êtes sûr que nous sommes au bon endroit ? »

Un Kazakh en bleu crasseux, les avant-bras couverts de tatouages et les tatouages maculés de graisse, apparut par une petite porte qui s'ouvrait dans la porte du garage. Il fit un signe du bras à Vadim et rentra aussitôt. Un instant plus tard, la grande porte s'ouvrait lentement. Manny démarra et fit entrer la Chevrolet à l'intérieur.

Il coupa le contact pendant que la grande porte se refermait derrière eux, obstruant pratiquement toute la lumière. Quatre Kazakhs en bleus de travail malpropres entourèrent la voiture tandis que Manny, Vadim et Ben en descendaient. « Ces types ne sont pas commodes, souffla Vadim en anglais. Ne vous écartez pas. »

Un autre Kazakh, en complet noir froissé, surgit de derrière d'énormes bidons d'huile. Il s'approcha de la voiture et donna un coup de soulier de daim éraflé dans une des roues. « Les pneus sont lisses, commenta-t-il avec mépris. Vous n'aviez pas parlé de pneus lisses. »

Vadim sentit venir les ennuis. « Nous nous sommes mis d'accord sur un prix », dit-il. Il recula pour se retrouver entre Ben et Manny. Ils avaient tous les trois le dos contre la Chevrolet. Les quatre hommes en bleus se rapprochèrent. « Nous n'allons pas rediscuter maintenant, ajouta bravement Vadim.

— Comment voulez-vous que je fixe un prix alors que je n'ai même pas encore vu la voiture ? demanda l'homme au complet froissé.

— Comment ? » répéta le Kazakh aux avant-bras tatoués Il se baissa et ramassa une grosse clé anglaise rouge qu'il fit peser sur son épaule.

« Nous nous étions entendus pour quatre cents dollars des États-Unis d'Amérique, soixante-quinze livres anglaises et mille francs français, rappela Vadim. Un kopeck de moins et nous allons traiter ailleurs. »

Un autre Kazakh ramassa un démonte-pneu métallique sur le sol en ciment.

« Je pourrais peut-être m'y retrouver en vous payant deux cents dollars américains, déclara l'homme au complet froissé.

— Deux cents ! Vous allez en tirer dix fois plus en la démontant et en revendant les pièces détachées.

— Partons d'ici », marmonna Ben. Il chercha la poignée de la portière. Il perçut un coup sec derrière lui et se retourna. Un couteau rouillé se trouvait dans la main du troisième Kazakh.

« Écoutez, les gars, je ne suis pas contre un petit couteau de temps en temps, mais j'ai horreur des lames rouillées, assura Manny. Entaillez quelqu'un avec ce truc-là et il meurt illico du tétanos. » Il fit jaillir un ricanement du plus profond de son ventre tout en sortant le pistolet Walther de sa poche.

Les Kazakhs reculèrent et jetèrent un coup d'œil à leur employeur. « Personne n'avait parlé d'un pistolet », grommela l'un d'eux.

Manny leur fit un signe de son arme. La clé anglaise, le démonte-pneu et le couteau rouillé s'abattirent sur le sol en ciment.

L'homme au complet froissé haussa les épaules et

donna un nouveau coup de pied dans le pneu. « Ils ne sont peut-être pas aussi lisses que je pensais », concéda-t-il.

*

La vue de la tête de son patron enveloppée dans de la gaze fut plus que la secrétaire de Viktor, Evguenia Leonovna, ne pouvait en supporter. Les larmes avaient jailli de ses yeux lorsqu'elle s'était penchée au-dessus de son lit d'hôpital, incorporant une seconde cuillerée de sa nouvelle confiture faite maison à la tisane qu'elle promettait excellente pour soigner les vertiges, les ongles abîmés et les intestins dérangés. « Il n'y a plus rien de sacré ! s'était-elle écriée. Penser que vous avez été attaqué dans une église ! On devrait coller le voyou qui a fait cela contre un mur. »

La femme de Viktor s'était montrée plus soupçonneuse. Convoquée à l'hôpital spécial du K.G.B. où Viktor avait été recousu, Ekaterina l'avait poussé dans un fauteuil roulant jusqu'à sa limousine et avait aidé Zenkevitch à le faire asseoir sur le siège avant. « Que faisais-tu à l'église Saint-Jean-Baptiste de Kolomenskoïe ? » avait-elle demandé tandis qu'ils se dirigeaient vers l'aéroport et leur appartement. À cause de Zenkevitch, elle s'était abstenue de tout commentaire quand Viktor lui avait raconté qu'il avait obéi à l'impulsion d'aller brûler un cierge à sa défunte mère dans l'église qu'elle préférait. Une fois rentrés chez eux, elle avait dissous la poudre jaunâtre que lui avait remise le médecin dans un verre d'eau tiède qu'elle avait donné à Viktor, assis dans son lit contre des oreillers. « Maintenant que nous sommes seuls, avait-elle déclaré, tu vas me dire la vérité. Comment s'appelle-t-elle ? Depuis combien de temps la vois-tu ?

— Je te jure...

— Mon cher Viktor, tu es tellement mauvais menteur. Ça fait cinquante ans que tu n'as pas mis les pieds dans une église. Tu as oublié notre arrangement ? Le fait que tu aies une maîtresse ne changera rien entre nous. Je veux seulement être au courant.

— Il n'y avait pas de femme, assura Viktor d'un ton las. Je rencontrais un agent, si tu veux tout savoir. De toute évidence, je ne peux pas t'en dire davantage. »

Même alors, elle ne l'avait cru qu'à moitié. « De toute évidence.

— Je te suis très... », il chercha le mot juste, « *attaché*, Katia. S'il y avait une autre femme, je te le dirais. Tu as un amant, après tout. Il n'y a aucune raison pour que je n'aie pas le droit d'avoir une maîtresse.

— Aucune », avait-elle concédé. Elle avait alors tendu le bras et, rare démonstration d'affection, avait effleuré le pansement du bout des doigts. « Je ne voudrais pas être à la place de celui qui t'a fait ça quand tu le retrouveras.

— Moi non plus », avait assuré Viktor d'un air sombre.

Le lendemain, au bureau, le vieux général se montra plein de sollicitude. « Ma fille me dit que vous avez des vertiges, dit-il. Cela arrive souvent avec des commotions bien moins importantes. Il vous faut un peu de repos. Une semaine de bon air à la montagne... »

Viktor cligna rapidement des yeux pour garder une vision claire du général. « Je ne voudrais pas rater le dénouement », insista-t-il.

Ce qui explique pourquoi Viktor, la tête enveloppée dans des bandages propres (les fils venaient de lui être retirés par le même médecin du K.G.B. qui les lui avait mis), les articulations enflammées par un accès de goutte, les paupières papillonnantes pour chasser les vertiges, se retrouva en train de participer à la réunion que le comité directeur de Pamiat consacra pendant toute une nuit à Herbe de Fer.

Convoqués par le vieux général à ce qui était présenté comme une « session extraordinaire », les dix-huit haut gradés et anciens du Komitet Gossoudarstvennoï Bezopasnosti étaient arrivés des quatre coins du pays au pavillon de chasse délabré dissimulé au milieu d'un bosquet de bouleaux non loin de la route Moscou-Kiev. Il n'y eut ni bavardages préliminaires, ni rafraîchissements, ni anecdotes rappelant les triomphes passés. « C'est Staline qui a énoncé la règle fondamentale selon laquelle il faut éliminer un ennemi politiquement avant de pouvoir l'éliminer physiquement, annonça le général de sa voix rocailleuse. Vous avez devant chacun d'entre vous un exemplaire d'un dossier intitulé *Herbe de Fer.* Le contenu de ce dossier va perdre politiquement le président Gorbatchev. Lorsque cela aura été accompli, nous nous occuperons de son élimination physique. Vous connaissez tous le patron talentueux de notre Deuxième Direction principale, Viktor Prossenko. C'est Viktor qui va vous guider dans le parcours de ce dossier. Quand il aura fini, vous serez à même de comprendre pourquoi les jours de Gorbatchev sont comptés. » Le vieillard fit un signe vers son beau-fils de sa main déformée. « Viktor. »

Vacillant légèrement et se rattrapant au bord de la table pour retrouver son équilibre, Viktor se leva. « Le dossier que vous avez devant vous contient des preuves irréfutables que Gorbatchev est un agent actif de l'impérialisme américain depuis 1967. » Certaines personnes autour de la table en eurent le souffle coupé. Viktor attendit que le murmure cesse avant de reprendre la parole. « Vous verrez qu'il était connu des Américains sous le nom de code Herbe de Fer. Les Américains ont rompu le contact avec lui en 1985, quand il est devenu Secrétaire général, afin de le protéger. Ils comptaient de toute façon sur le nouveau Secrétaire général, qui en voulait depuis toujours à notre système, pour "réformer" le communisme au point de le faire disparaître. Il y a d'ailleurs presque réussi. Mais nous avons le sentiment qu'il n'est pas trop tard pour renverser le mouvement. Lorsque vous aurez assimilé toutes les informations contenues dans ce dossier, vous retournerez dans vos diverses circonscriptions et ferez circuler la rumeur. Ce dossier va susciter les vagues qui emporteront Gorbatchev. Une fois qu'ils auront appris sa trahison, ceux qui l'ont soutenu jusqu'à présent l'abandonneront. Quand nous aurons enfin réussi à le destituer, on conclura en Occident qu'il a été étouffé par la révolution qu'il avait lui-même lancée. On dira qu'il a été renversé par ceux qui s'opposaient à son programme économique, par ceux qui pensaient qu'il procédait à des réformes beaucoup trop rapides, ou trop lentes. Mais nous, qui faisons partie de Pamiat, nous connaîtrons les véritables motifs de son éviction — c'est parce que c'était un traître à la Mère Patrie. »

Viktor prit une profonde inspiration et ouvrit son dossier. « La première indication que les Américains avaient manipulé un agent en place de haut rang nous est venue quand... »

*

Le vieux général s'était montré catégorique. Il était préférable que l'Américain Bassett ne quitte pas le territoire soviétique vivant. Les agents du K.G.B. avaient été alertés dans les aéroports et les postes frontières : ils devaient rechercher l'Américain qui voyageait sans doute avec une femme d'une quarantaine d'années et un enfant de onze ans prénommé Saava. L'Américain pouvait être armé d'un pistolet de service Walther. Un code opérationnel accompagnait l'ordre selon lequel l'Américain en question, ainsi que toute personne l'accompagnant, devait être retenu dans le plus grand secret jusqu'à réception de plus amples instructions en provenance du Centre.

Le vieux général ratissa large. Des informations arrivèrent de tous les coins du pays. Un homme parlant russe avec un accent américain avait été vu quittant Leningrad en voiture sur la route de Vyborg. Il semblait qu'il y avait une femme et un enfant avec lui dans la voiture. Un américain doté d'un passeport au nom de Ben Bass avait été enregistré dans un hôtel de Brest-Litovsk. On avait vu une femme et un jeune garçon mettre quelqu'un qui correspondait à la description de Bassett dans un train à Lvov.

Et ainsi de suite. Chaque information était vérifiée, chacune se révéla le produit d'une imagination débordante ou d'une confusion d'identité. Trois jours s'écoulèrent. D'autres informations s'accumulèrent. Chacune aboutit à une impasse. Puis, le jeudi, le chef de service de Viktor, Krostine, téléphona. Il avait interrogé la ménagère qui partageait l'appartement de Zavaskaïa et avait appris qu'on lui avait demandé de faire suivre le courrier de la poétesse chez l'ancien mari de celle-ci, qui avait maintenant un appartement à lui. Krostine avait l'adresse et désirait avoir la permission de Viktor pour aller y jeter un coup d'œil.

Krostine rappela plus tard dans la matinée pour dire qu'un voisin de Vadim avait assuré avoir vu quelqu'un correspondant à la description de Bassett entrer dans l'immeuble avec une femme et un enfant le soir même où Viktor avait été assailli dans l'église. Il y avait un autre homme avec eux, un type costaud. Krostine supposa qu'il devait s'agir de l'homme qui s'était approché de Viktor par-derrière dans l'église et lui avait donné un coup sur la tête. Pour le cas où l'Américain et la Zavaskaïa se trouveraient encore dans l'appartement, Krostine avait fait venir deux cars de policiers et avait fait encercler l'immeuble.

« Attendez que j'arrive pour faire quoi que ce soit », ordonna Viktor.

Vingt minutes plus tard, la gaze qui lui enveloppait la tête remplacée maintenant par un petit bandage, Viktor trouva Krostine dans l'entrée de l'immeuble. « J'ai demandé à un de mes hommes de téléphoner là-haut sous prétexte de sondage politique », annonça Krostine à son patron. Ses lèvres s'étirèrent en un sourire inhabituel. « Le juif est chez lui.

— Je le verrai seul », décréta Viktor.

Viktor voulut prendre l'ascenseur, mais il n'y eut aucune réaction quand il pressa le bouton d'appel. Le souffle court, s'arrêtant à chaque palier, il monta les neuf volées de marches jusqu'au dernier étage. Il y avait deux portes. Il vérifia la plaque sous le premier bouton de sonnette avant d'appuyer. Comme rien ne se passait, il sonna avec plus d'insistance. Il entendit alors des pas approcher. La porte s'ouvrit autant que le permettait une chaîne de sûreté. Les yeux larmoyants et la peau couperosée, Vadim regarda au-dehors. Il était vêtu d'un peignoir rouge sombre et tenait à la main un verre rempli d'un liquide pâle et épais et de glaçons. Croyant avoir affaire à un représentant, il lança d'un ton railleur : « Moi aussi, je vends, je n'achète pas. »

Viktor lui présenta une carte usée, dissimulant son nom de famille avec son pouce. Quand il aperçut le sigle du K.G.B. sur la carte, Vadim fit bonne contenance : « Je croyais que vous étiez tous au chômage maintenant. »

Viktor esquissa un geste de l'index. « Ouvrez ça. »

Vadim parvint à faire tinter avec insolence les glaçons dans son verre avant de défaire lentement la chaîne. Viktor passa devant lui et pénétra dans la salle de séjour. Il étudia la vue sur la Moskova, le mobilier, la hi-fi japonaise, le magnétoscope allemand, le fax français, il étudia aussi la photographie d'une ravissante jeune femme dans son cadre d'argent posé sur une table d'ébène derrière le canapé (il avait la même photo de la même jeune femme dans le même cadre d'argent posé sur son bureau, au Centre). Puis il se retourna et étudia Vadim.

Vadim ne pouvait pas ne pas remarquer le bandage sur le crâne de son visiteur. « Alors, on s'est fait mal à la tête ? » s'enquit-il avec une sollicitude exagérée. Il se laissa tomber sur le canapé, croisa les jambes et fit sonner encore les glaçons dans son verre. « Vous connaissez la dernière sur ce qui sépare le K.G.B. de la C.I.A. ? »

Viktor s'assit dans le fauteuil capitonné. « Si cela peut vous faire du bien, je vous en prie, dites-la.

— Le K.G.B. vient de voler dans un coffre de la C.I.A. les plans de tous les systèmes d'armement mis au point pendant ces dix dernières années. La C.I.A. vient de voler dans un coffre du K.G.B. les résultats de toutes les élections soviétiques pour les dix prochaines années. Ah ! »

Viktor ne laissa pas paraître l'ombre d'un sourire. Vadim, les yeux rougis par l'excès d'alcool, demanda : « Vous ne comprenez pas ?

— J'ai compris. Mais je ne trouve pas ça drôle.

— Et celle de l'officier du K.G.B. qui refuse à un informaticien juif le droit d'émigrer en Israël en alléguant qu'il connaît des secrets d'État. “Quels secrets ? demande le programmateur. Tout le monde sait que les Américains ont vingt ans d'avance en matière de programmation informatique.” “Justement, c'est ca, le secret”, répond l'officier du K.G.B. Ah ! » Voyant que Viktor ne souriait toujours pas, Vadim éructa avec ennui. « Vous n'êtes visiblement pas de bonne humeur. Bon, parlons peu mais parlons bien, comme disent les Français. À quoi dois-je le plaisir douteux de votre visite ?

— Vous êtes l'ex-mari de Zinaïda Zavaskaïa ? »

Vadim hocha la tête avec application.

« Quand l'avez-vous vue pour la dernière fois ? »

Vadim plissa les yeux pour réfléchir. « Nous avons déjeuné ensemble à la tour de la télévision, il y a de ça quelques semaines.

— Et vous ne l'avez pas revue depuis ? »

Vadim fit non de la tête.

« D'après l'un de vos voisins, on a vu entrer Zavaskaïa accompagnée de son fils, Saava, et de deux hommes dont l'un correspond au signalement d'un diplomate américain nommé Bassett dans votre immeuble il y a maintenant quatre nuits. »

Vadim prit une bonne rasade d'alcool puis fit tinter à nouveau ses glaçons afin de gagner du temps. « Si c'était elle, ce qui n'est pas certain, elle a dû venir voir quelqu'un d'autre dans cet immeuble parce qu'elle n'est pas montée ici. »

Contre sa volonté, le regard de Viktor se porta sur la photographie dans son cadre d'argent. La femme qui vous regardait avec son petit sourire arrogant était d'une beauté à couper le souffle. Que pouvait-elle trouver à quelqu'un comme Vadim ? « Ceux qui sont chargés d'écrire l'histoire omettent le plus souvent les détails importants, fit remarquer Viktor. Ils vous répètent les propos d'un général mais ne vous disent pas ce qu'il a pris au petit déjeuner. Ils ne vous parlent ni de l'état de ses boyaux ni de son état de nerfs ; ils ne vous disent pas que Napoléon avait la diarrhée avant la bataille de Borodine, qu'il n'avait pas dormi la nuit précédente parce que son anus le démangeait.

— Qu'est-ce que tout ça...

— Si un observateur devait rendre compte de ce qui se passe ici, de cette rencontre entre un vétéran décoré de la Grande Guerre patriotique, lieutenant colonel du K.G.B. responsable de la Deuxième Direction générale, et un », Viktor cracha les mots, « *un you-*

pin alcoolique parvenu du marché noir», il fit un effort pour parler normalement, «que verrait-il? Il verrait un bandage sur la tête du colonel dissimulant cinq points de suture qui referment une blessure occasionnée par un coup de crosse de pistolet Walther enveloppé dans un veston. Il prendrait note que le colonel souffre depuis l'agression de migraines épouvantables qui le rendent irritable, coléreux, susceptible, état qui ne s'améliore pas quand le colonel en question, pendant qu'il interroge le youpin alcoolique parvenu du marché noir en question, reconnaît une photographie dans un cadre d'argent.» Viktor se pencha en avant. «Vous baisez Katia depuis combien de temps?

— Je n'ai pas à répondre à cela, fit Vadim à mi-voix.

— Vous n'avez pas à répondre parce que *je connais déjà la réponse*. Vous la baisez depuis quatre ans et quatre mois. Vous vous êtes rencontrés pendant qu'elle tournait une série télévisée à Alma-Ata. Vous achetiez du coton au marché noir, vous le faisiez emballer à vos frais et le revendiez aux pharmacies à quatre fois le prix que vous l'aviez payé.»

Vadim vida son verre d'un trait. «Comment savez-vous ces choses-là?

— La femme dans le cadre d'argent s'appelle Ekaterina Prossenka. Elle est mariée à Viktor Prossenko. Le monde, comme l'on dit, est vraiment petit, Vadim. Je suis Viktor Prossenko, le mari cocu.»

Pour la première fois, Vadim eut réellement peur. «Elle disait que vous aviez un... un arrangement.

— Nous avions un arrangement. Elle avait ses amants, dont vous êtes le dernier en date. Et je m'en accommode pour qu'elle ne me quitte pas.» Viktor eut un sourire cruel. «Reprenons notre histoire avec la Zavaskaïa et l'Américain Bassett. Où sont-ils allés quand ils sont partis d'ici?

— Je ne peux pas vous le dire.

— Ou plutôt, vous ne voulez pas me le dire. »

Vadim ne fit aucun commentaire.

Viktor reprit : « Vous savez sans doute par les journaux que nous punissons encore les gens pour mauvaise conduite économique dans ce qui subsiste de notre Union soviétique. La liste de vos crimes économiques est plus longue que mon bras. Il est illégal de louer des taxis à l'année et de payer le chauffeur en dollars. Il est illégal de prendre la concession d'État d'un bateau en se servant d'une loi destinée aux fermiers désireux de louer des terres. Il est illégal d'acheter d'énormes quantités de coton et de le faire empaqueter pour le vendre à des pharmacies à des prix exorbitants. Vous serez jugé pour marché noir et profits illégaux. Vous serez déclaré coupable par les trois juges qui président à la cour. Vous serez condamné à être exécuté. Vous tomberez devant le peloton d'exécution. Katia pleurera votre mort. Le moment venu, elle trouvera un nouvel amant pour vous remplacer. » Viktor se leva, s'approcha du téléphone et posa la main dessus. « Au sujet de la Zavaskaïa et de ses amis ? Où sont-ils partis quand ils ont quitté votre appartement, il y a quatre nuits ? »

Les genoux pris d'un tremblement incontrôlable, Vadim redressa lentement le menton. « Vous savez ce que la belle Amérique et l'Union soviétique ont en commun ? Le rouble ne vaut rien ni dans un pays ni dans l'autre. » Puis il ajouta d'une voix à peine audible : « Ah ! »

*

Un peu plus tard cette nuit-là, le chef de service de Viktor amena le chauffeur de taxi de Vadim, Dimitri, à fin d'interrogatoire. Personnage peu brillant au visage grêlé, il se tenait debout devant le bureau de Viktor, dansant d'un pied sur l'autre en louchant vers la lampe de bureau de Viktor qui avait été orientée vers lui afin de l'aveugler.

« Donnez-nous votre nom, commanda Krostine.

— Livchitz, Dimitri.

— Votre profession.

— Chauffeur de taxi.

— Votre religion. »

Dimitri bredouilla quelque chose.

« Je ne vous ai pas entendu.

— Israélite. »

Viktor prit la relève. « Connaissez-vous un certain Vadim ? »

Dimitri pétrissait le tour de sa casquette entre ses doigts. « Je le conduis dans Moscou de temps en temps. »

Viktor ricana. « En fait, Vadim loue vos services à l'année. En fait, il vous paye en dollars américains. »

Dimitri voulut réfuter l'accusation mais Viktor l'interrompit. « Soyons clairs. Vos activités de marché noir ne m'intéressent pas. Ce sont les activités de marché noir de Vadim qui m'intéressent. Je vais vous poser quelques questions. Si vous me donnez des réponses honnêtes et complètes, vous sortirez d'ici en homme libre. Sinon... »

Dimitri, visiblement impressionné, déclara : « Il faut que je m'asseye. »

Viktor fit signe à Krostine. Celui-ci avança une chaise de bois à dossier droit dont les deux pieds de devant avaient été légèrement raccourcis. Dimitri s'effondra dessus puis se raidit en se sentant partir en avant. Viktor demanda : « Vous connaissez l'ancienne femme de Vadim, Zinaïda Zavaskaïa, et son fils, Saava ? »

Dimitri hocha la tête en un acquiescement réticent.

« Il y a quatre nuits, Vadim, la Zavaskaïa, son fils et deux hommes sont montés dans votre taxi. »

Le ton n'était même pas interrogatif, ce qui indiqua à Dimitri que le colonel connaissait déjà la réponse. Dimitri hocha de nouveau la tête.

« Où les avez-vous conduits ? »

Dimitri lança un regard nerveux par-dessus son épaule, en direction de Krostine, puis revint sur Viktor, derrière son bureau. Il ne parvenait à distinguer qu'une silhouette. « Vadim m'avait laissé un message de venir vers dix heures du soir. Lui, son ex-femme et l'enfant sont descendus, mais ils ne sont pas montés tout de suite dans le taxi. Ils ont été avec deux hommes dans une Chevrolet américaine. Vadim m'a demandé de suivre la Chevrolet. Je me suis garé dans la grande rue, près de l'Exposition des réalisations économiques. Vadim a laissé son ex-femme et le petit. Ils ont attendu dans mon taxi. Un quart d'heure plus tard à peu près, Vadim et les deux autres sont revenus. Vadim comptait de l'argent. Alors ils se sont tous entassés dans mon taxi.

— Décrivez les deux hommes qui accompagnaient Vadim.

— Malheureusement, je n'ai pas pu bien les regarder.

— Décrivez-les, Dimitri. »

Contemplant ses souliers, Dimitri s'exécuta. Quand il eut terminé, Viktor s'adressa à son chef de service : « Nous savons maintenant qui m'a assené ce coup sur le crâne. » Il écrivit un nom sur un bout de papier et le passa à Krostine, qui le lut et hocha la tête.

Sur le morceau de papier, Viktor avait écrit : « Immanuel Custer. »

« Qu'est-il advenu de la Chevrolet ? » voulut savoir Krostine.

Dimitri haussa les épaules. « Vadim a dit quelque chose comme quoi elle avait été vendue à des Kazakhs pour en faire des pièces détachées. Il a dit aux autres qu'il serait impossible de retrouver la trace de la voiture quand elle aurait été démontée.

— Où les avez-vous conduits quand ils se sont entassés dans votre taxi ? » demanda Viktor.

Dimitri baissa le nez vers sa casquette puis releva les yeux vers la silhouette derrière le bureau. « Qu'est-ce qui me dit que vous me laisserez partir quand je vous aurai dit ce que vous voulez savoir ?

— Vous verrez bien. »

Dimitri se mordilla l'ongle du pouce. Enfin, il se décida. « Je les ai descendus près d'un dortoir, derrière une usine de textile du quartier de Lefortovo, là où ils mettent tous ces réfugiés arméniens qui arrivent de Bakou. À peu près une heure plus tard, Vadim est revenu seul et je l'ai reconduit chez lui.

— Des réfugiés arméniens, dit pensivement Viktor. Voilà donc comment il compte les faire partir. »

*

À l'ambassade américaine, les câbles allaient bon train entre Moscou et Washington. On était sans nouvelles de deux membres de l'ambassade. Le chef d'antenne de la C.I.A. lui-même avait disparu pendant trente-six heures ; il avait réapparu, l'extrémité de menottes fourrées dans ses chaussettes pour qu'elles ne fassent pas trop de bruit quand il marchait, en racontant qu'il avait repris conscience sur une colline surplombant un lac près de Zagorsk, qu'il avait brisé la chaîne de ses menottes avec une hache rouillée trouvée dans une grange et qu'il était rentré en auto-stop à Moscou à l'arrière d'un camion transportant des cochons.

Une seule bouffée des vêtements qu'il portait corroborait au moins le dernier détail de son récit.

Avant même qu'on lui retire les menottes qu'il avait aux chevilles, Inkermann avait chiffré un rapport à l'intention de ses patrons de Washington. Un barrage de réponses fusa presque immédiatement.

L'un d'eux parvint directement du sous-sol de la Maison-Blanche. Décodé, paraphrasé, cela donnait en substance : Vous n'êtes pas au courant ? La guerre froide est terminée. Et nous ne voulons pas, nous répétons, nous ne voulons pas que des crétins de l'ambassade rappellent aux Américains qui vont bientôt se rendre aux urnes que cela n'est peut-être pas tout à fait vrai. En d'autres termes, ne faites pas de complications.

On annonça donc aux quelques curieux de l'ambassade que les deux diplomates disparus n'avaient pas disparu du tout mais qu'ils visitaient Leningrad et étaient probablement en train de parcourir les dix mille salles de l'Ermitage. Il n'y avait vraiment pas de quoi s'inquiéter.

Inkermann, entre-temps, massait ses chevilles tuméfiées (les menottes avaient été retirées par le plombier de la maison qui s'était servi d'un chalumeau à acétylène) et envoya en éclaireurs quelques-uns des sous-agents de son réseau ; ils étaient payés à la journée et ne furent que trop contents de trouver un peu de travail Le chef d'antenne eut bientôt vent de rumeurs selon lesquelles le K.G.B. était tout entier sur les dents. Ses agents ratissaient les hôtels, bordels et aéroports de Moscou à la recherche d'un Américain qui présentait une ressemblance frappante avec Benedict Bassett. Inkermann entendit même dire par une source interne au K.G.B. que les agents du Centre avaient reçu l'ordre de ne pas ramener l'Américain vivant.

Inkermann n'était pas stupide. Il savait bien que Custer ne s'était pas trompé. Quelqu'un de Washington avait fait passer par Bassett des choses que *certains* Russes étaient tout prêts à croire. Eh bien, cela convenait parfaitement à Inkermann. Que les Russes se chargent de Bassett et de ce connard de Custer par la même occasion. Les corps des deux hommes seraient sans doute retrouvés à bord d'une voiture qui aurait dérapé sur la chaussée mouillée avant de tomber dans un ravin et d'exploser. Une autopsie serait pratiquée une fois les corps rapatriés aux États-Unis. Mais si les Russes se montraient aussi efficaces qu'ils l'avaient été au plein cœur de la guerre froide, il ne subsisterait aucune trace des véritables causes de leur mort.

C'est du moins ainsi qu'Inkermann aurait réglé le problème s'il avait été à leur place.

29

Coincé dans le compartiment exigu qu'Aïda et lui partageaient avec une famille arménienne, Ben somnolait, sa tête martelant légèrement les lattes du banc de bois au rythme du train. Il bougea quand Aïda, tirant sur une de ses cigarettes roulées à la main, revint des toilettes ; elle avait dû attendre trois quarts d'heure pour utiliser les seules toilettes de la voiture. « J'ai failli vomir à cause de l'odeur, chuchota Aïda en s'insérant sur le banc, à côté de Ben. J'ai allumé une cigarette pour essayer de couvrir la puanteur. »

Le mari arménien, sa femme, les deux sœurs de sa femme agglutinés avec eux sur les bancs ainsi que les deux adolescents qui dormaient sur le sol réarrangèrent leurs membres. De l'autre côté de la vitre tachetée de pluie défilait un flou mollement arrondi de collines boisées éclairé par un croissant de lune régulièrement masqué par des nuages sombres. Ben consulta sa montre. « Nous devrions traverser Voronej dans le courant de la matinée », annonça-t-il.

La simple mention de Voronej fit impression sur Aïda. Sa bouche s'ouvrit et elle jeta par la fenêtre le regard qu'elle aurait eu pour la Terre promise. « Alors : c'est à Voronej que notre Mandelstam a été exilé pendant les cinq dernières années de sa vie, murmura-t-elle. Akhmatova est venue le voir là-bas en 1936, puis elle a écrit quatre des vers les plus douloureux d'une poésie déjà chargée de vers douloureux. » Aïda colla les lèvres contre l'oreille de Ben pour lui réciter :

Et dans la chambre du poète disgracié,
Veillent tour à tour la peur et la Muse.
Et vient une nuit
Qui ne connaît pas l'aurore[1].

Le contact des lèvres de la jeune femme contre son oreille éveilla chez Ben des souvenirs érotiques. Il se rappela qu'une vie plus tôt, dans le train de Leningrad, elle avait embué de son souffle la vitre de leur compartiment pour écrire du bout du doigt : « La lucidité doit céder le pas au désir. » La lucidité céderait-elle encore le pas un jour au désir ? Son cœur lui fit mal de penser que cela ne se produirait peut-être plus. Quel imbécile il avait été de jouer avec une femme qui lui avait permis de vivre ses fantasmes les plus fous. Il glissa la main sous la rude couverture kaki dont elle s'était drapée comme d'un châle, et lui toucha la cuisse, mais elle se contenta de se tourner vers lui pour lui adresser un de ses demi-sourires doux-amers, comme si elle pensait elle aussi à ce qui aurait pu être.

Il en allait ainsi entre eux — ses avances étaient systématiquement repoussées par des demi-sourires ambigus — depuis qu'ils avaient atterri dans le dortoir de ciment préfabriqué derrière l'usine de textile du quartier de Lefortovo, à Moscou. Passant pardessus les jambes des Arméniens étendus sur des paillasses à même le sol, Vadim les avait conduits à une porte sur laquelle était fixé un carton indiquant : « Club social : toute participation à la soirée

1. Traduction de Jeanne et Fernand Rude *(N.d.T.)*.

mensuelle des amateurs du dortoir bienvenue et exigée. » À l'intérieur, des couvertures de l'armée d'un kaki rèche avaient été suspendues sur des fils électriques tendus à travers la pièce, divisant le club social en une multitude de petits compartiments. Vadim avait dû fouiller pour trouver celui qu'il avait « loué », et tous quatre — Aïda, Ben, Manny et l'enfant — avaient campé sur la paille et les coussins en lambeaux qui allaient avec le compartiment Une fois, et parfois deux fois par jour, Vadim arrivait avec quelque chose sous le bras — un sac en plastique rempli de pain noir, de margarine et de boîtes de sardines, des vêtements d'occasion qu'ils puissent revêtir afin de ressembler à des réfugiés arméniens, une paire de ciseaux pour qu'ils se coupent les cheveux et se rendent plus méconnaissables encore, des lunettes rondes pour les deux hommes.

Tard, une nuit, au milieu des toux, des ronflements et des gémissements indubitables d'une femme en train de faire l'amour provenant des cabines voisines, Vadim leur avait apporté des passeports internationaux qui les identifiaient comme arméniens ainsi que les certificats gouvernementaux officiels les autorisant à rentrer, aux frais de l'État, à Bakou. Manny retourna les documents entre ses doigts. « Où avez-vous trouvé ça ? avait-il demandé.

— Je les ai eus en héritage, avait répondu Vadim avec un clin d'œil. Et la personne dont j'en ai hérité a hérité pas mal de mes deutsche marks en échange. »

Le matin où ils devaient partir pour la gare, Vadim était arrivé avec trois valises en carton. Il les avait posées par terre et avait entrepris de sortir un à un tous ses trésors. Il y avait un stock de biscuits suédois, du fromage de chèvre, du lait de chèvre fermenté dans un thermos d'ouvrier, un filet d'oranges et une douzaine de tablettes de chocolat belge pour Saava. Il y avait des vêtements de rechange et des devises — de grosses liasses de dollars, de livres, de francs et de deutsche marks que Vadim confia à la garde de Manny. Il y avait du papier à dessin et des crayons de couleur pour l'enfant. « Tu es un magicien ! s'était exclamé Saava en mordant dans une barre de chocolat.

— Si j'arrive à te faire disparaître de notre Mère Russie, avait répliqué sombrement Vadim, j'en serai vraiment un. »

Ils s'étaient fait leurs adieux à ce moment-là ; Vadim avait pensé qu'ils attireraient moins l'attention à la gare s'ils arrivaient dans les mêmes cars que tous les autres Arméniens qui partaient ce jour-là. Aïda avait serré son ex-mari contre elle. « Alors : je ne suis bonne qu'aux arrivées, avait-elle dit. Je ne peux pas supporter l'idée que nous puissions ne plus jamais nous revoir. »

Vadim avait craint qu'elle ne finisse par fondre en larmes. Cette éventualité l'effrayait ; il ne l'avait jamais vue pleurer et n'avait guère envie de franchir ce nouveau seuil à un moment aussi tardif. Pour repousser les larmes, il avait alors demandé : « Quelle est la définition d'un quatuor à cordes soviétique ? »

Aïda avait secoué la tête.

« C'est un orchestre soviétique qui rentre d'une tournée dans la belle Amérique. Ah ! »

La gare de chemin de fer grouillait d'Arméniens furieux d'avoir à rentrer — mais affolés à l'idée de rater le train. Les gens semblaient courir en tous sens. La gare elle-même, les salles d'attente, les quais, les couloirs des voitures étaient jonchés d'os de poulet impeccablement rongés, de miettes de pain et de feuilles de journaux qui avaient enveloppé des sandwiches, de bouteilles vides, de souliers abandonnés et de couvertures sales repliées qui avaient servi de lits. Les Arméniens, chargés de gros postes de radio, de planches à repasser, de télévisions, de tout ce qu'ils avaient réussi à troquer ou acheter dans les magasins relativement mieux fournis de Moscou, s'étaient amassés en tête de quai, de l'autre côté de l'unique point de contrôle. Ben et Manny, portant lunettes et une barbe de quatre jours, avaient agité leurs documents sous le nez des policiers débordés en avançant avec le flot humain qui filait vers le train. Aïda, drapée dans sa couverture kaki, et Saava s'étaient collés à une famille de sept enfants et avaient passé le cordon sans problème.

Une fois le train parti, les Arméniens s'étaient peu à peu installés. Les plus jeunes, qui campaient dans les couloirs, n'avaient pas tardé à sortir bouteilles de slivovitz et harmonicas et s'étaient mis à chanter des chants traditionnels. Par prudence toute professionnelle, Manny avait insisté pour qu'ils se séparent. Ben et Aïda avaient trouvé de la place dans un compartiment, Manny et Saava dans un autre. Les Arméniens voisins de compartiment de Ben et d'Aïda ne cessaient de se lamenter sur les pogroms qu'ils avaient fuis, les biens qu'ils avaient laissés derrière eux et l'incertitude de ce qui les attendait. Ils finirent pourtant par sombrer eux aussi dans le silence. Le père, sorte de lutin au visage grêlé, jeta un bref regard en direction du couple qui partageait le compartiment avec sa famille, puis (après avoir essayé sans succès d'entamer la conversation avec Aïda) sortit des mots croisés, chaussa ses lunettes et entreprit de remplir les cases. Les femmes prirent leur tricot. L'un des enfants sortit un jeu de cartes et essaya d'entraîner son frère dans une partie de *melnitsa*, sorte de poker à deux joueurs. Les garçons tapèrent donc le carton par terre, entre eux deux, jusqu'au moment où, le dos voûté de fatigue, ils finirent par s'écrouler sur les couvertures entassées sur le plancher.

De temps à autre, deux jeunes soldats porteurs de l'insigne de la police frontalière du K.G.B. devaient enjamber les corps des Arméniens étendus dans le couloir tandis qu'ils parcouraient le train d'un bout à l'autre. Trois fois par jour, le train était dérivé sur une voie de garage pour le changement d'équipage, l'approvisionnement en eau et la vidange des toilettes. Malgré les cris des gardes, les Arméniens profitaient de ces arrêts pour descendre du train, se dégourdir les jambes, cueillir des fleurs sauvages ou se mouiller les jambes dans les ruisseaux avoisinants jusqu'au coup de sifflet annonçant le départ.

*

Durant l'un de ces arrêts, Manny et Saava dévalèrent un coteau pour atteindre le bord d'un ruisseau. Manny ôta sa veste et roula ses manches de chemise pour asperger son visage mangé d'une barbe grise de sept jours. Puis il retira ses souliers et ses chaussettes, s'assit sur une souche d'arbre et fit tremper ses pieds dans le courant glacé. Saava fit signe à Ben et Aïda qui s'étaient assis à l'ombre d'un noyer en haut du coteau puis se retourna vers Manny. « Pourquoi ne faut-il pas que je te parle quand il y a quelqu'un à côté ? demanda-t-il.

— Ça me gêne parce que mon russe est trop mauvais, répondit Manny.

— Ce n'est pas pour ça, rétorqua Saava. C'est parce que tu ne veux pas qu'on sache que tu n'es pas russe. » Comme Manny ne faisait aucun commentaire, l'enfant ajouta : « C'est vrai que tu fais beaucoup de fautes de russe. Tu te trompes tout le temps de déclinaison.

— Écoute, gamin, je t'accorde que mon russe a besoin de progresser, mais il est quand même meilleur que ton anglais.

— Je ne parle pas anglais, dit Saava. Je ne parle pas américain non plus. » Il demeura un instant silencieux puis tira Manny par la manche pour attirer son attention. « J'ai eu du mal à m'endormir la nuit dernière.

— Essaie de compter les moutons.

— De compter quels moutons ?

— Tu imagines un champ rempli de moutons et tu les comptes.

— À quoi ça sert ?

— C'est tellement ennuyeux que ça endort.

— Je m'ennuie déjà sans compter les moutons. Il reste combien de temps avant qu'on arrive à Rostov ?

— Ça dépend.

— De quoi ?

— Du temps que le train passe à rouler par rapport au temps qu'il passe à l'arrêt. » Manny remarqua l'inquiétude qui se peignait sur le visage du garçon et il se radoucit. « Peut-être un jour et demi. Deux jours tout au plus.

— Et qu'est-ce qu'on fera quand on arrivera à Rostov ?

— Tu poses beaucoup de questions pour un môme.

— Tu ne réponds pas à grand-chose, pour un adulte. »

Manny ricana.

Saava traça un cercle dans la terre avec l'extrémité d'un bout de bois. « Manny, c'est quoi comme nom ?

— C'est le diminutif d'Immanuel. C'est un nom biblique.

— Pourquoi des parents vont-ils chercher le nom de leur enfant dans la Bible ?

— Bon Dieu. Tu t'arrêtes quand ? Ils étaient croyants, c'est tout.

— Dans un de mes livres de classe, on dit que la religion, c'est l'opium du peuple. C'est quoi, un opium ?

— Quelque chose qui fait dormir.
— Compter les moutons, c'est un opium alors?
— On peut voir les choses comme ça.»

Saava s'éloigna de quelques pas et se mit à lancer des cailloux dans le ruisseau. «J'ai un couteau, lança-t-il. Il y a même une loupe dessus. C'est Vadim qui me l'a donné pour ma fête.

— Incroyable.»

Saava revint vers Manny et sortit le couteau de l'armée suisse de sa poche. Manny s'en saisit et en tira une lame. «Au moins, elle n'est pas rouillée, fit-il remarquer.

— Ça ne peut pas rouiller, c'est de l'acier inoxydable.»

Manny leva les yeux vers Ben, en haut du coteau. À l'ombre du noyer, il était en grande conversation avec Aïda. Elle agitait les mains comme pour repousser les arguments. «Sous la peau inoxydable, tout rouille», marmotta en anglais Manny. Il revint au russe pour dire à l'enfant: «Moi, je ne veux pas de lames rouillées. Ça peut donner le tétanos.» Il sourit légèrement au souvenir de la lame rouillée tombant à terre sur le sol du garage moscovite.

«C'est quoi, le tétanos?

— C'est une maladie qui donne la tremblote.» Manny lui fit une démonstration: «L-a-m-â-c-h-o-i-r-e. O-n-n-e-p-e-u-t-p-a-s-p-a-r-l-e-r.

— Il y a des piqûres pour ce genre de choses.

— J'ai peur des piqûres, avoua Manny.

— Avant de prendre des cachets, j'avais des injections. C'est vrai que ça fait mal, mais on finit par s'y habituer.»

Manny observa Saava. «Tu me plais bien, comme gamin.»

Sur la colline, au-dessus d'eux, le train émit un sifflement strident. Surpris, Manny sortit vivement ses pieds de l'eau. «Allez, fiston. Et n'oublie pas de ne pas me parler quand il y a quelqu'un à côté. Comme ça, on ne pourra pas deviner que je ne suis pas russe. »

*

À l'aube du lendemain du jour où ils avaient traversé Voronej, Manny se réveilla en sursaut. Tout le monde dormait encore. Il ne comprit pas tout de suite ce qui l'avait tiré de son sommeil. Puis cela le frappa. C'était l'absence de mouvement.

Il écarta du bout des doigts le pan malpropre d'un rideau et regarda dehors. Le train s'était immobilisé dans une gare de campagne déserte. Une paysanne à la peau mate était à quatre pattes, en train de frotter le carrelage d'une minuscule salle d'attente. Pressant le visage contre la vitre, Manny parvint à distinguer le chef de gare qui agitait une lanterne rouge. Le train eut une secousse, s'arrêta, fut ébranlé d'une nouvelle secousse et prit de la vitesse. Au moment où il quittait la gare, Manny repéra un camion vide garé près de la maison du chef de gare. Il ressentit une légère appréhension et se tassa sur le banc de bois, à côté de Saava.

Manny éprouva des difficultés à se rendormir. Il regarda le rideau se balancer doucement devant la fenêtre et eut le sentiment désagréable d'oublier quelque chose. L'explication le frappa soudain. Bien sûr ! Le camion garé devant la maison du chef de gare était un camion militaire. Et il était vide !

Qu'est-ce qu'un camion de l'armée vide pouvait bien faire dans une gare complètement paumée ? Et où se trouvaient les soldats qui l'avaient amené jusque-là ?

Manny se leva brusquement, réveillant Saava.

« Où tu vas ? » chuchota l'enfant en voyant Manny enjamber l'homme qui dormait par terre et faire glisser doucement la porte du compartiment.

« Me dégourdir les jambes », répondit Manny.

Il referma la porte coulissante derrière lui et descendit le couloir en enjambant les silhouettes endormies roulées dans des couvertures à même le sol. Il ouvrit d'une secousse la porte au bout du wagon et la claqua derrière lui puis resta un instant avec un pied sur chaque voiture, à regarder la voie défiler en dessous avant de pénétrer dans le wagon suivant. Se frayant ainsi un chemin entre et par-dessus les corps assoupis, il se dirigea vers l'arrière du train. À trois voitures du wagon de queue réservé au personnel, il repéra ce qu'il redoutait de trouver. Un peu plus loin, il vit six hommes — quatre hommes armés, en uniforme et béret des gardes-frontières du K.G.B., deux en civil, portant imperméable et feutre — remonter le couloir en réveillant à coups de pied les Arméniens endormis par terre et en ouvrant violemment les portes des compartiments pour entrer et réveiller ceux qui se trouvaient à l'intérieur. Pendant que les gardes-frontières étudiaient les papiers d'identité, les deux civils comparaient les visages des Arméniens avec les photographies qu'ils tenaient à la main.

Manny fit demi-tour et regagna sa propre voiture, en tête du train. Il gratta de l'ongle la porte vitrée du compartiment de Ben. Ben ouvrit instantanément les yeux. Manny lui adressa un signe bref de la tête. Ben écarta la tête d'Aïda qui reposait contre son épaule et sortit dans le couloir. « Que se passe-t-il ? » demanda-t-il.

Manny lui raconta ce qu'il avait vu. « Ils réveillent tout le monde et contrôlent les papiers d'identité.

— Nom de Dieu ! » s'exclama Ben. Il eut la soudaine vision d'Aïda et de l'enfant emmenés à la pointe des baïonnettes, leur vie ne tenant qu'à un fil « Mais nous avons des papiers d'identité. »

Manny secoua la tête. « Les méchants en imperméable ont des photos.

— Ce n'est peut-être pas nous qu'ils recherchent.

— Mais c'est peut-être nous. » Manny regarda par la fenêtre comme s'il essayait d'évaluer la vitesse du train. Il se demandait si le train ralentissait beaucoup dans les courbes ; il se demanda si Aïda et l'enfant pourraient survivre à un saut pareil.

Derrière Ben une porte s'ouvrit et l'homme qui ressemblait à un lutin et partageait le compartiment avec Ben et Aïda sortit dans le couloir. Il regarda l'expression soucieuse sur les lèvres de Manny et la lueur affolée dans le regard de Ben. « Il y a sûrement une autre solution que de sauter du train en route », dit-il distinctement. Il leur adressa un sourire de conspirateur. « S'il vous plaît, quand vous faites des additions, dans quelle langue comptez-vous ? demanda-t-il à Ben.

— En russe », répondit Ben.

L'homme montra de l'index son œil droit à Ben en tirant la peau juste en dessous. « Les Russes vous ont peut-être pris pour des Arméniens, mais les Arméniens ne s'y sont pas trompés. Nous vous avons repérés dès que vous êtes entrés dans le compartiment. Les sœurs de ma femme pensent que la dame et l'enfant sont des juifs russes qui essaient de s'enfuir en Israël. Quant à vous et votre ami, ma femme pense que vous êtes turcs, mes fils vous croient allemands ou hollandais. Et moi, j'ai parié dix roubles avec ma belle-sœur que vous comptez en anglais. » Il passa lui-même à l'anglais. « Un, deux, trois, trois et demi, trois et trois quarts et ainsi de suite. Je suis professeur d'algèbre. J'avais raison quand je disais que vous comptez en anglais non ? »

Cette fois, Ben ne protesta pas.

« Ne vous en faites pas, dit l'homme qui ressemblait à un lutin. Personne dans ce train ne vous livrera aux Russes. Au contraire, nous vous aiderons si c'est en notre pouvoir. Expliquez-moi, s'il vous plaît, quel est le problème. »

Ben regarda Manny. Avec un haussement de ses épaules massives, Manny se tourna vers le professeur d'algèbre arménien et lui parla des gardes-frontières, des agents du K.G.B. en civil et des photographies. Entendant une conversation dans le couloir, les deux fils, la femme et les belles-sœurs du professeur d'algèbre surgirent derrière lui. De part et d'autre du couloir, les Arméniens endormis dans des couvertures commencèrent à bouger. L'homme à l'air de lutin rapporta à sa famille ce que Manny venait de lui dire. Deux Arméniens plus âgés se joignirent à leur petit groupe. Quatre autres arrivèrent à leur suite. Tout le monde bavarda bientôt en arménien.

Le professeur d'algèbre se retourna vers Manny. « Ma femme, toujours pratique, demande dans combien de temps ces putes du K.G.B. arriveront ici ?

— À l'allure où ils vont, dans trois quarts d'heure environ, peut-être moins. »

Le petit lutin traduisit cela à sa femme. Il y eut un nouvel éclat de conversation en arménien. L'épouse, visiblement une maîtresse femme, insistait sur quelque chose. L'un des hommes qui s'étaient joints au groupe tira une grande montre de gousset en argent de la poche de sa veste et fit un petit discours. Les Arméniens acquiescèrent. Le professeur d'algèbre donna des instructions à ses fils. L'un d'eux partit vers la tête du train, l'autre en direction des gardes-frontières qui approchaient.

Attirée par toute cette agitation, Aïda apparut à la porte du compartiment. « Que se passe-t-il ? lança-t-elle.

— N'ayez pas peur, chère madame, dit en russe l'homme à l'allure de lutin. Vous irez encore en Israël. » Puis, passant à l'anglais, il s'adressa à Ben et à Manny. « S'il vous plaît, ce monsieur dit à moi qu'il est né à Voronej et qu'il connaît la région comme sa poche. Dans un quart d'heure, peut-être plus, peut-être moins, le train va traverser un pont au-dessus d'une rivière. Dès que nous aurons traversé, moi-même personnellement je vais tirer le signal d'alarme. Mes deux fils sont en train d'avertir les gens. Quand le train, il s'arrêtera, tout le monde va descendre pour marcher un peu, pour, excusez l'expression, pour uriner et pour se nettoyer dans la rivière. Préparez-vous. Remplissez vos poches avec de la nourriture mais ne prenez pas les valises. Il y aura de l'agitation à la tête du train. Les putains du K.G.B. seront distraits. Courez sous le pont et restez là quand il y aura le coup de sifflet. Quand le train sera parti, suivez la rivière. Le monsieur de Voronej a dit à moi que si vous marchez pendant deux jours, vous arriverez là où la rivière se jette dans le Don. Le Don, lui, se jette dans la mer d'Azov et la mer d'Azov dans la mer Noire. La mer Noire, elle, se jette dans la Méditerranée. »

Aïda porta une main à son cœur. « De tout notre cœur, nous vous remercions. »

L'homme qui ressemblait à un lutin se retourna vers elle. « S'il vous plaît, il n'est pas besoin de nous remercier. Nous sommes un peuple qui fait remonter ses racines jusqu'à Noé. Nous croyons en Dieu. Dieu soit avec vous si vous partagez notre foi en Dieu. » S'inclinant à demi dans la direction d'Aïda, l'homme qui ressemblait à un lutin ajouta : « Dieu soit avec vous même si vous ne la partagez pas. »

*

Le sifflet de la locomotive lança un cri plaintif dans le paysage désertique où le train s'était immobilisé. À ce signal, une famille qui se trouvait près de la tête du train en accusa une autre de lui avoir volé de la nourriture. Des injures et même des coups furent échangés. Les femmes, hurlant des imprécations, entrèrent dans la mêlée. Le personnel régulier du train et les gardes-frontières du K.G.B. se précipitèrent pour voir ce qui se passait. Mais les deux agents du K.G.B. en feutre et imperméable restèrent postés près du wagon de queue pour surveiller les Arméniens d'un œil suspicieux et s'assurer que tous ceux qui étaient descendus du train allaient bien y remonter.

Le professeur d'algèbre à l'allure de lutin et sa maîtresse femme s'entretenaient à mi-voix. Puis l'épouse remonta toute la longueur du train, s'avança directement vers le plus jeune des deux agents du K.G.B. et le gifla sans ménagement. L'autre agent du K.G.B. la repoussa brutalement tandis qu'elle lui hurlait que le K.G.B. avait assassiné son grand-père. D'autres Arméniens s'approchèrent et commencèrent à lancer eux aussi des accusations. Acculé contre le flanc du wagon par les Arméniens en colère, le plus jeune agent du K.G.B. paniqua et sortit un pistolet de la poche de son imperméable. Vers le milieu du train, le professeur d'algèbre fit signe à Ben. Manny saisit la main de Saava et le tira sous le train puis de l'autre côté. Aïda et Ben rampèrent derrière eux.

« Vite », lança Manny en un chuchotement péremptoire tout en dévalant l'accotement, puis, se déplaçant avec une rapidité surprenante pour quelqu'un de sa corpulence, il suivit un étroit fossé d'écoulement en direction du pont. Lorsqu'ils arrivèrent à hauteur du wagon de queue, ils entendirent les cris furieux des agents du K.G.B. qui ordonnaient aux Arméniens de reculer. Un coup de feu retentit et une voix haut perchée hurla : « Le prochain coup ne sera pas tiré en l'air. »

Près du pont, une pente raide de graviers descendait jusqu'à la rivière. Manny s'arrima du bras gauche à la souche d'un arbre mort et passa Saava à Ben qui se trouvait déjà à mi-pente. Tenant solidement la main de Saava, Ben fit descendre l'enfant jusqu'en bas. Puis il se laissa glisser à sa suite. Ben et Aïda dévalèrent la pente et tous quatre, le souffle court, plongèrent sous le pont et se plaquèrent contre le mur.

Ils entendirent alors un bruit de bottes sur les traverses au-dessus de leur tête et les voix étouffées des gardes-frontières du K.G.B. qui jetaient un dernier regard alentour. Il y eut un nouveau coup de sifflet plaintif de la locomotive. Les gardes du K.G.B. retournèrent vers le wagon de queue. Quelques instants plus tard, des wagons s'entrechoquèrent et le train s'ébranla.

Manny ouvrant la marche, le petit groupe entama sa traversée des champs de hautes herbes qui suivaient la rivière. Ils contournèrent un grand troupeau de moutons conduit par deux adolescents qui chevauchaient des poneys et, plus tard au cours de cette même journée, firent un détour pour éviter la station de motoculture d'une ferme collective. La première nuit, ils dormirent dans un abri de pierre abandonné où subsistaient des traces de feu dans une cheminée de fortune. Aïda et Saava allèrent ramasser des brindilles et allumèrent un petit feu. Manny se servit du couteau suisse de Saava pour couper des tranches de pain et de fromage de chèvre pour tout le monde. Caressant la tête de Saava posée sur ses genoux, Aïda semblait hypnotisée par les flammes qui dansaient sur le bois rougi. Manny étendit son imperméable sur l'enfant endormi. Aïda le remercia d'un sourire. Lorsque Manny ronfla dans un coin, Ben s'installa auprès d'Aïda. Il toucha du bout de l'index la montre de la jeune femme. « Je marcherais dans le feu si je pouvais revenir en arrière et arranger les choses de sorte qu'elles n'aient plus besoin d'être arrangées », chuchota-t-il.

Un demi-sourire lointain étira les lèvres d'Aïda

lorsqu'elle murmura: «Je marcherais dans le feu si je pouvais revenir en arrière et faire en sorte que nous ne nous soyons jamais rencontrés. S'il arrivait quelque chose à Saava...» Elle se détourna et ferma les yeux.

Ils avaient repris leur marche avant l'aube le lendemain matin, trébuchant sur les branches dans l'obscurité, escaladant aux premières lueurs du jour des murs de pierres éboulées luisantes de rosée. Alors qu'ils essayaient de contourner un vaste marécage à un endroit où la rivière avait débordé, ils perdirent leurs repères. Manny était certain que la rivière se trouvait derrière eux, Ben pensait qu'elle devait se trouver quelque part sur la gauche. Ils tournèrent en rond pendant des heures, errant dans des fourrés infinis, se frayant un chemin dans des champs de ronces, marchant dans des bois pour s'écrouler enfin, épuisés, sur le sol d'une clairière. Au-dessus d'eux, des nuages menaçants étouffaient le soleil. Toujours en quête de signes, Aïda interpréta cela comme un mauvais présage. «Nous n'atteindrons jamais le Don», gémit-elle. Elle sortit un pan de chemise de sa ceinture et le mouilla de salive pour nettoyer les égratignures qui couvraient les bras et les jambes de Saava.

Soudain, deux coups de feu retentirent dans les bois. Des dizaines d'oiseaux s'envolèrent, affolés, dans le ciel. Manny se dressa sur un genou. Aïda pris Saava dans ses bras et le serra contre elle. Des craquements de brindilles résonnaient dans les bois silencieux. Deux silhouettes s'approchèrent. L'homme qui ouvrait le chemin avait un visage de faucon, la peau mate, et il portait un chapeau de feutre à large bord, un pantalon et une chemise amples, des bottes montantes et une courte pèlerine verte. Un mince adolescent vêtu d'une blouse lâche rentrée dans un blue-jean et de bottes de chasse éraflées à lacets le suivait. Tous deux portaient un fusil coincé sous le bras.

L'homme à la capeline verte s'arrêta net lorsqu'il aperçut les quatre étrangers dans la clairière. « Qui êtes-vous ? » demanda-t-il sur un ton qui laissait entendre qu'il était propriétaire des lieux. « D'où venez-vous ? »

L'adolescent laissa retomber la crosse de son fusil de sorte que l'arme se retrouve à l'horizontale entre ses deux mains. Il dit en dialecte quelque chose au plus vieux.

« Ce sont des gitans », commenta Aïda avec excitation. Elle se leva. « Alors : nous essayons d'échapper à la police soviétique, dit-elle à l'homme à la pèlerine verte.

— Vous êtes poursuivi pour quel crime ? lança l'homme.

— Pour un crime d'indépendance d'esprit », répondit Aïda.

Un mince sourire apparut sur le visage du gitan. Il claqua un ordre en dialecte. Le fusil de l'adolescent remonta se coincer sous son aisselle.

Sans lâcher la main de Saava, Aïda entraîna l'enfant avec elle en direction de l'homme à la pèlerine verte. « Nous nous sommes échappés hier d'un train surveillé par des gardes-frontières qui portaient l'insigne du K.G.B. »

À la simple mention du K.G.B., le gitan tourna la tête et cracha par terre.

« Nous suivions la rivière dans l'espoir d'arriver jusqu'au Don, mais nous nous sommes perdus, ajouta Aïda.

— La rivière revient sur elle-même et fait un S géant dans les marécages », expliqua le gitan. Il leva la main et montra sa droite. « Elle est là-bas, derrière la forêt. Si vous marchez comme un gitan, en suivant la rivière et en coupant à travers champs quand la rivière fait des détours, vous arriverez avant la tombée de la nuit à l'endroit où elle se jette dans le Don. »

Manny s'approcha derrière Aïda. « Demandez-lui s'il y a des bateaux sur le Don », marmonna-t-il.

Aïda traduisit la question. Le gitan répondit que jusqu'aux gelées, il y avait peut-être vingt ou vingt-cinq chalands à fond plat qui remontaient le fleuve tous les jours, et que presque tous se rendaient à Rostov avec des cargaisons qu'il fallait acheminer jusqu'aux cargos, dans le port.

Ben murmura : « Ce gitan est la réponse à nos prières. »

Glissant une main dans la poche intérieure de sa veste et y tâtant une liasse de billets, Manny souffla à mi-voix : « Demandez-lui s'il accepterait de nous guider jusqu'au Don et de nous arranger un passage sur une barge. »

Le gitan dut sentir que Manny cherchait de l'argent parce qu'il leva la main pour l'arrêter. « Dites-lui que l'argent qui dort dans une poche n'offense personne. Dites-lui que nous ne désirons rien que nous ne puissions voler. Dites-lui aussi que voler les bolcheviques n'est pas un crime. » Puis, une lueur de fierté dans les yeux, le gitan annonça que son fils et lui-même les guideraient jusqu'au Don. « Nous avons un proverbe gitan, lança-t-il. Nos meilleurs amis sont les ennemis de nos ennemis. »

*

Dans les coups sourds du moteur et les craquements du pont ployant sous le poids des balles de coton, le chaland à coque jaune voguait avec le courant entre les rives couvertes de vignes du Don vers la villa qu'Aïda appelait Temersniskaïa Tamojnia et que le capitaine appelait Rostov-na-Donou, Rostov-sur-le-Don. En fin d'après-midi, les toits des immeubles apparurent dans le lointain. Le capitaine approcha son chaland de la rive la plus haute. « Le poste de douane se trouve juste après la prochaine courbe », annonça-t-il depuis la cabine de pilotage.

Ben saisit un cordage et bondit sur la berge afin de maintenir le chaland contre la rive et de permettre aux autres de sauter à leur tour. Manny se dirigea vers l'arrière et tendit trois billets de vingt dollars au capitaine.

« Je n'ai jamais vu de billets comme ça, siffla le capitaine. De quel pays ça vient, vous avez dit ?

— De la merveilleuse Amérique, lui répondit Manny.

— Dans ce cas, vous m'avez donné beaucoup trop, répliqua le vieil homme. Au marché noir, chacun de ces bouts de papier vaut ce que je suis payé pour tout un mois de travail.

— Gardez-le, grand-père, dit Manny. Inutile de parler de nous aux douaniers, n'est-ce pas ? »

Le capitaine fourra les billets sous sa casquette bleu délavé. « Tout à fait inutile », assura-t-il très sincèrement. Il tira un vieux formulaire de douane d'une boîte en carton et, après avoir mouillé le bout d'un stylo avec sa langue, se mit à écrire au dos. « Allez au palace du cirque, près de Boudennovski Prospekt. Demandez Mme Sofiko, la femme tatouée. » Le capitaine tendit la feuille à Manny. « Dites que c'est Zourab qui vous envoie. Si vous lui donnez quelques-uns de ces jolis billets, elle vous trouvera un endroit pour vous reposer pendant que vous ferez ce que vous avez à faire à Rostov-na-Donou. »

Évitant le poste de douane, bâtiment de béton semblable à un blockhaus qui se dressait au bord du fleuve, Ben, Aïda, Manny et l'enfant se frayèrent un chemin parmi le labyrinthe de jardins potagers et de cabanes à outils qui s'étendait au nord de Rostov. Ils attendirent à l'abri d'une remise que l'obscurité soit tombée pour entrer dans la ville. Un vent frais en provenance du fleuve s'engouffrait dans les rues rectilignes, larges et impeccables, bordées de l'habituel assortiment d'immeubles de brique si peu fonctionnels qui caractérisait l'architecture soviétique rurale. Aïda, Ben et Saava, armés de quelques-uns des billets de dix dollars de Manny, partirent dans une direction afin de chercher le « palace » du cirque et la femme tatouée, Mme Sofiko. Manny, de son côté, consulta un plan mural de la ville à un coin de rue et se dirigea vers l'*Hôtel de la mer d'Azov*, au coin de la perspective Karl Marx et de la rue Pouchkine. C'était la dernière adresse connue des frères Karamazov, ces contrebandiers cosaques qui avaient fait passer à tant de ses agents la frontière soviétique lors de ses missions successives en Turquie pour le compte de la C.I.A.

Le premier *Hôtel de la mer d'Azov* avait été intégralement détruit par les violentes batailles de la Grande Guerre patriotique durant laquelle la ville avait changé de mains à plusieurs reprises. Des cendres du vieil hôtel était né un monstre soviétique à façade de marbre, colonnes palladiennes de part et d'autre de l'entrée principale et tourelles aux quatre coins du bâtiment. Manny, qui n'avait jamais vu cet hôtel mais l'avait décrit dans ses moindres détails à des dizaines d'agents, dépassa la réception et descendit un long couloir jusqu'à un bar sombre et malodorant situé tout au fond de l'édifice. Il alla directement au comptoir et laissa tomber un billet de dix roubles. « Vodka », commanda-t-il au barman.

Lorsque la vodka eut été dosée et posée devant lui, Manny repoussa la monnaie. « Je cherche les frères Kapitonov », annonça-t-il.

Le barman haussa les épaules ; s'il connaissait les frères Kapitonov, il ne le montrait pas. Manny émit un rire guttural et abattit un billet de cinquante francs sur le comptoir. Le barman, jeune homme mince aux cheveux noirs lissés en arrière et à la lueur insolente dans les yeux, examina le billet. « Lequel des deux frères voulez-vous voir, Guennadyi ou Fedor ?

— Ils s'appellent Kirill et Konstantin, grommela Manny. L'un ou l'autre.

— Dans le cas peu probable où je tomberais sur un Kirill ou un Konstantin, qu'est-ce que je dois leur dire ?

— Dites qu'un ami d'Istanbul aimerait les voir. Dites que je me faisais appeler autrefois Pressman. »

Le barman disparut par une porte située derrière le bar. Au bout d'un moment, il réapparut à la porte et adressa à Manny un signe de tête. Manny fit le tour du bar. Le barman indiqua du menton l'intérieur de la pièce. Manny entra.

L'air était saturé de fumée de cigare. Manny distingua dans une sorte de brouillard deux hommes penchés en avant, qui faisaient claquer des jetons de domino sur une table basse. Lorsque la porte se fut refermée derrière Manny, l'un des deux joueurs, gros homme coincé dans une chaise roulante en osier, laissa son regard détailler le visiteur. « Nous nous sommes déjà rencontrés ? » demanda-t-il en suçotant paresseusement le bout mâchonné d'un gros cigare.

Manny fit un pas en direction du gros homme en fauteuil roulant, mais s'arrêta en voyant le jeune homme assis en face se lever à demi de son siège. « Nous ne nous sommes jamais rencontrés, dit Manny. Mais nos destins se sont croisés plus de deux cents fois.

— Si vous vous faisiez appeler Pressman, vous saurez quel était notre surnom, à mon frère et à moi, puisque c'est vous qui nous l'aviez donné.

— Vous étiez les frères Karamazov. »

Un sourire bienveillant éclaira le visage du gros

homme. Il fit pivoter son fauteuil pour faire face à Manny. « Vous étiez une légende à l'époque. Les rares personnes qui se sont trouvées face à face avec vous disaient que vous aviez l'habitude de rire quand vous aviez peur. Ils disaient aussi que vous riiez rarement. Qui aurait cru que nos chemins finiraient par se croiser après toutes ces années ?

— C'est un monde étonnant, avoua Manny. Où en est votre frère à présent ?

— Kirill est bien mort et bien enterré depuis cet été.

— Il est mort de mort naturelle ?

— Il est mort d'une mort qui, pour lui, était naturelle. Il faisait passer avec un Turc des fusils aux chiites, de l'autre côté de la frontière iranienne. Le moment venu de partager les bénéfices, le Turc est arrivé avec un compte différent de celui de mon frère. La dispute a été réglée quand le Turc a planté son poignard jusqu'à sa garde très décorée dans le ventre de Kirill.

— Qu'il repose en paix, commenta Manny.

— Mon frère, ou le Turc ?

— Le Turc est mort aussi ?

— Dans cette partie du monde, il n'est pas honorable de laisser vivre celui qui a tué votre frère.

— Enfin, voilà », marmonna Manny en anglais. Il prit place sur un banc, s'adossa au mur et examina Konstantin qui était soigneusement vêtu d'un costume avec veste croisée et d'une chemise blanche boutonnée jusqu'en haut. « Que se passe-t-il avec ce fauteuil roulant ?

— J'ai les jambes paralysées, expliqua Konstantin. À cause d'un coup de couteau infligé par ce même Turc qui a tué mon frère. Mais je n'ai rien perdu de ma volonté.

— Vraiment ?

— Exposez votre problème et nous verrons si ma volonté a faibli. »

Manny lança un regard appuyé en direction du jeune homme assis à la table. Konstantin répondit : « C'est le fils aîné de Kirill, mon neveu donc. Vous pouvez parler devant lui comme devant moi. »

Manny expliqua qu'ils étaient quatre à avoir besoin de passer la frontière en préférant éviter de faire tamponner leurs passeports.

Konstantin fit reculer une roue de son fauteuil et regarda son neveu. Le jeune homme tira un petit calepin de la poche de poitrine de son blazer usé. Il se mouilla le pouce et entreprit de feuilleter le carnet jusqu'à ce qu'il trouve ce qu'il cherchait, puis il consulta une liste rédigée d'une écriture microscopique. « Le cargo grec *Thessaloniki* doit appareiller pour le Bosphore et Athènes avec une cargaison de bois à la marée de demain soir, lut-il à son oncle.

— Si le *Thessaloniki* transporte du bois, dit Manny, qui réfléchissait tout haut, il doit être possible de le charger de façon à laisser un vide au milieu de la cargaison.

— C'est possible, remarqua Konstantin. Mais ce genre d'arrangement coûterait cher. »

Manny écarta les mains. « Pourquoi ne pas le faire au nom du bon vieux temps ? »

Konstantin fit rouler son fauteuil jusqu'à Manny. Les deux hommes se regardèrent dans les yeux. « Quelqu'un qui agit par idéalisme peut toujours être convaincu par la logique d'un autre idéalisme. En revanche, quelqu'un qui agit pour l'argent ne sert que lui-même et est plus digne de confiance. C'est un argument que le M. Pressman d'Istanbul comprenait. »

Manny émit un nouveau ricanement. « Je le comprends toujours, assura-t-il. Combien ? »

Konstantin fit reculer son fauteuil et examina Manny comme s'il estimait à combien se monterait le marché. « Il y a mon neveu ici, qui ira voir le capitaine du navire pour moi, énonça-t-il en comptant sur ses doigts replets. Il y a le capitaine du navire qui devra s'arranger avec les Grecs pour vous faire débarquer. Il y a ses deux seconds que l'on devra convaincre de se taire. Il y a le conducteur de la grue qui devra charger le bois en sorte de laisser un espace vide au milieu. Et il y a votre dévoué, dernier des frères Karamazov, sans qui rien ne pourra se faire. Le total se monte à deux mille cinq cents dollars par tête, ou l'équivalent en n'importe quelle monnaie convertible, pour vous et chacun de vos trois amis. Payables à l'avance. »

Manny savait qu'il était inutile de marchander, le prix ne ferait qu'augmenter. Il tendit la main. Tout en souriant et en hochant la tête, Konstantin se pencha en avant dans son fauteuil roulant pour la prendre.

*

À minuit, lors de leur deuxième nuit en mer, le capitaine et ses deux seconds du *Thessaloniki* déplacèrent des planches pour permettre aux quatre passagers de prendre un peu l'air. Ils furent conduits dans la cabine du second où ils purent prendre une douche et mettre des vêtements propres fournis par le capitaine. On avait disposé du poulet froid et des verres de jus de raisin sur une table. Pendant que les autres mangeaient, le capitaine invita d'un signe de tête Manny à le suivre dans le couloir.

Le capitaine referma d'un coup de pied la porte de la cabine et s'éclaircit la gorge. « C'est un fait que nous sommes loin des eaux territoriales soviétiques, à présent », annonça-t-il.

Manny hocha la tête avec lassitude.

« C'est un fait, reprit le capitaine, que même si les Russes savaient que vous étiez à bord, ils ne pourraient pas nous arrêter pour vous faire descendre.

— Enfin, bref. » Manny savait pertinemment que le capitaine, qui s'appelait Papavlachopoulos, ne l'avait pas fait venir là pour passer le temps.

Le capitaine Papavlachopoulos glissa la main droite sous son blazer bleu dont les galons qui avaient été dorés s'effilochaient aux manches, et se gratta la poitrine à travers son pull noir à col roulé. « Ce qui nous amène tout naturellement à la question du second versement du prix de votre passage », dit-il.

Dès l'instant où il avait posé les yeux sur lui, Manny n'avait pas aimé l'air du capitaine Papavlachopoulos. Il souriait trop et ses sourires duraient trop longtemps pour exprimer la moindre amabilité. Deux dents en or brillaient comme des crocs de chaque côté de sa mâchoire lorsqu'il souriait. (Manny n'aurait pas été étonné d'apprendre que le capitaine les frottait devant son miroir pour les faire briller.) Et pour couronner le tout, ses sourcils ne remuaient jamais. Vu l'émotion qu'ils exprimaient, ils auraient tout aussi bien pu être peints sur son front.

« Quel est votre prénom ? demanda poliment Manny.

— Je ne comprends pas... » Il y eut un nouveau sourire, un nouvel éclat de dents en or, suivi par un haussement d'épaules fugitif. « Je m'appelle Epaminondas.

— Eh bien, écoutez-moi, Epaminondas. Vous savez qu'il n'y a pas de second versement. Et je sais que vous le savez. Alors pourquoi voudriez-vous que je paye encore pour un billet que j'ai déjà acheté ? Expliquez-moi ça.

— Nous parlons d'homme à homme, non ? Pas la peine de tourner autour du pot. Le deuxième versement est une sorte d'assurance. Un homme qui quitte clandestinement la Russie serait fou de ne pas prendre d'assurance, non ? Pareil pour une femme. Un accident est si vite arrivé. Surtout sur un bateau.

Il est déjà arrivé que des passagers passent par-dessus bord et se fassent broyer par les hélices. Ils crient au secours, mais personne ne les entend. »

Manny secoua la tête, comme s'il avait du mal à en croire ses oreilles. « Une assurance ? »

Le sourire s'effaça sur le visage du capitaine. Les sourcils qui ne remuaient jamais se froncèrent soudain légèrement. « Une assurance, oui. »

Manny ricana. « S'il y a quelqu'un sur ce rafiot qui a besoin d'une assurance, Epaminondas, ce serait plutôt vous. Une heure après que votre bateau aura accosté, il vaudrait mieux qu'un téléphone sonne dans l'arrière-salle d'un certain atelier d'un deuxième étage », Manny cita une rue du Pirée où il y avait eu une boîte aux lettres de la C.I.A. pendant des années, espérant qu'elle existait toujours et qu'elle évoquait quelque chose au capitaine, « ou vous êtes un homme mort. Vous êtes marié ? Si on ne nous voit pas débarquer en Grèce, suivez mon conseil et faites votre testament en donnant à votre femme la permission de se remarier. » Manny parvint à émettre un autre ricanement, plus froid, plus inquiétant que le premier. « Et si mes collègues d'Athènes n'arrivent pas à vous avoir, mon ami de Rostov, Konstantin, dernier des frères Karamazov, ne vous ratera pas. »

Le capitaine scruta le visage de Manny, en quête de quelque indice lui montrant qu'il bluffait. Comme il n'en trouva pas, il battit des paupières en direction du pont. « On ne peut pas vraiment reprocher à quelqu'un de tâter le terrain, si ?

— À votre place, j'aurais fait pareil », grommela Manny.

Le capitaine sourit. Les deux dents en or clignotèrent leur message de soulagement.

*

Après dîner, Aïda sortit de la cabine et monta sur une aile du pont. Un frais vent de près soulevait des gerbes d'embruns le long des flancs du navire. Un croissant de lune perçait en silence des volées de nuages. Le bateau naviguait entre les rives du Bosphore ; la terre n'était qu'à un long jet de pierre de bâbord et de tribord. De la poupe du *Thessaloniki* provenaient les cris rauques des mouettes qui piquaient dans son sillage. Ses cheveux lâchés, malmenés par les rafales de vent, Aïda s'appuya sur le bastingage et regarda les oiseaux. On nous sort d'Asie comme de la pâte dentifrice d'un tube, pensa-t-elle. Elle contempla le sillage phosphorescent, essayant de se le représenter comme une large avenue qui remonterait jusqu'à la mer Noire, jusqu'à la mer d'Azov et Temerniskaïa Tamojnia. Elle s'aperçut qu'elle jouait avec la bague d'agate qui était censée chasser la peur. Sa montre, elle le savait, marchait peut-être à l'envers mais le temps, lui, avançait inéluctablement sur ce bateau qui l'emportait à chaque instant plus loin toujours plus loin de sa mère, de sa Russie.

*

À minuit de leur troisième nuit en mer, le capitaine du *Thessaloniki* mouilla au large du Pirée pour attendre le bateau qui amènerait le pilote — et embarquerait ses quatre passagers. Lorsque les lumières rouge sur blanc du mât du bateau-pilote apparurent, tanguant sur la mer Egée, Manny descendit le premier l'échelle raide qui conduisait à la passerelle. Le pilote, homme courtaud vêtu d'un costume blanc aux revers tachés de vin, sauta près d'eux et les salua. « Nous n'avons plus beaucoup de Russes qui demandent l'asile politique, ces derniers temps, commenta-t-il dans un anglais d'Oxford impeccable. Bienvenue dans le monde où il vaut mieux être dans le noir que dans le rouge. »

C'est le pilote qui les orienta vers une petite pension de la banlieue du Pirée. « La propriétaire est la sœur de ma belle-sœur. Ses prix sont exorbitants mais les petits déjeuners et les dîners sont compris. Et elle oublie plus souvent qu'à son tour de déclarer ses clients à la police. »

La pension, maison blanchie à la chaux sous le soleil d'Égée, avec des taches pourpres de bougainvillées qui s'accrochaient aux murs comme des sangsues, se dressait dans un col de terre rocheuse au-dessus du Pirée qui s'étendait à ses pieds dans un entrelacs de rues autour du port. Des boucs à barbiche blanche fourrageaient dans une décharge municipale voisine. À l'horizon, des tranches disjointes d'Acropole luisaient dans les vagues de chaleur qui s'élevaient d'Athènes.

Ben et Aïda, épuisés tant mentalement que physiquement, dormirent tard. Saava et Manny furent debout au chant du coq. Saava partit jouer avec les boucs. Manny s'en alla « négocier » avec les pouvoirs qu'il trouverait à l'ambassade américaine.

Il revint en début d'après-midi, exténué d'avoir eu à traiter avec l'ambassade. Après un début peu prometteur, il avait réussi à convaincre l'ambassadeur de faire intervenir Washington. Des messages chiffrés avaient été échangés. On avait eu le conseiller à la Sécurité nationale du Président au bout du fil. Des garanties avaient été données. L'unité illicite que le Pentagone nourrissait en son sein serait tranquillement dissoute. Il n'y aurait pas de publicité, aucune trace de son existence, aucune indication d'un complot destiné à renverser Gorbatchev par crainte de saper la crédibilité américaine. Pourrait-on compter sur Custer et Bassett pour coopérer ? Oui, câbla Manny, mais à certaines conditions que Manny énonça. Le conseiller à la Sécurité nationale câbla aussitôt son accord. Inkermann devrait immédiatement quitter son service pour avoir laissé une opération non autorisée se dérouler sous son nez. Manny serait mis à la retraite sans préjudice. Bassett devrait retrouver son ancien poste au Renseignement militaire. Aïda devrait obtenir une transplantation de moelle osseuse pour Saava, après quoi elle pourrait s'installer dans le pays de son choix.

Manny expliqua tout cela à Ben et à Aïda puis s'excusa et se retira dans sa chambre. Il projetait de dormir jusqu'au soir, dit-il. Qu'on ne le dérange pas, demanda-t-il. Qu'on ne le dérange plus. Il en avait jusque-là de ces diplomates poussés par la notion abstraite de servir leur pays sans avoir la moindre idée de ce que leur pays défendait vraiment. Pour la plupart d'entre eux, ce pays défendait simplement ce que le Président du moment disait défendre. Qu'ils aillent se faire foutre. Que le monde entier aille se faire foutre. Enfin, voilà.

La sœur de la belle-sœur du pilote, ancienne chanteuse de cabaret qui passait des enregistrements de ses interprétations plutôt fausses par le haut-parleur de la salle à manger, leur prépara un pique-nique dans un panier d'osier et Ben, Aïda et Saava se rendirent en stop sur la colline d'où, dit-on, Xerxès surveilla la bataille de Salamine. « Alors, indiqua Aïda à Saava en lui montrant l'étroit passage entre l'île de Salamine et le continent, tout cela s'est passé cinq cents ans avant que Jésus ne meure sur la croix. Le roi de Perse Xerxès a fait construire un pont flottant sur l'Hellespont pour lancer la première invasion asiatique de l'Europe.

— Et il a réussi ? demanda Saava.

— Il a pillé Athènes, expliqua Aïda. Puis il a installé un trône ici, sur cette colline, peut-être à cet endroit même, et il a regardé la flotte grecque tellement plus nombreuse détruire ses navires dans ce passage, à ses pieds. Ce fut le commencement de la fin de son invasion de l'Europe.

— Mais, s'il voyait que ses navires perdaient, s'étonna Saava, pourquoi ne les a-t-il pas rappelés ?

— Les rois eux-mêmes ont parfois du mal à changer le cours de l'histoire, commenta Aïda.

— Et c'est peut-être aussi bien comme ça », intervint Ben.

Aïda acquiesça d'un signe de tête convaincu. « Peut-être. »

Pendant que Saava faisait la chasse aux papillons, Ben et Aïda s'assirent, le dos appuyé contre un olivier rabougri, et regardèrent les bateaux de pêche et les vapeurs sillonner la mer Égée. Au bout d'un moment, Ben adressa un sourire à sa compagne, mais le cœur n'y était pas. « L'histoire a des résonances internes, fit-il observer. Mon grand-père, celui qui a fini, vieilli avant l'âge, comme projectionniste dans une salle de cinéma du Bronx, s'est échappé à bord d'un vapeur en partance pour Istanbul alors qu'il avait la Tcheka aux trousses et qu'il était accusé d'être un ennemi du peuple. Et voilà que je suis très exactement ses traces et que je passe la frontière clandestinement avec le K.G.B. à mes trousses.

— Ton grand-père aurait dû rester en Russie, commenta Aïda.

— Il aurait été fusillé.

— Akhmatova disait qu'on devait mourir *avec* son pays, par opposition à mourir *pour* son pays. » Aïda fit tourner la bague d'agate autour de son doigt. « Quand Saava aura eu son opération, nous retournerons tous les deux en Russie. »

Ben examina les sillages qui quadrillaient la mer. Il était surpris de voir qu'ils subsistaient aussi longtemps après que les bateaux qui les avaient fait naître avaient disparu à l'horizon. « Qu'adviendra-t-il de nous ? demanda-t-il à Aïda.

— Ce nous n'existe déjà plus », annonça Aïda d'une voix creuse. Sa mâchoire tremblait. « J'ai trahi la poésie. D'une certaine façon, tu as trahi la prose. Nous errons, perdus dans une steppe infinie... »

Ben scruta ses yeux gris d'animal, mémorisant la souffrance qu'ils exprimaient. Il se rappela comment il était sorti de lui-même sur les marches du café *Droujba*, le jour où il l'avait rencontrée. Il se rappela les mots qui avaient jailli de ses lèvres : « Je souhaite sur le Christ ne jamais vous revoir ! » Il se rappela la fois où elle lui avait répété ces paroles. « Un jour, tu me diras quelque chose avec la même sincérité que devant ce café, avait-elle ajouté. J'espère que je te croirai. » Il éprouvait à présent le besoin de lui dire quelque chose avec toute la vérité dont il était capable pour qu'elle puisse le croire, pour qu'elle puisse croire en lui. « Au début, j'ai seulement fait comme si j'étais amoureux de toi, reconnut-il. Mais je ne fais plus semblant maintenant. » Il s'empara de la main de la jeune femme mais la trouva froide et inerte. « Je ne joue pas, Aïda. Je t'aime. J'aime Saava. Je ne peux pas vous perdre tous les deux... à nouveau. Je te supplie de me croire, de me faire une fois encore confiance. »

Aïda fouilla son regard. Sa lucidité omniprésente semblait voilée par la passion. « Je crois que tu m'aimes, Benedict. Je crois que tu aimes Saava. Et je ne nierai pas que je t'aime. Mais la lucidité a fini par l'emporter sur le désir. Il y a eu trop de trahisons, trop de mensonges. Le passé pourrit dans l'avenir. Sous nos pieds se déroule le carnaval grotesque des feuilles mortes. Alors : je t'aime, mais je n'ai plus confiance en toi. Je ne peux plus savoir avec certitude où finissent nos fictions et où commence notre amour. Je voudrais sincèrement qu'il en soit autrement. »

Sur une impulsion, Aïda saisit un caillou de la taille de son poing et, d'un mouvement brusque, fracassa sa montre avec. Elle contempla le verre brisé et leva le poignet pour que Ben puisse le voir. « Le destin nous a fait don d'une curieuse coïncidence, dit-elle. Tu te rappelles l'histoire de cet ami de Pouchkine qui a arrêté la pendule à la mort du poète ? Les aiguilles s'étaient elles aussi arrêtées à deux heures quarante-cinq minutes. »

Le fracas de la montre, la coïncidence, firent céder un barrage. Aïda serra les paupières pour retenir ses larmes. « La vie est finie », chuchota-t-elle en reprenant les dernières paroles de Pouchkine. « J'ai peine à respirer. »

Son corps fut secoué d'un sanglot silencieux. Des larmes apparurent sous les paupières de ses yeux d'animal et coulèrent sur ses joues, y laissant des traces aussi persistantes que les sillages dans la mer.

Quatre personnes dont le nom ne dirait rien au grand public se sont rassemblées autour d'une table dans une salle en sous-sol du Pentagone. La table était métallique, recouverte de feutre vert élimé, et la pièce aveugle, mal aérée et particulièrement isolée. Si je connais bien mon bonhomme Spink, cet ancien chef d'antenne de la C.I.A. qui se faisait appeler Marlowe, il a dû sortir une bouteille de Jack Daniel's. Il a sûrement aligné quatre gobelets en carton piqués dans un quelconque distributeur, a servi quatre bonnes rasades et a tendu les gobelets à chacun. Je le vois en train de lever son verre en carton pour porter un toast. Je l'entends dire: «À nous. Nous avons endigué un fleuve. Nous avons détourné le cours de l'histoire.»

D'après un registre de la Sécurité que je n'étais pas censé consulter, c'était la dernière réunion d'une organisation clandestine du Pentagone enregistrée sous le titre anodin d'Unité d'assistance au renseignement.

Tout en tenant son gobelet de Jack Daniel's, l'éminence grise du groupe aurait demandé à celui qu'il connaissait sous le nom de Marlowe de lui résumer la situation.

«Une fois le petit Saava remis de son opération, l'enfant et la poétesse sont retournés en Russie, aurait raconté Marlowe. J'ai personnellement convaincu Bas-

sett que Custer s'était trompé sur toute la ligne — que, grâce à lui, nous avions quand même réussi à discréditer l'opposition à la glasnost et à la perestroïka. Il a été muté dans le Wyoming par nos amis du Renseignement militaire qui ont promis de le tenir à l'œil. Quant à Custer, il dépose les chèques de sa retraite dans une petite banque du Vermont. J'ai cru comprendre qu'il travaille comme un fou sur un livre qui relaterait ce qui s'est passé à Moscou.»

*L'*éminence grise, *qui était un béotien dès qu'il s'agissait de la pratique de l'espionnage, n'aurait pas manqué de froncer les sourcils. «Comment savez-vous qu'il écrit un livre?»*

Marlowe a dû prendre une mine satisfaite. «Comme Custer se plaisait tant à le dire, les murs ont des oreilles. On a entendu Custer dire qu'il allait chercher à convaincre un ami qui écrit des romans d'espionnage de publier son livre comme un ouvrage de fiction. De cette façon, les papiers qu'il a signés et qui l'obligent à soumettre préalablement à la Compagnie tout ce qu'il écrit ne peuvent entrer en jeu.

*— Cela n'est-il pas dangereux pour nous?» aurait demandé l'*éminence grise.

Marlowe aurait haussé les épaules. «Qui donc va lire un roman comme une transposition de faits réels?

— Qui, on se le demande?» aurait sûrement ajouté l'ancien directeur adjoint de la C.I.A. avec un sourire.

À un moment, le colonel des marines rattaché à l'équipe de planification à long terme du Comité des chefs d'état-major aurait certainement fait une déclaration: «Je suis autorisé à vous décerner à tous un Bravo Zoulou. Dans la marine, cela équivaut à un "Bien joué". Je suis également autorisé à vous rappeler que c'est la seule et unique reconnaissance que vous obtiendrez jamais.

— Sauf que quand nous lirons le journal, nous

saurons quelle réalité se cache derrière les gros titres, crois-je entendre dire le directeur adjoint de la C.I.A.

— Alors, à la réalité qui se cache derrière les gros titres, n'aurait pu s'empêcher de lancer le Marlowe que je connais et que je hais.

— Quoi qu'il arrive, est censé avoir prévenu le colonel des marines, nous ne devrons jamais parler à quiconque de ce que nous avons fait dans cette pièce, nous ne devrons jamais y faire allusion dans nos mémoires. Nous avons toute raison de penser que l'on a mordu à l'hameçon que nous avons posé. Nous serions des imbéciles de risquer maintenant de compromettre l'opération, nous-mêmes ou la crédibilité américaine. »

Les quatre hommes dont les noms ne diraient rien au grand public ont sûrement vidé tranquillement la bouteille de Jack Daniel's dans les gobelets. Connaissant la façon de faire de Marlowe, je parie mon scotch habituel avec les glaçons habituels qu'après la fin de la réunion il a soigneusement ramassé les verres en carton sur la table métallique recouverte de feutre vert élimé afin qu'il ne subsiste aucune trace de qui que ce soit dans la pièce aveugle, mal aérée et particulièrement isolée.

NOTE DE L'AUTEUR

Agissant sur le conseil d'avocats nerveux, l'éditeur a demandé à l'auteur d'inclure l'avertissement habituel ; il a même fait de cet avertissement (si j'ai bien compris le ton de sa requête) une condition de la publication de ce livre.

Tenons-nous-le donc pour dit, les copains, les personnages de ce roman sont le produit d'une imagination fertile. Toute ressemblance avec des personnes existant ou ayant existé serait purement fortuite. Quant au récit lui-même, il a de toute évidence été inventé ; chacun sait que ce genre d'histoire n'arrive jamais dans la réalité. Enfin, bref.

DU MÊME AUTEUR

Aux Éditions Flammarion

LÉGENDES, 2005.

Aux Éditions Buchet Chastel

LA COMPAGNIE. Le grand roman de la CIA, 2003, Points Seuil n° 1227.

Aux Éditions Denoël

LE FIL ROUGE, 1999, Folio Policier n° 200.

LES ENFANTS D'ABRAHAM, 1998, Folio Policier n° 157.

CONVERSATIONS AVEC SHIMON PERES, 1997, Folio Actuel n° 58.

LE SPHINX DE SIBÉRIE, 1994, Folio n° 2877.

OMBRES ROUGES, 1992, Folio Policier n° 143.

Aux Presses de la Cité

LES SŒURS, 1985.

L'AMATEUR, 1981, J'ai Lu n° 7770.

LE TRANSFUGE, 1980.

LE CERCLE OCTOBRE, 1975.

COUP DE BARRE, 1974.

LA BOUCLE, 1973 et J'ai Lu n° 8131 sous le titre de LA DÉFECTION DE A. J. LEWINTER.

Chez d'autres éditeurs

UN ESPION D'HIER ET DE DEMAIN, Julliard 1991.

LES LARMES DES CHOSES, Julliard 1989.

MÈRE RUSSIE, Plon, 1978.

COLLECTION FOLIO POLICIER

Dernières parutions

300.	Dashiell Hammett	*Le grand braquage*
301.	Dan Simmons	*Vengeance*
302.	Michel Steiner	*Mainmorte*
303.	Charles Williams	*Une femme là-dessous*
304.	Marvin Albert	*Un démon au paradis*
305.	Fredric Brown	*La belle et la bête*
306.	Charles Williams	*Calme blanc*
307.	Thierry Crifo	*La ballade de Kouski*
308.	José Giovanni	*Le deuxième souffle*
309.	Jean Amila	*La lune d'Omaha*
310.	Kem Nunn	*Surf City*
311.	Matti Y. Joensuu	*Harjunpää et l'homme-oiseau*
312.	Charles Williams	*Fantasia chez les ploucs*
313.	Larry Beinhart	*Reality show*
315.	Michel Steiner	*Petites morts dans un hôpital psychiatrique de campagne*
316.	P.J. Wolfson	*À nos amours*
317.	Charles Williams	*L'ange du foyer*
318.	Pierre Rey	*L'ombre du paradis*
320.	Carlene Thompson	*Ne ferme pas les yeux*
321.	Georges Simenon	*Les suicidés*
322.	Alexandre Dumal	*En deux temps, trois mouvements*
323.	Henry Porter	*Une vie d'espion*
324.	Dan Simmons	*L'épée de Darwin*
325.	Colin Thibert	*Noël au balcon*
326.	Russel Greenan	*La reine d'Amérique*
327.	Chuck Palahniuk	*Survivant*
328.	Jean-Bernard Pouy	*Les roubignoles du destin*
329.	Otto Friedrich	*Le concasseur*
330.	François Muratet	*Le Pied-Rouge*
331.	Ridley Pearson	*Meurtres à grande vitesse*
332.	Gunnar Staalesen	*Le loup dans la bergerie*
333.	James Crumley	*La contrée finale*

334. Matti Y. Joensuu — *Harjunpää et les lois de l'amour*
335. Sophie Loubière — *Dernier parking avant la plage*
336. Alessandro Perissinotto — *La chanson de Colombano*
337. Christian Roux — *Braquages*
338. Gunnar Staalesen — *Pour le meilleur et pour le pire*
339. Georges Simenon — *Le fils Cardinaud*
340. Tonino Benacquista — *Quatre romans noirs*
341. Richard Matheson — *Les seins de glace*
342. Daniel Berkowicz — *La dernière peut-être*
343. Georges Simenon — *Le blanc à lunettes*
344. Graham Hurley — *Disparu en mer*
345. Bernard Mathieu — *Zé*
346. Ian Rankin — *Le jardin des pendus*
347. John Farris — *Furie*
348. Carlene Thompson — *Depuis que tu es partie*
349. Luna Satie — *À la recherche de Rita Kemper*
350. Kem Nunn — *La reine de Pomona*
351. Chester Himes — *Dare-dare*
352. Joe R. Lansdale — *L'arbre à bouteilles*
353. Peppe Ferrandino — *Le respect*
354. Davis Grubb — *La nuit du chasseur*
355. Georges Simenon — *Les Pitard*
356. Donald Goines — *L'accro*
357. Colin Bateman — *La bicyclette de la violence*
358. Staffan Westerlund — *L'institut de recherches*
359. Matilde Asensi — *Iacobus*
360. Henry Porter — *Nom de code : Axiom Day*
361. Colin Thibert — *Royal Cambouis*
362. Gunnar Staalesen — *La Belle dormit cent ans*
363. Don Winslow — *À contre-courant du Grand Toboggan*
364. Joe R. Lansdale — *Bad Chili*
365. Christopher Moore — *Un blues de coyote*
366. Jo Nesbø — *L'homme chauve-souris*
367. Jean-Bernard Pouy — *H4Blues*
368. Arkadi et Gueorgui Vaïner — *L'Évangile du bourreau*
369. Staffan Westerlund — *Chant pour Jenny*
370. Chuck Palahniuk — *Choke*
371. Dan Simmons — *Revanche*
372. Charles Williams — *La mare aux diams*

373.	Don Winslow	*Au plus bas des Hautes Solitudes*
374.	Lalie Walker	*Pour toutes les fois*
375.	Didier Daeninckx	*La route du Rom*
376.	Yasmina Khadra	*La part du mort*
377.	Boston Teran	*Satan dans le désert*
378.	Giorgio Todde	*L'état des âmes*
379.	Patrick Pécherot	*Tiuraï*
380.	Henri Joseph	*Le paradis des dinosaures*
381.	Jean-Bernard Pouy	*La chasse au tatou dans la pampa argentine*
382.	Jean-Patrick Manchette	*La Princesse du sang*
383.	Dashiell Hammett	*L'introuvable*
384.	Georges Simenon	*Touriste de bananes*
385.	Georges Simenon	*Les noces de Poitiers*
386.	Carlene Thompson	*Présumée coupable*
387.	John Farris	*Terreur*
388.	Manchette-Bastid	*Laissez bronzer les cadavres !*
389.	Graham Hurley	*Coups sur coups*
390.	Thierry Jonquet	*Comedia*
391.	George P. Pelecanos	*Le chien qui vendait des chaussures*
392.	Ian Rankin	*La mort dans l'âme*
393.	Ken Bruen	*R&B – Le gros coup*
394.	Philip McLaren	*Tueur d'aborigènes*
395.	Eddie Little	*Encore un jour au paradis*
396.	Jean Amila	*Jusqu'à plus soif*
397.	Georges Simenon	*L'évadé*
398.	Georges Simenon	*Les sept minutes*
399.	Leif Davidsen	*La femme de Bratislava*
400.	Batya Gour	*Meurtre sur la route de Bethléem*
401.	Lamaison-Sophocle	*Œdipe roi*
402.	Chantal Pelletier	*Éros et Thalasso*
403.	Didier Daeninckx	*Je tue il...*
404.	Thierry Jonquet	*Du passé faisons table rase*
405.	Patrick Pécherot	*Les brouillards de la Butte*
406.	Romain Slocombe	*Un été japonais*
407.	Joe R. Lansdale	*Les marécages*
408.	William Lashner	*Vice de forme*
409.	Gunnar Staalesen	*La femme dans le frigo*
410.	Franz-Olivier Giesbert	*L'abatteur*
411.	James Crumley	*Le dernier baiser*

412.	Chuck Palahniuk	*Berceuse*
413.	Christine Adamo	*Requiem pour un poisson*
414.	James Crumley	*Fausse piste*
415.	Cesare Battisti	*Les habits d'ombre*
416.	Cesare Battisti	*Buena onda*
417.	Ken Bruen	*Delirium tremens*
418.	Jo Nesbø	*Les cafards*
419.	Batya Gour	*Meurtre au Kibboutz*
420.	Jean-Claude Izzo	*La trilogie Fabio Montale*
421.	Douglas Kennedy	*Cul-de-sac*
422.	Franco Mimmi	*Notre agent en Judée*
423.	Caryl Férey	*Plutôt crever*
424.	Carlene Thompson	*Si elle devait mourir*
425.	Laurent Martin	*L'ivresse des dieux*
426.	Georges Simenon	*Quartier nègre*
427.	Jean Vautrin	*À bulletins rouges*
428.	René Fregni	*Lettre à mes tueurs*
429.	Lalie Walker	*Portées disparues*
430.	John Farris	*Pouvoir*
431.	Graham Hurley	*Les anges brisés de Somerstown*
432.	Christopher Moore	*Le lézard lubrique de Melancholy Cove*
433.	Dan Simmons	*Une balle dans la tête*
434.	Franz Bartelt	*Le jardin du Bossu*
435.	Reiner Sowa	*L'ombre de la Napola*
436.	Giorgio Todde	*La peur et la chair*
437.	Boston Teran	*Discovery Bay*
438.	Bernhard Schlink	*Le nœud gordien*
439.	Joseph Bialot	*Route story*
440.	Martina Cole	*Sans visage*
441.	Thomas Sanchez	*American Zazou*
442.	Georges Simenon	*Les clients d'Avrenos*
443.	Georges Simenon	*La maison des sept jeunes filles*
444.	J.-P. Manchette & B.-J. Sussman	*L'homme au boulet rouge*
445.	Gerald Petievich	*La sentinelle*
446.	Didier Daeninckx	*Nazis dans le métro*
447.	Batya Gour	*Le meurtre du samedi matin*
448.	Gunnar Staalesen	*La nuit, tous les loups sont gris*
449.	Matilde Asensi	*Le salon d'ambre*
450.	Jo Nesbø	*Rouge-gorge*

451.	Olen Steinhauer	*Cher camarade*
452.	Pete Dexter	*Deadwood*
454.	Keith Ablow	*Psychopathe*
455.	Batya Gour	*Meurtre à l'université*
456.	Adrian McKinty	*À l'automne, je serai peut-être mort*
457.	Chuck Palahniuk	*Monstres invisibles*
458.	Bernard Mathieu	*Otelo*
459.	James Crumley	*Folie douce*
460.	Henry Porter	*Empire State*
461.	James Hadley Chase	*Pas d'orchidées pour Miss Blandish*
462.	James Hadley Chase	*La chair de l'orchidée*
463.	James Hadley Chase	*Eva*
464.	Arkadi et Gueorgui Vaïner	*38, rue Petrovka*
465.	Ken Bruen	*Toxic Blues*
466.	Larry Beinhart	*Le bibliothécaire*
467.	Caryl Férey	*La jambe gauche de Joe Strummer*
468.	Jim Thompson	*Deuil dans le coton*
469.	Jim Thompson	*Monsieur Zéro*
470.	Jim Thompson	*Éliminatoires*
471.	Jim Thompson	*Un chouette petit lot*
472.	Lalie Walker	*N'oublie pas*
473.	Joe R. Lansdale	*Juillet de sang*
474.	Batya Gour	*Meurtre au Philharmonique*
475.	Carlene Thompson	*Les secrets sont éternels*
476.	Harry Crews	*Le Roi du K.O.*
477.	Georges Simenon	*Malempin*
478.	Georges Simenon	*Les rescapés du Télémaque*
479.	Thomas Sanchez	*King Bongo*
480.	Jo Nesbø	*Rue Sans-Souci*
481.	Ken Bruen	*R&B – Le Mutant apprivoisé*
482.	Christopher Moore	*L'agneau*
483.	Carlene Thompson	*Papa est mort, Tourterelle*
484.	Leif Davidsen	*La Danois serbe*
485.	Graham Hurley	*La nuit du naufrage*
486.	John Burdett	*Typhon sur Hong Kong*
487.	Mark Henshaw / John Clanchy	*Si Dieu dort*
488.	William Lashner	*Dette de sang*

489. Patrick Pécherot *Belleville-Barcelone*
490. James Hadley Chase *Méfiez-vous, fillettes !*
491. James Hadley Chase *Miss Shumway jette un sort*
492. Joachim Sebastiano Valdez *Celui qui sait lire le sang*
493. Joe R. Lansdale *Un froid d'enfer*
494. Carlene Thompson *Tu es si jolie ce soir*
495. Alessandro Perissinotto *Train 8017*
496. James Hadley Chase *Il fait ce qu'il peut*
497. Thierry Bourcy *La cote 512*
498. Boston Teran *Trois femmes*
499. Keith Ablow *Suicidaire*
500. Caryl Férey *Utu*
501. Thierry Maugenest *La poudre des rois*
502. Chuck Palahniuk *À l'estomac*
503. Olen Steinhauer *Niet camarade*
504. Christine Adamo *Noir austral*
505. Arkadi et Gueorgui Vaïner *La corde et la pierre*
506. Marcus Malte *Carnage, constellation*
507. Joe R. Lansdale *Sur la ligne noire*
508. Matilde Asensi *Le dernier Caton*
509. Gunnar Staalesen *Anges déchus*
510. Yasmina Khadra *Le quatuor algérien*
511. Hervé Claude *Riches, cruels et fardés*
512. Lalie Walker *La stratégie du fou*
513. Leif Davidsen *L'ennemi dans le miroir*
514. James Hadley Chase *Pochette surprise*
515. Ned Crabb *La bouffe est chouette à Fatchakulla*
516. Larry Brown *L'usine à lapins*
517. James Hadley Chase *Une manche et la belle*
518. Graham Hurley *Les quais de la blanche*
519. Marcus Malte *La part des chiens*
520. Abasse Ndione *Ramata*
521. Chantal Pelletier *More is less*
522. Carlene Thompson *Le crime des roses*
523. Ken Bruen *Le martyre des Magdalènes*
524. Raymond Chandler *The long good-bye*
525. James Hadley Chase *Vipère au sein*
526. James Hadley Chase *Alerte aux croque-morts*

527.	Jo Nesbø	*L'étoile du diable*
528.	Thierry Bourcy	*L'arme secrète de Louis Renault*
529.	Béatrice Joyaud	*Plaisir en bouche*
530.	William Lashner	*Rage de dents*
531.	Patrick Pécherot	*Boulevard des Branques*
532.	Larry Brown	*Fay*
533.	Thomas H. Cook	*Les rues de feu*
534.	Carlene Thompson	*Six de Cœur*
535.	Carlene Thompson	*Noir comme le souvenir*
536.	Olen Steinhauer	*36, boulevard Yalta*
537.	Raymond Chandler	*Un tueur sous la pluie*
538.	Charlie Williams	*Les allongés*
539.	DOA	*Citoyens clandestins*
540.	Thierry Bourcy	*Le château d'Amberville*
541.	Jonathan Trigell	*Jeux d'enfants*
542.	Bernhard Schlink	*La fin de Selb*
543.	Jean-Bernard Pouy	*La clef des mensonges*
544.	A. D. G.	*Kangouroad Movie*
545.	Chris Petit	*Le Tueur aux Psaumes*
546.	Keith Ablow	*L'Architecte*
547.	Antoine Chainas	*Versus*
548.	Joe R. Lansdale	*Le mambo des deux ours*
549.	Bernard Mathieu	*Carmelita*
550.	Joe Gores	*Hammett*
551.	Marcus Malte	*Le doigt d'Horace*
552.	Jo Nesbø	*Le sauveur*
553.	Patrick Pécherot	*Soleil noir*
554.	Carlene Thompson	*Perdues de vue*
555.	Harry Crews	*Le Chanteur de Gospel*
556.	Georges Simenon	*La maison du juge*
557.	Georges Simenon	*Cécile est morte*
558.	Georges Simenon	*Le clan des Ostendais*
559.	Georges Simenon	*Monsieur La Souris*
560.	Joe R. Lansdale	*Tape-cul*
561.	William Lashner	*L'homme marqué*
562.	Adrian McKinty	*Le Fils de la Mort*
563.	Ken Bruen	*Le Dramaturge*
564.	Marcus Malte	*Le lac des singes*
565.	Chuck Palahniuk	*Journal intime*
566.	Leif Davidsen	*La photo de Lime*
567.	James Sallis	*Bois mort*

Composition Interligne
Impression Novoprint
le 15 juillet 2010
Dépôt légal : juillet 2010
1er Dépôt lègal dans la collection: novembre 1999

ISBN 978-2-07-041166-5./Imprimé en Espagne.

178778